백산출판사

책머리에

세상이 아무리 변해도 자연은 인간의 뿌리요, 고향입니다. 인간이 자연을 잃어버리고 살아간다면 빈 껍데기 인생이 될 것이고, 실향민이 되고 말 것입니다.

단 한 줌의 흙 냄새도 맡을 수 없는 빌딩 숲속과 콘크리트 바닥에서 살고 있으니, 인간의 정서는 메마를 수밖에 없겠지요. 우거진 자연의 숲속에서 흙 냄새를 맡으며 생활한다면 풍요와 낭만을 잉태할 수 있을 것입니다. 나이 들어가면서 나만의 휴식공간을 갖고 싶다는 생각을 해보지 않은 사람은 없을 것입니다.

그러나 자연 속에서 전원생활이라는 꿈을 실현한 사람보다 행동으로 옮기지 못하고 포기한 사람이 더 많을 것입니다. 그렇지만 나는 전원생활/귀촌생활을 실천하여 보려고 용기를 냈습니다.

먼저 대지 구입에서부터 건축까지 마무리를 하는데 대략 일 년하고도 반년이나 더 걸렸습니다. 건축과정에서 벌어진 시공업자와의 갈등은 다시는 상상하기조차 싫을 정도랍니다.

그간 전원생활과 관련된 서적을 탐독하거나 현장에서의 경험담을 비교하면 별로 차이가 없을 정도로 애를 먹었답니다. 어렵사리 공사가 마무리되고, 한겨울에 입주하여 2년차까지 보내는 동안에 적응하지 못한 것들, 3년차부터의 농업/귀촌에 대하여 긍정적이고 적극적으로 대처해 왔다고 생각되는 것들, 그러는 가운데 블로그와 페이스북 활동도 치매 예방에 도움이 된다고 하여 활동하게 된 내용들이 주류를 이룹니다.

우선 작년 5월 26일부터 금년 5월 25일까지 365일 동안에 게재된 꼭지들을 살펴보니 145개가 되더군요. 참으로 많이 생각하고 발로 뛴 결과들이라 생각합니다. 그리고 단순하게 1년간의 내용물이라기보다 전원생활 이전의 삶과 현재의 활동내역 그리고 미래의 나와 이웃을 염두에 두고 생각한 것을 추가하면서 정리하게 되었습니다.

목차에서도 보여주듯이 "전원생활체험/귀촌생활체험/약선차와 꽃차 이야기/앤틱과 빈티지/양평이야기" 이와 같은 내용으로 구분한 가운데 그때그때의 상황에 따른 소감을 덧붙였습니다.

처음에는 무슨 주제를 정해서 써야 할지도 모르고 출발했다고 해도 과언이 아닙니다. 그러나 한두 가지씩 꼭지를 정하여 써내려가다 보니 자연스럽게 올려야 할 제목들이 떠오르고, 행동도 자연스러워지더군요. 어떤 때는 쓰고 싶은 주제들이 너무 많아서 머리가 아픈 적도 있었습니다.

지금까지 도시의 빌딩 숲을 누비거나 닭장 같은 아파트에서 생활하고 있다면 나의 육신과 정신 상태는 어떻게 변해 있을지, 생각하기조차 싫어지네요. 아마도 십중팔구 멘붕상태에서 기약없이, 생각없이, 목적없이 생활하고 있지 않을까 싶습니다. 1년간 블로그 생활 속에서 '채움이 아닌 비움, 봉사, 이웃 간의 정 그리고 자연'이라는 소중한 단어의 속뜻을 마음속에 품게 되었습니다.

이 얼마나 소중하고 고마운 단어들입니까? 이러한 경험담을 이웃에게 보여주고 함께할 수 있다는 것이 얼마나 좋습니까? 30여 년간 교직생활을 하면서 관련된 나의 전공서적이 아니고 전원생활에 대한 새로운 영역의 경험집을 출간하게 되어 설렙니다. 동시에 출판을 흔쾌히 수락하여 주신 진욱상 사장님께도 다시 한번 고마움을 전합니다.

2017년 6월 25일
양평 소나기마을 寓居에서
仁山 원융희 씀

차례

전원생활체험

■ 주말농장 - 나만의 텃밭가꾸기

나만의 텃밭가꾸기

6월의 중간 휴일에 도시를 일탈하여 나만의 주말 텃밭에서 가족들과 함께 채소를 가꾸고 수확하는 모습이 여유로워 보이지 않으세요. 더 늦기 전에 우리 모두 참여하지 않으시렵니까. 정말로 본인이 직접 재배한 친환경 무공해 야채들입니다. 가족들 중에 어린아이가 있는 분은 제대로 된 산교육장이지요. 무럭무럭 자라있는 야채들을 살펴보니 토마토, 오이, 고추, 상추, 호박, 부추, 가지, 옥수수, 치커리, 참외, 수박 그 종류도 다양하답니다.

농산물 직거래 판매

봄부터 늦가을까지 지역에서 생산되는 각종 친환경 농산물을 저렴하게 구입할 수도 있답니다. 금년 가을부터는 주말농장 사장님께서 된장 항아리도 분양한다고 하네요.

주말농장의 위치는 내가 둥지를 틀고 있는 수능리입니다. 서울특별시와 계약된 곳으로서 800명의 이용자들은 모두가 서울 시민이지요.

한 구좌당 6평의 텃밭 공간으로 대략 5000여 평의 넓은 대지와 주변

산세가 어여쁘게 어우러져 주말의 휴식장소로 도 일품이랍니다.

우리 동네 수능리에는 황순원 소나기마을도 인근에 함께 숨 쉬고 있지요. 오전에 텃밭을 일군 뒤 식사 후에는 황순원 문학촌도 들러보시고 그리고 늦은 오후 문호리 강가에서 매주 첫째와 셋째 주 토요일과 일요일에 펼쳐지는 리버 마켓도 꼭 구경하고 상경하세요.

■ 과일 효소 - 자두/개복숭아

삼투압 작용

서울에 본가를 두고 가끔 다녀가는 이웃집에서 자두를 따가라고 하여 더위도 마다 않고 엄청나게 얻어 왔습니다. 평범한 것 같아도 자연 속에서 일어나는 일들이 전원생활의 또 다른 멋이 아닌가 합니다. 중간 정도 크기의 항아리에 담근 후 그늘진 창고에 잘 보관해 두었습니다. 약 1개월 정도 지나 건지를 제거하고 다시 1년여의 숙성을 거치면 훌륭한 효소가 되어 있겠지요.

재료는 자두 17kg, 천연 원당 10kg이었습니다. 삼투압 작용으로 인하여 원형의 모습은 완전히 사라졌습니다. 쪼글쪼글해졌네요. 이 정도면 잘된 것입니다. 이제 이별의 시간이 다가왔습니다.

건지와 효소액을 분리하는 것입니다. 삼투 현상으로 인하여 일어나는 압력, 용매만 통과시키고 용질은 통과시키지 않는 반투막 상태에서, 양쪽에 용액과 순용매를 첨가하면 용매가 용액 속으로 들어가 평형이 되는 것이지요.

이때 반투막의 압력에 차이가 생기는데, 이 압력의 차이를 삼투압이라 하는 것입니다.

자두/개복숭아 효소

건지를 제거한 뒤의 효소액입니다. 추출된 양은 약 8리터가 나왔습니다. 생각보다 많은 양은 아니지만 귀하게 생각하고 다시금 긴 숙성의 여행을 가지려 합니다. 대략 1년 정도는 지나야 하겠지요.

녹익은 자두 색상과 같은 효소액을 보고 있노라면 벌써부터 군침이 도네요. 기다림의 미학이라고 할까요. 1년 뒤에 마실 것을 생각하면서 그 긴 시간 내내 군침을 흘리는 자체도 힐링이 아닐까 합니다.

전원생활이라는 게 별것 아닙니다. 작지만 큰 의미를 부여해 가면서 소박하게 하루하루를 보내는 이 자체가 바로 행복의 지름길이지요.

효소는 안토시안, 이사틴, 구연산 그리고 유기산이라는 다양한 성분을 가지고 있어서 우리 몸의 여러 건강에 도움을 주는 것으로 잘 알려져 있답니다.

건지에 희석식 소주를 첨가한 것입니다. 원래는 증류주를 사용하는 것이 좋습니다. 색상은 탁하여도 6개월 정도 지나면 자두 본래의 맛과 어우러져 기막힌 과일주로 재탄생하게 될 것입니다. 어떤 안주로 궁합을 맞추는 게 좋은지 추천해 주시면 고맙겠습니다.

자두뿐만 아니라 개복숭아도 함께 얻어 왔답니다. 개복숭아는 일찍부터 기침, 천식, 신경 안정, 피부미용, 다이어트 그리고 관절염 등에 효능이 있는 것으로 잘 알려져 있지요.

재료는 개복숭아 10kg에 천연 원당 7kg이 들어갔습니다. 100일 후 건지를 제거하면 다시 1년여의 긴 숙성기간을 거쳐 제대로 된 효소가 탄생하기를 기원해 보겠습니다.

■ 팔당 예봉산 자락에서 - 옛 친구들과 함께

소년에서 노년기로

도착 기념으로 찰칵, 기억하고픈 이름들은 근식, 건호, 한원 그리고 본인입니다. 한 친구는 사진을 찍느라 빠졌습니다. 그 이름은 은행지점장 출신 재수라고 합니다.

50여 년 전 개구쟁이였던 시절이 엊그제 같았는데 이제는 손주, 손녀들의 재롱 이야기로 주제가 바뀌고 있습니다.

양평으로 내려와서부터는 송파 지역 모임에 자주 참석을 못하여 내가 사는 부근으로 모임 장소를 정하였다 합니다.

영원한 우정

전날 비가 내려서 계곡의 물줄기가 제법 소리를 크게 내면서 밑으로 밀어내고 있습니다. 그 시원한 느낌은 말로 표현이 안 되는군요.

특히 도시에 사는 친구들은 마음속이 뻥 뚫리는 기분이랍니다. 서울에서 조금만 교외로 눈을 돌리면 이렇게 좋은 계곡이 많답니다.

나는 얼마 전에 자연발효치유동아리에서 실습하였던 산약초를 첨가한 이양주 막걸리를 선보였습니다. 모두가 생소한 경험이었을 것입니다.

청정 강원도 지역에서 봄에 채취한 산약초가 들어가니 맛이 쌉쌀하고 막걸리 원액으로 알코올 도수가 17도 안팎이 되어 막걸리이지만 소주에 버금가는 느낌이지요. 이러한 막걸리는 마셔본 경험이 없으니 기억이 오래 지속될 것입니다.

한 가지 그림 속의 모습들이 눈에 거슬리지요. 모두가 핸드폰을 들고 있으나, 오해가 없으면 좋겠습니다. 서로들 자기가 이러한 모습을 사진 속에 남기려고 핸드폰을 잡고 있는 모습이었습니다.

물론 하산 시에는 우리가 자리 잡았던 장소는 말끔히 하고 내려왔습니다. 청정 자연은 내 것이 아닙니다. 우리 모두의 것이지요. 더 나아가서 대대로 우리 후손들이 숨 쉬고 살아갈 터전으로 우리는 잠깐 이용할 권리만 있을 뿐이지요.

■ 자연의 선물 - 땡벌에 쏘이다

형제손이랍니다

왼손은 아우손 오른손은 행님손이라고요? 아닙니다. 60년 이상을 함께해 온 왼손과 오른손입니다.

전원생활을 하다 보면 이런 손모습은 각오를 해야 합니다. 도시 사람들이 시골에 내려와 텃밭을 일구어 나가는 과정에서 부닥치는 일 중의 하나가 바로 풀과의 전쟁이 아닐는지요.

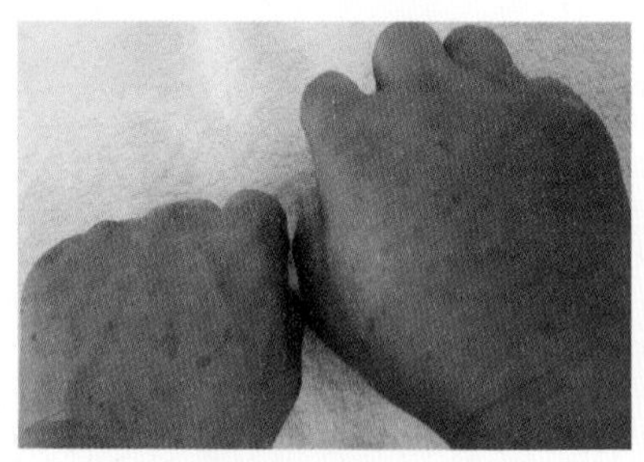
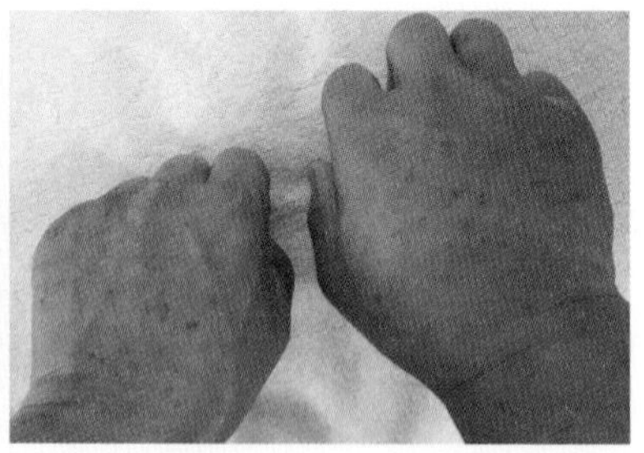

올해 들어 벌써 세 번째 맛보는 손등의 모습입니다. 바로 그것은 벌과의 영역싸움이지요. 인간은 자신의 영토를 말끔하게 정리하려 하고 벌들은 숲속 어드메인가에 삶의 터전을 마련하고 종족을 번식시키려 하는 과정에서 벌어지는 일들이랍니다.

벌의 효능

벌들은 일상의 생활 속에서 지나치면 절대 공격하지 않습니다. 오로지 자기의 터전을 해치려 할 때만 떼거리로 달려든답니다.

한편으로는 건강에 도움이 되기도 하여 가려움증상이 있으나 참고 있습니다. 내가 생각하기에 효과로는 다음과 같은 것들이 있지 않을까 합니다.

1차 쏘이는 순간, 앗 뜨거 하는 것은 뜸이요.

2차 벌에 쏘이면 항생효과가 있답니다.

3차로는 쇠침효과가 있지 않을까 합니다.

누군가가 이야기하는데 여왕벌에 쏘이면 일벌보다 100배 이상의 효과가 있으며, 땡벌은 여왕벌보다 더 효과가 있다고 하더군요. 혹자는 자연이 주는 페니실린이라고도 합니다.

단, 주의할 점이 있습니다. 면역력이 약한 사람이나 동맥부위 등에 쏘였을 때는 병원으로 직행하여 의사의 처방을 받으세요.

■ 새들의 정원 - 짹짹 소리 속으로

새들의 둥지

처음에는 정원에 폼으로 새집이 있었으면 좋겠다 하여 소나무 위에 작은 둥지를 만들어 두었습니다.

그러나 두 번에 걸쳐 실수를 하였답니다. 새끼 3마리 정도 공간에 6마리가 지저귀는 모습을 보고 있자니 마음이 찡 하였습니다.

내년부터는 다른 넓은 공간에서 부화를 하도록 하기 위해서 새끼들이 성장하여 나간 뒤 작은 출입문을 봉쇄하여 둥지를 틀지 못하게 막아놓았지요. 좀 더 넓은 공간 속에서 놀다 가라고 둥지를 크게 만들어주었습니다.

그런데 2년차에 걸쳐 이곳에 가끔 출입은 하는 것 같은데 종족 번식은 하지를 않네요. 기회가 되면 전문가에게 여쭈어보려 합니다. 정원을 꾸밀 때 대문 옆에 임시 우체통으로 사용하려고 준비해 두었던 것입니다.

대문 옆 우체통 설치로 인해 지금은 뒤곁

으로 밀려 본연의 임무수행을 못하고 있지요. 며칠 전 옆을 지나는데 한 마리 어여쁜 새가 그 속에서 나와 날아가는 것이었습니다.

잠시 그 속을 들여다보니 6개의 알이 부화를 기다리고 있네요. 이 더운 날씨에… 어미가 얼마나 고생을 할까…, 열 차단 차원에서 덮개를 하여주었습니다.

지금은 6마리 새끼들이 어미새가 물어다 주는 먹이를 먹고 무럭무럭 자라고 있습니다. 먹이를 서로 달라고 짹짹거리는 소리도 제법 크네요. 그러나 희한하게도 어미는 새끼들에게 물어온 먹이를 순서대로 준다고 하네요.

이 작은 것들에서도 우리 인간은 배울 것이 있지 않을까 생각해 보았습니다. 둥지 속의 새끼였을 때는 어미에게 밥 달라는 수단으로 암컷, 수컷 모두 지져대지만 성장한 후에는 수컷만 울어댄다네요.

이유인즉,

- 암컷을 부르기 위해서
- 자기 영역을 표시하기 위한 수단으로서
- 천적이 나타났을 때 물리치기 위해서

한 가지 특이한 것도 보았습니다.

새들의 목욕장

새들이 야생에서 생활을 하다 보니 몸에 각종 유해물질을 웅덩이 속에서 털어내려 한다는 것을 알았습니다.

작년 봄까지만 해도 정원에 모래 터 공간은

없었습니다.

작년 가을 일부 공간에 마사토 수준으로 만들어 놓은 곳에서 새들이 몸을 비비고 털고 하는 모습을 보는 순간, 아, 애들이 얼마나 가려움이 심했는가를 생각하니 마음이 찡한 가운데 참 좋은 일을 해주었구나 하면서 기분이 좋았습니다.

돌이켜보면 이들은 나에게 매일 아침 저녁으로 잘 알 수는 없지만 노래로 보답해 주지 않았나 생각을 해보았습니다.

4년차 내내 여러 종류의 새들이 놀고는 있으나 새끼를 부화하였던 새들은 한 종류인 것 같았습니다. 혹시나 새들도 모천회귀어 모양 태어난 곳으로 돌아와 알을 낳는 것은 아닌지…?

새들과 함께 지내온 시간들이 새삼 고맙게 느껴지는 아침이었습니다.

■ 흙에 살리라 - 인간의 뿌리

자연은 뿌리요, 고향이로소이다

인간이 자연을 잃어버리고 삶을 꾸려 간다는 것은 빈 껍데기 인생이 될 것이고, 실향민이 되고 말 것이다. 단 한 줌의 흙냄새도 맡을 수 없는 빌딩 숲속과 콘크리트 바닥에서 살고 있으니 인간의 정서는 매마를 수밖에 없지 않은가? 우거진 자연의 숲속에서 흙냄새를 맡으며 생활한다면 풍요와 낭만을 잉태할 수 있을 터인데…

내 고향은 경기도 김포군 양동면 신정리와 오목교 부근이랍니다. 지금은 양천구 신정동과 목동이라는 거대한 도시로 탈바꿈되어 이러한 모습을 찾아볼 수가 없답니다. 가끔 꿈속에서만 그저 만나볼 수 있지요.

불현듯 현실 속에서 고향의 정취를 느껴보고파 수능리에서 전원생활을 하고 있는 내 집 주변의 농작물을 사진으로 담았습니다. 논둑의 잡초들을 보니 나 어릴 적에는 왜 그렇게 풀이 원수 같아 보였는지 낫으로 베는 것이 아니라 아예 뿌리까지 뽑을 정도로 풀베기를 하였던 기억 또한 새록새록 떠오르는 하루였습니다.

어리기도 하지만 국민학교와 중학교 시절에는 열공하고 놀기도 바쁜데 주말만 되면 모친께서는 일감을 잔뜩 대비하고 계셨답니다. 어린 꼬마가 일을 하면 얼마나 할까 하겠지만, 금년에는 농작물이 성장하기에 적당하게 하늘에서 빗줄기가 내려줘서 보기에도 풍성함을 예고하는 듯 좋습니다.

고구마밭을 보고 있노라니 내 어릴 적 600여 평의 밭에서 엄마와 함께 밭을 일구던 모습이 생생하게 떠올려지네요. 어린 나이였지만 꽤 많은 고구마 가마를 보면서 부자가 된 듯한 그때의 기분은 말로 표현하기가 어렵네요.

오늘날 농촌의 현실은 젊은이가 없으니 아기 울음소리도 멈춘 지 오래되었답니다. 고생이 되어도 힘찬 아기들 울음소리가 많이 들려야 할 텐데…

우리의 농촌을 지탱하는 대다수가 노인이라는 소식을 들을 때는 마음이 편치가 않습니다. 그래도 빈터는 찾아보기가 어려울 정도로 여러 가지 농작물을 시골 어르신들이 심고 가꾸고 있어 다행이지요. 나 또한 성장 후에는 주로 도시에서 생활해 온 터라 농민들의 고통과 애환을 모르고 지내다가 귀촌생활 4년차를 보내며 농촌 관련 교육을 받으면서 조금씩 이해가 되고 있습니다.

우리 농산물을 사랑하자

예부터 아기 보는 것이 얼마나 힘이 들던지 너 아기 볼래? 콩밭에 가서 밭을 맬래? 하면 콩밭 일을 하고자 하였다는 이야기도 있으나 한여름 콩밭 속의 온도가 얼마나 올라가는지 도시의 젊은들은 상상조차도 못할 것입니다. 한여름의 원두막에서 옥수수를 먹으며 더위를 식힐 생각을 미리 하여 보세요. 우리 모두 농산물 생산자를 비롯하여 자연에게 다시 한번 감사하며 맛나게 먹어주었으면 합니다. 나는 누구이며 어디에서 태어났는가를 다시금 생각하게 한 하루였습니다.

고향이 우리를 끌어내리는 것은 비록 "금의환향"은 아닐지라도 도시에서의 고단함과 설움을 달래주는 따듯한 손길이 있기 때문이 아닐까 합니다.

■ 매미소리를 들으며 - 곤충박물관 관람

양평곤충박물관

경희대학교 신유형 교수께서 정년 퇴임 후 10여 년 동안 양평에 거주하면서 채집한 곤충과 기타 소장 곤충을 양평군에 무상 기증한 것으로 2011년 11월 18일에 개관한 곳입니다.

도시생활에서는 만나보기 어려운 주변의 작은 생물체인 곤충들을 보면서 곤충의 다양성과 중요성 그리고 인간과의 관계를 터득하게 됨으로써 자연과 환경 보호의 필요성을 느끼게 될 것입니다.

도시화가 되기 전 어릴 적 농촌에서 생활하던 때는 으레 매미, 잠자리, 나비, 장수풍뎅이 등을 주변에서 쉽게, 많이 볼 수 있어서 소중함을 알지 못하였습니다. 여름 방학의 필수 숙제 코스로 곤충 채집이 있었지요. 죄 없는 곤충들이 얼마나 희생되었을까를 생각하면 새삼스레 곤충들에게 미안한 마음도 드네요.

오늘날 농촌에서는 각종 공해와 농약으로 종류와 숫자가 줄었다는 소식을 접할 때는 재앙으로까지 이어지는 것은 아닌지 걱정이 앞선답니다. 자연의 선순환 속에서 꼭 필요한 존재가 곤충이기 때문입니다. 조금 씁쓸하기는 하지만 미래 먹거리 차원의 하나로서 자리매김할 것이라는 측면에서도 곤충의 중요성을 인식하는 계기가 되었습니다. 인간과 마찬가지로 곤충들도 미각, 청각, 후각, 시각 등의 감각기관을 갖고 있답니다.

감각을 느끼는 부위가 인간과 동일한 부분도 있으나 전혀 예상치 못한 부분에서 느끼고 있다는 새로운 사실도 견학을 통하여 자세히 알게 되었습니다. 어떠한 측면에서는 인간보다 더 예리한 감각능력도 지니고 있음과 동시에 직관력도 뛰어남을 알게 된 계기였습니다.

곤충의 수명

수많은 종류의 곤충류가 전시되고 있었으나 어릴 적에 접했던 곤충들이 먼저 눈에 띄어 몇 가지만 소개할까 합니다.

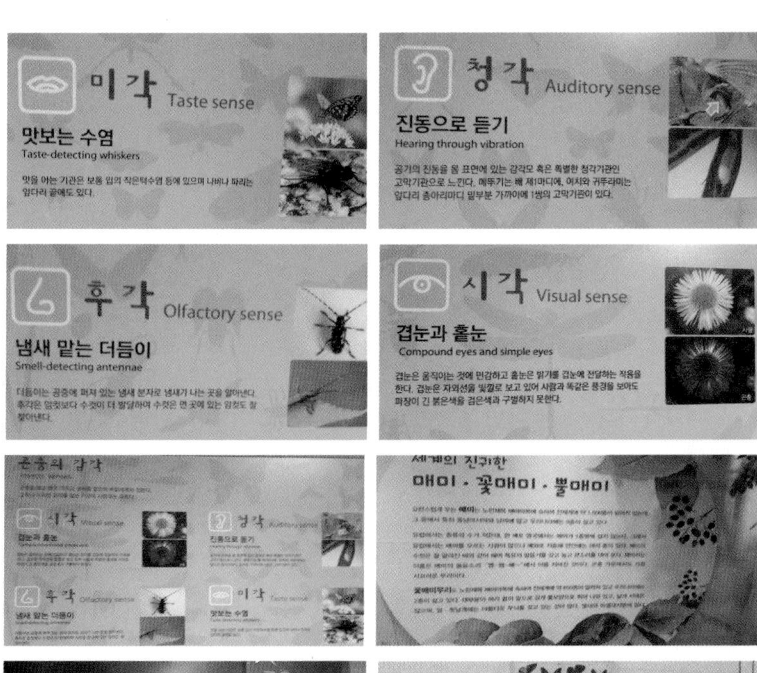

매미 종류, 잠자리, 나비류, 장수풍뎅이들이 되겠습니다. 한 가지 변한 것이 있다면 곤충의 종류에 있어서도 전에는 없거나 몰랐던 이름 모를 것들도 많구나 하는 느낌이 들었습니다. 매미의 수명은 짧게는 1주일 길게는 1개월 정도랍니다. 여름 한 달을 지내려고 땅속에서 길게는 17년간이나 굼벵이로 산다고도 합니다.

현재 우리나라에 13종류가 사는 것으로 알려진 매미는 약 2억 5000만 년 전 지구에 등장한 것으로 보고되고 있습니다. 매미는 한밤중이나 이른 새벽에도 크게 울어대서 밤잠을 설치게 하는 주범 중 하나로 손꼽히고 있지요. 그러나 한밤중에도 크게 울어대는 건 빛공해나 기온 상승 등의 이유 때문이라는 것입니다.

매미는 수컷만 울음소리를 내는데, 그 이유는 이 짧은 시간 내에 자신의 배필을 만나 짝짓기를 하여야 하기 때문에 소리의 왕자답게 암컷을 애타게 부르는 것이 아닐까 합니다.

이 글을 쓰고 있는 지금 창밖에는 매미 소리가 맴맴 울고 있습니다. 아마도 여름의 막바지에 소리가 제일 크지 않을까 합니다. 저 소리가 들리지 않을 때쯤이면 한여름의 더위가 식혀지겠지요. 그래도 한 생명인데 오래도록 듣고 싶은 생각은 무엇인지 모르겠습니다.

더위를 생각하면 매미 소리가 싫지만…, 그것은 어릴 적 느꼈던 고향의 소리가 아닐까도 합니다. 한여름 한줄기 소낙비가 지나가면 어김없이 떼지어 나타나는 것이 잠자리랍니다.

하늘을 자기 세상인 양 마음껏 날고 있는 모습을 보노라면 나도 잠자리같이 마음껏 날고 싶었던 기억도 떠오르네요. 어른이 되어서는 꿈속에서까지 마음껏 창공을 나는 꿈을 꾼 적도 있답니다. 아마 인간은 누구나 이와 비슷한 생각과 꿈을 꿔본 경험이 있었겠지요.

나비를 생각하다 보면 여유로움의 상징을 연상하게 된답니다. 형형색색의 문양과 크기로 남을 의식하지 않은 채 자신만의 자태를 뽐내면서 어디에서 훨훨 왔다가 어디로 가는지…, 나는 모르지만 나비는 그 목적하는 곳으로 갈 것이며, 인연이 되면 다시 나타나겠지요.

정원의 꽃 속에서 벌들과도 경쟁하지 않고 열심히 꽃술 따는 모습을 보면 나는 왜, 우리는 여유로움을 잊은 채 경쟁 속에서 살아왔고, 나머지 삶도 박 터지게 경쟁하면서 마감해야 하는지를 잠시나마 나비 속에서 생각을 하게 되었습니다.

장수풍뎅이박물관 내에서 영상물을 보았습니다. 힘이 강해 곤충세계의 왕자라고도 합니다. 그러나 슬프기도 한 내역은 왕자의 타이틀을 가지고 있지만 장수풍뎅이의 삶은 40일이랍니다. 고작 40일을 살려고 이 세상에 태어나서 온갖 적들과 대항해야 한다는 사실이 이해가 되지 않는군요. 곤충세계의 힘센 왕자면 왕자답게 오래 살아야 하지 않을까 하네요.

나 어릴 적에는 생활 주변에서 흔히 볼 수 있었던 것들이 이제는 박물관에 와서야 구경할 수 있다니…, 이 세상 변하지 않는 것이 없다고 하나 예로부터 곤충은 우리와 함께 생활해야 하는 것이 아닌가? 곤충의 종류와 숫자가 줄어들고 있다는 것은 인간의 생명도 위협받을 수 있다는 사실을 알아야 할 것입니다.

■ 꿈이 서린 나만의 전원주택 - 경향하우징 건축박람회장을 다녀와서

하우징 페어

나이 들어감에 나만의 휴식 공간을 갖고 싶다는 생각을 가져보지 않은 사람은 드물 것이다. 그것도 자연 속에서 전원생활이라는 꿈을…, 그러나 수많은 사람들은 행동으로 옮기지 못하고 포기라는 결론으로 도달하지요.

내 자신도 지금의 전원생활 공간이 세 번째이지만 부족하고 아쉬운 점이 한두 가지가 아니랍니다. 이미 20년 전 아무것도 모르는 상황에서 용인시 양지면 은이계곡이라는 곳에 터전을 잡고 생활하였었지요. 그 당시 무데뽀로 사슴을 포함하여 강아지, 도베르만이라는 개, 고양이, 닭 등도 키웠답니다.

태생이 시골 촌놈인지라 마음속에 자연이 그리웠나 봅니다. 그 당시 동물들을 기르는 과정에서 많은 정을 주지 못한 것을 내내 미안하게 생각하고 있지요. 그 미안한 마음이 남아 있어서인지 지금의 전원생활에서는 동물은 기르지 않고 식물만을 기르고 있답니다.

토지가 결정된 후 제일 신경 쓰는 부분이 주택이 되겠지요. 주택의 규모, 예산, 형태, 색상, 자재 등에 따른 세심한 주의가 필요하지요. 매년 경향하우징과 MBC 건축박람회 등이 열리고 있습니다. 과거를 되돌

아 보고 싶어서 경향하우징 박람회를 찾은 것입니다. 우선 시간이 부족하다면 전원주택 관련 서적을 섭렵하는 것도 좋은 방안이 될 수 있을 것입니다.

과거와 달리 간접 경험이기는 하지만 많은 시행착오를 거듭한 가운데 주택 건설의 방향을 제시하고 있지요. 부연하자면 전체적인 것과 부분적인 내용의 서적과 성공과 실패의 분석 내용 등을 소개한 서적을 두루두루 탐독해 보아야 할 것입니다.

건축시공에 옮기기 전 실제 건축 현장을 탐방하면서 제반 문제점을 파악해 보는 것도 도움이 되겠지요. 자재에 있어서는 내구성과 미적인 부분을 동시에 고려하면서 판단을 하여야겠지요.

본인이 자재를 선택할 것인지, 업자에게 위임을 할 것인지를 사전에 결정한 후 행동에 옮겨야겠습니다. 요즈음에는 건축주가 직접 시공을 하는 사례가 증가하고 있는데, 주원인은 자기만의 개성을 살려 자재를 쓰고, 비용도 줄일 수 있다는 장점이라 하겠습니다.

감성 + 개성시대

요즈음은 개성을 살린 디자인 시대라고 하지요. 발품을 팔면서 정보를 습득하다 보면 가격이 저렴하면서도 멋스러운 자재를 발견할 수 있을 것입니다. 예를 들면, 대문 하나가 전원주택의 주 포인트가 될 수 있다는 것입니다.

매년 한두 번에 걸쳐 건축박람회장을 찾으며 느낀 점은 와! 이렇게 많은 사람들이 건축에 관한 정보를 얻으려고 관람하고 있다는 것을 실감하게 된답니다. 동종업계의 사업자, 학생, 소비자 등 계층도 다양하답니다.

관람 후 박람회장을 나오는 소비자들은 보따리에 자료가 가득하네요. 혹시 다음번에 다시금 전원주택을 짓게 된다면 시행착오를 줄일 수 있을 것 같네요.

속담에 집을 세 번 짓고 헐다 보면 네 번째는 잘 지을 수 있다네요. 나에게 하는 소리로 들리는 것 같습니다. 많은 것을 보고, 분석하면 보다 나은 나만의 전원주택의 꿈은 실현될 것입니다.

농촌에서는 굳이 집이 클 필요를 느끼지 않습니다. 자연환경에 둘러싸여 있어 주거공간이 작아도 도시에서처럼 답답함을 느끼지 않기 때문이랍니다.

미국의 건축가 로히드 칸은 "살림을 줄이고, 창의적인 아이디어를 발휘해서 자기 손으로 생활공간을 창출하자"라고 제안하고 있답니다. 그의 저서 "아주 작은 집"에서는 14평 이하 초소형 주택들이 소개되어 있습니다. 오늘날 자신만의 자급자족을 지향하는 삶을 추구하고, 가족 구성원이 적어지고 있는 현실을 감안하면 이해가 될 것입니다.

■ 정보화 수업 - 양서주민자치센터에서

소통방법의 변화

오늘은 가을학기 컴퓨터 수업 개강하는 날입니다. 이곳을 거쳐간 선배님들의 컴퓨터 수업 흔적이 교육장 벽면에 장식되어 있네요.

나도 수업을 마칠 때쯤이면 이런 결과물을 만들어낼 수 있겠지요. 도시생활을 하고 있는 사람이면 간혹 일상을 일탈하고픈 꿈을 꿔봤을 것입니다. 이때 그 대상지를 이야기하라면 대부분 자연 속의 시골이라고 대답을 한답니다.

그러나 생각 없이, 계획 없이 시골로 내려와 전원생활을 한다는 것이 오히려 락樂이 아니라 독毒이 될 수 있다는 사실이지요.

처음부터 목표를 높게 설정하지 않아도 좋습니다. 먼저 당신만의 생각 속에 자리하고 있는 욕구가 무엇인지?

- 하고 싶은 것이 무엇인지?

- 부족한 것이 무엇인지?
- 필요한 것이 무엇인지?
- 해야 할 일이 무엇인지? 등

현상을 가감 없이 찾아내는 것이 아닐까 합니다.

그러면 문제에 대한 해답이 저절로 찾아질 것입니다. 인간은 소통을 하면서 지내야 하는 것이 운명이 아닐까요?

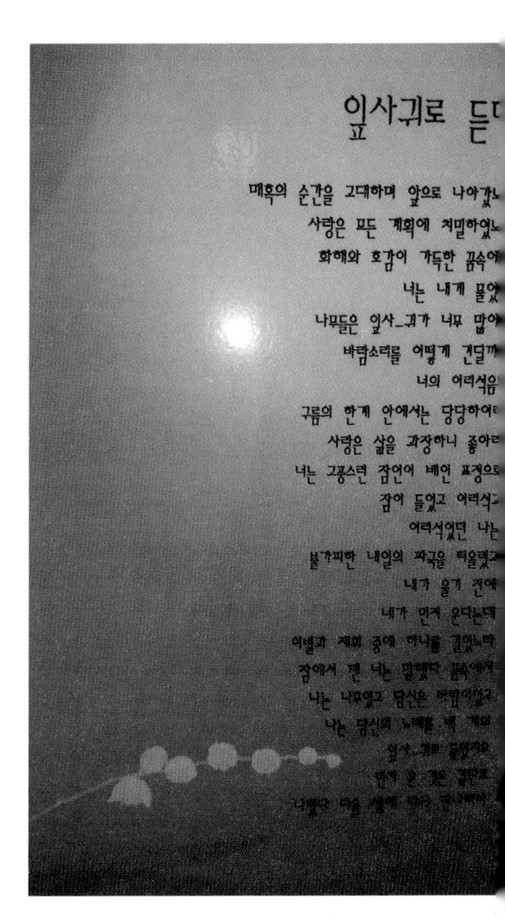

소통을 외면하거나 도외시하면 본인 스스로만 고립의 늪으로 떨어질 수밖에 없는 세상이 된 것입니다. 이 소통의 필수 도구로 등장한 것이 컴퓨터와 스마트폰이 된 것입니다. 일차적으로 이러한 기기의 편리함을 잘 이용하는 사람이 소통의 달인이 될 수 있다는 것이지요.

주민자치센터의 역할

시골에서 제1의 정보교육장은 주민자치센터라는 곳이랍니다. 이곳에서 개설되는 여러 가지 프로그램을 잘 선택하여 전원생활에 맞추어가면서 몰입을 하여 보세요. 전원생활의 만족도를 두 배로 끌어올릴 수 있을 것입니다.

다양한 프로그램 중 하나가 컴퓨터

교육이 될 수 있습니다.

단순한 문서작성에서부터 PPT 작성 그리고 동영상 부분 등까지…, 그동안 당신의 내면에서 표출시키지 못하였던 것들이 폭포수같이 쏟아져 나올 것입니다.

나 자신도 처음에는 적적함을 달래주고, 치매 예방에도 도움이 된다고 하여 시작한 블로그와 페이스북 활동이 짧은 시간이지만 무엇인가를 생각하게 해주고 건전하게 활동하게끔 이끌어주고 있답니다. 여러분도 전원생활 속에서 적극적으로 취미활동, 문화활동, 지식활동 등을 시작해 보십시오. 늦었다고 생각할 때가 적기가 아닐까 합니다.

■ 좋은 이웃 - 행복한 전원생활의 조건

정情이란?

수능 2리 김 노인회장님 댁의 참깨밭입니다. 올 여름 비가 자주 오지를 않았는데도 이렇게 풍성하게 가꾸었답니다. 80을 향해 가고 있는 연세에도 불구하고…, 욕심부리지 않고 적당히 움직이면 건강하다는 것을 실감하고 있답니다. 존경합니다.

이른 봄부터 밭을 정리하고, 씨를 뿌리고, 물을 주고, 풀을 뽑고, 북돋아주고 하면서 이만큼 예쁘게 성장시킨 것이랍니다. 그 무덥던 여름이 가고 최근 결실을 맺은 것이 그림 속의 참깨이지요.

며칠 전 김 노인회장님한테서 전화가 왔습니다. 잠시 다녀가란다. 회장님댁에 들르니 금년에 지은 참깨라고 하시면서 비닐봉지를 건네주시는 것이 아닌가. 힘들게 지은 것인데 받을 수 없다고 하다가 끝내 받지 않을 수가 없었습니다. 양量이 만만치 않습니다. 두 되는 되는 것 같습니다.

이것이 시골의 풍습이요, 사람 사는 이웃의 정情이 아닐까 합니다.

이웃이란?

이웃 간에 서로 사랑하고 도움을 주고 서로가 화목하게 살아가지 않으면 결국에는 모두가 공멸을 초래할 것입니다.

성경에서도 "좋은 이웃을 얻기 위해서는 내가 먼저 이웃을 내 몸과 같이 사랑해야 한다"라고 하였듯이 이웃이 어려운 일을 당했을 때 내 일과 같이 물심양면으로 도와주는 정신을 길러야 하겠습니다.

그러나 사람들은 한평생 살아가는데 남보다 더 많은 재산과 권력을 쟁취하려는 이기주의와 개인주의가 앞서 있어서 진정한 삶의 보람과 가치를 흔들어 놓고 있는 것은 아닌지…, 우리는 이웃과 더불어 살아가야 한다는 간단한 진리를 외면하지 말고, 이웃 간의 분열을 지양하고, 우리가 소망하고 있는 행복과 평화를 위해 사랑의 정신을 길러보도록 해야 하겠습니다.

전원생활을 꿈꾸고 있는 대부분의 사람들은 터전을 준비하고 실행에 옮기는 과정에서 땅을 매입하고 집을 짓는 것에만 매달리지요. 가장 중요한 것 중의 하나라고 할 수 있는 이웃은 잊고 있다는 것입니다. 전원생활이란 자연 속의 삶이지만, 사람은 사회적 동물로서 혼자서는 살 수 없는 존재입니다.

특히, 시골에서 이웃과의 관계는 대단히 중요하답니다. 처음 전원생활을 준비할 때부터 어떤 이웃들과 함께할 것인가를 우선적으로 염두에 두세요. 이웃과 마주하기가 싫다면 처음부터 마을 외곽 한적한 곳에 둥지를 마련해야 하겠지요.

그러나 살다 보면 근본적인 해결책이 아님을 스스로 알게 될 것입니다. 이웃과의 관계에 대한 보다 더 적극적인 마음의 준비가 필요하게 될 것입니다. 미리미리 알고 대처해야 할 것입니다. 아무리 사전 준비를 하였다고 해도 사람 사는 곳이면 크고 작은 갈등이 일어나기 때문이랍니다.

즐거운 시골에서의 전원생활을 바란다면 아름답고 멋있는 사람들과 함께할 수 있는 이웃을 만들어보십시오. 그 무엇인가를 이웃과 함께하면서 생활한다면 그보다 더 좋을 수는 없을 것입니다.

■ 마을 주변을 둘러 보면서 - 수능리愛 삽니다

마을 주변 풍경

앤펜션
별하나 나하나
031-773-6502
보헤미안
010-6776-9338
뻐꾸기 우는 산골
010-2207-2781
산중한담
031-772-6522
산타펜션
031-771-5369
삼촌네 펜션
010-4155-2412
솔빛길
010-8856-6495
서후리의 아침
011-320-8164
애플펜션
016-361-1181
하늘채 펜션
010-6338-6430
햇살가득 펜션
010-8760-7768
서후리 숲
010-2065-2387
수능삼거리
소나기마을
가평 Gapyeong
서종 Seojong
정배리 Jeongbae-ri
서후리 Seohu-ri

자연은 엄마같이

가을 하늘 아래 내가 살고 있는 마을 주변을 돌아보았습니다. 어느 시골에서나 흔히 볼 수 있는 풍경이지만 나에게는 특별한 곳이지요. 나의 몸과 마음을 품어준 곳입니다. 내 집 주변을 한 바퀴 돌면서 찍은 것입니다.

푹푹 찌는 무더위가 물러가더니 어느덧 대추와 은행이 탐스럽게 영글어 가고 있네요. 한 곁에는 김장용 배추가 무럭무럭 자라고 있고 고추며, 수수, 고구마, 들깨…, 한마디로 오곡백과가 따로 없답니다.

완전 시골과 차이가 있다면 전원주택과 펜션들이 많다는 것입니다. 그래도 시골의 정감을 만끽할 수 있어서 불만은 없습니다. 마을은 아기자기하고 청결하고 인심도 좋습니다. 주민과의 소통도 잘하려고 노력하고 있습니다. 겨울이 오기 전에 무르익어가는 식물과 과실의 모습을 추억으로 남기고자 합니다.

■ 흥겨운 노래교실 - 삶의 멋을 찾아서

음악은 영혼을 치료해 주는 마술사

음악은 인간의 감정을 소리로 표현한 예술이며, 음악에서는 어머니의 향기 같은 것이 쏟아져 나온다고 합니다.

음악은 사나운 마음을 순화시키고, 성난 자를 부드럽게 하고, 실의에 빠진 자를 희망차게 해주는 마력을 지니고 있답니다. 여러 가지 형식의 예술 가운데서 우리의 영혼을 가장 즐겁게, 풍요롭게 해주는 것으로 음

악을 뛰어넘는 것은 없을 것이다.

음악이 없는 생활은 우리의 삶을 가난하게 만들 것입니다. 이렇듯 음악은 어느 친구보다도 따뜻한 위로가 되어주는 보약 중의 보약이 아닐 수 없습니다. 최근에는 음악이 지적 활동의 증진과 심장질환의 치료요법으로도 적용된다고 합니다.

이를테면, 스트레스 해소에는 노래 부르기가 최고라든가, 피곤할 때는 선율이 길고 부드러운 현악기 중심의 음악 즉, 베토벤이나 멘델스존의 바이올린 협주곡과 같은 음악이 좋다는 것입니다. 예부터 우리나라 사람은 술과 노래에 일가견이 있다고 하지요. 흥이 있는 민족이었습니다.

단지, 20세기 초부터 주변의 정세와 전쟁 등으로 인하여 흥을 구가할 여력이 없었던 것입니다. 최근에는 각 지차체나 협동조합 등에서 지역주민을 대상으로 노래교실이 운영되고 있습니다. 그만큼 환경이 개선되었고, 인식이 바뀐 것이지요.

특히, 농촌에서 생활하는 농부는 이러한 문화활동에 적극적으로 참여해야 한다고 봅니다. 즉 농사도 즐겁게 감성노동 속에서 지어야 결실이 좋아 수익을 증대시킬 수 있지 않을까 합니다. 그러면 고향을 떠나지 않고, 지켜지겠지요.

시골 농협의 역할변화

양평군 양서농협에서 주관한 노래교실입니다. 양서면, 서종면, 남양주 등에서 참여하는 인원이 200여 명에 달합니다. 현장의 분위기는 어찌나 열창들을 하는지 모르겠습니다. 바쁜 농사철이지만 짬을 내서 오시는 모습들이 그렇게 밝을 수가 없답니다.

한 가지 아쉬운 것은 대부분 여성분들이 많네요. 남성분들은 어디 가계신지, 나 또한 서종 자치문화센터와 양서농협 등에서 진행하는 노래교실에서 온갖 걱정 내려놓고 소리 높여 부를 때면 스트레스가 팍팍 날아가 버리는 기분이었답니다. 아울러 귀농/귀촌 한 사람뿐만이 아니라 전원생활을 하고 있는 사람들도 그 지역의 문화센터에 개설되어 있는 각종 프로그램을 적절하게 이용하면 인간관계도 넓혀 감과 동시에 삶의 질을 더욱 풍요롭고, 행복하게 만들어준답니다.

음악이 있는 한 우리 사회는 희망이 있고 발전을 기약할 수 있다고 봅니다. 좋은 음악을 많이 듣고, 부르면 삶을 더욱 풍성하게 유지해 나갈 수 있을 것입니다. 밝고 건전한 노래, 희망차고 생명력이 넘치는 노래를 부르면 우리의 삶을 건강하고 아름답게 만들어줄 것입니다.

혼자 있을 때는 노래를 부르고, 함께 있을 때는 합창을 하면 기분이 상쾌해질 수 있고, 행복한 시간을 보낼 수 있을 것입니다.

이런 것이 행복이 아닐까요?

■ 내 집 정원 손질하기 - 취미의 생활화

잡초와의 전쟁 아닌 전쟁

정원의 잡초 제거는 일상의 일이랍니다. 봄에 핀 예쁜 야생화도 여름이 지나 가을로 접어들면 보기가 싫을 정도로 변해 있습니다. 잔디 깎기는 1년에 4~5번, 단풍나무 잎도 1년에 한 번쯤 소나무는 적어도 2년에 한 번쯤은 전지작업을 해주어야 한답니다. 사정이 이렇다 보니 봄부터 늦가을까지 해야 할 일은 수시로 있답니다.

전원생활이란? 365일 1년 내내 해야 할 일이 많답니다. 이왕 할 일이라면 자연에 순응하면서 해보십시오. 자연은 당신에게 보다 값진 것으로 보답을 해줄 것입니다. 잡초와 가지치기한 찌꺼기들을 처리하는 것도 큰일입니다. 일부는 소각도 하고, 일부는 퇴비화하여 밑거름으로도 활용한답니다. 살아남은 식물들에게 영양소 역할을 하는 것이지요.

무엇인가, 자기 자신의 희생으로 다른 식물들에게 의미 있는 일을 하고 떠나가는 모습을 보면서 우리 인간도 마지막 마무리를 할 때쯤이면 가치가 있는 족적(足跡)을 남겨야 하지 않을까요? 소나무 전지작업은 이곳에 둥지를 마련한 뒤로 3회에 걸쳐 전문가라는 사람을 붙여 전지작업을 해온 것 같습니다.

매번 작업하는 분들과 전지의 요령은 물론 정원 가꾸기에 대하여 이야기를 나누었습니다. 금년에는 이를 토대로 내 스스로 소나무 전지를 해보기로 마음먹었습니다. 첫날은 하루에 두 그루밖에 하지 못하였지만 하다 보니 모양은 그런대로 봐줄만 하였습니다.

요리 보고 저리 보고 하면서 하루 이틀을 이어가다 보니 7일간을 한 것 같았습니다. 말끔히 정리되어 가고 있는 모습을 보자니…, 몸은 힘들었지만 30여 그루를 마무리하면서 느낌은 새삼스러웠답니다. 다른 사람은 작은 일이었다고 여길지 모르지만 할 수 있다, 해냈다는 성취감이라 할까. 기분이 아주 좋았습니다.

전원생활 4년차를 맞으면서 체중은 8kg이나 줄었습니다. 큰일이 났다 싶어 병원에 가서 건강검진까지 받기도 하였었지요. 검진 결과는 지극히 정상으로 의사 선생님 왈 "돈 벌었군요" 하더라고요. 더욱이 양평보건소에서 측정한 혈관 나이가 18세로 나오는 것을 보면…, 전원생활이라는 것이 적당히, 즐거운 마음으로 임하면 몸과 마음이 힐링되는 곳이라는 것이 입증된 셈이지요. 자연이 나에게 건강이라는 값진 선물을 내려준 것이라고 생각합니다.

취미가 생활화되었습니다

정당하고 바람직한 취미생활을 통해서 고상한 인격과 자애로운 품성을 지니게 할 수 있고, 삶의 가치를 드높일 수 있다고 봅니다.

취미는 개인생활의 영역이기 때문에 어느 누구도 침범할 수 없으며, 간섭될 수도 없겠지요. 오히려 취미는 서로 존중해 주어야 하지 않을까요. 작은 공간의 정원이지만 풀 한 포기와 나무 한 그루를 정리하면서 일상을 보내는 것이 취미생활로 변해가는 나의 모습에 스스로 무한한 찬사와 경의를 표하고 있답

니다. 비록 조그마한 것이었지만 그 속에서 무한한 신비를 얻으려고 애써왔던 나 자신을 들여다볼 수 있는 계기가 되는 것 같아 더욱 의미가 있는 일들이라고 생각합니다. 하루하루를 이렇게만 보낼 수 있다면 이보다 더 좋은 일이 어디 있겠습니까?

토지 구입에서 건축 그리고 입주 후 생활해 오는 동안 크고 작은 시행착오들이 있었지만 뒤돌아보니 지난 5년여 기간의 전원생활은 참으로 즐겁고 행복한 시간들이었다고 기억하려 합니다.

■ 수련이야기 - 다시 찾은 세미원 가을풍경

초가을 세미원 풍경

엊그제만 하여도 내리쪼이는 햇볕으로 인해 실내에서만 생활하던 사람들이 초가을로 접어들면서 밖으로, 교외로 나들이를 하는 계절로 확 바뀌었습니다. 나 또한 양수리로 장을 보러 갔다가 잠시 발길을 세미원으로 돌렸습니다. 천천히 돌아보니 두 시간가량이 걸렸네요.

북한강과 남한강이 합쳐진 시원한 강바람에 취해 시간 가는 줄을 몰랐던 것입니다. 가슴속까지 기분을 한껏 들뜨게 하여 주었나 봅니다. 오늘은 수련의 종류에 대하여 소개할까 합니다.

온대 수련, 개연꽃, 가시연꽃, 어리연꽃, 빅토리아 수련, 에이트란스, 호주 수련, 열대수련

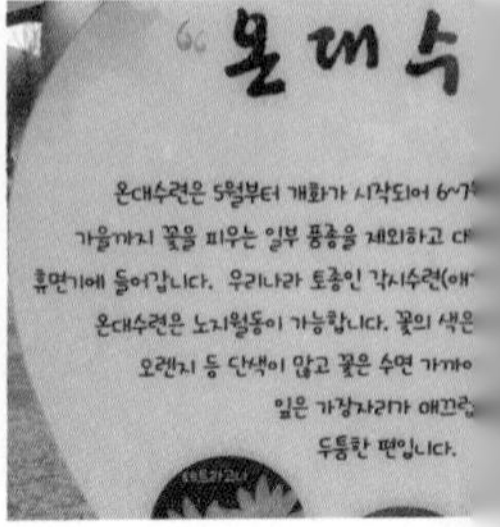

연꽃의 의미

1. 빅토리아 수련 - 사념이 없다
2. 호주 수련 - 안정하다
3. 백련 - 온화하다
4. 홍련 - 고요하다
5. 온대 수련 - 바르다
6. 가시연꽃 - 정화하다
7. 홍련 - 청정하다
8. 백련 - 때묻지 아니하다
9. 열대수련 - 깨끗하다
10. 열대수련 - 맑다

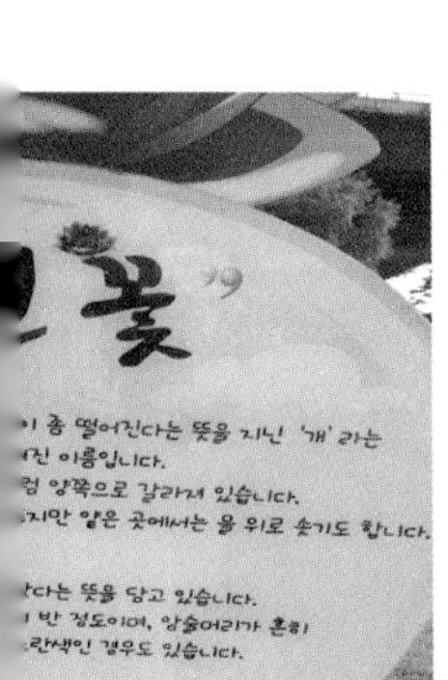

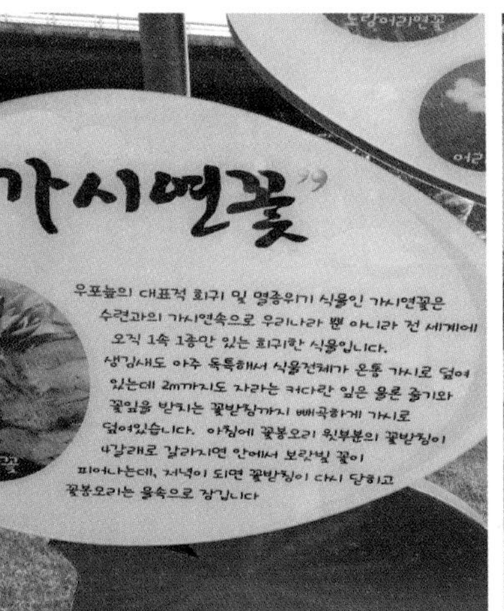

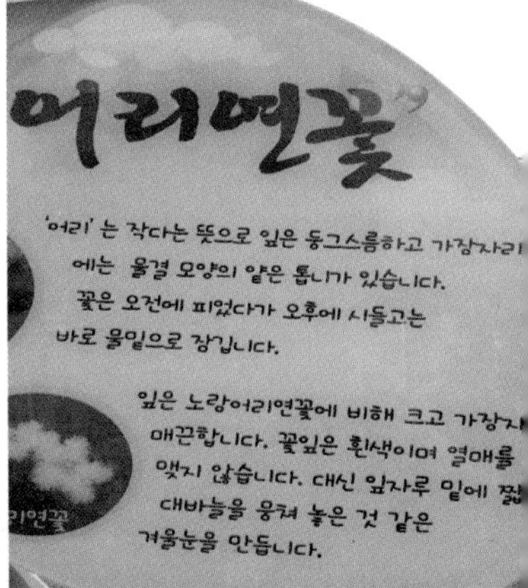

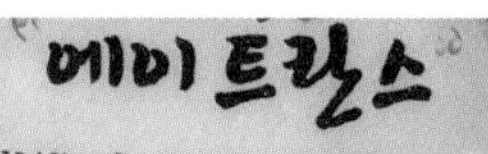

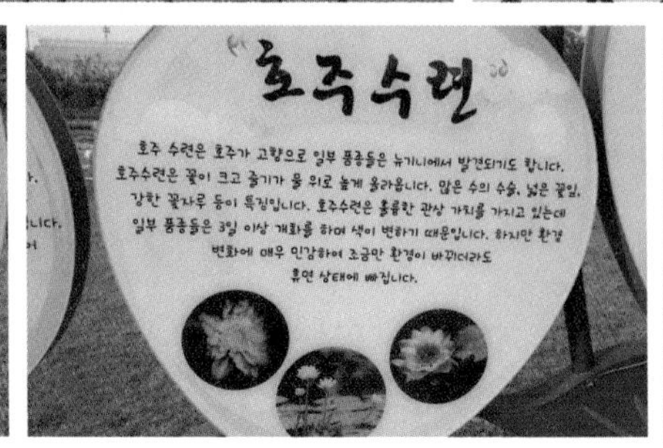

초가을의 교외로 당신을 초대합니다. 도시에서의 고단한 심신을 이곳에서 회복시켜 보세요.

오늘날 우리는 “바쁘다”라는 말을 습관적으로 사용하고 있지요.

누구나 할 것 없이 모두가 늘 분주하게 움직이고 있지만 가슴속에는 텅 빈 쭉정이만 남아 있는 듯 허전함을 채우지 못하고 있는 것은 아닌지…, 세 살 버릇 여든까지 간다는 속담과, 어린아이가 일곱 살이 되면 이미 성격이 형성된다고 합니다. 그러니 자녀가 있는 부모님들은 꼭 이런 글귀를 명심해야겠습니다.

아이들은 아이들대로 영어학원이다 피아노, 컴퓨터, 태권도, 미술학원으로 부모들의 욕구를 채우느라 쉴 새 없이 바쁘고, 젊은이들은 X세대라는 미묘한 명칭 아래 새로운 문화를 접하느라 모두가 바쁘게 살아가고 있지요. 그러나 이렇게 바쁘게 사는 모습들 속에서 간절히 소망하는 것이 있다면 자연의 이치부터 터득하게 하여 주는 것이 좋지 않을까 합니다. 대자연이라는 주변을 통하여 마음속을 꽉 메워줄 것입니다.

당신의 건강은 안녕하십니까?

서쪽 매표소 입구에 건강을 체크해 보라는 뜻에서 설치해 놓은 것입니다. 나도 호기심에 시험을 해보니 표준으로 나오네요. 내친김에 날씬 표시 기둥 사이로 몸을 아무리 통과시키려 해도 되지를 않는군요.

욕심이 과過하였나 봅니다. 모두들 안간힘을 다하여 날씬이나 홀쭉쭉으로 몸을 들이밀어도 통과 못하는 장면을 보고 있자니 남일 같지가 않았습니다.

■ 오색 빛깔 단풍 - 가을산행

시몬 나뭇잎새 저버린 숲으로 가자. 시몬 너는 좋으냐, 낙엽 밟는 소리가.

단풍과 함께 가을이 깊어갈 때쯤이면 산은 초록의 낡은 옷을 벗고 빨강과 노랑의 화려한 외출복으로 갈아입으며 우리를 유혹하고 있답니다.

내 집 정원 모서리에 자리 잡은 단풍나무입니다. 한 뿌리에서 나온 줄기와 잎새인데도 불구하고 빨갛게 물들어 가는 잎새들이 동일하지가 않네요. 빛과 바람 등의 영향이겠지요. 그래도 한마디 불평 없이 받아들이면서 잎새 그들의 삶을 마무리하면서, 뿌리와 줄기를 위해 자신은 밑거름이 되는 것입니다.

사색을 불러오는 낙엽

낙엽은 보는 이로 하여금 철학자로 변신시켜 주는 마법을 지니고 있나 봅니다. 늦가을이면 푸르던 나뭇잎은 단풍이 들어 한 잎 두 잎 바람에 휘날려 땅에 떨어지는 모습을 보면서 나뭇잎은 아무 반항도 없이 운명에 순응함을 저절로 느끼게 된답니다. 우리도 낙엽과 같이 시간이 다 되면 삶의 터전을 비켜주고 떠나야 하지 않을까요? 사람도 항상 떠날 준비를 하고 살아가는 것이 좋을 듯싶습니다. 단, 내일 지구의 종말이 닥친다 해도 오늘 한 그루의 나무를 심겠다는 자세로 성실하고 바르게 삶을 살아야 하고, 삶을 소중히 해야 하겠습니다. 그러나 많은 사람들은 자신은 영원히 살 것 같은 마음으로 평상시에는 크게 염두에 두지 않는 것 같습니다.

바람소리에 흩날리는 낙엽 소리를 들으며 누구나 한 번쯤은 삶의 유한성을 생각해 보는 것도 좋을 듯싶습니다. 떨어지는 낙엽을 보며 많은 생각을 해 보았습니다. 올봄 정원 중앙에 심어 놓은 배롱나무입니다. 양평의 기후는 다른 지역보다 낮아서 겨울이 오기 전에 감싸주어야 한답니다. 나무껍질이 없는 듯 벌거벗은 모양이다 보니 남달리 추위를 탄답니다. 그래도 감싸주는 수고는 아끼지 않으렵니다.

한여름에 어여쁜 색깔의 꽃을 백일 동안이나 나에게 선물해 준 답례가 아닐까 합니다.

오색 빛깔 단풍 속으로

이맘때쯤이면 설악산 줄기부터 단풍이 들기 시작하지요. 이미 강원도 깊은 산간지방은 첫눈이 내린다는 예보와 함께 내 집 정원에도 빛바랜 만추의 가랑잎이 하나둘씩 바람결에 이리저리 흩날리고 있답니다. 그러면서 나무들은 다가올 겨우살이 준비를 하는 것이지요. 도시에 살고 있는 사람이라면 근교로 가볍게 단풍 나들이를 나가는 것도 좋을 듯 싶습니다. 가까운 야산의 능선을 종주하면서 발 아래 펼쳐지는 아기자기한 단풍을 즐겨보세요. 정원 앞뜰에 심어 놓은 블루베리 잎새입니다. 푸르른 색이 가을로 접어들면서 보시는 바와 같이 빨간색으로 변해가고 있습니다.

그 좋은 블루베리 열매를 우리에게 선물하였는데도 불구하고 남들은 잎새에도 항암효과가 있다고 하여 잎새를 몽땅 따서 말린 후 차로 달여 마신다네요. 나는 잎새의 색에 취해 보기에도 아까워 눈으로만 마시기로 하였습니다.

철쭉꽃이 피었습니다. 한번 더 예쁜 꽃을 피우고 있습니다. 키가 작아 어려 보이나 수령이 20년이 넘은 것입니다. 다른 아이들은 이른 봄에 한번 피우기도 어려운데, 나는 더없이 고맙고 기분이 좋았습니다.

낙엽을 보아야 할 시기에 보기에도 아까운 새빨갛게 물든 잎새는 물론 꽃망울까지 선물을 해주고 있으니…, 원래 색상의 변화는 엽록소 영향으로 색이 변하는 것이나 우리 인간은 감정을 주입시켜서 의미를 부여하고 있는 것이지요. 요즈음의 날씨가 따듯하였고, 수분기가 있는 토양으로 인해 꽃을 피운 것입니다.

■ 깊어가는 가을녘에 - 양평 용문산 나들이

시월이 가기 전에

10월의 마지막 주입니다. 하루는 길게 느껴지지만 1주일 1달은 참 빨리도 지나가네요. 잠시 시간을 내서 용문산을 찾았습니다.

자연은 있는 그 모습 자체를 우리에게 내어주고 있답니다. 조금씩 단풍 낙엽이 여물고 멋진 산을 구경하기 좋은 계절이지요. 바로 내가 둥지를 틀고 있는 양평에 위치한 용문산이랍니다.

생각보다 높은 등산코스와 사찰, 먹거리까지 가을을 보내기 딱 좋은 것 같습니다. 1000년의 역사가 있는 용문산 은행나무 따라 멋진 구경 한 번 어떠세요? 하루의 일과쯤은 내일로 미뤄두고 이달이 가기 전에 찾아주시면 당신의 몸과 마음에 힘찬 기운을 불어넣어 줄 것입니다.

양평군 용문면과 옥천면 경계에 있는 용문산은 산세가 웅장하고 빼어나며 골이 깊어서 예로부터 경기도의 금강산으로 이름이 높답니다. 최근에는 문산발 용문행 열차가 약 25분 간격으로 운행하고 있어 접근하기에도 부담 없는 곳이 아닐까 합니다.

낙엽 하면 쓸쓸하게만 생각하는 사람이 많지요? 그러나 우리를 사색의 현장으로, 반성의 기회를 주고 있는 것은 아닌지…, 그렇다면 얼마나 고마운지 모를 것입니다.

늦가을녘에 흩날리는 낙엽 소리를 들으며 잠시 삶의 유한함을 생각해 보세요. 용문산의 대표적인 이미지를 꼽으라면 당연히 은행나무이지요. 천연기념물 제30호로 지정된 나무입니다. 지금도 제일 오래된 것들은 1100년에서 1200년의 나무가 생존해 있습니다. 높이가 무려 42m로 동양에서 가장 큰 은행나무랍니다. 도로 위 연꽃 위에서 한 컷 기념으로 담았습니다. 내가 보아도 젊어 보이고 기분이 업(up)되어 있지 않나요.

착시 그림 벽화의 변신

경기도 양평군 용문산관광지 마을에 그려진 바닥 벽화입니다. 양평군은 청춘 뮤지엄(트릭아트 뮤지엄)과 양평군 귀농귀촌 협동조합의 재능 기부로 용문산 관광지에 착시 그림 채색 작업을 진행하였다네요. 이 바닥과 벽화 등의 착시 그림 작업 후 용문산을 찾는 관광객이 증가하고 있다니 다행입니다. 용광로 위 난간에 몸을 맡겼습니다. 앞으로 조금 더 잘하겠습니다.

장장 180m 도로에 각양각색의 이미지를 연출시켜 놓은 것입니다. 폭포수 이미지 주변에 서 있노라면 수백 미터 폭포 속으로 빨려 들어가는 느낌이었습니다.

여행지에서 빠뜨릴 수 없는 것이 먹거리지요. 용문산 주변에서 생산된 더덕과 산나물로 어우러진 식사는 참으로 꿀맛이었습니다. 또한 관광지를 찾다 보면 지나칠 수 없는 것 중의 하나가 기념품일 것입니다.

여기에서는 산지에서 재배된 약초와 산나물이 주류를 이루고 있습니다. 나 자신의 나이가 나이인지라…, 마지막 눈에 확 들어오는 것이 또 하나 있네요. 7080시대를 연상하게 하는 이미지 풍경 속의 구경거리도 준비되어 있습니다. 지나치지 말고 한번 들러보세요.

■ 늦가을 자연에서 배우다 - 정원과 수능리 일대 풍경

대자연의 섭리

10월을 뒤로하고 동절기를 준비하고 있는 앞산의 늦가을 수능리 마을 풍경입니다. 스스로 생존하기 위해 잎새를 하나둘씩 내어주고 있습니다. 그네들은 알고 있지요. 모두가 살겠다고 하면 모두 다 고사한다는 것을…,

어미인 뿌리는 몸통을 살리고자 자식 같은 잎새를 버리고, 잎새는 몸통을 위해 땅에 떨어져 밑거름 역할을 해주고 있는 것이지요. 그리고 긴 동면에 들어간답니다. 우리 인간은 이들의 깊은 뜻을 이해 못하고 단풍이 드는 가을이면 풍광을 보려고 여행을 떠나고 있지요. 색색이 변해가는 잎새의 애틋한 심정도 헤아려주었으면 합니다.

뒤곁 하천가에 빨강으로 물들어가는 단풍입니다. 그 푸르던 정원의 모습들도 겨울 준비를 하고 있습니다. 스스로, 알아서, 어느 누구를 탓하지도 않고, 각자의 위치에서 자기 일들만 하고 있습니다.

자연은 우리에게 소나무, 눈주목, 꽃잔디 등 겨울에도 잎새가 푸르른 몇 가지만은 놔두고 겨울 준비를 하고 있네요. 그래서 인생은 살맛나는 것이 아닌가 합니다. 모두 다 변해버리면 너무 삭막하지 않습니까? 여러 가지 나무들이 어울려 있을 때는 몰랐습니다.

푸르름의 고마움

두서너 가지의 푸른 잎새들이 더욱 가슴에 와 닿네요. 내년에도 어여쁘게 힘찬 나뭇잎새를 보려면 보온을 해주려 합니다.

흰색의 꽃이 피는 목단입니다. 한약재로도 유용하게 쓰이고 있지요. 떨어지는 나뭇잎 속에서 돋아나는 새순을 보았습니다. 긴 동절기 한파

를 어떻게 견디려고 벌써 새순을 내보냐고 물어보고도 싶었습니다. 이른 봄 일찍 잎새와 튼실한 꽃잎을 보려면 이놈도 볏짚으로 감싸줄 것입니다.

명자나무입니다. 단색의 예쁜 꽃을 선물하는 식물이지요. 과실은 한약재로도 쓰이고 있답니다. 가까이 가서 살펴보니 이놈도 이미 몽우리를 맺고 있네요. 봄을 준비하고 있는 것이지요. 이들을 보고 있노라면 희망과 용기 같은 것이 생기는 듯합니다. 그래서 자연은 무언의 인도자요, 스승이 아닌가 합니다.

여러분도 이러한 느낌에 동참하여 보지 않으시렵니까? 빌딩 숲 속의 도시에서는 감히 맛볼 수 없는 자연과 함께하는 전원생활 속에서 심신의 편안함을 찾기 바랍니다.

■ 미각여행 - 동충하초

동충하초

오늘은 감식초를 만들기 전에 누룩에 고두밥을 이용하여 단양주를 담아주기 위해 우리 집을 방문한 용천리 한 사장님 내외분과 미각여행을 하였습니다. 우리 집과는 불과 1.5km 인근에 위치해 있는 곳이랍니다.

진작 블로그에 올리려고 하였으나 이용도 하지 않고 사진만 찍기에는 예의가 아닌 것 같아 늦어졌던 것입니다. 주 이용객은 서울 인근에서 오는 분들이라고 하네요. 물론 단골 고객이 대부분이랍니다.

나도 이곳을 이용한 지가 벌써 5년 정도는 된 것 같네요. 가끔 힘을 받아야겠구나 하면 이용하는 곳이지요. 1시간 전쯤에 미리 예약을 해야 도착해서 바로 먹을 수 있는 식당입니다.

파워 푸드/슈퍼 푸드

이웃 중국에서는 동충하초를 인삼, 녹용과 함께 3대 보약으로 삼고 있답니다. 천연의약품 대사전에 의하면 "동충하초는 달고 순하며, 신장 기능을 돕고 폐를 튼튼히 하며 강장, 정력 보강, 진정, 빈혈 등에 효과가 있다"라고 기록되어 있습니다. 최근 연구에서는 항암, 면역 증강, 항피로, 혈당 강하, 노화방지에도 효과가 있다고 알려져 있습니다. 여기에서는 네 가지를 논하지 않을 수 없습니다.

첫째, 일반 백숙을 전문으로 하는 보통 식당에서는 육계를 사용하는데 이곳은 토종닭이라는 것입니다. 방송 보도에서도 보았듯이 일부 식당에서는 노계를 사용하는 곳도 있다네요. 둘째, 육수의 맛이 일품입니다. 사장님께 살짝 여쭈어보아도 그 비법은 알려줄 리가 없지요. 셋째, 마지막에 나오는 죽, 한마디로 끝내줍니다. 넷째, 당연히 동충하초가 들어가 있지요.

여러분도 지나가시다가, 아니 한번쯤 꼭 이용을 바랍니다. 결코 후회하지 않을 것입니다. 밑반찬으로 나오는 것들도 사장님이 직접 만들어 내는 것이라고 하네요. 청결하고 맛이 깔끔하였습니다.

4인 기준 45000원, 양도 푸짐한 데다 맛 그리고 영양에서도 최고가 아닐 수 없습니다. 서울 인근에서 이만한 곳을 찾기란 쉬운 일이 아닐 것입니다. 최근에는 이놈 때문에 유명세를 치르는 곳이 되었습니다. 멧돼지가 아닙니다.

새끼를 데려와 3년 가까이 사장님과 동고동락하는 사이입니다. 일명 "꿀순이"입니다. 마침 우리 일행이 이용한 날에도 어김없이 주변의 순찰은 물론 내부 홀과 주방을 한 바퀴 돌고 나가는 것이 아닙니까? 스스로 홀문을 열고 들어와서는 사장님이 계시는 주방으로 들어가 한바탕 대화 아닌 대화를 나누어야 밖으로 나간답니다. 또다시 들어오려고 하자 사장님이 들어오면 혼내준다고 소리를 하면 문밖에서 누워 있었습니다.

우리 일행이 식사를 마치고 떠나려 하자 다시금 들어가려고 시도를 하는 중입니다. 아마 이놈이 죽으면 사장님은 순장시켜 줄 것으로 여겨지네요. 처음에는 귀엽다고 하여 닭고기를 많이 주어 비만 판정을 받았답니다. 그래서 요즈음에는 채소나 과일 위주로 식단을 변경하였다고 하니 이만하면 돼지 팔자 "상팔자" 아니겠습니까?

■ 청소년진로체험지원 자원봉사자 - 한국자원봉사문화(사단법인)

청소년진로체험지원사업에서의 자원봉사

30여 년간의 교육현장 생활을 정리하고 귀촌생활을 한 지도 2년이 지나고 있습니다. 대부분의 교육자들은 퇴직하고 나면 그동안 미루어놓았던 일이나 여가생활을 하며 시간을 보낸다고 들었습니다.

나의 경우는 2년여 동안은 좀 더 의미 있는 내용이 무엇인가 고민하였던 시간이 아니었나 여겨지네요. 어떤 일을 하던 정답이나, 100% 만족을 기대하기는 어렵겠지요. 그러나 최소한 후회스럽거나, 부끄러운 생활은 원치 않았습니다. 이러한 맥락에서 청소년 진로체험 지원센터에서 활약하게 될 자원봉사자 교육에 참여를 한 것입니다.

청소년에게 꿈을 심어주자

청소년은 이성보다 감성이 앞서 있지요. 가슴으로 따듯하게 보듬어주면서 행동으로 보여줄 때 순응하고 올바른 길로 나간답니다. 그리하여 사물을 판단하는 데 있어서 많은 수식어보다는 단순하면서도 솔선수범하여야 한다는 것이겠지요. 지식, 열정 그리고 창의력 향상보다 인성에 기초를 두고 꿈을 꾸도록 해주어야 하겠습니다.

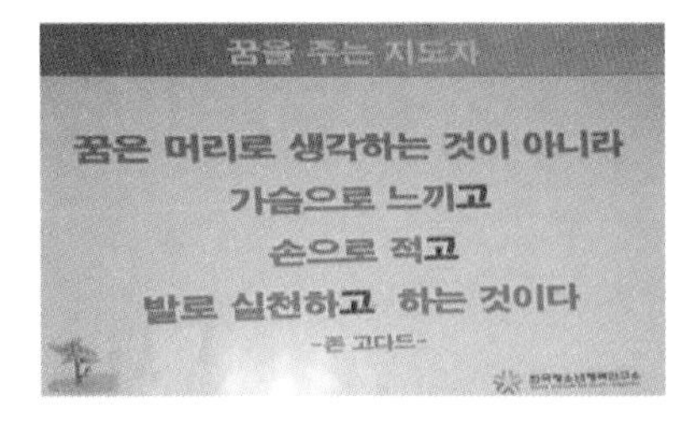

바람의 역할

올바른 지도자란? 어느 청소년이든지 공부나 일에 있어 처음부터 스스로 헤쳐나간다는 것은 쉬운 일이 아니지요. 가고자 하는 길에 길잡이 역할만 하면 된다는 것입니다.

소년이 되라

어른의 시각에서 바라보면 안 된다는 것입니다. 청소년의 입장에서 생각하라는 것이지요. 그래야 그들과 소통하면서 그들의 문제를 풀어 줄 수 있다는 것입니다.

N세대

오늘의 청소년 세대를 요약하면 정보화세대, 소비세대, 영상세대, 자기표현 세대, 게임 세대, 퓨전 세대라고 합니다. 그래서 청소년을 그들의 N세대로 들어가서 이해한다는 것 자체가 쉬운 일은 아닙니다.

그러나 부모와 어른 그리고 이 시대의 선배님들이 하지 않는다면 그 어느 누가 하겠습니까?

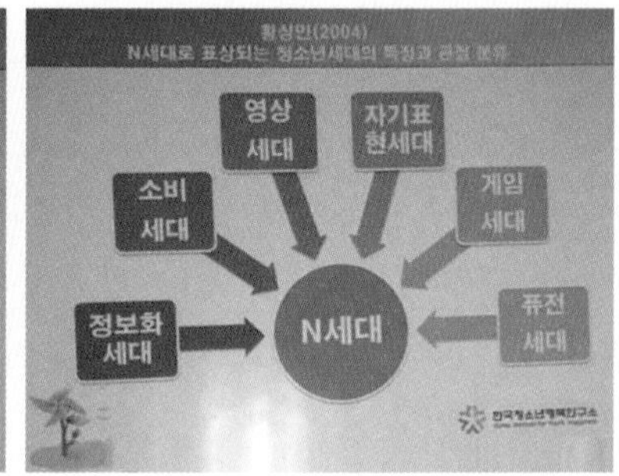

뿌리와 싹

우리 선생님과 부모님들에게 다시 한번 뿌리와 싹의 원리를 일깨워 주었습니다. 지금까지 이 간단한 이치와 원리가 혼돈되어 왔고, 주객이 바뀌어 온 가운데 교육이 이루어져 오지는 않았는지? 나 자신에게 물음표(?)를 던져봅니다.

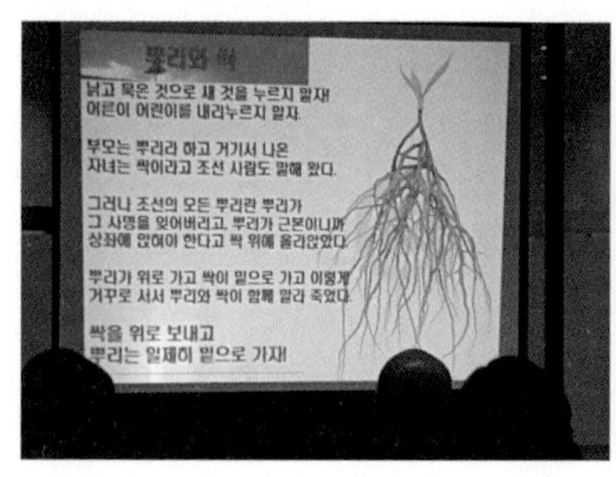

어른이 어린이를 내리누르지 말자

1930년 7월 인권운동가 방정환 선생님의 말씀입니다. 모두가 되새겨 봐야 할 내용이 아닌가 합니다. 너와 나 할 것 없이 어린이를 둔 부모는 자식을 하나의 독립된 인격체로서가 아닌 자신의 소유물로 생각하지는 않았는지를 뒤돌아보는 계기가 되었으면 합니다.

센터 이해하기 수업

청소년 진로체험 지원센터의 기능 이해가 되지 않은 상태라면, 먼저 센터의 강점과 약점은 무엇인지를 알아야 하겠지요. 그리고 자원봉사자의 강점과 약점을 결합하는 가운데 이에 합당한 시너지 효과를 찾아내야 하지 않을까 합니다.

교육 수료

1차 24시간의 교육을 수료하였습니다. 내년 1월경에 6시간의 보수교육을 마친 뒤 일선 시군구 관할 체험 지원센터에서 10시간의 현장 교육을 모두 마치면 자원봉사자로서의 자격을 갖게 되는 것입니다.

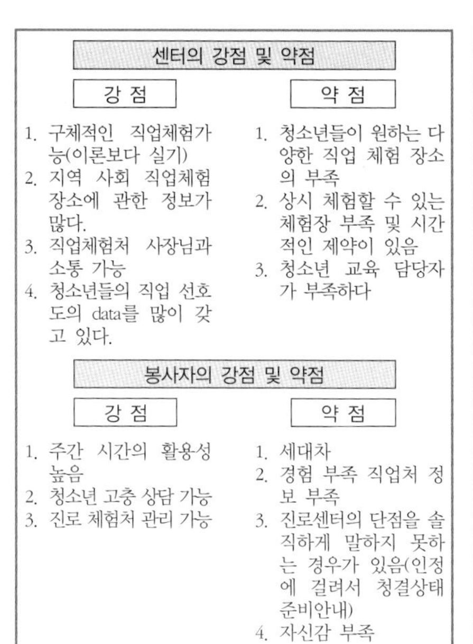

센터의 강점 및 약점

강 점	약 점
1. 구체적인 직업체험가능(이론보다 실기) 2. 지역 사회 직업체험 장소에 관한 정보가 많다. 3. 직업체험처 사장님과 소통 가능 4. 청소년들의 직업 선호도의 data를 많이 갖고 있다.	1. 청소년들이 원하는 다양한 직업 체험 장소의 부족 2. 상시 체험할 수 있는 체험장 부족 및 시간적인 제약이 있음 3. 청소년 교육 담당자가 부족하다

봉사자의 강점 및 약점

강 점	약 점
1. 주간 시간의 활용성 높음 2. 청소년 고충 상담 가능 3. 진로 체험처 관리 가능	1. 세대차 2. 경험 부족 직업처 정보 부족 3. 진로센터의 단점을 솔직하게 말하지 못하는 경우가 있음(인정에 걸려서 청결상태 준비안내) 4. 자신감 부족

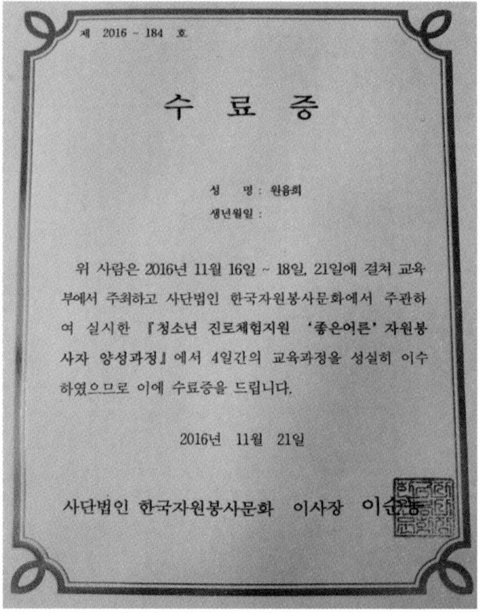

제 2016 - 184 호

수 료 증

성 명 : 원용희
생년월일 :

위 사람은 2016년 11월 16일 ~ 18일, 21일에 걸쳐 교육부에서 주최하고 사단법인 한국자원봉사문화에서 주관하여 실시한 『청소년 진로체험지원 '좋은어른' 자원봉사자 양성과정』에서 4일간의 교육과정을 성실히 이수하였으므로 이에 수료증을 드립니다.

2016년 11월 21일

사단법인 한국자원봉사문화 이사장 이순[illegible]

교육 수료 후 나의 거주지인 양평 진로체험 지원센터에서는 자원봉사자 지원 요청이 없어서 인근 하남시로 배정을 받았습니다. 내년쯤에는 거주지로 전보 요청을 할 계획입니다.

꽃 피어라 내 인생

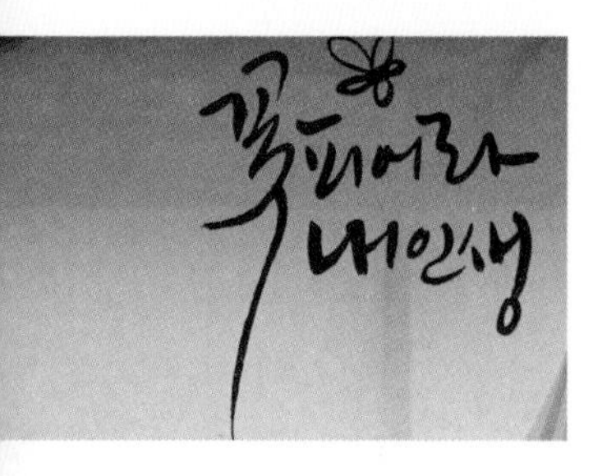

자신의 인생은 자기가 가꾸어나가는 것입니다. 교육현장에서의 인성과 창의 그리고 지식 경험을 자라나는 청소년에게 이야기해주는 것은 정말로 좋은 일이라 생각합니다. 다음 세대를 이끌어갈 청소년의 가는 길에 한 줌의 재로 되돌아갈 때까지 목회자와 같은 심정으로 봉사를 한다는 것은 또 하나의 내 인생을 꽃피우는 일이라 여겨집니다.

■ 겨울 잠 재우기 - 내 집 정원 월동준비

배롱나무

한 발짝 한 발짝씩 초겨울의 분위기로 접어들고 있습니다. 하루는 따스하다가도 또 하루는 조금씩 싸늘함이 피부 속으로 파고들고 있습니다.

겨울로 들어가는 길목에서 시샘을 부리는 것인지…, 인간에게 준비의 시간을 주고 있는 것인지…, 자연 속의 이네들과 대화가 되지를 않으니 겨울 채비에 차질이 있을 수밖에 없네요.

배롱나무라는 것이 있습니다. 다른 나무들과 달리 표피가 없어서 한여름에도 벌거벗은 느낌이 드는 수종이랍니다. 겨울이면 오죽이나 춥겠습니까? 그러나 가냘픈 몸매이지만 잎새 사이에서 태어나는 꽃은 가히 일품이 아닐 수 없습니다. 그것도 근 100일 동안이나 우리에게 보여주고 있답니다.

우선 바닥 주변을 얼지 않도록 뽁뽁이로 덮어주고 나뭇잎과 볏짚으로 두둑이 덮어주었습니다. 줄기도 뽁뽁이로 감싸주고 다시금 볏짚으로 에워싸주었습니다. 이 정도면 겨우내 긴 동면을 편안하게 취할 수 있겠지요.

눈주목

식수를 한 첫해에는 뿌리가 안착하지 않아서 감싸주었었지요. 이듬해 이른 봄에는 색상도 유난히 푸르고 활기 찬 모습을 본 뒤로는 매년 집 주인에게 감사의 표현으로 느껴지면서 연례행사가 되었네요. 어떤 해에는 귀찮게도 여겨졌지만 생동감을 보여주는 모습을 상상하면 …, 힘든 것도 잊은 채 금년에도 수고를 아끼지 않았습니다.

목단나무

자색 꽃을 선물해 주는 목단입니다. 흰색과 자색의 꽃을 보여주고 있습니다. 겨울을 나는 동안 몸살을 앓으면 꽃이 부실할 것으로 판단이 들어 보호조치를 한 것입니다. 볏짚으로 감싸여 있어서 답답하지 않을까도 생각이 들지만 잘 견뎌주리라 믿습니다.

사계장미

장미과 나무입니다. 누군가가 말하였지요, 오월의 여왕이라고, 빼놓을 수 없는 고마운 꽃 중의 하나입니다.

금년 추위에 잘 견뎌주면 내년 봄에도 사계장미는 봄부터 가을까지 50여 그루에서 변함없이 나에게 자색, 노랑, 빨간색의 꽃을 보여주리라 믿습니다.

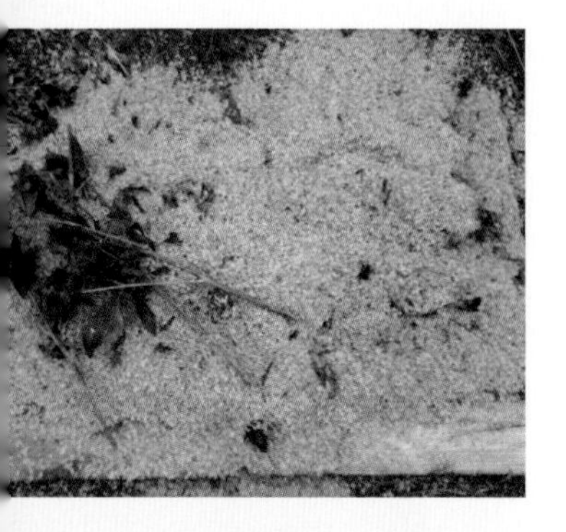

작약꽃밭

처음에는 일 년생인 줄로 알고 이곳에 무심히 또 다른 수종을 심은 적도 있었습니다. 늦은 봄 유심히 살펴보니 지난해의 꽃대가 올라오더군요. 그다음부터는 미안한 마음에 토양이 얼지 말라고 왕겨를 뿌려주었습니다. 이렇듯 별것 아닌 듯하면서도 하나하나의 사연들과 소통이 될 때 비로소 전원생활의 멋과 자연의 고마움을 알게 될 것입니다.

남천

남천이라는 이 나무의 원산지는 일본으로 알려져 있습니다. 꽃이 예쁘지는 않지만 변화하는 나뭇잎의 색상은 꽃에 뒤지지 않는답니다. 양평지역이 워낙 추워서 나무 끝이 자주 고사를 하네요. 즉 뿌리만 살아남다 보니 보기에 안쓰럽더군요. 바람막이라도 해주면 한결 따스할 것입니다.

독야청청 - 소나무

겨울철이면 홀로 강건함을 보여주는 소나무입니다. 동절기 주위의 싸늘함을 완화해 주는 역할을 해주어 고맙기도 한 녀석이랍니다.

한편으로는 외로워 보이기도 한 느낌도 든답니다. 모두가 함께 상생함이 좋을 듯도 한데…

자연에서도 잘난 녀석과 못난이가 있는 것은 아닌지, 자연 속에서 이들과 더 오래도록 사이좋게 지내다 보면 진솔한 대화도 나눌 수 있겠지요.

인터넷을 통한 서적 구입 수업

일반도서 구입처의 대표적인 곳으로 교보문고 사이트에 접속하여 회원 가입을 하고 난 뒤 수강생 각자는 본인들이 관심을 갖고 있는 분야를 검색하도록 하였습니다. 나로서는 당연히 통합 검색란에 나의 이름을 넣었지요.

선생님과 동료들이 나의 검색 결과를 보면서 이구동성으로 한마디씩 수고와 칭찬을 해주었습니다.

한편으로 부끄럽기도 하였지만 이미 공개적으로 모두 알려진 내용에 대하여 숨길 사항을 아니라는 생각이 들었습니다. 그리하여 이번 기회에 짧지 않은 기간 동안 편찬한 것들에 대한 소회를 블로그에 밝혀두는 것도 추억의 한 꼭지가 될 수 있다고 판단하게 되었습니다.

글쓰기 시작 - 호텔사업경영론

엊그제 글쓰기를 시작하였던 것 같은데, 처음 편찬된 서적의 출간일이 1987년 11월 25일, 30년 전으로 거슬러 올라가네요.

대학 강단에 입문한 지 4년차, 박사과정 입학을 계기로 처음으로 무엇인가를 기념으로 남기고 싶었던 욕구가 강하였던 것 같습니다.

머리말을 보니 이렇게 표현을 하고 있네요. 국민경제와 문화생활의 눈부신 성장과 향상에 따라 관광사업의 중요성도 가일층 고조되고 있다. 그 이유는 관광사업이 그 나라 문화를 측정하는 척도이기 때문이다.

새로운 각도에서 호텔사업의 경영관리 개념이 재조명되어야 한다는 필요성을 강조하면서…, 이렇듯 밝히면서 매듭을 지었네요. 지금에 와서 내용을 다시 보니 졸렬하기 짝이 없어 보입니다. 무식하면 용감하다는 말을 떠올려봅니다.

마지막 출간 서적 - 식음료 서비스 실무

오랫동안 나를 따랐던 제자와 후배 교수가 2016년 8월 10일자 공동으로 집필한 서적입니다.

퇴직을 하였음에도 함께 집필을 제안한 공저자분에 대한 고마움을 여기에 남깁니다. 또한 이 교재를 마감하면서 돌이켜보니 처음 글을 쓰기 시작한 이래 30년차 되는 해가 되어 더욱 의미가 있지 않나 싶습니다.

무한경쟁의 시대에는 고객이 기업을 선택하는 시대로서 고객의 요구는 날로 까다로워지고 있습니다. 고객의 입장에서 먼저 생각하고 세심한 서비스로 다가가는 자세가 필요한 때에 "NCS 기반 식음료 서비스 실무" 교재는 시의 적절한 출간이었다고 여겨집니다.

e북 도서 - 최신 호텔학의 이해 등등

초창기에는 전자북이 없었습니다. 정보기술이 발전하면서 출판사의 입장에서는 출판 경비를 줄일 수 있고, 독자의 입장에서는 필요한 분량의 내용만을 선택하여 구독할 수 있다 보니 서로가 윈윈win-win 차원에서 탄생하게 된 것입니다.

그러나 독자층의 관심 부족으로 활성화되지 못한 점이 아쉽네요.

정부주관 우수학술도서 선정

제목에서와 같이 우리에게는 둘 다 해당된다고 볼 수 있겠습니다. 즉 술을 멀리하면 삶의 멋과 풍요로움을 모를 것이요, 술을 가까이하면 생명의 단축은 물론 남에게 피해를 주게 되어 당신을 멀리한다고 볼 수 있겠습니다.

이 책의 내용을 간략하게 소개하면 '술의 좋은 점, 나쁜 점'을 소개하고 있습니다. 또한 순박하고, 요염하고, 사납고도 순하고, 귀여운 술들을 사랑하면서 건강한 생활을 즐길 수 있는 과학적인 비결과 술에 얽힌 동서고금의 에피소드도 기술하고 있답니다.

의미 있는 서적 - 병원 서비스론

병원의 문턱, 아직도 많은 사람은 높거나 친절하지 못한 곳으로 느끼고 있습니다. 그러면 진정한 서비스는 무엇인가?

"고객(환자)이 갖고 싶은 것을 갖고 싶을 때 원하는 방법으로 해드려서 만족하게 모시는 것이다"라고 쓰고 있네요.

세계 수준의 우수한 병원들은 환자의 상태를 명확하게 파악하고 있으며, 서비스경영철학을 단지 관리부서나 고객서비스 전담부서만이 아닌 최고 경영진에서부터 의료현장 직원에 이르기까지 병원의 모든 부서에 적용 실천되어야 하지 않을까 하여 집필된 것입니다.

의미 있는 서적 - 문화 마케팅

문화는 삶터의 흔적으로부터 삶의 양식에 이르기까지 삶에 관한 모든 방식을 포괄하는 그릇이다. 정치, 경제, 사회생활을 정리하여 보자기로 싸듯 포용하는 개념으로 역사에 이바지하고 있다.

앞으로 세계화, 정보화 시대에서 무궁무진한 가치를 창출해 낼 수 있는 소프트웨어는 곧 한 나라의 언어를 포함한 제반의 문화를 깨달아야 하겠지요.

다시 말해서 이제 한 나라의 문화는 거대한 상품이 된 것입니다. 이러한 의도를 살리고자 문화를 마케팅에 접목시켜 본 것입니다

국제화 시대 - 글로벌 시티즌을 위한 에티켓

오늘날의 지구촌 사회는 개방화, 정보화, 글로벌화되었습니다. 세계인들과 편견 없이 선의의 경쟁을 슬기롭게 주도하고 그들과의 우의와 친선을 도모하기 위해 다양한 에티켓이 중요하게 인식되었지요.

동서양의 에티켓 실무를 상황에 맞게 기술하려 노력하였습니다.

서양의 에티켓 기본

- 상대방에게 호감을 주라.
- 상대방에게 폐를 끼치지 마라.
- 상대방을 존중하라.

의미있는 서적 - 성품개발

우리 속담에 "세 살 버릇 여든까지 간다"라는 말이 있습니다. 맞는 말입니다.

서양에서도 초등학교 이전의 학습 내용은 인성이나 성품 교육에 주안점을 두고 있다고 합니다.

더 늦기 전에 우리의 청소년들에게도 꼭 필요한 것이 아닐까 합니다. 본 주제 속의 주요 내용은? "성품 이해, 성품 가꾸기, 성품 개발하기"로 구분하여 기술해 놓은 것입니다.

성공의 뿌리는 올바른 성품에서 나온다고 믿어 의심치 않습니다.

■ 첫 번째 함박눈 - 정원과 주변 일대

마을 주변 비경

겨울의 문턱에서 함박눈이 내리고 있습니다. 어른들은 눈꽃이라고도 하지요. 늦가을의 썰렁한 분위기는 세상을 하얗게 변화시키고 있습니다.

새롭게 각인시키고 있는 것입니다. 사람들은 이때를 놓칠세라 신비스러운 모습을 가슴속에 담아보려고 일탈해 보려고도 합니다.

우리 모두 일상의 번뇌를 잠시 내려놓고 신비스러운 설경의 모습을 만끽하여 보지 않으시렵니까?

눈 덮인 장독대

외관상은 예나 지금이나 똑같은 색상의 흰 눈입니다. 지금은 각종 공해로 오염되어 먹을 수는 없지만 아직 토양에게는 이로운 존재가 아닐 수 없습니다.

식물들은 겨울잠을 자고 있지만 최소한의 수분 공급은 필요하니까요. 아울러 정원 모서리 눈 덮인 장독대를 보니 어렸을 적에는 장독대 위에 덮인 눈을 먹었던 적도 있습니다. 더욱 생각나는 것은 어머니의 손때 묻은 장독대와 그 속에 담겨 있던 장맛이 그립습니다.

소년기를 회상하며

멋모를 어렸을 적 눈이 내리면 으레 하는 일은 눈사람을 만드는 것이었습니다. 중·고등학교 시절에는 눈이 오면 치우는 작업을 걱정하였던 기억이 나네요. 잊지 않고 꼬박꼬박 눈 치우기를 해왔던 것 중 하나는 멀지 않은 곳에 잠들어 계신 아버님 묘소의 눈을 치우는 것이었습니다.

내 나이 육십이 지난 지금은 함박눈이 멋스럽기도 하고, 치울 일이 동시에 교차하고 있네요. 머릿속에 감성과 이성이 동시에 존재하는 것이 아닌가 합니다. 나이가 들어감은 무게 있게 익어가는 것으로 이해하려 합니다.

설화雪花

봄에 핀 철쭉꽃은 자색이지요. 오늘은 가지 위에 흰 꽃이 활짝 피었습니다. 다른 나뭇가지 위에도 동일한 흰 봉우리 꽃으로 대미를 장식하

고 있네요. 오랜만의 통일된 모습을 보면서 우리도 가끔은 이렇게 변화와 통일된 행동을 해봄도 좋을 듯합니다.

솔잎 위에 눈은 내리기가 바쁘게 추위와는 상관없다는 듯…, 녹는 눈은 온갖 때묻은 오염을 씻어내리면서, 아삭아삭하는 소리는 마치 솔잎이 눈 식사를 하고 있는 형상 같아 보였습니다.

밤 사이 계속해서 눈이 내리면 솔나무 가지들이 부러질까 봐 해가 지기 전에 한번 눈들을 쓸어내렸습니다. 소나무들아 오늘 밤에는 홀가분한 마음으로 밤 사이 내리는 눈과 친하게 지내기를 바란다.

■ **나를 돌아봐** - 2016년을 보내며…

꽃 피어라 내 인생

인간은 누구나 똑같은 사람으로 태어나지만 어떤 사람은 일생 동안 좋은 일을 많이 하고, 또 어떤 사람은 평생 아무런 일도 하지 못하는 것은 그 사람이 얼마만큼 올바로 생각하고, 행동하면서 살았는가에 달려 있다고 본다.

생각한다는 것은 곧 자기 자신과 이야기를 많이 나누는 것이며, 자신의 정도를 찾아가는 것이 아닐까 합니다. 생각은 스스로를 반성하게 하여 깨달으며, 몸과 마음을 닦아 자기 자신을 키워나가는 것이지요.

이제부터라도 자신을 잃어버리지 말고 눈에 보이든, 보이지 않든지

간에…, 가던 길은 잠시 멈추면 보이는 것이 있을 것입니다. 아니 멈추어서 보아야 할 것도 있을 것입니다. 그러면 잃어버렸던 많은 것들을 생각해 내면서 찾게 될 것입니다.

자기 자신이 찾은 그 길이 진정으로 당신이 가고자 하는 꽃길이 되지 않을까 합니다.

고목 같은 인생을

한적한 시골길 옆에 우뚝 서 있는 느티나무나 은행나무를 보면 오랜 세월 속에서 살아온 사연을 간직한 역사의 증인과도 같은 생각이 들지요. 수많은 풍상을 겪으며 인내해 온 꼿꼿한 자세의 장엄함과 아름다움은 마치 고고하고 위대한 철학자를 대하는 것 같고 예술작품을 보는 것과도 같이 느껴졌을 것입니다.

이렇듯 나무는 오래될수록 장엄하고 아름다우며, 소중하게 생각을 하는데…, 사람은 오랜 연륜 속에서 아무리 지식이 있고 지혜가 있어도 권위와 멋을 나타내지 못하고 칭송받지 못함이 아쉽습니다. "늙은이는 쓰다 버린 고철이 아니라 권위 있는 인생의 역작이다" 즉 쓸모없는 존재가 아니라 오랫동안 묵힌 포도주와 같이 향기를 지니고 있다는 뜻이지요. 나 또한 한 조각에 불과할지라도, 벽돌 하나에 불과할지라도…, 위와 같은 문구에서와 같이 어리석음을 깨닫게 해주고, 아름다움을 느끼게 해주는 사람으로 기억되기 위해 가꾸고 노력해 보렵니다.

꽃길 따라

나는 누구인가에 대한 자문을 해보게 되었습니다. 나름대로 열심히 살아왔다고 생각해 왔으며, 그래도 대한민국이라는 내 조국에서 수여한 훈장까지 받았지만, 어느 순간인가 불현듯 잘못 살아온 부분이 있지 않을까 하는 생각이 스쳐 지나가더군요. 조금씩 아주 느리지만 고치고 반성하면서 생활해 가겠다고 다짐도 해보았습니다.

꽃길에는 눈에 보이는 유형의 길과, 보이지 않는 무형의 꽃길이 있습니다. 나 자신 꽃길이라는 단어를 띄우며 유형보다는 무형의 꽃길을 찾으려고 부단히 개척하려고 노력하였던 한 해라고 할 수 있겠네요. 내 스스로 좋아서도 열심히 하였고, 다음 단계로 가기 위한, 디딤돌 역할을 해주었던 일들이었기에 소중한 한 해였다고 할 수 있겠습니다.

도시생활 탈출

도시생활 40여 년, 이제 한 청년은 장년을 지나 노년기에 접어들었습니다. 나라는 존재감은 살릴 겨를도 없이 생존경쟁이라는 시장논리에 떠밀려 시간을 보낸 것은 아닌지…, 너나 할 것 없이 닭장 같은 콘크리트 아파트 생활이 뭐 그리 좋다고 로망을 하는지 모르겠습니다.

지금 도시 탈출 4년차를 보내고 있습니다.

자연 그대로, 있는 그대로, 물론 잃은 것도 있습니다. 그러나 얻은 것이 더 많지요. 몸무게는 8kg이나 줄었으며, 혈관 나이는 40세랍니다.

긍정 속에 지낸 전원생활의 결과라고 볼 수 있겠습니다. 의사 선생님이 진찰 결과 이상이 없다고 하시면서 "보약 많이 드셨네요, 돈 버셨네요." 하더군요. 더 욕심을 부리면 안 되겠지요. 그러나 인간인지라 또 다른 욕심을 생각하지 않을 수 없는 것이 현실이랍니다. 무엇이냐고요?

적당히 육체적으로 몸을 움직일 수 있는 일과 정신적으로도 도움의 일손이 필요한 곳이 있으면 달려가서 도우려 합니다.

이웃 농촌으로 돌아가자

사람 사는 세상이라면 어느 곳이나 좋은 점과 나쁜 점 그리고 편리한 것이 있을 것입니다. 분명 도시생활에도 좋은 점이 있기 때문에 70년대 이후 도시로 도시로…, 이동해 왔다고 볼 수 있겠지요. 이러한 현상이 지금은 역전될 것이라고 하네요. 여기에는 분명 이유가 있을 것입니다.

그중 하나가 도시에서는 찾아볼 수 없는 이웃 간의 정감이 아닐까 합니다. 며칠 전 이웃에 거주하는 집으로 초대되어 몇몇 가족이 맛나는 식사 대접도 받고, 담소를 나누었지요. 아직 우리 농촌에서는 이런 유사한 만남 속에 소통이 종종 이루어지고 있답니다. 이런 것이 사람 사는 세상이 아닐까 합니다.

힐링의 시간

힐링은 도시만의 전유물이 아닙니다. 시골로 내려와 전원생활의 문제점 중에서 제일 불편한 것이 무엇이냐고 묻는다면, 이구동성으로 문화생활의 단절이라고 합니다. 그러나 이것은 옛말이 되었답니다.

도시에서의 문화생활 못지않게 시골에서도 다양한 문화생활을 누릴 수가 있는 세상으로 바뀌었습니다. 걱정하지 마세요. 여러분의 취미생활에 도움이 되는 프로그램이 준비되어 있습니다.

자연식으로 돌아가자

생로병사라는 큰 굴레를 벗어날 수는 없지만…, 내일보다는 오늘이 더 젊으니까 할 수 있는 일은 하면서, 해보고 싶은 일은 하는 것이 좋겠지요. 병신년의 한 해를 마감하면서 열심히 시속 65km로 달려온 것 같습니다.

가속 페달을 밟지 않아도 올라가는 시속을 멈출 수는 없답니다. 멈추면 끝이니까요. 아직 내 나이가 멈출 단계는 아니지요. 자연 속에서, 자연식으로 돌아가면 건강은 자연스럽게 따라올 것입니다.

낙엽도 쓸모가 있습니다 - 생각하면서 삽시다

생각을 많이 하면 지혜가 생기고, 옳게 알고 정확히 판단하여 바르게 행동하는 요령을 터득하게 된답니다. 더욱이 바른 생각을 깊이 하면 그릇된 마음도 바뀌면서, 아무리 상대방이 미워도 다정하게 대할 수 있고, 사랑으로 감싸줄 수 있지 않을까 합니다. 이렇듯 올바른 생각은 자신의 삶을 보람 있고 행복하게 가꾸어 나갈 수 있는 것입니다.

지난 1년간의 묵은 때는 벗겨내고 우리 모두 지저분한 낙엽도 쓸모가 있다는 진리 속에 다가오는 새해를 힘차고, 반갑게 맞이하였으면 합니다.

■ 소통과 화합 - 시골생활에서 이웃 간 행복 찾기

이웃 간 소통 - 마음을 활짝 열고

따스한 봄날은 어김없이 찾아올 것이고, 오묘한 조물주의 섭리에 따라 대자연은 다시금 새 삶을 마음껏 구가하도록 대기하고 있건만…, 회

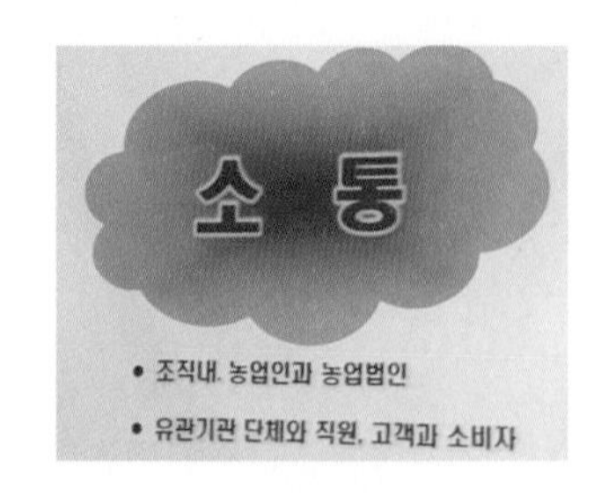

색빛 세상은 나날이 암도를 더해가고, 인간의 마음은 더욱 황폐해지며, 불그레한 우리의 욕심은 더한층 뻘겋게 타올라 안타깝기 그지없습니다.

이 세상이라는 무대 위에서 우리는 주어진 인생 동안 자기 역할을 하면서 살아가지요. 이 중에서 이웃이라는 굴레 또한 벗어나거나 피할 수 없을 것입니다. 특히 시골생활에서는 이웃과의 관계가 더욱 필요하고, 소중한 존재가 아닐 수 없습니다.

이웃 간에는 친절한 미소, 다정한 위로와 따듯한 정이 어우러져야합니다. 가진 것이 부족해도 정말로 마음 뿌듯한, 서로가 한없이 보고 싶고 그리워지는 정겨운 세상을 만들어보지 않으시렵니까? 보이지 않는 곳에 은은하게 향기를 발하는 들국화 같은 인간미 넘치는 모습을 보고 싶지 않으십니까?

행복 만들기를 위한 의견청취

의견청취에 앞서 행복공동체 지역 만들기 지도 선생님께서 발언에 따른 유의사항을 제시하여 주었습니다.

- 참석자 전원 한마디씩 발언을 한다.
- 다른 사람의 발언 도중에 끼어들기를 하지 않는다.
- 다른 사람 발언 뒤에는 박수를 쳐준다.

금년 들어 처음 실시한 수능2리 주민과의 토론을 거친 내용을 요약하면 다음과 같습니다.

- 생활환경에 관한 제반 현황과 개선안
- 주민화합을 위한 문제와 방법
- 마을 청결에 관한 문제들

갈등 극복을 위한 노력

인간의 갈등은 그렇게 단순한 것이 아닐 것입니다. 실제로 갈등은 너무 복잡해서 그것들을 극복하는 것을 제쳐두고라도 이해하기 힘든 경우가 비일비재할 것입니다.

이러한 복잡성을 피하기 위하여 어떤 동기의 경우 불쾌한 것들을 회피하려는 경향을 보이는 것과 다른 동기들에 있어서는 바람직한 목표로 접근하려는 경향이 있지요. 인간은 갈등을 도외시한 채 살아갈 수는 없습니다만, 이 같은 갈등을 얼마나 지혜롭게 극복하느냐가 더 중요하지 않을까 합니다. 갈등 자체를 두려워하지 말고 어떻게 극복해 나갈 것인가에 대한 방도를 서로 간에 찾아봅시다.

마을 참여자의 형태는 보통 다섯 가지의 유형으로 나타난다고 합니다.

- 적극 참여자 : 5% 내외
- 선별적 참여자 : 10~20% 내외
- 눈치를 보는 사람 : 50~60% 내외
- 귀찮게 하지 마라 : 10~20% 내외
- 반대를 위한 반대자(Anti족) : 5% 내외

마을 안내서 작성

전원생활, 귀촌한 새로운 주민을 마을 관계자가 방문하고자 할 때에는 몇 가지 원칙과 요령이 필요하지 않을까 합니다.

- 이장님을 포함한 3인 이상이 함께 방문을 한다.
- 약칭, 아래와 같은 마을 안내서 같은 것을

만들어서 제공한다.

- 지역에 위치한 관공서의 주소와 긴급한 전화번호
- 마을의 연간 계획서
- 마을의 임원 명부
- 마을의 특장/분위기
- 마을지도
- 마을 주변의 문화생활 등등

스포츠를 통한 소통-서종면민의 날 체육대회

스포츠는 우리의 사회 구조에 있어서 필요불가결한 부분이지요. 스포츠를 통하여 동적인 표현의 가치를 얻을 수 있기 때문일 것입니다.

스포츠를 통하여 신체의 단련과 정신수양을 도모할 수 있으며, 스포츠를 행함으로써 파트너나 팀 동료를 찾는 데 일부러 고생할 필요가 없으며 시골에서/이웃에서 공통적인 흥미를 갖고 있는 사람끼리 친분이 쌓이게 되어 삶을 윤택하게 가꾸어 나갈 수 있는 방법 중의 하나가 될 수 있다는 것입니다.

대화로 풀어 나갑시다 - 수능2리 환경정리 후

우리는 상대방의 마음을 이해하고 자신의 생각을 털어놓을 수 있는 대화가 왜 부족한가?

그것은 서로가 상대방을 이해하려고 하는 노력이 부족하고 마음의 문을 닫고 지내기 때문이 아닐까 합니다. 아무리 불편한 사이라도 "우리 만나서 차 한잔/술 한잔합시다" 하는 말 한마디는 어딘지 모르게 정감이 가지 않으세요?

서로 다투고 싸우는 불편한 사이라도 서로 만나서 대화를 나누다 보면 상대방을 이해하게 되고 결국에는 원만한 관계가 되지 않을까 합니다. 때로는 소통이 잘 되지 않아서 오해와 대립 상태라 하여도 포기하지 말고, 호소하고 설득하면 상대방의 마음을 열게 할 수 있다고 봅니다. 역시 마음을 움직여 문제 해결에 도움을 주는 것은 대화뿐입니다. 대화를 통해서만이 서로 다른 감정의 의사를 설득/이해/타협으로 조정하여 하나로 합쳐보세요. 살맛나는 이웃으로 행복한 전원생활로 재탄생시킬 수 있을 것입니다.

행복이란?

재물을 많이 가졌다거나, 즐거움과 향락을 누리고 산다고 해서, 많은 지식을 갖고 있거나 또는 권력을 갖고 있다고 해서 행복한 것은 아니라는 것입니다. 오히려 이러한 것이 많으면 많을수록 불행의 원인이 될 수도 있다는 것을 깨달아야 하겠습니다.

왜냐하면, 높은 곳에 오르기 위해서는 숨 가쁜 생존경쟁을 해야 하고 크고 많은 것을 소유하기 위해서는 쉴 새 없이 뛰어야 하기 때문이지요. 그러다 보면 마음의 여유를 가질 틈이 없게 되며, 그 속에서 삶의 만족과 행복을 찾기는 어렵기 때문일 것입니다. 지금부터라도 비교행복/상대행복보다는 당신 자신만의 절대행복을 찾아 나서 보세요. 남에게 보여주기 위한 삶이 아니고, 남과의 경쟁 속의 삶이 아닌 자기 자신의 마음의 여유와 멋을 가진 삶을 살아갈 때 그것이 바로 진정한 행복이 아닐까 합니다.

■ 겨울여행 - 문호 리버마켓

겨울 문호 리버마켓 여행

겨울이라 몸은 움츠러들려 하지만 마음만은 넓디넓게 펼쳐보세요. 분명 겨울에도 겨울다운 멋이 있을 것입니다. 그래서 "겨울" 뒤에 "여행"이라는 단어를 덧붙였나 봅니다.

마음의 힐링을 통하여 움츠러든 몸을 따스하게 녹여주세요. 지금이라도 주변의 가까운 공원이나 야산 그리고 강가를 산책하여 보세요. 시간 투자를 한 것 몇 배로 당신에게 큰 보답을 해줄 것입니다.

어제는 겨울이라기보다 봄이 다가온 느낌이었습니다. 기온이 영상 10도 이상이나 올라가 있으니 집안에서 웅크리고 있던 아가들, 가족들은 때를 놓치지 않으려 교외로 나들이를 나온 것이지요. 따듯한 날씨 덕에 걸음걸이들도 느릿느릿, 여유로워 보였습니다.

무상 속에, 느림의 미학이라는 생각이 들더군요. 작지만 이런 것이 바로 행복이 아닐까요. 찾아가는 곳에 이벤트가 있으면 금상첨화이겠지요. 바로 이런 곳이 한 달에 두 번 첫째 주와 셋째 주의 주말에 열리는 문호 리버 마켓이랍니다.

모두모두 놀러 오세요, 구경 오세요.

영혼의 향기 - 커피 COFFEE

당신의 위 속에 향기 높은 커피가 들어가면 엄청난 커피의 활약이 시작될 것이다. 그것은 마치 전쟁터에서 대군단의 보병부대가 신속하게 기동하여 전진하는 것과 다를 바 없다.

기억은 다시 살아나고 두뇌의 논리적인 활동은 사색을 더욱 촉진시키며, 전투부대와 같이 정신작용이 전개된다는 것입니다. "위트는 명사

수가 쏘는 탄환같이 튀어나오고, 백발백중 사람들을 사로잡으며, 글을 쓰면 명문이 계속 나온다."

이 문장은 파루삭의 "근대 재판론"에 나오는 커피에 대한 이야기로 커피가 사람들에게 미치는 정신작용을 설명한 것입니다.

이처럼 커피는 그것이 발견될 당시부터 침체된 영혼을 명랑하게 해주고, 사색을 도와주거나 또한 종교인들에게는 그들의 명상을 더욱 값지게 이끌어주는 영혼의 길잡이 역할을 해왔다고 볼 수 있겠습니다.

야누스적인 커피

"상쾌한 아침, 잠자리에서 일어나 마시는 커피는 얼마나 향기롭습니까? 아침 신문을 펴들고 창가에서 마시는 커피는 우리에게 얼마나 진한 휴식을 줍니까? 이웃과 함께 친구나 연인을 만나 마시는 커피의 정겨움, 휴일 오후 사랑하는 가족과 함께 모여 마시는 커피 한 잔의 단란함, 그리고 삶에 지쳤을 때 마시는 한 잔의 커피는 우리에게 얼마나 큰 여유와 위안을 주는지요." 이러한 커피의 야누스적인 모습은 아마도 커피가 지닌 맛의 비밀과 깊은 관련이 있는 것이 아닐까요?

북한강변을 옆으로 하고 문호 리버 마켓 야외에서 즉석에서 로스팅한 한 잔의 커피 맛은 과연 일품이 아닐 수 없습니다. 소중한 추억으로도 손색이 없을 것입니다.

추억의 국화빵

국화빵에 국화가 들어가지는 않지만 어렸을 적, 겨울이 오면 생각나

게 하는 것 중 하나가 따끈따끈한 국화빵이 아닐까요. 나는 국화빵은 구경만 하고 유기농으로 재배한 재료로 만들었다는 호떡의 맛을 보려고 호떡을 사 먹었습니다. 겨울의 진풍경 중 하나이다 보니 많은 사람들이 구입하여 다른 볼거리를 구경하면서 먹고, 먹으면서 구경들을 하네요.

고구마의 재탄생

고구마의 재탄생입니다. 우리 먹거리 중에서 빼놓을 수 없는 것으로 자리 잡은 먹거리지요. 무한정의 변신 과정을 거쳐 우리 곁에 함께해 왔고, 앞으로도 함께할 고구마입니다.

- 기존의 영양 만점에 추가하여,
- 무엇이라고 표현하기 힘든 아삭아삭한 식감,
- 노릇노릇한 색상의 변신,
- 기름으로 튀겨낸 것이라 감칠맛 나는 그 맛

한마디로 군침이 안 넘어갈 수 없어 가던 길을 멈추게 할 정도입니다.

엄마식혜

식혜 하면 생각난 것이 있습니다. 바로 엄마, 할머니를 떠올리게 되지요. 그리고 고향이라는 단어와 함께 교차하는 것이 있다면 우리 것, 전통이라는 의미로 이끌려 가게 만든답니다.

정서적으로도 침이 넘어가게 만드

는 전통식혜, 영양적으로도 흠잡기 어려운 최고의 우리 음료가 아닐까 합니다.

볶음밥 대령이요

우리 볶음밥인데…, 마침 영어권 속의 외국인이 볶음밥을 맛있게 먹고 있었습니다.

그것도 아주 맛나게 먹는 모습/영상이 지워지기 전에 May I take your picture? 하였더니 흔쾌히 응하여 주었습니다.

처음에는 밥차 사장님이 외국인과 영어로 대화를 자연스럽게 나누고 있어서 부부인 줄 알았습니다.

세계화 시대/국제화 시대에 원활한 소통을 하려면 이렇듯 상대방 국가의 언어는 물론 문화를 이해해 주어야 그들도 우리의 언어와 문화에 대하여 관심을 가져주지 않을까 합니다. 상호 진정한 소통의 길을 생각해 보게 한 계기였습니다.

우리 차

우리 민족은 예부터 한의학과 민간요법에 따라 수명장생의 목적으로 전통음료 중에서 다양한 차를 마시며 지혜로운 삶과 풍류를 즐겨왔던 민족이지요.

그러나 오늘날 그와 같은 발자취는 우리의 일상에서 쉽게 찾아볼 수 없으니 아쉬운 마음 금할 길이 없습니다.

지금까지 우리의 선조들이 차를 즐겨 마셨던 이유는 무엇일까?

- 차를 마시면 마음이 편안해지고 생기가 돈는다.
- 차를 마시면 예술적인 흥취에 이끌려 창작활동에 몰입할 수 있다.
- 차는 자신을 깨우치며 수신을 하게 한다.
- 차를 마시면서 대화를 나누면 더욱 가까워진다.
- 차를 끓이고 마시는 과정에서 멋을 찾을 수 있다.
- 차라는 자체가 취미생활이 될 수 있다.
- 차는 약으로서 효과가 있다.

경남 창녕에서 상경하여 출품을 한 사장님에게 감사의 마음을 전합니다. 왜냐고요? 리버 마켓을 찾아오신 분들에게 우리의 고향 산천에서 생산된…, 그것도 지리산 해발 600m 이상에서 채취한 유기농/무농약 다양한 야생꽃차를 구경시켜 주시니 얼마나 고맙습니까.

전면에 보이는 강물은 시골 마을의 실개천 같아 보이지만 한강으로 흘러 들어가는 북한강 변입니다.

연인과 가족들과 삼삼오오, 옹기종기 사랑의 꽃을, 추억의 덕담을 나누면서 장작불에 몸도 녹이고, 마음도 녹이면서…, 군밤도 구워 먹고 있네요.

■ 진로체험 페스티벌 - 코엑스/서울

청소년 진로체험 페스티벌

인간은 유년기를 지나 소년기를 맞이하며 청년기로 접어든다. 청소년은 다음으로 이어지는 사회와 국가를 이끌어갈 미래의 역군입니다.

청소년의 가치관, 태도와 행동은 미래 사회를 예측할 수 있는 기준이라고 합니다. 그래서 한 나라와 민족의 장래는 오늘의 청소년을 보면 알 수 있다고 하는 것이지요.

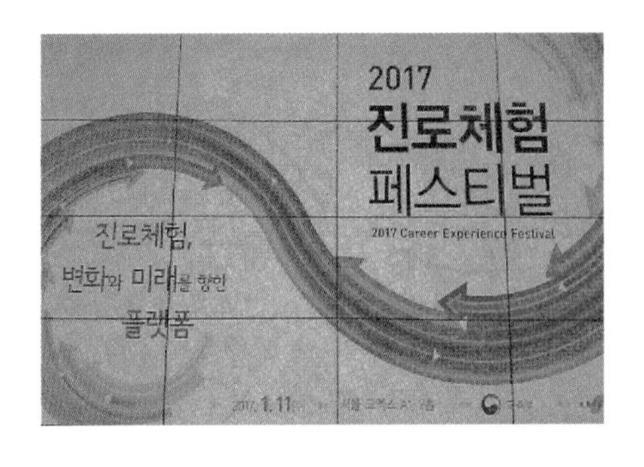

흔히 “이상 없는 현실은 표류하는 선박과 같다” 혹은 “꿈이 있는 자만이 젊음”이라고 하는 말에서 느끼듯 청소년기는 이상이 있어 좋기는 하나 청소년은 혼자 가기에는 힘이 부족하므로 바르게 행동하도록 가르침이 있어야 하겠습니다. 그러나 오늘날 우리 사회가 청소년들에게 진정으로 가르치고 있는 것은 무엇인지…, 근본적인 반성이 필요할 때가 아닌가 합니다.

청소년은 야심이 크고 감수성이 강하다고 합니다. 그러기에 분노하기 쉽고 탈선하기도 쉽지요. 미래를 생각할 겨를도 없이 감정에 따른 행동을 취하기가 쉽다는 것입니다. 그러므로 깊이 생각하고 행동하는 습관을 길러주어야 하고, 어려움을 극복하고 바른 목표를 달성하려는 극기의 정신부터 불어넣어 주어야 하겠습니다.

우리나라에 진로체험센터가 문을 연 지 3년차, 전국에 200여 개의 센터가 청소년을 위하여 정성껏 매진하여 왔습니다. 2017년 1월 11일 성과에 대한 토론과 전시 그리고 2017년을 맞이하여 새로운 활동 계획들에 대한 각종 설명회를 개최하는 자리였습니다. 이번 행사의 자리는 처음이었지만, 지난 일 년간 활동 내역에 대한 결과물들이 실제적이고, 반짝이는 아이디어들도 많았습니다.

역량 강화 교육

한국자원봉사문화는 청소년을 위한 진로체험 지원 사업을 주관하는 단체입니다. 오랫동안 교육현장에 몸담았던 선생님들의 역량을 다시 한번 청소년을 위하여 기회를 부여하고, 미래 사회의 역군이 될 청소년들에게 꿈과 끼를 발휘할 수 있는 장을 제공하는 체험처 발굴과 매개체 역할을 하는 곳입니다.

마음 열기/스티커 대마왕을 찾아라

교육에 들어가기 전 서로의 마음을 열기 위하여 상호 간 인사를 나누면서 자기소개를 하는 내용입니다. 소개를 잘 하였다고 생각할수록 스티커를 상대 얼굴에 더 붙여주는 것이지요. 각 조에서 제일 많은 스티커를 받은 선생님들이 단상에 오르셨습니다. 선물도 받았습니다. 단순함 속에서 쉽게 서로 간에 마음을 열게 한 프로그램이었답니다.

주사위 놀이를 통한 친숙도 다지기

각자 주사위를 두 번씩 던지게 합니다.

주사위 1 ➡

내가 알려줄 수 있는 꿀팁	앞으로 해야 할 일이지만 하기 싫은 것?	내 인생에서 가장 중요한 가치는?	존경하는 사람은? 이유는?	여행하고 싶은 곳은? 이유는?	잘하고 좋아하는 것은?
맘대로 쓰고, 쉴 수 있는 한 달이 주어진다면?	오늘까지 산다면 무엇을?	지금 생각나는 사람은? 이유는?	인생이 1년 남았다면 어떻게 살고 싶은가?	영화배역을 한다면 어떤 역할을 하고 싶은가?	배우는 것에만 쓸 수 있는 500만 원이 주어진다면
사랑하는 사람에게 어떤 사람으로 기억되고 싶은가?	슬럼프를 극복하는 방법은?	10년 후, 내 인생에서 가장 소중하고, 중요한 것은?	아직 시도하지 않았지만 이루고 싶은 꿈은?	가장 아름다웠던 청소년 시절의 기억?	가장 힘들었던 청소년 시절의 기억?
살면서 가장 만족을 느낀 경험은?	최근 가장 지키고 싶은 것은?	2017년 이것만은 반드시 한다!	지금 하는 일을 시작하게 된 이유?	내 생의 최초의 기억은?	내가 나이 들었다고 느낄 때
당신의 추천리스트는? (영화, 맛집, 책…)	2016년 가장 보람 있던 순간은?	최근 가장 화나는 상황은?	자치단체장이 된다면?	잘 하는데 좋아하지 않는 일은?	당신에게 힘을 주는 말은?
추천하고 싶은 데이트장소는? 이유는?	고마웠다고 말하지 못한 사람이 있다면?	남들이 겪지 못했을 것 같은 특이한 경험은?	대통령이 된다면?	요즘 오랜 시간 고민하는 것은?	조원들에게 무언가 하나씩 나눠주세요.

주사위 2 ⬇

처음에는 나온 숫자만큼 가로 방향으로, 두 번째는 나온 숫자 만큼 세로 방향으로…, 해당되는 문장의 내용을 설명하도록 하는 프로그램입니다. 본인에 대한 주제를 가지고 대화가 진행되다 보면 진지하고 밀도가 더해지지요. 결과적으로 친숙단계로 접어들어들면서 마음을 열게 된다는 것입니다.

개발 프로그램/해피 트리(HAPPY TREE)

우선 40여 명의 교육생을 대상으로 6명씩 1개 조로 편성하였습니다. 우리 5조에서는 두 사람 간 아이디어를 두 개씩 제안하게 하여 네 개의 내용을 가지고 이 중에서 참신하고, 실용적인 한 개를 정하게 합니다. 나중에는 3개의 아이디어 중 6명이 회의를 통하여 최종 한 개를 낙점하게 하는 개발 워크 숍이랍니다.

나는 청소년 진로체험지원 “좋은 어른” 자원봉사자의 일원으로 참여하고 있답니다. 우리 조에서는 행복의 나무/happy tree로 정하였습니다. 이 제목은 내가 제안한 것이 채택된 것입니다.

교육부 장관님과의 간담회

국내에서 진로체험 지원 페스티벌은 그 어떠한 행사보다 중요한 일이 아닐까 합니다. 이런 시대적, 상황 인식하에 우리나라 교육을 관장하는 장관님도 함께 자리하였습니다.

직업능력개발원의 관계자가 진로체험 지원과 관련하여 제반 의견을 교환하는 자리에 참석하여 경청도 하시고, 질문에 대한 답변도 하여 주셨습니다.

바람이 있다면 이러한 자리가 1회성이 아닌 상시 개설되어 의견이 개진되고, 소통이 원활하게 이루어지면 좋겠습니다.

꿈과 끼를 살려라

행사장에는 여러 형태의 부스룸에서 방문객의 눈길을 끄는 것이 많았습니다.

- 진로체험지원센터에서는 1년간의 체험처 발굴과 활동내역 소개
- 고등학교/대학교에서는 학과/동아리 활동 내역
- 기업이나 생산물 업체에서는 체험처 제공
- 일부 공간에서는 우수사례 발표회

이처럼 체험마당, 창업경진마당, 교류의 장 그리고 토론과 교육장 등을 마련해 놓고 청소년을 대상으로 한 교육/진로라는 하나의 주제 속에 교육 관련 단체, 학부모, 학생 그리고 봉사자 등이 한자리에 모인 것입니다.

생활 속의 청소년

꾸지람 속에 자란 청소년, 비난하는 것부터 배우며 놀림당하며 자란 청소년, 수줍음만 타게 된다. 미움 받으며 자란 청소년, 싸움질만 하게 되고 관용 속에서 키운 청소년, 참을성을 알게 된다. 격려 받으며 자란 청소년, 자신감을 갖게 되고 칭찬 들으며 자란 청소년, 감사할 줄 알게 된다.

공평한 대접 속에 자란 청소년, 올바름을 배우게 되며 안정 속에 자란 청소년, 믿음을 갖게 된다.

두둔 받으며 자란 청소년, 자기 자신에게 긍지를 느끼며 인정과 우정 속에서 자란 청소년, 온 세상에 사랑이 충만함을 알게 된다.

한 나라의 청소년 문제는 어느 한 개인과 사회 그리고 국가만의 문제가 아닙니다. 청소년의 문제는 우리 모두의 문제입니다. 모두가 하나 되어 고민하여야 할 사항입니다.

■ 세계는 넓고 할 일은 많다 - 코이카 봉사단

코이카 봉사단원

코이카는 우리나라 외교부 산하에 개발도상국가와의 우호 협력관계 및 상호 교류를 증진하고 이들 국가들의 경제사회 지원을 통해 국제협력에 기여함을 설립 목적으로 출발한 곳입니다.

이러한 설립 목적을 달성하고자 최근 코이카는 국제개발협력을 통해 지속 가능한 인류공영을 추구하는 동시에 한국의 발전경험을 개도국과 공유할 수 있는 상생발전 메커니즘 구축을 위한 역할과 기능을 수행하고 있습니다.

이러한 국가적인 사업대열에 봉사단원이라는 명칭으로 미래사회의 역군이 될 젊은이와 오랜동안 직장에서 직능 발휘를 해왔던 시니어들을 대상으로 모집, 파견하는 곳으로 지난 주말에 방문하였습니다.

세계가 우리를 부른다

아무도 가려고 하지 않는 곳을 가보려고 하여 보세요. 아무도 하지 않는 일을 하려고 하여 보세요. 역사는 그런 용기 있는 사람들의 발자취에 따라 발전해 온 것입니다.

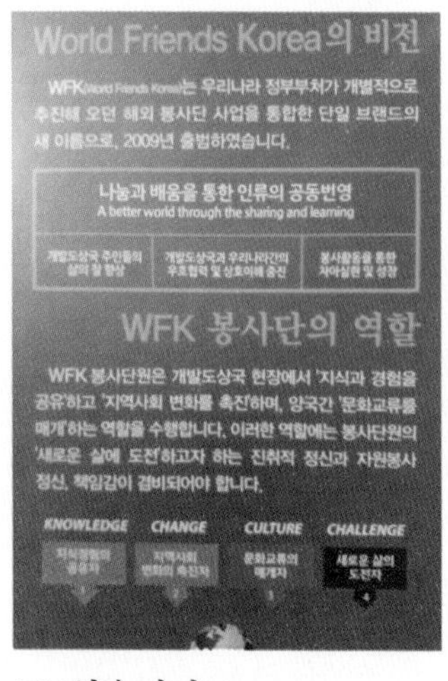

그런 사람들, 아무도 가려 하지 않는 곳에 가려고 하고, 아무도 하려 하지 않는 일을 하려고 하는 그런 사람들을 우리는 개척자라 합니다.

그러한 개척 정신으로 단단히 무장해 있을 때 그 나라 그 문명은 부강하고 융성하였던 것이며, 반면에 안주하고 회피하려는 분위기가 지배적이었을 때 그 나라 그 문명은 쇠퇴의 나락으로 떨어졌다는 것을 우리는 역사를 통해 잘 알고 있습니다.

당신이 가고자 하는 길에 시련과 고통이 따르더라도 당신에게 주어진 삶의 영역에서 개척자 정신을 갖고 살아간다면 더욱 보람과 가치를 느끼며 넘어지지 않고 당당하게 살아갈 수 있을 것입니다.

한국인의 힘과 슬기

우리 민족은 오천 년의 역사를 이어 오는 동안에 우리의 보금자리인 한반도의 지정학적 위치 때문에 수많은 도전을 받아왔습니다.

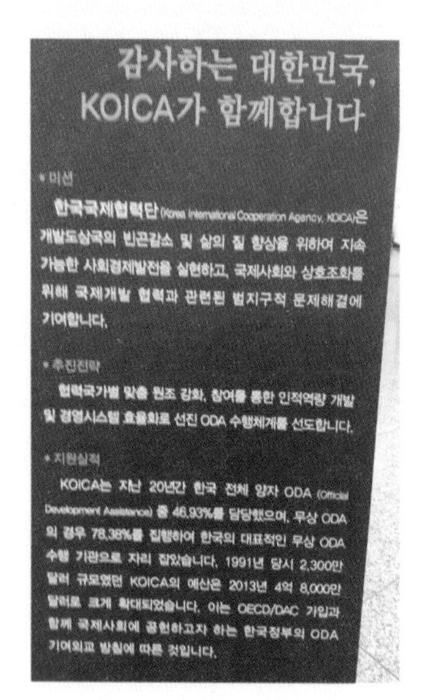

이것은 대륙에서 밀려오는 세력과 해양에서 대륙으로 진출하려는 세력들로부터 빈번한 침략을 당해 왔으며, 또 그 세력들이 서로 충돌할 때 한반도는 그 각축장이 되기도 하였던 것이지요.

그러나 우리 민족은 이러한 시련을 정말 슬기롭게 극복하면서 오늘에 이른 것입니다. 외세의 도전에 강하고 끈질긴 저항으로 나라를 지켜왔으며, 세계사에 유례없는 찬란한 우리의 고유문화를 발전시켜 온 것입니다.

외세의 도전에 직면하여 우리들의 삶의 터전을 지키고, 공동운명체로서의 민족과 국가를 지키려는 '민족적 화합과 단결'이 힘의 원천이 되었던 것입니다.

직업이란?

우리는 의식주를 해결함과 동시에 인간으로서의 보람을 찾기 위하여 할 일을 찾고 있으며, 적성이나 사회적 여건에 따라 한 가지 일에 종사하게 됩니다. 특히 직업을 선택함에 있어서는 신중을 기해야 하겠지요.

한 개인에게는 자기발전의 기본인 것이며, 사회 전체적인 측면에서는 질서 있고 조화로운 사회 발전의 원동력이 되기 때문인 것입니다. 개인적인 입장에서 직업은 그 사람의 성격과 생활방식까지도 바꿔놓기 때문에 더욱 신중을 기해야 되겠습니다.

그러므로 직업을 선택함에 있어서는 일의 성질과 발전 가능성, 직장의 분위기와 여건, 자기 자신의 적성과 취미, 능력과 재능 등을 생각하지 않으면 안 되겠습니다.

자 여러분!

일생의 과업으로 알고 심사숙고하여 결정한 직장이라면 적극적으로 참여합시다. 직업을 생계유지의 수단으로만 생각할 것이 아니라, "일한다는 것을 인생의 환희이며 행복"을 추구하려는 생활의 목적으로 삼읍시다.

2030세대 - 젊은이여

젊은이여! 세계는 넓고 할 일은 많습니다. 그러나 늘 가던 길만 가려고 하는 사람, 손에 익은 일만 하려는 사람에게는 그렇지가 않겠지요.

그의 세계는 그가 알고 있는 길만큼 좁고, 그가 할 일은 손에 익은 것 말고는 없을 것입니다.

젊은이는 나이가 젊다는 이유 하나만으로 무한한 발전 가능성을 지니고 있다고 합니다. 망설임이나 주저할 것이 뭐 있겠습니까? 옳다고 생각하는 일을 밀고 나가보세요. 아무도 아직은 가지 않는 길, 아무도 아직은 해내지 못한 일을 추구하려는 진취적이고 도전적인 개척자에게만 세계는 넓고 할 일이 기다리고 있는 것입니다.

오늘의 젊은이는 개인의 차원을 넘어서서 미래사회의 주인이며, 인류 사회를 주도적으로 이끌어갈 주역이기 때문에 더욱 의미가 크다고 할 수 있겠습니다. 젊은이여, 개척자가 되어보세요. 참된 인생은 개척의 길이 아닐까 합니다.

5060세대 - 제2의 삶

흔히 5060세대는 정년퇴직과 수입 감소에 적응하며, 은퇴생활에 필요한 지식과 생활을 배우고, 자녀의 출가 등 심리적인 준비를 해야 하며,

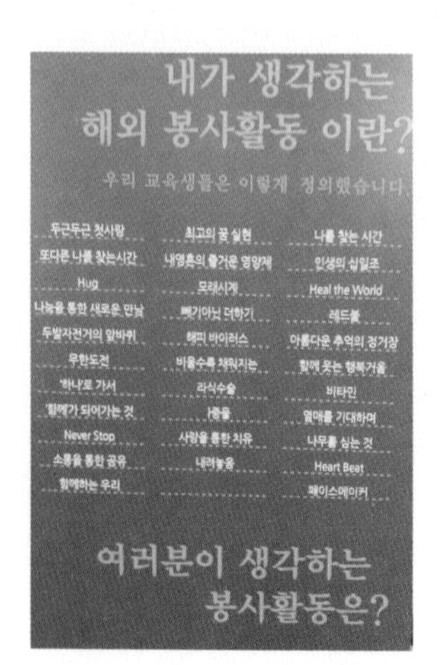

자신의 퇴화에 대해 현실적인 직시가 필요하며 무력감, 소외감을 극복하며 긍정적인 삶의 의미를 찾아야 하는 시기라고 하지요. 이렇듯 5060세대에 접어든 사람들은 중대한 국면에 처하게 된다고 합니다.

직장에서 퇴직의 결과는 이들로부터 정체감과 목적의식을 알아가게 하고, 그토록 많은 시간에 비해서 할 일이라고는 별로 없다는 인식을 갖게 됩니다. 더욱이 문화 사회적으로 발전의 속도가 빨라질수록 비

교적 건강하고 고등교육을 받은 사람들이 일찍이 회사를 퇴직하는 경향이 늘고 있어 개인적, 사회적 그리고 국가적으로 큰 손실이 아닐 수 없습니다.

이러한 시니어 자원을 코이카 봉사단원이라는 매개체를 통하여 개인에게는 제2의 삶, 국가적으로는 국위선양이라는, 즉 윈윈win-win할 수 있는 절호의 기회가 아닐까 합니다.

■ 설날 - 민족의 대명절

정월 초하루

정월은 한 해의 시작입니다. 우리의 선조들은 매년 이때가 다가오면 1년 동안의 복을 듬뿍 담아 서로에게 전하기 위해 여러 가지 크고 작은 기복 행사를 하였었답니다.

이러한 기복 행위에는 복조리, 덕담, 입춘문, 세화, 적선 등 많은 행위들로 나타난 것이었지요. 또한 1월을 맞이하여 한 해의 길흉화복을 보는 신수와 농사가 잘 될 것인지 등을 점쳐보는 행위들도 있었답니다.

우리가 살아가면서 길흉화복을 점친다는 것은 현대 과학의 가르침에 어긋나는 행위라 할 수도 있을 것입니다. 그러나 정초에 풍요로운 마음을 가진 사람이라면 한 번쯤 "토정비결" 같은 것을 보는 것도 크게 어긋나지 않을까 합니다.

인스턴트 시대를 살면서

우리 사회가 전근대사회를 벗어나 초고속의 후기산업사회로 접어들어 빠르게 변화하는 사회에 보조를 맞추기 위해서라도 필요불가결한

요소가 아닐 수 없었을 것입니다. 그러나 조상들의 정성과 노력이 담긴 소담스러운 떡 한 접시와 시원스러운 식혜 한 그릇이 사뭇 그리워지는 것은 어쩌면 현대를 살아가는 우리들의 각박하고 여유 없는 마음의 허전함에서 오는 사무침이 아닌가 싶습니다.

한마디로 구세대라는 호칭에 걸맞을지 모르지만 "정"이란 것에 가치를 둘 줄 아는 따듯한 마음을 가진 이들의 모습에 더 큰 애착이 감은 어찌할 수가 없네요.

집사람에게 식혜 이야기를 하였더니 엿기름을 불리고 있는 중입니다. 밥통에서 삭히는 시간까지 합치면 꽤나 시간이 걸리겠지요. 오늘이 가기 전에 그 옛날 엄마가 만들어주었던 식혜 맛을 볼 수 있을 것입니다.

떡만둣국

어린 시절에는 정월에나 먹는 음식으로만 알았던 떡국, 요즈음에는 마켓에 가면 365일 떡국떡을 판매하고 있어서 먹고 싶을 때 종종 집에서 떡국을 해 먹고 있지요. 자주 먹다 보니 소중하다고 할까, 떡국에 대한 미각이 떨어진 것 같네요.

금년 정월 초하루에는 며느리가 해준 떡만둣국을 처음 먹게 되었답니다. 매년 아이들이 이곳으로 오곤 하였으나 우리 부부가 아들 내외 집으로 가겠다고 한 것입니다. 고명까지 올려진 떡만둣국을 잘 먹었습니다.

잡채

특별한 날, 경사스러운 날이면 밥상 메뉴에 오르는 것 중 하나이지요.

며느리가 서울 생활을 접고 고향인 공주로 내려가신 친정에 다녀오면서 얻어온 것이랍니다.

어느 부모님이나 마찬가지로 사돈댁에서도 딸을 출가시킨 뒤에도 걱정하는 마음은 동일한 것 같습니다. 여러 가지를 보내주신 것 같네요. 덕분에 맛나게 잘 먹었습니다.

저녁에는 집사람이 안사돈에게 감사의 인사도 드렸습니다. 어찌 보면 이런 것이 보통 사람들의 사람 사는 세상이 아닐는지요.

도토리묵/깨강정

보통의 도토리묵이 아닙니다. 사돈댁에서 산에서 직접 따온 도토리를 가지고 만드신 묵이랍니다. 우선 그 정성에 다시 한번 감사함을 전합니다. 그리고 영양도 최고이지요. 먹는 순간 감촉이 부드러워 말로 표현하기가 어렵네요.

깨강정 맛 또한 어렸을 적 엄마의 손맛과도 같아서 더욱 뜻있게 음미를 하였습니다.

■ 봄 봄이 왔습니다 - 입춘대길

봄 대령이오!

유난스럽게 햇빛이 따스하게 내려 쪼이고 있습니다. 정원으로 나를 불러내어 나가 보니 엊그제 내린 흰 눈 사이로 요소요소에 힘차게 올라오고 있는 잎새들이 보였습니다. 그냥 지나칠 수가 없어서 몇 가지를 렌즈에 담았지요. 이렇듯 봄의 기운은 우리 곁에 성큼 다가와 인사를 하고 있습니다.

그러고 보니 내일 모래면 입춘이네요. 웅크러든 몸과 마음의 창을 활짝 열어젖히고 봄기운을 맛보세요. 시간을 내서 주변의 공원이라도 산책하면 그 무엇과도 바꿀 수 없는 상쾌함을 느낄 수 있을 것입니다. 봄기운에 당신의 마음을 한껏 취해보세요.

소나무 - 나무야 나무야

소나무는 우리나라를 대표하는 나무 중에 하나가 아닐까 합니다. 일 년 365일 독야청청하느라 때로는 외로워 보이기도 한답니다. 하지만 자연의 만물이 잠들어 휴식을 취하고 있을 때 유심히 살펴보니 이렇게 푸른지는 몰랐습니다.

당신이 보기에도 파릇파릇함의 기개를 느낄 만하지요. 한겨울에 이러한 푸르른 나무들이, 나뭇잎들이 없었다면 우리는 숨을 제대로 쉴 수 있었을까 의문이 들지요. 오늘따라 소나무에 대한 감사함과 고마움을 다시 한번 느껴봅니다.

접시꽃

그 이름도 살가운 접시꽃이라는 것입니다. 한여름 자색과 흰색 등의 어여쁜 꽃을 우리에게 선물해 주고 있답니다. 눈 덮인 속에서 비비고 나오는 잎새를 봐주세요. 작년에 피었던 그 자리에서 새싹이 뚫고 나온 것입니다.

이 녀석들도 생존의 법칙이라 할까? 번식의 기본 원리를 알고 있는 듯합니다.

작년에 피었던 잎새와 줄기 그리고 외벽의 새잎들이 속잎을 살리려고 보온 역할을 해주고 있는 것입니다. 끝까지 버티고 버텨 그들의 종족을 번식시키고 있는 것이지요.

눈 주목

예쁜 꽃과 식용 가능한 열매를 내어주지는 않지만 우리네 정원에서 흔히 접하는 식물입니다. 그 이유가 무얼일까를 생각해 보면 키가 크지는 않지만, 한겨울에도 강인하게 파릇파릇함을 유지해 주는 비결 때문이 아닐까 합니다.

하늘을 찌를 듯한 기상 또한 빼놓을 수 없는 수종 중의 하나일 것입니다.

꽃잔디

몇 포기만을 식재하였을 때는 몰랐습니다. 정원관리 삼 년차가 지나면서부터 "좋구나", "예쁘구나" 하는 마음을 조금씩 알게 되었습니다. 군락을 이루어 가는 가운데 자색과 핑크색으로 뒤덮인 풍광을 보노라면 감탄하지 않을 수 없는 수종입니다.

잎새 사이사이로 푸른 색상을 내밀고 있는 잎새를 관심 있게 보세요. 아직 꽃을 볼 수는 없지만 잎새만 봐도 신기하지 않습니까.

달맞이꽃

꽃색은 노랑으로 그 어느 물감 채색으로는 형언하기 어려운 수종입니다. 번식력도 대단하답니다.

수년 전 옆집에서 몇 포기를 얻어온 것입니다. 지금은 번식을 하여 수백 포기로 영역을 넓혀가고 있네요. 아직 땅의 겉면은 얼어 있으나 이렇듯 고사하지 않고 새싹을 내밀고 있습니다. 조금이나마 따스하게 남은 추위를 이겨내라고 볏짚으로 덮어주었습니다. 삼월에는 튼실한 꽃을 피워 달라고 퇴비도 주려고 합니다.

샤스타데이지

입주 초기 문호리 지인의 정원에서 두 포기를 얻어와 식재를 한 것입니다. 지금은 처치가 곤란할 정도로, 수만 배로 번식을 하였습니다.

이 꽃이 계절 꽃으로 꽃집에 등장하면 초여름으로 접어들었다는 신호랍니다. 서양화로서 진귀한 계절감을 느끼게 하는 꽃 중의 하나입니다.

얼핏 보면 국화꽃 같은 색상을 띠기도 합니다. 연약한 것 같지만 이렇게 강인함을 대변하는 꽃나무들이 많습니다.

■ 봄맞이 준비 - 밑거름을 듬뿍이

봄 봄이 왔습니다

3월 5일은 경칩으로 24절기 중 세 번째 절기랍니다. 이날은 개구리가 긴 겨울잠에서 깨어나는 날로도 잘 알려져 있지요. '경칩이 되면 삼라만상이 겨울잠을 깬다'는 속담이 있을 정도로 유명한 날이랍니다. 이렇듯 겨울잠을 자던 동물들이 깨어나고 초목의 싹이 돋기 시작한다는 뜻을 가지고 있는 날입니다.

국립민속박물관의 세시풍속 사전에 의하면 경칩은 새싹이 돋는 것을 기념하고 1년 농사를 준비하는 중요한 절기로 여기고 있답니다. 그렇기에 우리 농촌에서는 산이나 논의 물이 괸 곳을 찾아 몸이 건강해지기를 염원하면서 개구리 알을 건져 먹곤 했다는 풍습도 있었지요. 또한 조상들은 경칩에 흙일을 하면 탈이 없다고 하여 벽을 바르거나 담을 쌓기도 하였으며, 위장병이나 속병에 효과가 있는 고로쇠 물을 채취해 마시는 풍습도 갖고 있는 절기랍니다.

이처럼 경칩은 만물이 생동하는 시기로 움츠리며 보냈던 겨울이 끝나고 새로운 생명력이 소생하는 절기가 아닐까 합니다. 이같이 뜻깊은 날에 정원이 나를 내버려둘 리가 없었지요.

긴 겨울의 동면에서 기지개도 켤 겸 어제 옆집 사장님께서 문호리 리버 마켓에서 사다 주신 빈대떡과 지평 막걸리로 갈증을 해소해 가며 정원에서 즐거운 노동으로 몸을 풀었습니다.

나는 오늘 개구리는 보지 못하였지만 정원의 한곁에서 마치 나를 반겨주듯 훨훨 날고 있는 나비를 보았습니다. 아마도 도시의 닭장 속 같은 공간에서 생활하고 있는 사람들은 이러한 기분을 이해하기 어려울 것입니다.

닥터 비료 - 축분 뿌려주기

매년 양평군에서는 반값으로 토양이 힘을 받으라고 축분을 배포한답니다. 마침 주위에서 농사를 많이 짓는 분들이 있어 조금씩 얻어 쓰곤

하지요. 작지만 이런 것이 농촌의 인심이 아닐까 하네요.

텃밭과 과실수 그리고 꽃나무들에게 뿌려줄 요량입니다. 그러면 이네들은 봄부터 가을까지 싱싱한 채소류를 밥상에 올려줄 것이고, 맛나는 과실과 예쁜 색상의 꽃으로 나에게 답례를 하겠지요. 정성을 들여준 만큼 배신하지 않고 보답하여 준답니다.

닥터 비료 배포

식물들에게 축분을 살포해 주었습니다. 아니 밥을 주었습니다. 영양분도 주었습니다.

겨울을 이겨내느라고, 잠에서 덜 깨어 있어서인지 맥이 없어 보이기는 하지만 봄기운과 함께 영양분을 듬뿍 주었으니 조금씩 활기를 찾을 것입니다.

바람막이 겨울 외투

겨울을 잘 견디는 수목도 있지만 태생이 연약한 식물들은 겨울나기가 쉽지 않지요. 매년 연례행사이기는 하지만 이른 봄의 튼실하고 파릇파릇한 색상 등에서 큰 차이를 보이는 모습을 보면 늦가을에 이런 외피를 둘러주지 않을 수가 없답니다.

귀촌 생활 초기에는 몰랐었으나 삼 년여 시간이 지나면서부터 조금씩이나마 식물들도 우리 인간과 교감한다는 것을 느낄 수 있었습니다.

헝클어진 주변들

정원 주변이 어지러우시죠. 꽃나무와 식물들을 보호하느라 어쩔 수 없었습니다.

3일간에 걸쳐 대략 정리를 하였습니다. 걷어내고 땅속에 묻고 그리고 태워버렸습니다. 우선 지저분한 것을 시야에서 보이지 않게 하는 작업입니다.

새롭게 단장한 모습

3일간 노동의 대가를 보여주고 있습니다. 겨우내 활동량이 적다 보니 몸무게만 늘었지요. 앞으로 적당히 일을 하면 체중도 줄어들 터인데, 체중이 줄어들면서는 신체에 여러 가지 좋은 현상이 뒤따라올 것입니다. 이 자체도 힐링의 하나가 아닐 수 없답니다.

당신이 보기에도 정원이 깔끔해 보이지 않으십니까? 사람도 화장을 하기 전과 화장을 한 후의 모습을 연상해 보세요. 이런 것 또한 작지만 전원생활/귀촌생활의 큰 보람이요, 멋이 아닐는지요.

따뜻하고 희망찬 봄이 오면 일상의 행동을 잠시 멈추고 산과 들 그리고 정원의 뜰에서 피어나는 한떨기의 봉우리진 꽃을 연상하며 우리의 진정한 삶의 의미를 되새겨보는 것도 좋을 듯하네요.

■ 첫 꽃씨 파종 - 꽃을 사랑합시다

꽃씨를 뿌리는 마음

어제는 지난해에 모아 놓았던 꽃씨를 정원에 처음 뿌렸습니다. 아직 응달이 들었던 곳은 녹지를 않아 호미가 들어가지를 않았지만, 이제는 기다릴 것입니다. 조용히 기도하는 마음으로 꽃잎이 솟아나기를 몇 날 며칠이고 기다릴 것입니다.

꽃씨가 땅에 떨어져 썩어야 비로소 싹이 튼다고 하니 썩어야 하는 그 고통을 함께 나누어보겠습니다. 그것은 희생의 아픔이기에 결코 아픔으로 끝나는 것이 아니랍니다. 그것은 미래를 향한 썩음이기에 썩음으로 끝나는 것이 아닙니다.

꽃잎이 솟아나면 자주 물을 주겠습니다. 흠뻑 물을 머금은 꽃잎은 하나씩 저마다의 형태로 잎새를 펼치겠지요. 싱싱한 줄기가 자라고 어느 날엔가는 어여쁜 꽃봉오리가 올라올 것입니다. 이러한 변화를 지켜보면서 꽃봉오리 하나를 내밀기 위해서 흘렸던 꽃나무의 땀방울을 기억하려 합니다. 이것은 커다란 놀라움이 아닐 수 없습니다.

금송아 꽃씨

최근 몇 년 사이 우리의 주변에서 흔히 볼 수 있는 품종으로 자리매김을 한 금송아, 다른 말로 메리골드라고도 하지요. 이 역시 번식력이 대단한 꽃이랍니다.

처음 몇 그루를 사다가 정원에 심었던 것이 지금은 군락을 이루고 있답니다. 1년생이지만 가을에 씨앗이 떨어져 매년 수고를 들이지 않아도 그 자리에 또 나온답니다.

처음에는 유해 곤충류의 접근을 막아준다고 하여 파종을 하였지만, 노랑과 자색 등의 예쁜 꽃이 오래도록 우리 곁에 함께하고 있습니다.

작년 양평 농업대학 수강과정 중 용도가 다양한 것을 염색체험장에서 교육받을 때 알았습니다.

천연의 염색용으로 활용하면 옷의 색깔도 예쁠 뿐만 아니라 건강상 기능성으로도 효과가 있답니다. 더 나아가서 꽃잎을 따서 구증구포를 하면 꽃차로도 쓰일 수 있으며, 한약성의 재료로도 활용된답니다.

토종 목단 꽃씨

3년 전 양재동 꽃나무 시장에서 목단을 사다 심었지요. 시간이 지나 꽃이 피었습니다. 하얀색의 어여쁜 꽃이었습니다. 우연히 옆집과 앞집의 정원 속에 피어 있는, 비교를 하면 안 되지만 토종 목단과 비교를 하니 갑자기 머릿속에 자리하였던 예쁜 모습이 사라졌습니다. 그러나 기존 내 집의 교배종인 하얀색의 목단을 없애지는 않았습니다.

지난 가을 이웃집 정원에서 토종의 자색 목단 씨앗을 얻어온 것을 정원 한곁에 심어준 것입니다. 내년부터는 비교하면서 감상하려 합니다.

토종 작약 씨앗

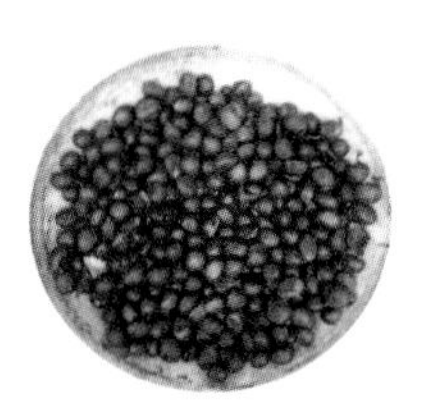

이미 내 집 정원에는 10여 그루의 작약이 심어져 있답니다. 비록 꽃망울이 크거나 자색 빛깔의 영롱하지는 않지만 이 토종 씨앗도 지난 늦가을 옆집에서 얻은 것이랍니다.

꽃송이가 크고 짙은 자색 빛깔이 탐스러울 정도랍니다. 이들도 기존의 작약들과 함께 구경하면서 키워보겠습니다. 물론 퇴비와 무농약으로 재배할 것입니다. 작은 공간의 정원 속에서 다양한 식물과 꽃들을 재배하면서 눈으로 힐링도 하지만 약재로도 활용할 방법들을 찾아보려 합니다.

칸나 뿌리

작년 늦가을 앞집에서 칸나 뿌리를 주셔서 창고에 보관을 하였습니다. 그런데 웬일입니까? 어제 심으려고 꺼내보니 어찌합니까? 모두 썩었네요.

썩은 것을 들고 앞집 사장님께 보여주었더니 추운 겨울을 이기지 못

하고 얼었던 것입니다. 다시금 썩은 것보다 많은 양을 주셔서 정원에 곱게 파종을 하였습니다. 시원스레 넓은 잎새와 여름이 지나면 빨간색의 꽃을 볼 수 있을 것입니다. 이미 뿌리가 썩은 칸나들에게는 미안한 마음을 전하고 싶습니다. 살아남은 형제 뿌리들에게 그 이상의 정성을 들여 번식시킬 것을 약속해 봅니다.

글라디올러스 뿌리

썩은 칸나 뿌리 현상을 보여주러 갔다가 마침 정원에서 여러 씨앗 파종을 하고 계시는 가운데 마늘 모양의 글라디올러스라는 것도 얻었습니다. 썩었던 칸나 뿌리에게는 조금 미안하지만 덕분에 아주 어여쁜 꽃 모양의 뿌리를 얻어온 것이지요.

앞으로도 종종 물도 주고 퇴비도 주어 튼실하게 키우겠습니다.

꽃의 밀어密語

역시 잘했다고 생각합니다. 그리 넓지 않은 정원이지만 농작물을 심지 않고 다양한 꽃나무와 야생화들을 심으니 봄부터 늦가을까지 형형색색의 꽃구경을 할 수 있을 것입니다. 상상만 하여도 가슴이 벅차다고 할까, 힐링이 따로 없답니다.

꽃이 피고 향기를 듬뿍 뿜어대는 데에는 옳고 그름이 없답니다. 단지 아름다운 꽃을 바라보는 속 좁은 내 마음에 미안함이 있을 뿐입니다. 하마터면 못 볼 뻔한 꽃의 얼굴들, 나는 그런 얼굴에서 흘러나와 향기 나는 꽃의 밀어를 듣습니다.

■ 꽃을 훔쳤습니다 - 봄의 향연

꽃은 슬픔을 달래는 인생의 동반자

해가 거듭될수록 앞마당 뜰에 채소를 심지 않고 꽃나무와 야생화를 심은 것은 참 잘한 짓이라고 생각합니다. 4월 들어서면서 잎새도 없는 나무들에서 어찌 저런 저마다의 특색을 지닌 꽃들이 긴 동면을 잘 견디고 나와서 향연을 벌이고 있는 것 같습니다. 단순하면서도 청순한 멋을 구가하고 있는 것 같지 않으세요?

봄꽃은 그리 오래 보여주지는 않지만 강렬한 느낌을 주고 있답니다. 그것은 그 추운 날씨 속에서도 뛰쳐나오는 꽃 마디를 보면 이해가 될 것입니다. 아니 감동이라고 할까 애잔한 심정도 금할 길이 없습니다.

다른 한편으로는 마치 신통하게도 처음으로 말문을 연 아기의 눈에 넘나드는 선명/신비스러운 기쁨 같은 것을 꽃을 보면서 느낄 수 있었습니다. 이처럼 정원 속 꽃들에 담은 빛이 무한한 것처럼, 꽃의 비밀스러운 담론은 우리네 삶의 피로를 한방에 밀어내고 있답니다. 더욱 고맙고 미안한 것은 그처럼 꽃을 여러 번 훔쳐보았는데도 줄지 않고 언제나 그 자리에서 누구에게나 무한정 기쁨을 선물해 주기도 하고, 때로는 슬픔을 달래주는 역할을 변함없이 하고 있다는 것에서 감사하다는 마음을 전하고 싶습니다.

진달래꽃

진달래는 철쭉과에 속하는 낙엽 활엽관목으로 일명 두견이라고도 하지요. 이 역시 잎에 앞서 4월에 분홍색 꽃이 3~5개씩 다섯 갈래로 째진 깔때기 모양으로 정생하여 피고, 삭과는 10월에 익는답니다.

약재 효능으로는 진해, 조경의 효능이 있고 혈액의 순환을 활발하게 한답니다. 적용 질환은 기침, 고혈압, 토혈, 월경불순, 폐경, 월경이 멈추지 않는 증세 등이며, 차로 마실 경우에는 진달래꽃을 15일

정도 꿀에 재워둔 후 끓는 물에 풀어 마시면 좋습니다.

개나리꽃

이른 봄에 꽃이 화사하게 피면서 낙엽이 작은 키나무로 봄을 대표하는 우리나라 고유 식물이다. 개나리꽃은 좋은 향과 쓴맛을 내며 노란색을 띠고 있지요.

개나리꽃을 감미롭게 하여 마시고자 할 때는 꿀에 잰 다음 15일 정도 후에 마실 수 있으며, 개나리꽃을 설탕과 증류주에 부어 2개월가량 지난 후 과일주로 마실 수도 있습니다.

개나리꽃의 효능으로는 예부터 강장, 건위에 좋은 것으로 알려져 있으며, 특히 여성의 미용과 건강에 효과가 있는 것으로도 알려져 있답니다.

산수유꽃

산수유는 층층나무과의 낙엽교목으로 중국이 원산지이나 우리나라에서는 중부 이남에서 주로 심습니다.

줄기는 높이 5~12m, 가지가 많이 갈라집니다. 줄기가 오래되면 껍질 조각이 떨어지고 잎은 마주나며, 난형 또는 긴 난형을 이룬답니다.

끝이 날카롭게 뾰족하고, 가장자리가 밋밋한데, 원래는 약용으로 심어왔으나 꽃과 열매의 달린 모습과 색깔이 아름다워서 관상용으로 많이 가꾸고 있답니다.

꽃은 3~4월에 잎보다 먼저 피고 황색이며, 열매는 8월에 익습니다. 이 과육을 한방에서는 산수유라 하는 것입니다. 성분으로는 약간 따스하고 맛이 시고 깔깔하며, 독이 없으며, 허리와 무릎을 따듯하게 하고, 소변을 이롭게 하는 등 여러 가지 방면에 효능이 있는 것으로 잘 알려져 있답니다.

산수유와 잘 어울리는 생약재로는 구기자와 대추 등이 있지요. 산수유는 용기에 넣고 끓여 차로 마시기도 합니다.

백목련/자목련

원산지는 중국으로 낙엽성의 큰키나무과입니다. 꽃은 3~4월에 잎보다 먼저 피며 종 모양으로 흰색을 띠며. 꽃받침과 꽃잎은 서로 구분되지 않으며, 대부분 조경용으로 심는 것은 백목련이랍니다.

자주목련은 백목련과 비슷하나 꽃잎의 겉이 연한 홍자색이고 안쪽이 백색이지요. 꽃봉오리는 약재로나 차로 이용된답니다. 즉 비염을 다스리는 약재로, 효소를 만들어 희석하여 마시거나, 식용으로 먹기도 한답니다. 약리작용으로는 혈압 강하, 항균작용을 하는 것으로 알려져 있답니다.

목련의 신이를 우리의 선비들은 뾰쪽하게 피지 않은 목련의 꽃송이를 나무 붓이라 하여 목필이라 칭하기도 하였으며, 눈이 오는데도 봄을 부른다 하여 근설영춘, 꽃이 옥 같다 하여 옥란이라고도 불렸답니다.

여러분을 봄꽃 무대에 초대합니다. 마음껏 탐하고 즐기십시오!

■ 과유불급 - 욕심을 부렸나 봅니다

과유불급이란?

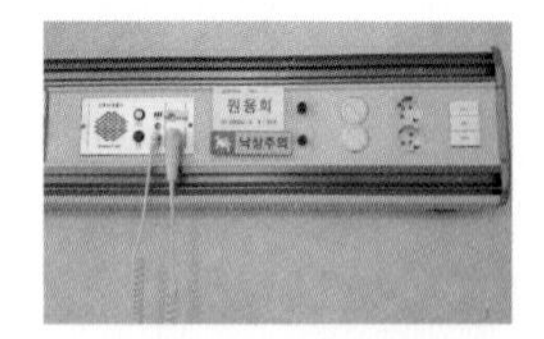

과유불급의 의미는 정도를 지나침은 미치지 못함과 같다는 뜻으로, 중용이 중요함을 이르는 말로 논어에 나오는 내용이지요. 얼마나 중요한 의미를 지녔기에 논어에까지 나오는 말인가를 다시금 확인하는 계기가 되었습니다.

옛말에 "인명은 재천이다"라고 하는 말이 있으나 오늘을 살아가는 우리 모두에게 그렇지만은 않은 것 같습니다. 이번 기회에 이 모든 것들에 대하여 점검하고 되돌아보았습니다.

입원을 하였습니다

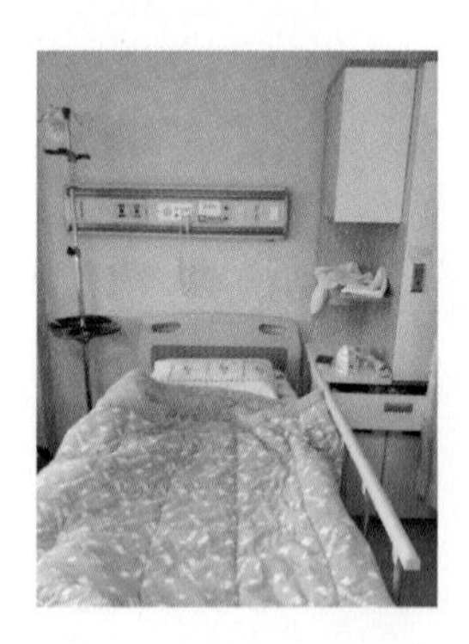

주어진 일에 대하여 "최선을 다하자"라는 모토로 바람 부는 봄날에 6일간이나 쉬지 않고 체험지도와 내 집 외벽 페인트 공사 시 감독 아닌 감독으로 바깥에서 지내다 보니 나 자신도 모르게 체력이 뒷받침해 주지 못하였나 봅니다.

장에서 탈이 난 것이지요. 24시간 설사에 또 다음날 24시간 동안 먹지를 못한 결과 탈수현상이 온 것 같았습니다. 도저히 기운을 차릴 수가 없어 인근 의원에 가서 영양제를 맞았습니다.

그러나 기운 회복은 커녕 몸의 체온이 39.5도까지 올라가니 의사도 놀랐나 봅니다. 자체 앰뷸런스 편으로 서울로 후송시켜 주더군요. 앵앵 사이렌 소리를 울리며…, 천호동의 대학병원 응급실로 갔습니다. 탈수현상에 열이 나고 하니 바로 입원이라는 오더가 내려진 것입니다.

진료와 검사 결과

검사 결과는 대장부분에 임파선이 부었답니다. 이에 대한 집중 치료

덕택에 2일차 되는 날에는 기운은 없었지만 살 것 같았습니다. 병명이 나오고 나니 정신적으로도 안정이 되었나 봅니다. 참으로 오랜만에 입원이라는 것까지 하여보니 건강은 건강할 때 지키려는 마음과 노력이 있어야 한다는 사실을 새삼 느꼈답니다.

전원생활을 한답시고 몸을 너무 혹사시킨 것이었습니다. 나이에 맞추어 가면서 정신과 육체노동을 알맞게 하는 요령도 필요하다는 것을 알았습니다. 이 모든 것을 타산지석으로 삼고 유의해 가면서 전원생활/귀촌생활을 유지해 가야겠네요.

음식 처방이 내려졌습니다

3일 만에 처음 먹어보는 죽이었지만 세상에 이렇게 맛있는 음식인 줄은 몰랐습니다. 말로써 표현하기가 어려울 정도였답니다.

어르신들이 하신 “밥이 보배다. 뱃심은 밥심이다”라는 말씀이 새삼 공감이 갔습니다. 비록 죽이었지만 한 그릇을 뚝딱 먹고 나니 눈이 떠지는…, 정신이 돌아오는 기분이었습니다.

퇴원을 하였습니다

3일 만에 퇴원하여 집에 돌아오니 몸과 마음 모든 것이 정상으로 돌아온 것 같았습니다. 다시금 일상으로 되돌아가야 하겠지요. 그러나 시간은 걸릴 것입니다.

백수가 과로사한다는 말이 있듯이, 4월 중순 이후 육체적으로 너무 과속한 것은 아니었는지? 그 결과 몸에 탈이 나고, 나이가 나이인지라 회복을 하는 데도 시간이 꽤나 걸리네요. 그렇지 않아도 전원생활을 하면서 체중이 8kg이나 줄었는데 퇴원 후에 또다시 2kg이나 더 줄었으니 준 체중만큼 기력을 끌어올리는 데는 시간이 좀 걸릴 것 같습니다.

2개월 후에 다시 CT 검사가 예약되어 있습니다. 장의 상태를 추적하려는 것이랍니다. 별일은 없겠으나 확실히 해두는 것이 좋겠지요.

■ 생명의 힘 - 마음과 함께한 정원 꽃을 드립니다

아픔을 귀감 삼아

내 아픔을 귀감 삼아 모든 분께 아픔을 딛고 굳건히 쾌차하시기를 바라는 마음으로 글을 올렸었는데 오히려 걱정을 끼쳐드린 것 같아 대신 마음을 담은 정원의 꽃을 선물로 드립니다.

화려한 꽃을 보시고 조금이나마 몸과 마음의 힐링이 되었으면 합니다.

생명의 힘

이 봄에 돋는 잎은, 돋아나는 복
이 봄에 피는 꽃은, 피어나는 복
이 봄에 걷는 아기는, 걸어오는 복
이 봄에 노래하는 아가씨는, 부르는 복
한번밖에 없는 삶에, 다시 맞는 봄
고마워서 우는 나는, 우는 복
이 봄에 행복한 우리사, 행복해서 복

이것은 우리나라 어느 시인이 봄의 행복을 노래한 작품입니다. 한번밖에 없는 삶에 다시 맞게 된 봄의 감격이 담긴 것입니다.

생각해 보면, 우리네 삶이 한번밖에 없듯이 꽃도 일 년에 한번 피었다 지면 다시 한 해를 기다려야 그 꽃을 볼 수 있습니다.

겨우내 기다리던 꽃을 봄이 되어 다시 볼 수 있는 감격은 바로 우리의 행복과 직결되지 않을까 합니다.

옹벽에 핀 철쭉꽃

조건이 좋다고 화려한 것만은 아니랍니다. 겉보기에 화려한 것 같지만 속에서는 썩어간답니다. 상생이 아니라 상사지요. 우리의 주위에서 이런 모습들을 흔히 볼 수 있을 것입니다.

반대로 40여 미터나 되는 긴 옹벽 위 돌 틈 사이로 철쭉을 심었습니다. 좋은 조건이 아님에도 불구하고 잘 살아났습니다. 4년차부터는 이렇게 화려한 모습으로 철쭉꽃이 이쁘게 보답해 주네요.

자연석과 적당히 어우러져 보기에도 좋습니다. 그것도 긴 시간을 이쁘게 단장하여 보여주니 고맙지요. 한 가지 흠이 있다면 향이 없고, 꽃잎을 먹을 수 없다는 것이지요. 그래도 탓하지는 않겠습니다. 고마워하고 만족하려 합니다.

여러분도 예뻐하여 주세요. 그래야 내년에도 화려한 모습으로 변함없이 찾아와 주지 않겠습니까? 마음껏 즐겨주세요. 그것이 꽃에 대한 예의가 아닐까 합니다.

정원 꽃 구경하세요

4년 전 정원 한가운데 꽃잔디 묘목 30여 포기를 식재하였지요. 그동안 물도 자주 주고 거름도 주면서 정성껏 가꾸었더니 이렇게 꽃잔디 군락으로 보답해 주고 있답니다.

정성을 다한 시간의 대가가 아닌가 합니다. 감사하게 생각하며, 즐길 권한이 있다고도 생각합니다.

저를 아끼고 생각해 주는 모든 분들과 화려한 봄의 꽃 향연을 함께 나누고 싶습니다. 아니 이 꽃들을 선물로 드립니다. 사양하지 마시고 받아주셨으면 합니다.

화려한 봄의 향연

봄 내음이 온 천지에 만연해 있습니다. 파릇파릇한 것들이 나뭇가지에 매달리고, 시커먼 땅덩어리를 뚫고 땀을 흘리듯 솟아오르고 있습니다. 도대체 저 생명력은 겨우내 어디에 숨어 있다가 때가 되면 어김없이 일어서는 것일까요? 인간의 삶이 싸움으로 범벅이 되었다 해도 파릇파릇한 자연으로 보는 눈이 있다면 누구나 놀라움을 금치 못할 것입니다.

어느 누구도 먹이거나 입히지 않았는데도 때를 알고 외출하는 봄의 파릇한 옷은 우리네에게는 진한 감동을 가져다주고 있네요. 우리는 이런 현상을 위대한 창조주의 힘으로 돌리고 있지요. 그분은 아름다운 자연을 만드시고 그 속에서 우리들을 살게 하셨습니다.

봄이 문을 두드리는 소리가 들리지 않으시는지요. 한번밖에 없는 삶에 다시 맞는 봄! 지금 우리 함께 그윽한 행복 속으로 젖어들지 않으시렵니까?

겨울이 한 해를 마감하는 장막이라면
봄은 시작을 알리는 종소리와도 같다.
언제나 시작이 중요하기 때문이다.
살포시 다가서는 봄과의 만남을
무덤덤한 회색빛 도시가 아닌
약동하는 분홍빛 산에서
간직하는 것이 한층 좋지 않을까 한다.
만물이 껍질을 벗고
새 생명을 내놓는 계절,
우뚝 선 커다란 나무는 물론
미장원에서 방금 머리손질을 하고
나온 것 같은 개나리덩쿨에서,
그리고
주먹만큼 작은 화분에 심어 있는
조그만 뿌리에서
그 화려한 봄의 향연을
기대할 수 있기 때문이다.

■ 많은 것을 얻었습니다 - 블로그 생활 1년을 뒤돌아보면서

씨 뿌리는 마음으로

"열매를 얻으려면 씨앗부터 뿌려라" 너무나 당연한 문구가 되겠지요. 그러나 나는 지금껏 열매만 얻으려는 부류에 속하지 않았는지…, 되돌아볼 수 있는 소중한 1년이었습니다.

천 리 길도 한 걸음부터라는 진리 속에 엊그제 블로그를 시작한 것 같은데 1년이라는 세월 속에서 145번째로 "많은 것을 얻었습니다"라는 이 꼭지를 접할 줄이야 누가 알았겠습니까?

씨가 땅에 떨어져 썩어야 싹이 튼다고 하니 썩어야 하는 그 고통을 함께해 봐야 진정한 삶의 참맛을 알 수 있다는 것입니다. 그것은 희생의 고통이기에 고통으로 끝나는 것은 아닙니다. 그것은 미래를 향한 썩음이기에 썩음으로 끝나는 것도 아니라는 것입니다.

떡잎이 솟아나고 잎새를 펼치고, 줄기가 자란 다음에는 꽃봉오리를 맺겠지요. 이 꽃봉오리 하나하나를 맺기 위해 흘렸을 꽃나무의 땀방울을 생각하면 놀라움을 생각하지 않을 수 없답니다.

나는 우리의 생명도 이와 다를 바 없겠구나 하는 교훈을 여기에서 얻었답니다. 오늘 피땀 흘리며 노동하는 것은 모두가 제 나름 미래의 꽃망울을 탄생시키기 위한 행위가 아닐는지요. 비록 그것이 보잘것없는 것일지라도 노동의 보람으로 여기면 놀라지 않을 수 없을 것입니다.

그것은 생명의 꽃이 아닐까 합니다. 전원생활 속에서 씨를 뿌려야 꽃도 볼 수 있다는 자연의 이치를 한 수 배웠습니다.

푸른 봄의 생기처럼

봄이 되면 개나리, 진달래, 목련꽃 송이가 문을 열기 시작하고, 라일락 그리고 장미도 한창 새잎이 돋아나서 푸른 봄의 생기를 불어넣어 주고 있습니다.

푸른 봄의 생기는 겨우내 움츠렸던 우리 마음의 문도 활짝 기지개를 펴게 하여 주지요. 사람에게는 생기가 있어야 큰일을 할 수 있지 않을까 합니다. 생기가 있게 되면 사람은 태만하거나 쉬는 것이 오히려 괴로울 것입니다. 생기 있는 육체와 정신은 우리 사회를 성장시키는 원동력도 되지 않을까 합니다.

전원생활 속에서 얻은 것이 있습니다. 일하면 일할수록 육체적인 건강도 좋아지고, 정신적으로도 힐링이 되어 사회구성원 간 관계도 좋아져서 삶의 보람을 찾아가는 모습을 발견하게 되었습니다.

더욱이 이 블로그를 통해서 현재는 물론 과거도 돌아보게 되었고, 미래도 내다볼 수 있는 혜안도 생기고 그리고 지혜도 얻었습니다. 이만하면 푸른 봄의 생기처럼…, 생활의 활력소를 찾았다고 하여도 무방하겠지요.

숲의 조화처럼

엊그제만 하여도 주위가 벌거벗은 것 같더니만 조금씩 새파란 잎이 돋아나는가 하였더니 이제는 온통 푸르름으로 가득 메웠습니다.

여름으로 들어가는 초입에 서 있는 것이지요. 산에는 나무와 숲이 있어 좋습니다. 속담에 "나무만 보고 숲을 보지 못한다"라는 말이 있습니다.

개별적인 것은 잘 파악하여 대처를 하면서도 총체적인 것에는 눈이 어둡다는 뜻이지요. 물론 나무가 없으면 숲이 있을 리 없지요. 그렇다고 나무만 있어서 숲이 이루어지는 것도 아니겠지요. 숲을 이루는 것은 산과 들이 있기 때문이 아닐까 합니다.

숲을 보기 위해서는 능선을 올라야 하겠지요. 능선에 오르는 동안에는 나무 사이로, 가파른 길도 헤치고 나가야 하겠지요. 이 거침을 통해야 비로소 조화의 참된 뜻을 깨달을 수 있다고 봅니다.

세상만사 다 이 같은 과정이 아닐는지요. 특히, 농촌으로 내려와 작열하는 태양빛 아래에서 이웃 농부의 땀 흘리는 과정을 엿보면서부터 실감 나게 피부로 느끼게 되었습니다. 여름이 우리에게 주는 것은 노동의 기쁨도 있는 것입니다. 노동이야말로 생활을 올바르게 즐기는 좋은 방법 중 하나이기 때문입니다.

나 자신의 육체와 정신의 조화를 위하여, 나와 이웃 간의 조화를 위하여, 우리 모두 육체는 물론 영혼이 함께 존재하는 생명력 있는 사회를 만들어봅시다.

동심의 세계로

가을의 문턱에서는 두 가지를 얻었습니다. 첫째, 동심의 세계를 들여다볼 수 있는 시간이었습니다. 둘째, 수확이라는 글귀를 생각해 주는 계기였습니다.

먼저 동심의 세계를 느꼈습니다. 양평으로 내려와 농촌체험지도사 교육을 이수한 뒤부터 체험마을에서 지도사의 신분으로 어린아이들과 함께 체험놀이를 종종 하곤 하였지요. 이때 가끔은 나도 모르는 사이 나 자신이 동심으로 돌아가 있는 것이었습니다.

혼자 멋쩍어서 피식 웃은 적도 종종 있었답니다. 아이들과 함께 있는 동안만이라도 나이는 잊고 행동하였던 것이지요. 참으로 의미 있는 동심의 발견이라 할까, 더없이 소중하고 즐거운 시간을 보냈다고 여겨지네요.

둘째, 봄에 씨를 뿌리고, 여름 내내 가꾼 농작물을 거두어들이는 수확의 계절이지요. 자연에 순응하면서 정성껏 보살핀 결과물이니 얼마나 애착이 크겠습니까? 나 자신 농촌에서 태어나 결혼 전까지 농촌생활을 하였지만 애틋한 농부

의 마음을 헤아리지 못하였었지요. 그러나 나이 들어 전원생활을 하면서 이웃 농부들의 피땀 흘리는 광경을 적나라하게 본 뒤부터는 생각이 달라졌습니다.

그들에게 보다 더 고마움을 가져야겠다는 것과 쌀 한 톨이라도 소중하게 다루어야겠다는 것입니다. 그리고 자연의 위대함을 알게 됨과 동시에 순치를 해야 하겠다는 것입니다.

가는 해는 가게 하고서

또 한 해가 저물어갑니다. 바깥은 지금 추위로 인하여 온통 얼어붙은 밤입니다. 흘러가는 세월을 붙들어 맬 수도 없고 후회를 하면서 과거를 밀어내 버릴 수도 없습니다.

나는 흘러가는 세월만을 탓하거나 애석하게 생각하지 않고 내면의 나 자신, 즉 속사람을 나날이 새로워지게 만들자고 다짐해 봅니다.

이런 것을 믿음이라고 할까요. 이러한 믿음만이 젊게 사는 지혜가 아닐까 합니다. 이제 며칠만 지나면 해가 바뀌게 되겠지요.

가는 해는 가게 하고, 오는 해는 오게 할 것입니다. 그리고 봄을 기다릴 것입니다. 그리하여 나의 속사람은 더욱 새로워져서 젊은 봄기운 속에서 오래도록 이야기하고 노래하게끔 할 것입니다. 정원의 흰 눈이 녹을 때쯤이면 다시금 벤치는 나에게 자리를 내어주겠지요.

귀촌생활체험

■ 마을 대청소 - 정보의 마당

마을 대청소

마을 대청소하는 날입니다. 도시의 아파트에서 생활할 때는 집 밖의 청소는 남의 일로 생각하며 살아왔지요.

그러나 시골에서의 마을 대청소는 청소도 하면서 그간의 일상생활에 대한 시시콜콜한 이야기부터 농사에 관한 정보를 교환하는 정보의 마당이라는 것을 알게 되었습니다.

더욱이 친교의 자리라는 것도 알게 되었답니다. 이런 것이 시골생활의 멋이라는 것을 새삼스레 피부로 느끼게 되었습니다.

마을 대청소를 마친 뒤에는 부녀회 회원들이 새벽부터 준비한 순댓국 맛은 말로 표현하기가 어려울 정도랍니다. 오늘도 2인분 분량을 먹고 나니 잠시지만 부러울 것이 없었습니다. 1년에 3번뿐이지만 다음 번 마을 대청소 날이 기다려집니다.

내가 터를 잡은 수능 2리는 270여 가구가 계곡과 실개천을 따라 옹기종기 모여 있답니다. 대대로 삶의 터전을 이어 온 가구는 20% 정도밖에 되지 않고 타지에서 들어와서 둥지를 틀고 새 삶을 꾸려가고 있는 곳입니다.

한 가지 아쉬운 것은 1년에 3번에 걸쳐 시행하는 마을 대청소에 참여 인원이 저조한 느낌이 들었으며, 젊은 이들은 눈에 잘 띄지 않고 노인들만 많아 보이는 것도 마음이 아팠습니다.

이것 또한 오늘날 우리 농촌의 현실임을 지적하면서 개선해야 할 문제 중 하나가 아닐까 합니다.

참여자 중에는 87세의 어르신도 동참하는 모습에 경의를 표하지 않을 수 없답니다.

이같이 장수하시는 어른신을 지켜보면서, 큰 욕심은 내려놓고 자연 속에서 이웃과 더불어 소통하면서 살면 건강하게 오래 사는 거구나 하는 생각이 들었습니다.

나 자신 20여 년 후에도 이러한 마을 행사에 적극 참여할 수 있을까?

■ 오디/보리수 와인 만들기 - 농산가공과 실습장면

양평에서 생산된 오디와 보리수입니다. 금년에도 일조량은 많고 강수량이 적어서 당도가 높다는군요.

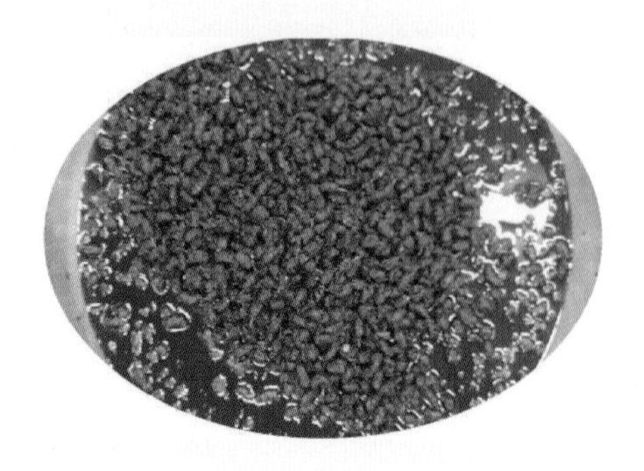

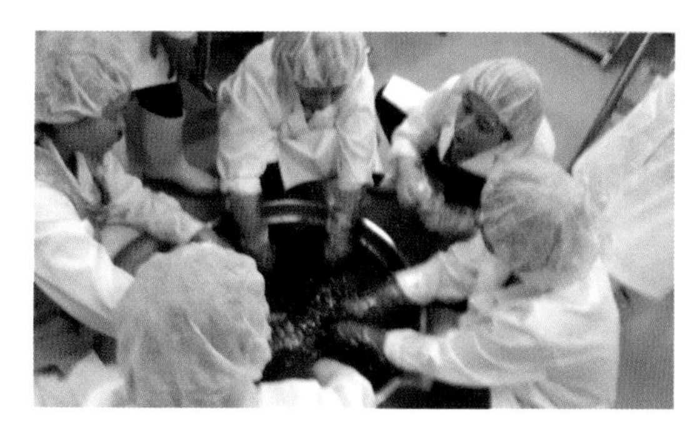

우리반 농산가공과 학우들이 열심히 으깨는 장면입니다. 스테인리스 통 속에서 발효과정을 거쳐 11월 졸업식 때에는 오디와 보리수 와인 한 병씩을 기념으로 받을 예정입니다. 아래의 이미지는 전임 기수 선배님들이 제조한 와인들입니다. 우리도 졸업 때쯤이면 요렇게 예쁜 모양으로 탄생되겠지요. 기대가 됩니다.

■ 장아찌 실습(1) - 기호식품/건강기능식품

저장음식

예부터 장아찌는 지혜로운 우리의 선조들이 장기 보관의 필요성으로 탄생된 것이랍니다.

각종 식물성 재료(채소류, 과실류, 뿌리류, 약초류 등)를 소금이나 간장에 절여 숙성시킨 저장음식이라고 할 수 있겠지요.

오늘날에 와서는 장아찌가 우리의 입맛을 돋우어주는 기호식품화, 숙성과정을 거치는 동안의 효소작용으로 인해 건강기능식품으로도 인식이 바뀌어가고 있다고 볼 수 있지요.

농산가공과 실습에 응용된 내용들은 다음과 같습니다.

멸치장아찌, 송이장아찌, 황태장아찌, 야채모듬장아찌, 김치장아찌… 흔히 장아찌는 소금이나 간장에 절이는 정도로만 알았으나 실습하는 동안 각종 재료를 가지고 육수를 내어보니 건강에 참 좋겠구나 하는 믿음이 가네요.

효소는 단백질로 이루어진 미생물로서 우리 몸에서 저절로 만들어지는 것이지요.

이때 우리 몸에 들어온 음식을 에너지로 바꾸는 역할을 하고 그 에너지는 우리 몸을 지탱해 주는 것이랍니다.

문제는 나이가 들면서 자체 생성능력이 떨어진다는 것입니다.

그래서 우리 몸은 노화가 오는 것이며, 우리가 섭취한 비타민이나 미네랄 등의 음식물이 효소의 도움이 없으면 효과를 발휘하지 못하고 그대로 장을 통해 밖으로 배설한다는 것입니다.

효소의 역할

우리 몸속에 부족한 효소를 인위적으로 보충시켜 주어 원활한 신체 활동을 위해 꼭 필요한 것이 아닐는지요.

지금까지 알려진 효소의 역할을 요약하면 다음과 같다고 볼 수 있습니다.

- 우리 몸속에서 항염증작용을 한다.
- 우리 몸속에서 항균작용을 한다.
- 우리 몸속에서 해독작용을 한다.
- 우리 몸속에서 혈액 정화작용을 한다.

저염식 장아찌 맛의 비밀

오늘날 각 생산농가와 손을 맞잡고 최적의 장아찌 맛을 내기 위해 가공업자들이 팔을 걷어붙이고 밤낮으로 연구에 몰두하고 있답니다.

이를테면 최상의 원재료는 물론이고 소비자가 맛을 평가한 자료를 토대로 장아찌 절임 소스 배합과 숙성기간을 달리한다든지, 보통 5% 정도의 염도를 더 최소화하거나 다양한 고객층에 맞도록 깔끔하고, 새콤달콤하게 맛을 낸다든지, 유통과정에서 후발효를 일으키는 문제를 해결하기 위해 병 절임 진공포장 공정방식 등이 등장하고 있습니다.

이를테면, 상온에서 보관해도 병뚜껑을 개봉하지 않으면 본래의 맛이 변하지 않는다는 것입니다.

■ 장아찌 실습(2) - 기호식품/건강기능식품

건강기능식품

두 번째 농산가공과 학생들의 건강기능식품 - 장아찌 실습내용들입니다.

지난주 첫 번째 실습 때보다는 훨씬 더 차분한 분위기 속에 세련된 모습으로 임하였습니다. 그리고 열심히들 노력하였습니다.

실습을 지도해 주신 김선임 선생님이 먼저 시범을 보여준 결과물들입니다. 먹기만은 너무 아까운 장아찌들이 아닐까요?

나이 들어 거들먹거린다는 인상을 받기 싫어서 나름대로 열심히 하려고 하였습니다.

백문이 불여일견이라는 속담도 있듯이 각종 재료를 가지고 직접 장아찌들에 대한 실습을 하여 보니 이해가 쉽게 되더군요.

우리의 건강에 있어서 기본이 되는 재료의 효능도 중요하지만, 육수를 내거나 양념장에 들어가는 각종 밑재료들을 보니 영양 만점이 아닐 수가 없을 것 같았습니다.

다양한 장아찌들

우엉장아찌라고 합니다. 원래의 계획은 연근장아찌였으나 연꽃이 피는 계절(7월과 8월)에는 연근은 사용하지 않는답니다.

- 재료 : 우엉 1kg, 설탕 600g
- 양념장 : 고추장 4컵, 물엿 1컵, 절인 설탕물 1/2컵, 멸치가루 2큰술, 표고버섯가루 2큰술

만드는 요령입니다.

1. 우엉을 껍질째 깨끗이 씻어 물기를 제거 후 어슷하게 썬다.
2. 끓는 물에 소금과 식초를 약간 넣어 20분 정도 삶아준다.
3. 우엉을 건져 설탕에 1~2일 정도 절인다.
4. 만들어놓은 양념장을 버무려 2~3개월간 숙성시킨다.

주의사항입니다.

1. 공기 중에 노출되면 갈변현상이 일어날 수 있습니다.
2. 2~3일 이상 삼투압작용을 시키기 위해 설탕에 재워놓는다.

이것은 오이피클이라고 합니다.

- 재료 : 오이 5개
- 양념장 : 소금 1/2컵, 마늘 5쪽, 붉은 고추 3개, 설탕 1.5컵, 식초 1.5컵, 라유 3티스푼

만드는 요령입니다.

1. 오이를 5cm 길이로 4등분 다시 세로로 4등분 하여 소금을 뿌린 후 절인다.
2. 오이가 절여지면 꼭 짜서 양념장에 재워 2~3일 후에 먹을 수 있다.

이것은 여주장아찌라고 합니다.

- 재료 : 여주 1kg, 레몬 1개, 청양고추 5개, 양파 1개, 마늘 1통
- 양념장 : 간장 3컵, 매실청 2컵, 식초 1.5컵, 설탕 1/2컵, 물 3컵, 양파 1개, 다시마 2장

만드는 요령입니다.

1. 여주는 흐르는 물에 잘 세척을 한다.
2. 반을 길이로 자른 후 스푼으로 살과 씨들을 다 발라낸다.
3. 적당히 먹기 좋게 어슷썬 후 소금 1큰술, 식초 2컵, 설탕 2컵을 넣고 30분 정도 담가 쓴맛과 풋맛을 빼준다.
4. 여주장아찌에 부을 양념장을 끓인다.
5. 간장이 어느 정도 끓어오르면 식초도 한 컵 넣는다.
6. 끓인 간장은 한 김 나간 후 여주에 붓는다. 이렇게 뜨거울 때 부어야 여주가 아삭아삭해진다.
7. 3일 후에 다시 한번 간장을 끓여서 부으면 맛있는 여주장아찌가 된다.

이것은 김장아찌라고 합니다.

- 재료 : 김 100장
- 양념장 : 간장 3컵, 올리고당 3컵, 청주 1컵, 매실액 1컵, 설탕 1/2컵, 건표고 5개, 무 1/4개, 북어머리 1개, 건새우 1/2컵, 양파 1/2개, 배 1/4개, 디포리(멸치) 50g, 건고추 3개, 생강편 1톨, 마늘편 1통, 대파 3뿌리

  포인트는 양념장에 농도가 있어야 한다.

만드는 요령입니다.

1. 김밥김을 6등분으로 자른다.
2. 양념장을 15~20분 정도 중불에서 달여 완전히 식힌다.
3. 큰 접시에 양념장을 덜고 김을 한 장씩 발라서 겹쳐 쌓아 용기에 담는다.
4. 대추꽃이나 통깨를 켜켜이 고명으로 얹고 통에 가지런히 담아 3개월 정도 숙성시킨다.

이것은 총각무장아찌라고 합니다.

- 재료 : 알타리 2단(소금 3큰술), 아삭이고추 200g, 청양고추 6개, 마늘 2통

- 양념장 : 물 1.5리터, 소금 1/2컵, 설탕 4컵, 식초 4컵, 생강 1톨, 대파 흰 부분 2토막, 레몬 1개, 홍고추 3개, 양파 1개, 비트 50g

만드는 요령입니다.

1. 알타리무를 깨끗이 씻어 소금에 2~3시간 절인다.
2. 물을 끓여 식힌 후 분량의 재료를 넣고 양념장을 만든다.
3. 알타리를 용기에 넣고 나머지 재료를 넣어 양념장을 부어 숙성시킨다.
4. 1일 정도 지난 후 냉장고에 넣는다.

맛도 중요하지만 멋을 내는 과정에서 이왕이면 다홍치마라는 속담도 있듯이 차림새 부문에서 칭찬받은 팀의 출품작입니다.

참 잘했지요. 어느 한 가지만을 꼭 집어서 좋은 장아찌라고 할 수 없을 것 같네요. 각자의 영역에서 그들 나름대로 특이한 효능이 있다는 것도 알게 되었습니다. 또한 나이듦에 먹는 것에 대한 관심도가 높아진다고들 하는데 나 역시 공감이 되는 중입니다.

우리 4조 팀들이 만들어낸 5가지 장아찌 작품들입니다.

실습 후 소감을 한마디로 표현한다면 직접 해봐야 한다는 것이며, 각 재료들의 효능에 관한 보충설명이 필요없을 정도로 겁나게 맛있었습니다. 예쁘게 봐주세요.

■ 귀농/귀촌의 활성화 - 농업이 미래 산업이다

귀농/귀촌인은 산소 같은 사람이다

귀농/귀촌인은 농촌의 새로운 활력소를 창출해 내는 산소 같은 사람들입니다. 최근 도시생활에 피로감을 느낀 사람들이 증가하면서 자연친화적인 삶에 대한 욕구가 높아지고 있습니다.

이러한 욕구로 인해 각광받는 생활문화가 바로 귀농/귀촌생활인 것이지요. 즉 복잡한 도시를 일탈하여 물 맑고 공기 좋은 곳, 그러면서도 어머니와 같은 정서가 곁들여진 추억을 떠올리며 여유를 느끼며 살고 싶어 하는 도시민들의 대안처로 떠오르게 되었다는 것입니다.

귀농/귀촌인의 증가는 농어촌의 고령화와 공동화를 해결함과 동시에 시골마을에 활기를 불어넣어 줄 것이며, 농산물 직거래와 알선 판매로 지역의 소득 증가에도 지대한 역할을 하게 되고, 국토의 균형 발전 차원에서도 의미있는 현상이지요.

이러한 이유로 전국의 농촌지역 지방자치단체들의 최대 관심사로까지 대두되었습니다. 반면, 700만 명으로 추산되는 베이비붐 세대 인구 가운데 10%만 도시에서 빠져나가도 농촌 살리기와 도시주택, 청년 실업 문제 해결 등에도 숨통이 트이지 않을까 싶습니다.

귀농/귀촌 조건 10

1. 현재 자신의 현황을 분석하라

   가족들과는 원만한 합의를 하였는지, 자금 여력은 얼마나 되는지, 영농 경험은 얼마나 있는지, 나이가 들수록 노동력이 떨어짐을 감안하면서, 영농에 대한 적성은 맞는지 등을 검토하라.

귀촌 결정을 누가 제안하였는가?

- 부부공동으로 제안 : 제2의 신혼 기분으로 살 수 있을 것이다.
- 남편이 먼저 제안 : 남자는 노예생활이 될 것이다.
- 부인이 먼저 제안 : 남자는 신적인 존재로 살아가게 될 것이다.

한 가지 팁으로 부인을 적응시키는 방법은 주말에만 와서 놀다가 가게 하여라.

2. 지역 선정을 잘 해야 한다.

해당 지역의 농가 소득은 얼마나 되는지, 생활여건은 어떤지, 재능기부 등에 대하여 직접 발품을 팔아가면서 알아보아라.

3. 품목 선정은 잘 해야 한다.

지역의 육성 내지는 특화작물은 무엇이 있는지, 내 농지와의 적합여부는, 작목반의 품목 재배요령 교육은, 품목에 대한 경영성과는, 고소득이 아닌 나에게 적합한 품목인지를 파악하여라.

4. 농지 선택은 신중하여야 한다.

농지의 용도는 무엇인지, 비용은 얼마인지, 농지에 대한 지식은 얼마나 갖고 있는지, 자경을 할 것인지 아니면 임차를 할 것인지를 염두에 두어야 한다.

5. 판로 개척을 염두에 두어라.

판매처를 명확히 해두었는지, 고객에 대한 판매치, 소비자의 선호내지 혐오도, 신뢰관계는 얼마나 형성시킬 수 있는지?

6. 교육에 대한 정보를 입수하라.

어떠한 과정이 있는지, 기간은 얼마나 되는지, 목표는 무엇인지, 다양한 기관이 있는지, 지속성 있는 프로그램인지 등을 파악하고 있어야 한다.

7. 멘토를 잘 만나야 한다.

멘토가 엄격하게 하고 있는지, 부족한 분야가 무엇인지, 우선적으로 지역의 최소단위조직의 장인, 이장, 부녀회장 그리고 노인회장 등을 멘토로 삼아라.

소문난 선도 농가를 탐방하라. 최소한 분야별로 3명 이상의 멘토를 찾아라.

8. 주민과의 화합을 위한 공감대를 형성하여라.

   지역 고유의 정서 변화를 숙지하고 있는지, 나보다는 우리라는 마음가짐을 얼마나 지니고 있는지, 칸막이 생활은 갈등과 질투심을 불러올 것이다. 소통을 우선시하라.

9. 주택 구입은 어떻게 할 것인가?

   주택에 거주할 인원은 몇 명인지, 욕심 내지 말고 타인을 의식한 주택 구입 계획은 피하라.

   귀농인 지원정책에는 어떤 것이 있는지, 전원생활용인지 아니면 영농용인지를 구분하라.

   경험이 없으면 지역의 농가를 임차하여 생활해 보는 것도 좋을 듯 싶다.

10. 자신을 발견하고 지역에 공헌할 수 있는 방안을 염두에 두어라.

   먼저 제2의 삶의 터전 속에서 자신만의 가치관을 어떻게 찾을 것인지, 육하원칙에 따라 지역사회에 공헌할 수 있는 방안을 염두에 두어야 한다.

1석 3조의 힐링 공간

- 건강 : 자연 속에서 느림의 미학을 맛볼 수 있다.
- 소득 : 비용을 절감하면서 경제적인 생활을 할 수 있다.
- 일거리 : 육체적/정신적으로 균형 잡힌 일상생활을 할 수 있다.
- 체험 : 일상의 경험담을 토대로 글을 쓰거나 타인에게 강의를 할 수 있게 될 것이다.

인생 4막 이야기

- 1막 : 직장인으로서의 도시생활
- 2막 : 도시생활에서 농촌생활로
- 3막 : 농촌생활을 하면서 취미생활, 문화생활
- 4막 : ?

더 욕심을 부린다면 영혼이 내재한 자신만의 가치 있고 품격 있는 삶을 발견하는 것이 아닐까 합니다.

팁 서비스 : 취미생활을 생활화합시다

최근 우리의 생활 주변을 들여다보면 놀라우리만큼 취미로 전문성을 인정받거나 자신만의 취미공간을 만들거나, 취미생활을 하기 위해 장기 휴가를 떠나거나 회사를 아예 사직하고 세계여행을 떠나고 있다는 기사를 종종 접하곤 하는 시대가 되었습니다.

취미의 필요성에 대하여 서울대학교병원 윤대현 교수는 다음과 같이 피력하고 있습니다. 인간의 뇌에는 “일하기 회로”와 “놀기 회로”가 있는데 일하기 회로만 계속 가동하면 두 회로가 협력관계를 이루지 못하고 아예 경쟁관계가 되어버린다는 것입니다.

일만 하다가 갑자기 신체/정신적으로 무력해지는 번아웃 증후군을 겪게 된 사람이 취미를 만들어 놀아보려고 해도 불안감 탓에 처음에는 잘 되지 않는다는 것입니다. 하지만 연습과 훈련을 반복적으로 하여 “노는 능력”을 키워내면 어쩌다 하늘만 한번 쳐다봐도 에너지가 충전된다는 것이지요.

여기에서 “놀다”라는 의미는 그냥 일을 하지 않는 것이 아니라 즐기고, 몰입하는 것 외에는 어떤 목적도 없는 활동을 능동적으로 수행하는 것을 뜻하는 것입니다. 이것이 바로 취미랍니다. 궁극적으로 놀기 회로가 활발하게 작동되어야 소통도 잘 되고, 창의적인 사고력으로 일에 대한 성과를 높일 수 있지 않을까 합니다.

귀농/귀촌을 꿈꾸는 당신에게!

삶의 뿌리의식을 찾고자 할아버지와 아버지의 고향으로 돌아가는 당신은 짧지 않은 인생에서 가장 아름다운 도전이 될 것입니다. 영국의 석학 아놀드 토인비(A.J Toynbee)가 갈파하였듯이 "아름다운 것은 고난 속에서 빚어내는 위대한 응전"이라고 합니다.

당신이 생각하였던 것보다 농촌생활은 어렵고 더 힘들다는 것입니다. 왜 귀농/귀촌을 택하였는지 후회할 수도 있습니다. 아니 기존의 많은 선배님들은 후회도 하고 있습니다. 하지만 역사는 편하고 쉽게 가는 군중이 아니라, 어렵고 험한 길을 택한 창조적 소수(Creative Minority)가 이끌어왔다는 것을 기억해 주십시오.

■ 엠티(M/T) - 소통의 지름길

엠티(MT, Membership Training)란?

우리나라 대학문화 중 하나로, 주로 신학기 초에 단체로 다녀오는 짧은 여행이라고 하지요. 다듬은 말로 모꼬지란 용어로도 불리고 있답니다.

신입생과 학과 선배들 사이에 얼굴 익히기를 포함한 친목 도모가 주 목적이며 학과의 주요 행사에 포함되기 때문에, 교수를 포함한 교직원들도 함께 참가하는 경우가 대부분이지요.

돌이켜보건대 나는 지난 30여 년간 학생들과 함께한 각종 M/T행사에서 순수하고 좋은 뜻이기는 하였지만 마음 편하게 다녀온 기억은 별로 없는 것 같습니다. 이유인즉, 인솔자는 처음부터 끝까지 안전하게 행사를 마쳐야 한다는 중압감 때문이었지요.

이번 양평 친환경농업대학 농산가공과 학생들의 M/T행사에 참석하기로 마음을 먹었던 이유는 내가 40여 년 전 대학 1학년 학생 때 기분과의 차이는 무엇인지, 어떤 기분인지를 스스로 느끼고 싶었기 때문입니다.

농산가공과 학생들이 직접 집에서 재배하여 판매하고 있는 농산물들을 가지고 나온 것입니다. 아삭아삭한 복숭아, 찰옥수수, 애플수박이라고 하는 작은 수박 등입니다.

나는 먹기에 앞서 이렇게까지 상품화된 과정까지의 노고에 대해 고마움을 다시 한번 전하고 싶었습니다. 푹푹 찌는 무더위 속에서 노동하였을 것을 생각하면 누구나 이런 마음이 들겠지요.

M/T 장소는 용문면 연수리 계곡이랍니다. 양평의 중심을 이루고 있는 산이 용문산 줄기 중에서 이곳이 제일 깊은 계곡이 아닐까 합니다. 이열치열이라, 덥지만 닭백숙, 닭볶음탕이 주메뉴로 몸보신을 한껏 하고 있는 풍경입니다.

원래 목요일 오후마다 수업이 있으나 2주간 휴강으로 인해 엠티를 가게 된 것이지요. 전체 학생 숫자는 35명이지만 16명이 참석을 하였답니다. 이 시간 더운 날씨에도 참석을 못한 학우들은 논밭에서 일들을 하고 계시겠지요. 미안하기도 하였습니다.

보통은 50대, 저 같은 60대를 지나오면서 삶의 무게가 얼마나 무거우셨습니까? 짧은 시간이지만 맛나게 먹고 마시면서 빡의 세상살이는 잊어버릴랍니다.

이야기꽃을 피웠습니다

도란도란 계곡물에 발 담그고 이야기꽃을 맘껏 피우고 있는 모습들입니다. 16명×50가지 대화 꼭지(50세 기준) 약 800가지의 주제로 이야기를 한다면 며칠은 걸리지 않을까 합니다. 못다 한 이야기는 다음 기회가 또 있겠지요. 졸업 여행이라는 것도 있답니다. 많은 사람들이 계곡을 찾는 이유를 다시금 알 것 같습니다. 우선, 삼복더위에 계곡에서의 휴식은 시원함이 대명사가 아닐까 합니다.

몸과 마음의 느낌의 정도는 젊었을 때나 지금이나 한결같았으며, 좋았습니다.

■ 부추이야기 - 귀농 특화작물

신개념 농촌의 역할

기존의 식량생산 기능을 초월한 또 다른 역할을 찾아야겠습니다.

- 교육 : 농촌체험은 생생한 제2의 교육현장이다.
- 건강 : 인간의 면역력과 자연치유 공간이다.
- 복지 : 평생 일자리와 전원생활 터전이다.

- 관광 : 국내외 관광객에게 우리의 전통생활상을 보여준다.

신개념 역할 변화는 물론 귀농/귀촌에 뜻을 갖고 있는 사람은 농산물에 대한 소비시장의 트렌드도 읽어야겠습니다.

- 가격경쟁력의 심화
- 소비시장의 글로벌화
- 고급시장의 확대
- 친환경 농산물의 선호
- 직송 농산물의 유통 급증
- 소비자의 감성화/패션화

파종한 부추의 수명은 대략 7년 정도가 된답니다. 동절기인 1월과 2월을 제외한 300일 사이 21일 만에 상품으로서 부추가 생산되는 것이랍니다. 한겨울 생산을 중단하는 이유는 채산성 문제도 있으나 부추도 휴면을 시켜주어야 한다네요.

이 더운 날씨에 양평 친환경 농업대학 농산가공과 동기생의 작업 현장인 비닐하우스에서 작업하는 모습을 상상하노라면 애처로움을 말로 표현하기가 어렵네요. 요즈음같이 폭염이 계속되는 시기 하우스 내의 온도는 40도를 훌쩍 넘는다고 합디다.

부추의 역할 변신

지금까지 부추는 삼시 세끼 밥상 위에 올려지는 찬 종류의 한 가지로

만 알려져 있을 것입니다. 그러나 부추 내면의 효능은 천연 정력제로 부부간의 정을 오래 유지시켜 준다고 하여 정구지(精久持)라는 뜻도 있답니다. 우리 몸의 신장을 따뜻하게 하고 생식기능을 좋게 한다고 하여 온신고정(溫腎固精)이라고도 하며, 운우지정을 나누면 초가삼간이 무너진다고 하여 파옥초(破屋草)라고도 하고, 오래 복용하면 오줌 줄기가 벽을 뚫는다 하여 파벽초(破壁草)로도 불리었다고 합니다.

"이른 봄의 부추는 인삼, 녹용과도 바꾸지 않는다"는 말과 부추를 씻은 첫물은 아들은 안 주고 사위에게 준다"는 이 말은 아들에게 주면 좋아할 사람이 며느리이니 차리리 사위에게 먹여 딸이 좋도록 하겠다는 의미겠지요. 더 나아가서 사위에게도 주지 않고 서방님에게만 준다는 뜻도 있답니다.

또한, 추운 겨울을 이겨내고 쏟아난 봄 부추는 맛이 풍부하고 건강에 좋아 약으로도 쓰였다고 하네요.

고수의 부추농사

비닐하우수동 1개의 면적을 200평 기준으로 1평당 5만 원 정도의 매출을 가정하면 1000만 원 매출을 예상할 수 있답니다. 비용은 자재비와 본인 인건비를 제외한 인건비 등을 합치면 대략 400만 원이 들어간답니다.

GNP 기준으로 4인 가족 2000평 정도는 되어야 생활할 수 있다고 하네요. 수익을 나누어봤을 때 총 6000만 원 1개월 500만 원 부부 수익이 되겠습니다.

그러나 한 가지 팁으로 나의 동기생인 이석종 하우스에서 생산되는 부추 1단의 출하가격은 전국 생산 농가단위 중 2위 수준으로 1000원 이상을 받는 A급의 최상품이랍니다.

다른 지역 농가들의 실태를 보

면 동일하게 원가 비용을 지불하고도 B급, C급, D급이 있답니다. 이때 C급 이하는 생산 원가도 나오지 않는다네요. 지금 양동 지역에서 생산하는 부추의 연 매출은 대략 100억 원대로 양동 부추 하면 전국에서 알아줄 정도가 되었답니다.

이렇게 귀농하여 농사를 짓고자 할 때 지역적, 재무적, 기술적, 차별화된 특화작물 이외에 자연과의 친화력을 키워나가는 데도 신경을 써야 할 대목이 될 것입니다.

부추 효소

양평군에서는 제1회 양평 부추 축제를 2016년 9월 30일에서 10월 2일까지 양동면 면사무소 일원에서 개최하였습니다. 부추에 관한 여러 가지 좋은 정보와 맛을 경험할 수 있었지요.

지난봄 동기생인 이석종 사장님댁에서 2016년 4월 29일 10kg을 구입한 부추를 가지고 담가두어 삼투압 작용으로 2016년 6월 6일 추출한 효소입니다. 맛을 보니 부추 본래의 쌉쌀한 맛에 원당 맛이 혼재하고 있네요. 앞으로 1년간의 긴 숙성과정을 거치면 더욱 달콤한 맛과 향의 효소로 재탄생하겠지요. 느림의 미학으로 기다리겠습니다.

건지는 부추식초를 만들려고 식수를 적당히 부어 놓았습니다. 이놈 역시 약 1년간의 기간이 지나면 부추식초로 활용해 보려고 합니다. 어떤 맛이 나올지 처음이라 궁금도 하지만 걱정도 되네요.

농부가 돼라

2013년 봄 미국 상품 투자의 귀재, 짐 로저스(Jim Rogers)가 고려대학교에서 앞으로 20~30년 안에 지구상에서 가장 수익을 낼 수 있는 분야는 농업이라는 내용의 취지로 강연한 내용입니다.

"어느 나라나 곡물 공급 부족 해결방안을 마련하지 않는다면, 몇 년 후에는 억만 금을 주어도 음식물을 구하지 못하는 상황이 올 수 있다. 향후 가장 위대한 사업은 농업이 될 것이므로 농부가 돼라" 농업인, 지방자치단체, 국가는 물론 개인 소비자 모두가 귀담아들어야 할 내용이 되겠습니다.

■ 양봉이야기 - 산촌으로의 귀환

달콤함의 아이콘 꿀(Honey)

봉밀은 우리 인간의 역사와 함께 시작되었다고 해도 과언이 아닙니다. 함께 공부하고 있는 농산가공과 학우의 제2 고향인 지평으로 잠시 벌 구경하고 왔습니다. 이 혹서기에 고생하고 있는 모습이 안타깝기도 하고 미래 산촌으로 귀향하여 벌을 가지고 부수입을 생각하고 있는 분들에게 조금이나마 도움이 될 것 같아 한 꼭지를 설정해 보았습니다.

지 사장님의 경우 10년차 양봉을 하고 있는데 그동안 수많은 시행착오를 겪어왔으며, 투자한 비용만도 억대 이상이 들어갔다고 합니다. 시행착오와 비용을 줄이는 비결의 한 가지는 유능한 선배 양봉업자를 만나서 양봉에 관한 기법을 터득하는 것이랍니다.

또한 힘을 쓸 때와 섬세한 일손이 필요할 때가 있다 보니 부부가 함께 양봉업을 하는 것이 바람직하다고 합니다. 1년 중 벌들이 활발하게 채밀하는 기간은 5월과 6월 사이 대략 2개월 정도라고 하네요.

그러나 양봉업자의 경우 12월과 1월을 제외한 10개월 동안은 벌과 관련된 일을 하고 있는 셈이지요. 대략적으로 꿀의 종류는 이른 봄의 진달래꽃, 벚꽃에서 시작하여 아카시아꽃이 80%를 차지하고, 밤꽃으로 이어진다고 합니다. 특별한 경우 가을꽃이 있으나 양봉업자들은 가을꽃에서는 채밀을 별로 하지 않는다고 합니다.

양봉 수익과 관리요령

보통 양봉 1통에 3만 마리 정도의 벌이 생활하고 있답니다. 1년 단상 기준 3되를 채밀하였을 때 1되에 5만 원을 가정하면 벌 1통에 15만 원의 매출을 올리는 것이 되네요. 계상 일시에는 5되 정도 생산이 가능하다고 보면 1통에 25만 원의 매출이 예상되겠습니다.

그러나 양봉 사료, 영양제, 천연항생제, 기타 자재비 등에 소요되는 비용을 50%라고 하였을 때 계상 벌 100통을 운영하고 있다면 1년간 비용을 제외하면 수익은 1250만 원이 되겠습니다.

영세업자인 경우 투자 대비 수익이 크지 않은 업종으로 인하여 수익을 극대화하기 위해서 일부 양봉업자들은 프로폴리스, 로열젤리, 판매용 벌독 등으로 부족한 부분을 메워나가고 있으며, 또 다른 부업으로 생활을 유지해 가고 있는 실정이랍니다.

벌도 수명이 있답니다. 겨울에는 6개월까지도 가능하나 아카시아인 경우는 생존기간이 6주 정도밖에 안 되기 때문에 세대교체 시기를 잘 간파하여 벌의 숫자 유지에 각별한 관찰과 노력이 요구된답니다.

예를 들면 여왕벌은 16일, 일벌은 21일,

수벌은 24일 만에 탄생을 한다네요. 그 이외에 분봉시기, 여왕벌 생존 유무 등도 수시로 관찰해야 하고, 꽃 따라 이동해야 하는 직업 중의 하나가 아닌가 싶습니다.

더구나 벌은 예상외로 질병에 약하며, 온난화 현상으로 생산량이 감소 추세에 있다 하니 큰 문제가 아닐 수 없습니다.

아직까지는 꿀 관세가 250% 정도이기에 수입 측면에서 양호한 편이나 베트남과 같은 동남아국가와 FTA가 체결되면 양봉사업은 큰 타격을 받을 것으로 예상되는 업종이랍니다.

실제 꿀 한 병에 1만 원대로 내려간다고 가정하였을 때 경비를 제외하면 본인의 인건비조차도 확보하기 어려운 상황이 되겠네요.

이러한 자연적, 인위적인 현상을 직시하고 양봉업의 미래 수익전략을 세워가면서 대처해 나가야 하지 않을까 합니다. 우리 곁에 벌이 없다고 가정하였을 때 다가올 재앙은 수치로 계산되지 않을 정도랍니다.

벌이 우리에게 주는 것은 꿀만이 아닙니다. 꿀은 일부분에 지나지 않습니다. 벌이 없다면 자연생태계에 큰 재앙이 온다는 것입니다.

■ 분임조 발표 - 양평친환경농업대학

분임조 발표

1년과정의 양평 친환경농업대학 전문농업과, 신규농업과, 농산가공과 학생들의 분임과제 발표자들입니다.

우선 약 6개월 동안 10개 조별로 나뉘어 양평 지역에 부합되는 주제를 가지고 연구한 학생들에게 고마움을 전합니다.

분임과제의 발표는 한 개인, 한

분임조, 양평 지역만의 문제가 아닙니다. 우리나라의 농민과 농업의 문제가 아닐까요.

대략적인 주제들을 엿보면 다음과 같습니다.

- 수박에 관한 주제 3팀
- 블루베리에 관한 주제 2팀
- 아로니아에 관한 주제 1팀
- 대추를 주제로 한 1팀
- 커피농장에 관한 주제 1팀
- 미니사과에 관한 주제 1팀
- 양평 옛장 항아리 꾸러미에 관한 주제 1팀

각 조별로 6개월간의 짧지 않은 기간에 현장 방문 및 견학은 필수였으며, 지역성, 실용성 그리고 상품성에 대한 토의를 거친 흔적들이 발표 내용에 고스란히 담겨 있었습니다.

대부분의 학우들이 적지 않은 나이와 직간접적으로 농업에 관련하여 직업을 갖고 있으면서 수업에 참여하며 분임활동도 병행하였다는 사실 하나만으로도 격려와 상을 드리고 싶습니다.

일례로 커피농장에 관한 주제를 가지고 분임 토의에 임한 조의 주제 선정 배경이 마음에 와닿아서 소개합니다.

- 희소성이 있는 생산물인가?
- 양평 지역 도입이 가능한가?
- 6차 산업(가공, 서비스)이 가능한가?
- 수익성이 있는가?
- 생산과정이 친환경적인가?
- 과잉생산의 여지가 있는가?

커피농장에 관한 주제로 발표한 자의 마지막 멘토도 머릿속에서 지워지지를 않아 여기에 남겨두려고 합니다.

- 나는 왜 농부가 되었는가?
- 농사는 무엇인가?
- 어떻게 살아야 할 것인가?

우리 주변의 실상을 보면 많은 고민 속에 능동적 그리고 적극적으로 대처를 못하는 것 같아 안타까운 심정은 말로 표현을 하기가 어려울 정도랍니다.

양평 친환경농업대학 제17기 분임조 발표 수상자들과 함께한 사진입니다. 왼쪽부터 정진칠 농업기술센터 소장 겸 부학장입니다.

- 대상 : 제9분임 주제 아로니아
- 최우수상 : 제10분임 주제 양평옛장항아리 꾸러미
- 우수상 : 제6분임 주제 미니사과

발표회를 마친 소감

분임과제 발표회를 마치면서 느낀 점은 다음과 같습니다.

- 농업은 과학화돼야 하겠다.
- 농업은 정보화돼야 하겠다.
- 농업은 협동화돼야 하겠다.
- 농업은 친환경적이어야 하겠다.
- 농업은 국가산업이어야 하겠다.
- 농업은 삶의 원동력이어야 하겠다.
- 농업은 수익을 동반하여야 하겠다.

농촌현장에서 간접경험을 통해 보고 들은 내용을 한마디로 표현하자면 농사라는 것이 육체적인 노동은 물론이요 정신적으로도 노동력이 필요한 분야임을 알게 되었으며, 하루 24시간을 농사에 올인하여도 시간이 부족한 업종이라는 것을 느꼈습니다.

다시 한번 미래의 건강한 먹거리 창출을 위하여 고생하고 있는 우리 농민들에게 우리 모두 고마움을 전합시다.

■ 단삼이야기 - 우뚝 약선 농원

단삼丹蔘이란?

인삼의 형태를 닮고 빛깔이 붉어서 단삼이라고 불리고 있습니다. 길이는 대략적으로 약 40~80㎝이고, 뿌리 전체에 털이 많은 것이 특징이랍니다.

잎은 난형 또는 피침형(披針形)으로 마주나고 있으며, 꽃은 자주색으로 6~7월에 피는데 층층으로 달린다고 합니다.

한약재로 쓰이는 뿌리는 탄신논과 비타민 E가 함유되어 있으며, 약성(藥性)은 약간 차고 맛이 쓴데, 포도상구균 · 대장균 · 티푸스균 · 결핵균에 항균작용을 하고 있답니다.

심근경색증에는 단향 · 축사 등을 배합해서 사용하고, 신경쇠약으로 인한 불면과 불안 증상에는 용골 · 모려 등을 함께 써서 치료한다고 알려져 있다. 부인들의 월경통 · 생리불순 및 간기능 장애, 간경변증의 초기 증상에도 효능이 인정되고 있답니다.

단삼의 재배

가을철에 씨앗을 뿌리는 번식은 발아율이 낮고 생육기간이 2년이라는 단점이 있어 대부분 봄에 심어 가을부터 수확이 가능한 뿌리 삽목을 권장하고 있답니다.

3월 말에서 4월 초 사이에 뿌리를 5cm 정도 잘라서 묘판에 밀식을 한후 흙을 3cm 정도 덮어주고 아침저녁으로 물을 주면 1개월에서 1개월 반이 지나면 싹이 나기 시

작을 하는데, 5월 중순경에 정식을 한답니다.

정식 후에도 뿌리가 활착 시까지 매일 아침과 저녁으로 물을 주어야 합니다. 그 이후에는 일반적인 관리만 하다가 첫 서리가 내린 후부터 수확이 가능하다고 합니다.

귀농 3년 차로 양평 친환경농업대학 농산가공과에서 함께 공부하고 있는 우뚝약선농원 황 사장님의 경우에는 몇 가지 특징이 있답니다.

- 화학비료를 전혀 사용하지 않고,
- 농약(살충제, 제초제, 살균제 등)도 사용하지 않고 있으며,
- 밑거름용으로 2년 이상 발효시킨 한우 퇴비만을 사용하는 것을 원칙으로 하고 있답니다.

그야말로 재배농법이 친환경적이지요.

여러분도 첫 수확 후의 기념사진을 보고 있노라면 땀 흘린 농부의 흐뭇한 마음을 읽을 수 있을 것입니다.

단삼의 수익금

보통 1평당 6~7포기를 심는데, 1포기당 1kg의 수확량을 가정하면 1평에 7kg, 소매기준 kg당 15000원이면 대략 예상 매출액 100,000원입니다.

연간 지출 비용으로는 500여 평 기준에 인건비 제외 퇴비, 비닐 대금 등을 합하면 일백만 원 정도가 들어간다고 합니다. 황 사장님의 경우 400여 평에 본인 혼자서 1년 내내 관리를 한다고 하네요. 1년간 수익이 거의 4천만 원이 되겠지요.

황 사장님의 경우는 인터넷망을 이용하여 직거래로 전량 판매에 임하고 있으나, 처음 시작하는 사람의 경우는 일반 식재료가 아니고 한약재라는 소비자의 인식과 유통망의 결여로 판매에 어려움이 예상된다고 합니다.

장기간 보관을 용이하게 하기 위해서

단삼을 말린 것입니다. 유통과정에서의 변질 우려를 막을 수 있겠으며, 고품질을 유지시킬 수 있는 장점이 되겠습니다. 단삼을 이용하여 술을 담가 먹을 수도 있겠지요.

건단삼 속포장

앞으로는 한약재로만 이용할 것이 아니라 다양한 용도 개발이 이루어지고 있다고 하니 소비자 곁에 가까이할 수 있는 농산물로 자리매김을 할 날이 다가올 것입니다.

단삼주도 담그고…

세상에 공짜는 없다

귀농/귀촌을 하여 전원생활을 할 때 역시 제1의 관건은 경제적인 문제가 아닐 수 없습니다. 무엇을 해서 먹고 사느냐 하는 것입니다.

귀농/귀촌 어느 경우에나 마찬가지로 해당 지역에 유리한 작물이나 지원정책을 꼼꼼히 살펴보라는 것입니다. 이것 하나만 확실하게 파악해도 50%는 해결되는 셈이지요. 이미 검증이 되었기 때문이지요. 최근의 경향을 살펴보면 귀농 후 귀촌을 병행하거나, 귀촌 후에 귀농을 병행하여 소득을 창출하는 농가가 늘고 있다는 것입니다.

또한 생산에서 가공 그리고 판매까지, 소위 6차 산업이라는 새로운 추세에 맞추어 노력을 하고 있답니다. 그러나 전체 농가 중에서 억대 부농은 1~2%에 불과하고, 가공식품에서 성공한 확률은 5%에도 미치지 않는다는 통계를 기억해 주셔야 하겠습니다.

수익 창출에 대한 지나친 욕심보다는 자연과 더불어 편안하고 행복한 전원생활에 초점을 맞추면서 살아갈 것을 권유하고 싶습니다. 그 다음이 토양과 자연의 섭리를 이해하고, 친구가 되면서 노력하면 자연은 기대 이상으로 보상해 주지 않을까요?

■ 창농? 귀농 박람회장을 다녀와서 - 영혼의 꿈을 향해 신나는 농촌으로

창농? 귀농 박람회장에서 느낀 점은?

박람회장을 돌아보면 크게 두 가지의 전시관으로 구분되어 있었다. 첫째, 각 시도별, 시군별로 구분한 전시장, 둘째, 개인 농산품별로 출품된 전시장, 창농과 귀농에 관심을 갖고 박람회장을 찾은 사람들의 입장에서는 관람하기가 편리하였습니다.

본인의 관심지역과 농산품에 대한 정보를 집중적으로 살펴보고 상담할 수 있기 때문이지요.

매년 박람회장을 찾으며 느낀 점은?

- 왜, 서울 지역에서만 주로 행사가 개최되는지…, 서울 이외의 다른 대도시에서도 이와 유사한 행사가 개최되었으면 좋겠다.
  행사의 횟수도 연 1회가 아니라 2회 이상이면 좋겠다.
- 각 시도별, 시군별 행사장의 소개 정보와 상담 내역을 보면 단순 지식이었으며, 현실성과는 거리감이 있다는 것이다. 시군별로 좀 더 특화된 농사기법과 지역의 특화된 농산물을 가지고 창농/귀농 고객을 유인하여야 하지 않을까 싶다.
- 농산물을 생산하는 업자들의 출품 전시된 상품을 보면 그 지역의 대표적인 상품은 물론 다른 여러 가지 상품들도 소개하고 있다는 것이다.

창농? 귀농을 꿈꾸고 있는 예비 농사꾼의 입장에서는 어느 곳에 가서 어떤 작물에 선택과 집중을 해야 할지 어려움이 따른다는 것입니다.

모든 것은 본인이 정보를 토대로 판단하여야겠으나, 실질적으로 예비 창농인과 귀농인에게 도움이 되는 이벤트가 되었으면 하는 바람입니다. 처음 시도해 보고자 하는 사람의 입장에서는 모든 것이 어렵고, 두렵답니다.

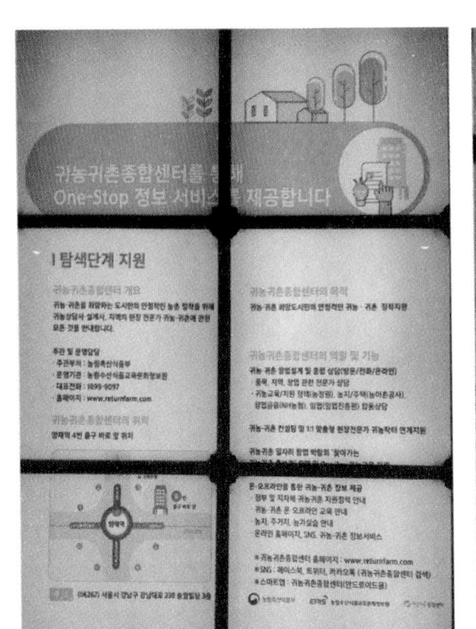
귀농귀촌종합센터를 통해
One-Stop 정보 서비스를 제공합니다
I 탐색단계 지원

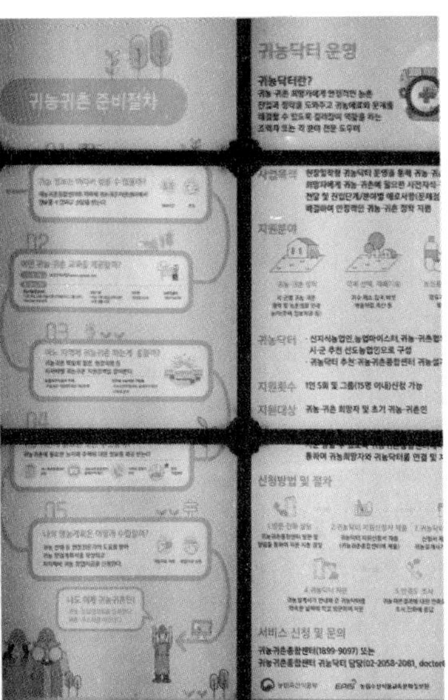
귀농귀촌 준비절차
귀농닥터 운영
귀농닥터란?
지원분야
신청방법 및 절차
서비스 신청 및 문의

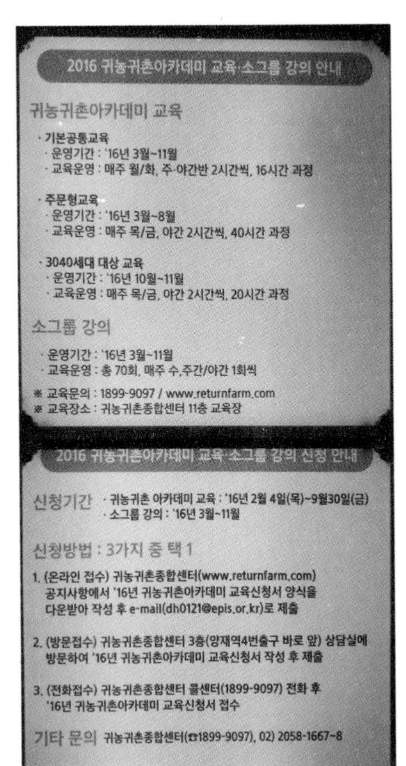
2016 귀농귀촌아카데미 교육·소그룹 강의 안내
귀농귀촌아카데미 교육
· 기본공통교육
· 운영기간 : '16년 3월~11월
· 교육운영 : 매주 월/화, 주·야간반 2시간씩, 16시간 과정
· 주문형교육
· 운영기간 : '16년 3월~8월
· 교육운영 : 매주 목/금, 야간 2시간씩, 40시간 과정
· 3040세대 대상 교육
· 운영기간 : '16년 10월~11월
· 교육운영 : 매주 목/금, 야간 2시간씩, 20시간 과정
소그룹 강의
· 운영기간 : '16년 3월~11월
· 교육운영 : 총 70회, 매주 수,주간/야간 1회씩
※ 교육문의 : 1899-9097 / www.returnfarm.com
※ 교육장소 : 귀농귀촌종합센터 11층 교육장
2016 귀농귀촌아카데미 교육·소그룹 강의 신청 안내
신청기간 · 귀농귀촌 아카데미 교육 : '16년 2월 4일(목)~9월30일(금)
· 소그룹 강의 : '16년 3월~11월
신청방법 : 3가지 중 택 1
1. (온라인 접수) 귀농귀촌종합센터(www.returnfarm.com)
공지사항에서 '16년 귀농귀촌아카데미 교육신청서 양식을
다운받아 작성 후 e-mail(dh0121@epis.or.kr)로 제출
2. (방문접수) 귀농귀촌종합센터 3층(양재역4번출구 바로 앞) 상담실에
방문하여 '16년 귀농귀촌아카데미 교육신청서 작성 후 제출
3. (전화접수) 귀농귀촌종합센터 콜센터(1899-9097) 전화 후
'16년 귀농귀촌아카데미 교육신청서 접수
기타 문의 귀농귀촌종합센터(☎1899-9097), 02) 2058-1667~8

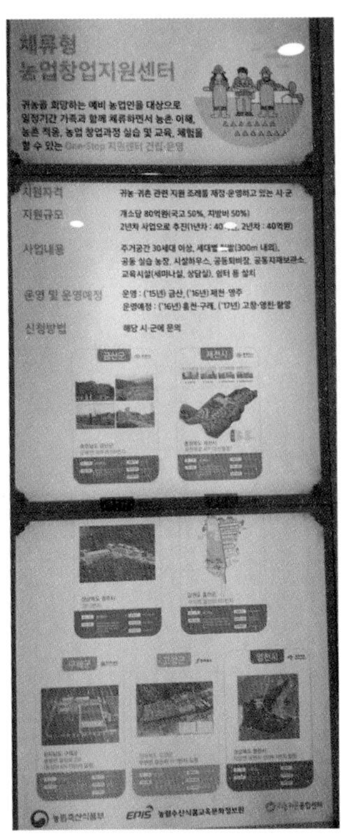
체류형
농업창업지원센터
귀농을 희망하는 예비 농업인을 대상으로
일정기간 가족과 함께 체류하면서 농촌 이해,
농촌 적응, 농업 창업과정 실습 및 교육, 체험을
할 수 있는 One-Stop 지원센터 건립·운영
지원자격
지원규모
사업내용
운영 및 운영예정
신청방법

귀농/귀촌 아카데미 프로그램

농산물 시장 개방, 농촌지역의 고령화로 인하여 농업소득이 정체되고 농촌활력이 떨어지는 등 농업/농촌을 둘러싼 여건은 대단히 불투명합니다. 그러나 귀농/귀촌 인구가 꾸준히 증가하고 있고, 삶의 질을 중시하는 가치관과 안전한 농산물/식품에 대한 선호가 확산되는 등 어려운 여건에서도 위기를 극복하고 농가 소득을 높일 수 있는 기회 요인도 존재하고 있습니다.

희망과 열정을 가지고 창농/귀농을 해보지 않으시겠습니까? 귀농/ 귀촌 종합센터나 각 시군 단위별로 시행하는 교육 프로그램 등에 적극 참여하여 여러분이 얻고자 하는 정보를 입수하세요. 시간이 나면 당신의 관심 지역과 해당 품목의 농산물 산지를 둘러보세요. 발품을 판 만큼 얻는 것이 있을 것입니다.

시군 단위의 부스 룸을 돌면서 느낀 점

- 대도시보다는 낙후되었거나 타지에서 나온 사람들이 적극적으로 임하는 분위기였으며, 시군의 살림살이가 넉넉한 곳보다 재정자립도가 낮은 지차체의 관계자분들이 더 열정적으로 임하는 것을 엿볼 수 있었습니다.
- 차후에는 형식적인 상품전시와 설명이 아니라 농산물을 좀 더 과학적으로 재배하여 소득을 창출해 낼 수 있고, 가치 있는 업종이라는 인식을 갖게끔 하는 이벤트장이 되었으면 합니다.
- 한 가지 아쉬운 점은 간략하지만 육하원칙에 의해 전 과정을 보여주고, 좋은 점과 나쁜 점 그리고 행복했던 내용은 물론 힘들었던 내용까지도 설명해 주는 장이

되었으면 합니다.

오늘날 대부분의 이벤트가 현실성이 떨어지거나, 일회성의 전시로 끝나거나, 수익성을 고려하지 않는 등으로 인하여 초보자들이 낭패를 보는 경우를 종종 보아왔습니다.

변화의 시대요, 응용의 시대입니다. 과거의 농사기법으로만, 1차 생산물만으로 고객

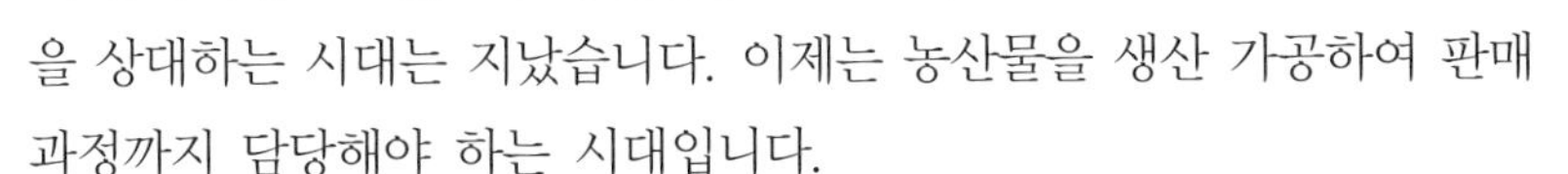

을 상대하는 시대는 지났습니다. 이제는 농산물을 생산 가공하여 판매과정까지 담당해야 하는 시대입니다.

이것이 6차 산업인 것입니다. 끊임없는 연구개발로 소비자를 이끌어가는 시대로 만들어내야 우리의 미래 농업/농촌에 희망이 보일 것입니다.

삼삼오오 귀농에 대한 상담에 열심히 임하고 있는 모습을 보고 있노라니 우리의 농촌에도 희망이 보이겠구나 하는 생각이 들었습니다. 한 가지 아쉬운 점은 좀 더 젊은 이들이 많이 참여하지 않은 것이었습니다.

귀농의 어려움

귀농하여 농사를 짓는 과정에서 어떤 어려움이 있을까?

- 육체노동을 하는 일은 뼈가 굳기 전인 10대에 배워야 한다는 말이 있습니다.
  즉 이미 굳어버린 몸으로 농사를 짓는 것은 고통스러운 것입니다. 몸이 뜻대로 따라주지 않는다는 사실을 알아야 합니다.
- 처음부터 꿈 같은 집을 짓고 생활하면 다행이지만 귀농을 하여 생활하는 집은 낡고 노후한 경우가 많아 생활에 어려움을 겪는다는 것입니다.
- 보통은 남자들이 먼저 귀농을 결심하고 가족의 동의를 구하는 경우가 많지요.

동행을 해야 하는 가족의 입장에서는 접해보지 못한 시골생활, 도시에서의 편리하였던 문화생활 단절, 기존의 친분관계 유지가 어렵게 된다는 사실에 대한 아쉬움 등으로 어려움이 뒤따른다는 것입니다.

- 경제적 자립의 막연함과 두려움이 있을 수 있습니다. 첫해부터 손익분기점을 맞추고 이익을 낸다는 것은 어렵답니다. 보통은 3년 정도가 지나야 최소한의 생활비는 충당할 수 있다는 생각을 가져주세요.
- 농사와 자립의 문제를 생각해 보셨는지요? 농사로 자립하는 것은 쉬운 일이 아닙니다. 농지의 규모가 늘어난다고 자립이 쉬워지는 것도 아닙니다. 더욱이 농사를 통한 자립이 본인의 노력 여하에 따라 달라지는 것도 아니라는 것을 알아야 합니다. 즉 자연재해, 국제 간의 상거래 질서, 소비자의 요구 변화 등 다양한 원인이 있답니다.

그러나 늦지 않았습니다. 지금부터라도 귀농에 대한 정보를 토대로 준비해 보세요.

자금이 필요하다고요. 국가가 대여도 해준답니다.

- 농업창업 및 농가주택 구입
- 지원 대상 : 농어촌 이외 지역에서 1년 이상 거주하며 다른 사업에 종사한 자로 농어업을 전업으로 하고자 농어촌 지역으로 이주하여 농어업에 종사하고 있거나 하고자 하는 65세 이하인 자
- 귀농교육 100시간 이상 이수한 자
- 지원내용 : 3억 원 한도 내/세대, 이자 2%, 5년 거치 10년 상환
- 주택 구입자금 : 5천만 원 한도 내/세대 2%, 5년 거치 10년 상환

■ 자연의 색과 삶(오방색) - 천연염색 현장견학과 실습

천연염색의 오방색이란?

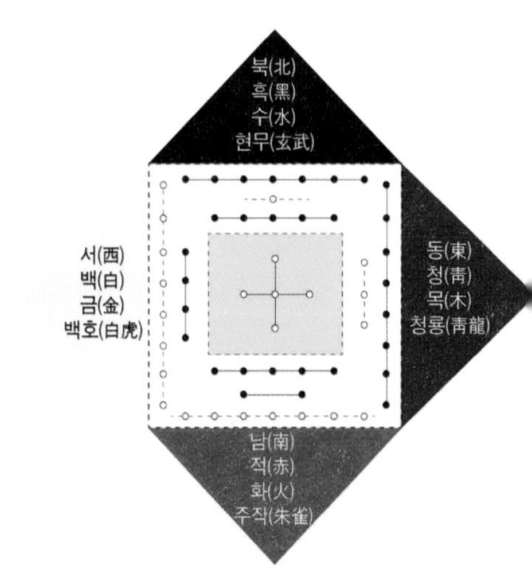

- 중앙에 황색(土) : 우주의 중심, 고귀한 색이며 임금의 색을 나타내고 있습니다.
  천연염료로는 매염제를 필요로 하지 않는 치자나무, 괴화, 메리골드, 강황, 울금, 양파 등에서 얻을 수 있습니다.
- 동쪽의 청색(木) : 만물이 생성하는 봄을 의미하며, 창조, 생명의 색, 귀신을 물리치는 색을 나타내고 있습니다. 천연염료로는 쪽풀에서 얻을 수 있습니다. 쪽, 암청색 물감, 일본의 쪽, 키트네노마고과의 유구람 십자꽃과의 워드풀의 워드 쪽 등이 있습니다. 어떤 섬유라도 물들이면 좋다고 하는 특성이 있다. 예부터 청출어람(靑出於藍)이라는 의미가 있었는데, '푸른색은 쪽[藍]에서 나왔지만 쪽빛보다 더 푸르다'라는 뜻으로, 제자가 스승보다 더 나음을 비유하는 고사성어로 사용된답니다.
- 남쪽의 적색(火): 태양, 불, 정열, 애정, 나쁜 기운을 몰아낸다는 뜻을 지니고 있습니다. 천연염료로는 소목, 홍화, 코치니르, 무늬 벌레(연지충) 등이 있습니다. 코치니르는 선인장에 기생하는 벌레를 익혀 염료로 한 것이랍니다.
- 서쪽의 흰색(金): 순결, 청렴결백, 백의민족이라는 의미를 지니고 있습니다. 호분과 같은 안료를 제외하고 흰색 염료는 없다. 즉 색을 유랑하는 것이 없고, 천연염료의 아름다운 색도, 선명한 색상도 불가능하였기 때문입니다.
- 북쪽의 흑색(水): 인간의 지혜를 뜻하고 있습니다. 천연염료로는 오

배자의 타닌계 염료를 이용해 철염으로 발색시킨 것입니다. 빈낭수는 고가였던 오배자 대용으로서 사용하는 경우도 많았으며, 그 이외 몇 가지 색에 대한 내용을 더 살펴보면 천연염료로 단독에 초록색을 띤 색을 염색해 내주는 것은 없답니다. 진달래목에 속하는 속씨식물과의 산람은 야산의 응달에 자생하고 있고, 성분이 엽록소이므로, 시간이 흐르면 갈색이 된답니다.

제사의 옷을 물들이는 데 사용하였다고 합니다. 초록에 천연염료로 물들이기 위해서는, 일반적으로 쪽을 우선 물들이고 나서 (하염) 위에 노랑의 염료로 물들였던 것이지요. 갈색의 예로 천연의 섬유로 차계의 것이 많이 있답니다.

차를 의식해 물을 들이는 것인데 종리(동물의 껍질을 감싸고 있는 질긴이라는 뜻)의 가죽은 인도나 인도네시아 등의 열대에 생육하는 콩(물집)과의 아선을 사용하였다고 합니다.

다른 설명으로 아선(阿仙)은 인도에서 나는 카테츄나무의 속이나, 주로 말레이반도 및 수마트라에서 나는 아카시아, 미모사 따위의 잎이나 가지를 조려서 만든 약이라고 한다.

갈색을 띠며 지혈, 수렴제 또는 무두질에 쓰인다고 하는데, 예부터 우리 고유의 오방색은 서양의 삼원색과 무채색과는 차원이 다르게 음양오행사상에 근거한 색채를 바탕으로 삼아왔습니다.

그에 따라 정해진 다섯 가지의 기본 색상을 의미하고 있답니다. 중앙의 황색은 모든 색의 중심임을 오래된 민화를 보면 퇴색과정에서 황색으로 변한 것을 알 수 있습니다.

오방색에 따른 인테리어, 음식, 컬러테라피 등이 색으로서 서로 맞는 궁합에 맞추어가며 일상생활에 접목시켜 널리 활용해 왔던 것입니다.

실습장면

염색과정의 첫째, 모양을 내고자 하는 형태의 밑그림을 그려놓는다. 밑그림 위에 실로 띄엄띄엄 꿰매 나가는 것이지요. 둘째, 실로 꿰맨 것을 꽉 쥐어준다. 셋째, 쪽풀 그릇에서 손으로 여러 번에 걸쳐 비벼가며 쪽 풀물이 스며들게 한다. 넷째, 쪽 풀을 매긴 다음에는 건져 내어 세제 물에 헹구고, 서너 번에 걸쳐 매김질을 한 다음 빨랫줄에 걸쳐 널어 말린다.

가운데 널어놓은 것이 내가 만든 것이랍니다. 주변에서 자주 접하고 있는 메리골드입니다. 이 꽃의 색상이 그렇게 예쁠 수가 없답니다.

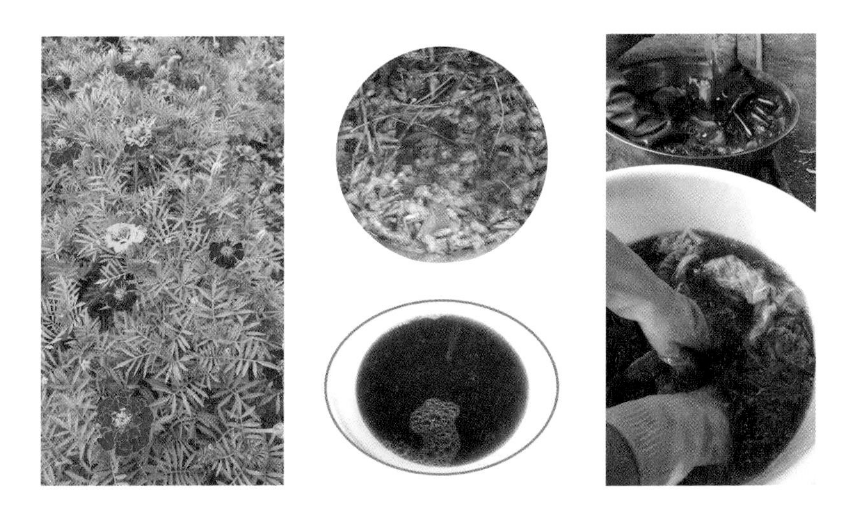

실습현장에서 찰칵 한 것이지요. 메리골드 꽃을 솥에 담가 삶은 후, 용기에 따라 놓은 메리골드액입니다.

메리골드 액에 천을 여러 번 비벼가며 착색이 잘 되게 합니다. 보이는 반쪽 천의 푸른색은 1차 쪽풀을 매긴 것입니다.

세제로 씻은 다음, 서너 번에 걸쳐 매김질을 한 후에 말리는 장면입니다. 반쪽만 1차로 입힌 부분과 다른 한쪽의 색상 조화가 다르지요. 메리골드의 색이 이렇게 착상되어 세상 밖으로 나왔습니다. 신기하지요!

다음 내용물들은 현장실습장을 제공하여 주신 쪽구름농원 송 사장님께서 미리 만들어 놓은 작품들입니다. 예술품이라 하여도 손색이 없을 정도입니다. 예부터 우리의 선조들은 염색을 가미한 작품을 부의 수단으로도 삼아 왔다고 합니다.

그 이유는?

천연염색은 질병에 효과가 있는 성분재료를 사용하면 항균/항염 작용이 있어 우리의 육체 건강에도 효험이 있었을 뿐만 아니라 정신건강에도 즐거움과 여유를 준다는 사실을 간파하였기 때문이 아닌가 합니다. 여러분도 주위의 식물을 소재로 천연염색을 직접 해보실 수 있습니다.

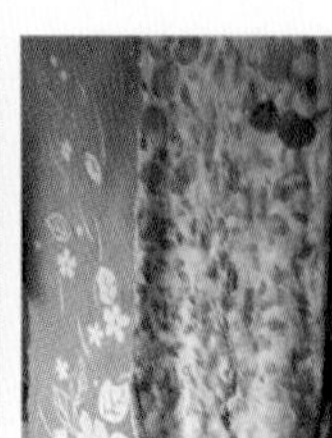

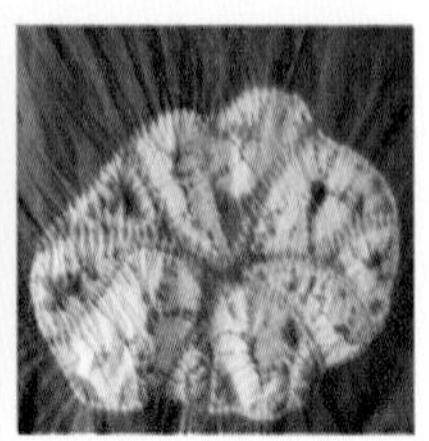

당신의 체질에 맞게, 약성을 잘 파악하여 실천에 옮겨보시면, 우선은 당신과 가족의 건강에 도움을 줄 수 있고 취미생활에도 도움이 될 뿐 아니라 수익도 창출해 낼 수 있는 분야가 아닐까 합니다.

쪽구름농원에서의 짧은 현장 실습시간이었지만 참으로 유익한 내용이었습니다. 나이 들어 실습에 임하는 모습들이 진지하지 않으세요? 그런데 실이 바늘귀에 잘 들어가지를 않네요. 이 또한 시간이 지나면 소중하고 즐거운 추억으로 남게 될 것입니다.

■ 황금 들녘을 바라보면서 - 무르익는 오곡백과

무르익는 오곡백과

엊그제만 해도 폭염에 늘어져 맥을 못 추던 곡식들이 살살 불어오는 가을바람을 타고 한창 영글고 있습니다.

사계절 중 가을은 결실의 계절이며 정말 아름다운 계절입니다. 황금빛 들녘을 바라보고 있노라니 농부의 뿌듯한 모습이 연상되네요. 며칠 있으면 추석이 다가옵니다.

농민 여러분!

한가위에는 그간의 힘든 수레는 잠시 내려놓으시고 민족의 명절인 추석을 즐겁게 맞으셨으면 합니다. 금년 봄에는 다행히도 모내기에 적당한 단비가 내려주었고 한여름에 태풍은 비껴가고, 적당한 기온으로 인하여 벼농사에는

아주 좋은 날씨였답니다.

풍년이 들었습니다. 한 가지 걱정이 있다면 작황이 너무 좋아 수매가가 떨어질까 염려되는군요.

자연이 살아 숨쉬는 농촌

귀농/귀촌하여 생활하다 보면 "우리에게 일용할 양식을 주시고…"라는 문구를 마음속 깊이 깨닫게 됩니다. 농촌에서의 삶은 인심이 풍족하고 마르지 않는 샘물과 같다는 것을 알게 되기 때문입니다.

자연의 품에 안겨 농사를 짓다 보면 모든 근심과 걱정이 사라지면서 무념, 무상의 경지에 이르게 되는 것이 시골의 농부랍니다. 농사는 우리의 생명, 목숨 그 자체인 것입니다. 지나친 물욕을 자제하며 자연에 순응하고, 적당한 육체노동을 마다하지 않고 즐기며, 자연과 더불어 지내다 보면 자연은 우리에게 생명과 직결된 것들을 무상으로 내어준답니다. 이러한 생각과 행동이 나오지 않으면 아직 진정한 농부가 덜 된 것이 아닐까요?

쌀 한 톨 한 톨에 정성 들여 길러낸 농부의 마음을 알게 되었습니다. 도시에 사는 소비자들도 이와 같은 농부의 심정을 이해하여 주었으면 합니다. 단순히 도시생활자를 위한 먹거리 상품 생산자가 아닌 우리의 건강한 삶을 지탱하여 주는 든든한 후원자라는 인식을 가져달라는 것입니다.

한편으로 농촌의 생산물은 국제적 식량 자본의 이익을 위해, 또한 오랫동안 우리의 선조들이 지어 왔던 선순환 생명농법은 상실

된 채 국가의 정책이나 도시 소비자들의 취향에 따라 농사를 짓고 있는 처지가 안타깝습니다. 더욱이 삶의 터전인 농토마저도 부동산 투기와 화학 농법으로 심각한 위협에 직면하고 있습니다.

농사, 문화, 복지 등 거의 모든 삶의 영역은 자생력을 잃어가고 있으며, 도시문명에 종속되어 가고 있는 현실이 안타깝습니다.

국제적으로 식량문제는 미래의 주요 쟁점거리가 될 것입니다. 농촌의 문제는 국가산업의 주요 전략적인 차원에서 다루어져야 하겠습니다. 한 개인, 농부의 문제가 아닙니다.

오늘의 어려움이 뒤따르더라도 인내하면서 우리 모두 상생(相生)의 길을 찾아야 합니다. 지금부터라도 낙후된 농촌을 살리는 방안이 구체적으로 제시되면 좋겠습니다.

■ 농도원(農道苑)목장 견학 - 가나안농군학교의 전신 터

가나안농군학교 터전

용인시 원삼면 소재 농도원목장을 다녀왔습니다. 출발 전의 소감은 오늘도 치즈체험 한 곳을 들러보겠지 하는 마음으로 임하였습니다. 그리고 용인 하면 꿈에서도 떠오르는 지명이지요. 내가 20여 년 몸담아왔던 학교가 위치한 곳이고, 1997년도에 처음으로 전원주택을 지워 생활하던 곳이 견학지 인근에 있었답니다.

시간이 지나니 모든 것이 그립고, 정겨웠었고, 아쉬웠던 점들이 주마등처럼 지나가네요. 그래서 용인에서의 생활이 오늘의 나를 정신적으로, 경제적으로 지탱하여 주었던 곳이었음을 뿌듯하게 느끼고 있답니다.

용인은 인구가 100만 명에 가까운 대도시가 되었습니다. 이러한 대도시에 전원의 목가적인 곳이 있다는 것에 놀랐습니다. 5만여 평의 초원 위에서 120마리의 젖소들이 여유롭게 생활하면서 우리에게 유익한 양식을 제공하고 있답니다.

체험학습

강원도의 목장풍경이라고 할까, 아니 외국의 이색적인 풍경 속에 와 있는 기분이었습니다. 이러한 이미지 속에 체험과 학습장을 병행하고 있어서 연간 3만 명에 이르는 국내외 체험객 및 관광객이 오는 곳으로 자리를 잡아가고 있답니다.

우리가 견학을 가는 날도 많은 체험객으로 인하여 한동안 순서를 기다렸지요. 체험에 앞서 간단한 목장 소개 시간입니다. 가운데 이미지 그림은 목장 주인의 사모님이 그렸답니다. 대학에서 미술을 전공하셨답니다. 사장님은 트랙터에 앉아 계시는 목부(牧夫)라네요. 그런데 그림 한가운데의 여인상 이미지는 사모님으로 실제적인 주인은 나라는 의미가 아닐는지…, 소개 과정에서 처음 알게 되었습니다.

이곳이 농촌을 살려야 한다는 취지에서 설립되었던 가나안농군학교의 전신 터였답니다. 그것도 전쟁이 한창일 때라니…, 우리 선각자들의 이념과 실용 사상에 머리 숙여 감사의 뜻을 여기에 한 줄의 글로나마 남기고자 합니다.

낙농체험의 순서를 보여주고 있습니다. 우리 일행은 시간 관계상 개요 설명에 이어 곧바로 치즈 체험과 아이스크림 체험을 하였습니다.

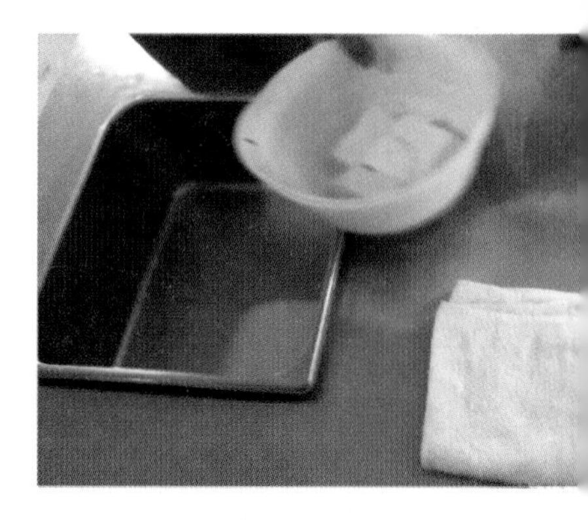

소개 과정에서 어린아이들의 체험 모습이네요. 천진난만한 모습을 보면서 부끄럽게 느낀 점은 왜 나는, 우리는 어른이 되면서부터는 이러한 모습을 재현하지 못하는 것인지를 생각하게 하네요.

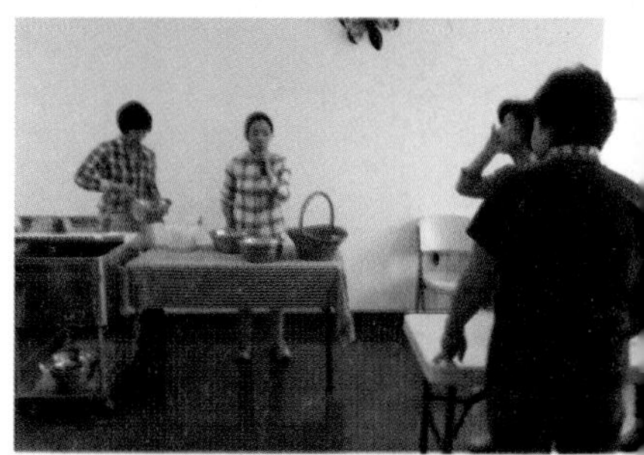

누구의 탓 이전에 전적으로 내 탓이라는 생각을 가져보는 것도 좋을 듯하네요. 치즈 체험장에서 담당자가 시범을 보여주고 있습니다. 이분들은 반복되는 설명이지만 처음 대하는 우리는 사뭇 신기하기도 하였습니다.

각자 조 편성을 하여 간단하게 실습에 임하는 장면입니다. 실습을 마치고 난 후 내용물은 각자 집으로 가져갔습니다. 먹어보니 짭조롬한 맛이 일품이었답니다.

아이스크림 만드는 요령을 직원이 설명하고 있습니다. 간단하고 쉽게 설명해 주어 이해가 되었습니다. 모두들 집에 돌아가서 얼마든지 만들어 먹어볼 수 있는 기회가 되었을 것입니다.

분쇄한 얼음과 소금을 먼저 그릇에 넣고 그 위 다른 그릇에 우유와 자기 취향에 맞는 재료를 첨가하여 약 5분 정도 휘저으면 되는 것이네요. 즉석 수제 아이스크림이 탄생하였습니다.

그 자리에서 시식을 하니 그 맛은 더 일품이었지요. 직전의 치즈 체험장에서 제공한 와인 한 잔에 쿠키를 먹은 후라 몸에 약간 열기가 있던 차에 시원한 아이스크림이 몸에 들어가니 환상의 맛이었던 것이지요.

마지막으로 목장주 내외분이 체험객의 소개를 마치고 쉬고 있는 모습을 허락받아 찰칵하였습니다. 참으로 편안해 보였습니다.

부부는 닮아간다고 하는 말과 같이 친숙한 남매 같은 모습 같지 않으세요. 농도원목장의 발전은 한 개인의 일이 아니라는 것을 다시 한번 알게 되었습니다. 우리 국민의 건강을 지켜주는 파수꾼이기 때문에…,

■ 고향방문을 환영합니다

고향이란?

예부터 명절이 되면 고향을 찾아 부모님을 찾아뵙고 조상님들이 잠들어 계시는 묘소를 찾는 일은 자손들의 도리로 되어 있지요. 이것이 우리나라 사람의 관념이요, 미풍양속으로 여겨져 왔던 것입니다. 이렇듯 우리는 사람으로서 자신의 근본을 알아야 함을 중요시해 왔던 민족이랍니다.

나는 누구이며, 어디에서 태어났는가를 모른다면 말이 안 되겠죠. 뱀장어, 연어, 송어 같은 물고기도 강물에서 태어나 바다에서 살다가 알을 낳을 때가 되면 다시 민물로 돌아와서 알을 낳고 죽는답니다.

이러한 물고기를 우리는 모천회귀어(母川回歸魚)라고 하지 않던가요? 일찍이 옛 시인은 "새는 옛 숲을 그리워하고 고기는 옛 못을 잊지 못한다."라고 노래하고 있듯이…, 도회지로 돌아오는 귀성객마다 고향의 선물 보따리를 바리바리 들고 오는 풍경들, 고향에서 농사를 지은 햇과일, 마늘, 고추, 참깨 등 어머니의 정성이 담긴 보따리들입니다.

고향의 맛과 부모님의 정(情)이 가득 담겨 있는 선물이지요. 더욱이 고향으로 우리를 끌어내리는 것은 비록 금의환향(錦衣還鄕)은 아닐지라도 도회지에서의 고단함과 설움을 어루만져주는 따듯한 손길이 있기 때문일 것입니다.

그러나 고향은 점차 우리 곁에서 사라져 가고 있으니, 이제 돌아갈 고향을 어디에서 찾아야 할지 그립기만 합니다.

대자연이 고향이다

세상이 제아무리 변한다고 하여도 자연은 인간의 뿌리요, 고향이지요. 사람이 자연을 잃어버리고 삶을 지탱해 나간다는 것은 빈 쭉정이 인생이요, 실향민이 될 것입니다.

물질문명의 사회로 변하면서 바쁜 오늘을 사는 우리 모두에게 있어서 평화롭고, 순박한 자연의 원산지인 농촌에 그 뿌리를 두고 있지 않은 사람은 별로 없을 것입니다. 우거진 자연의 숲 속에서는 풍요와 낭만을 잉태

한다는 옛 글에서와 같이 오늘을 살아가는 우리 모두에게 있어서 자연은 병들고 지친 몸과 마음을 치유할 수 있는 영원한 안식처가 되어줄 것입니다.

고향을 잊은 자여, 고향이 없는 자여, 고향으로 되돌아갈 수 없는 자여 대자연으로 오너라! 자연은 당신을 어머니의 가슴속과 같이 따스하게 품어줄 것입니다.

■ 추석송편 - 어머니 손맛 속으로

송편의 유래

민족의 대명절인 추석의 대표적인 음식 하면 송편이지요. 송편은 원래 송병이라 불렸답니다.

소나무 송(松)과 떡 병(餠)자를 써서 송병이라는 이름이 붙었지만 시간이 지나면서 자연스럽게 송편이라 불리게 되었다고 합니다.

농업이 주 산업이었던 시절에는 햇곡식으로 지은 농산물을 가지고 집집마다 추석이 되면 가족들이 옹기종기 모여 송편을 빚으면서 도란도란 이야기꽃을 피워가며 한가위를 맞이하였던 풍습이 있었습니다.

지금은 도시화와 핵가족 시대로 인하여 아련한 옛 정취의 모습을 찾아보기 힘든 것 같아 아쉽습니다.

어머니 손맛

사람은 누구나 부모가 있게 마련이고 자신도 나이가 들면 자식을 거느리며 사는 것이 자연의 이치(理致)이지요.

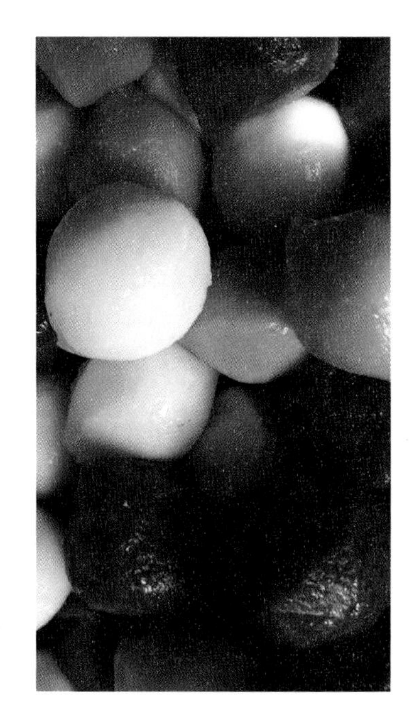

여자가 아이를 낳을 때는 서 말 서 되의 피를 흘리고 여덟 섬 너 말의 젖으로 키운다는 옛말에서도 알 수 있듯이 어머니와 자식 간의 순수한 동물적 사랑이라 할 수 있지요.

이러한 동물적인 사랑은 상호 간의 신뢰, 염려, 배려 등이 거듭되면서 세상에서 가장 고귀하다는 모성애로 탄생되는 것이랍니다.

이처럼 "어머니"란 단어는 이 세상에서 귀한 낱말의 하나임에 틀림이 없을 것입니다. 세월이 가고 나이가 들면서 새삼 어머니에 대한 고마움을 깨닫게 되는 날인 것 같습니다.

가뭄에 대지를 촉촉이 적셔주는 단비와 같이 자애로운 것이 모정이 아닐까 합니다.

비록 울 엄마는 하늘나라에 계시지만 못생긴 콩송편이지만 오래도록 어머니와 함께한 작은어머니가 빚은 것을 먹노라니 그 맛은 달콤하였습니다.

오늘 같은 날 어머니의 포근한 느낌이 더욱 그리워집니다.

어머니 - 프랑스 철학자 베그로송

어머니의 웃음에는 신비한 힘이 있답니다.
어머니의 웃음은 어린아이의 불만을 없애준답니다.
어머니의 웃음은 어린아이의 공포심을 없애준답니다.
어머니의 웃음은 어린아이의 절망을 없애준답니다.
어머니의 얼굴에 따듯한 웃음의 꽃이 필 때
어린아이는 삶의 행복을 느끼며, 마음속에 근심과 걱정,
분노와 고독의 찬바람이 일어나다가도 어머니의 웃음을 대하면
봄볕에 얼음 녹듯이 다 사라져 버린답니다.

■ 대형 호박 - 별똥밭농장

별똥밭농장

우선 별똥이라는 단어의 의미는 "별똥별이 쏟아지는 하늘"을 비유하는 순수 우리말로 알려져 있습니다.

여기에 농작물이 풍성하게 수확되기를 바라는 취지로 "별똥밭"이라고 이름을 붙였다고 하네요.

도시생활을 접고 부모님이 계시는 양평군 용문, 고향으로 내려온 지 삼 년차에 상호가 있으면 판매에도 좋을 듯싶어 지금의 "별똥밭농장"이라는 상호로 특허청에 등록까지 하였답니다.

지금 별똥밭농장의 사장님은 전국적으로 스타가 되어가고 있답니다. 오늘날 소비자인 고객에게 이미지를 전달하는 과정에서 순수하고, 쉬우면서도 각인시킬 수 있도록 상호가 차지하는 역할이 중요한 시대가 되었지요.

대형 호박(Giant pumpkin)

처음에는 유럽에서 동물들의 사료용으로 생산되기 시작하였다고 합니다. 그 이유는 95% 이상이 수분이며, 맛도 떨어지기 때문이라고 하네요. 지금은 전 세계적으로 재배됨과 동시에 요리법 개발로 식용화하거나 다이어트 목적 등으로 사용하기도 한답니다.

짐작건대 현장에서 대형 호박의 무게를 살펴보니 100kg 이상 나간다고 합니다. 혼자서는 들을 수도 없답니다.

2016년도 농업진흥청이 주관한 경진대회에서는 별똥밭농장이 출품한 대형 호박에게 금상이 주어졌다고 합니다. 봄에 씨앗을 파종 후 이만큼 우수한 크기로 키운 젊은 농부의 정성에 우리 다 함께 박수를 보냅시다.

다양한 농작물 개발과 가공

귀농 3년차의 젊은 농부지만 끊임없이 변화를 추구하는 모습이 아름다웠습니다.

농장에서는 대형 호박 이외에 감자, 고구마와 같은 농작물의 생산, 판매는 물론 칩으로 1차 가공하여 수익을 배가시키고 있답니다.

지금까지는 칩 판매가 현장에서만 이루어졌으나 향후 일반 유통과정을 통한 판매를 위해 시설을 시공 중이라고 하네요.

또한 커피나무도 재배하여 분양도 하고 커피를 생산하고자 하는 목표도 세워놓고 있답니다.

농촌을 살리자

우선 농촌을 살리는 방안 중 하나로 도시로 떠난 젊은이들이 고향으로 돌아와 농업에 전념할 수 있도록 제반조치가 있어야겠습니다. 향후 농업도 단위면적당 수익을 높이려면 특화된 가운데 과학화되어야겠습니다.

지금까지의 재배품종과 농사기법으로는 고생은 고생대로 하고 수익을 올리지 못하였으니 어느 누가 시골로 내려와 농사를 짓겠다고 할 수 있겠습니까? 별똥밭농장주와 같이 고객과의 신뢰 속에서 끊임없는 품종 개발과 가공 그리고 판매 방법의 변화를 통하여 매출의 극대화는 물론 고수익을 올리도록 노력해야겠습니다.

매월 첫째 주와 셋째 주말에 문호리에서 리버 마켓이 열립니다. 지난 주말 마켓 현장에서 별똥밭 사장님과 대화를 나눈 내용을 정리한 것입니다.

■ 농업 4.0시대의 방향 - 농업의 새로운 방향과 희망

농업 4.0시대

우리나라 농업도 주변정세에 따라 달라졌고, 달라져야 한다. 전략적인 변천사에서 보여주듯이 1.0시대에서 4.0시대로 접어들어서는 더욱 과감하게 융합과 상생이라는 대전제하에 농업방식이 달라져야겠습니다.

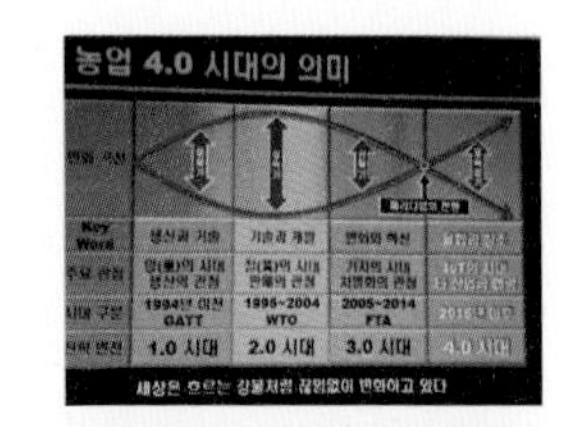

패러다임의 변화

과거 3C시대라고 하였던 모방과 통제 그리고 추격의 시대에서 현재는 3I시대라고 하는 정체성과 상상 그리고 혁신이라는 패러다임으로 농업이 변하였다는 것입니다.

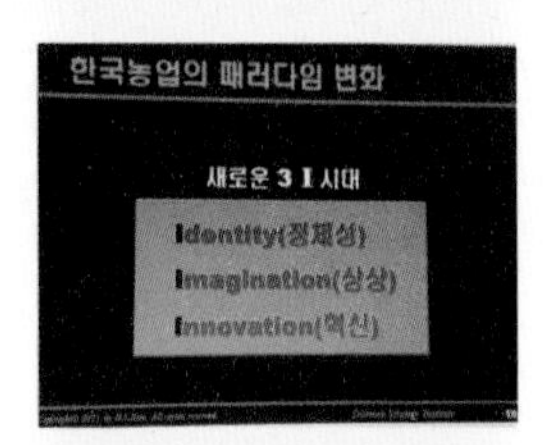

향후 농업의 이원화

향후 우리나라에서도 영농 규모에 따라 생산방식이 변해야 한다는 것입니다. 이러한 이원화 추세는 세계적인 흐름이랍니다.

농업의 융복합화 급진전

우리나라 농업만의 문제가 아니라 이 역시 세계적으로 당면한 문제가 아닐까 합니다.

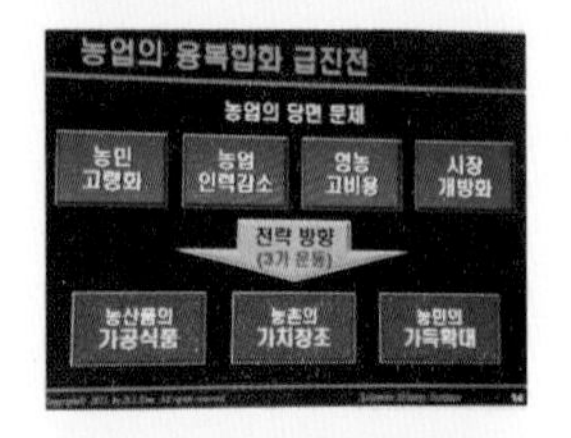

급변하는 환경

과거의 농업은 지시와 통제 속에서 똑같은 행동을 취하였다면, 오늘날의 농업은 스스로의 결정과 책임하에 각자의 역할을 다할 것을 주문하고 있습니다. 그리하여 새롭게 도전하는 자세로 임해야 할 것입니다.

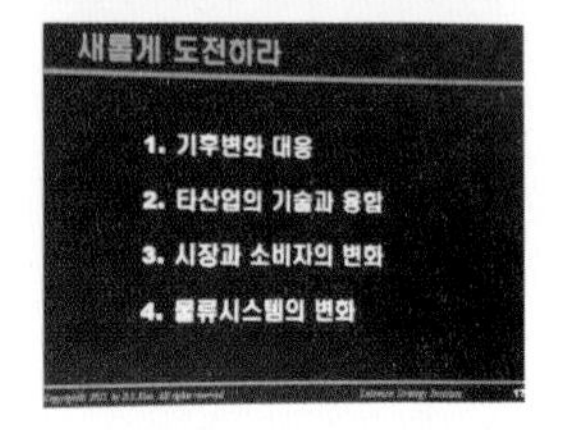

신농촌이란?

- 자연상태가 잘 보존되어 있다.
- 역사와 전통문화가 보존되어 있다.
- 도시인들의 휴식과 사색의 공간을 제공한다.
- 학교에서 배운 교육의 체험학습 현장이 된다.
- 농민들이 농사짓는 생산의 터전이다.

이렇듯 농촌이 살아나면 우리의 육체는 튼튼해질 것이며, 정신도 편안하고 따듯해지지 않을까요?

위 자료는 내가 재학 중인 2016년도 양평군 친환경농업대학에서 "농업의 새로운 방향과 희망"이라는 주제로 한국농촌관광대학 김동신 교수께서 강의한 내용 일부입니다.

■ 아로니아 이야기 - 양동 이례농원

항산화성분 안토시안 - 복분자의 20배, 붉은 포도의 80배

아로니아는 과일과 채소 중에서 안토시안을 제일 많이 함유하고 있는 것으로 알려져 있습니다. 아로니아의 맛은 떫고, 시고, 단맛을 내고 있답니다.

최근에는 달콤하고 새콤한 음료로, 어르신의 치매 예방과 건강식 음료로, 어린아이를 위한 건강음료로 각광받기 시작하였습니다.

아로니아가 우리나라에 들어온 지도 10여 년이 되었습니다. 원산지는 미국과 캐나다이지만, 이것이 러시아를 필두로 과거 동유럽이라고 하는 국가로 전파되었고, 지금은 우리나라를 비롯하여 동북아시아 지역으로 재배가 확산되고 있는 중입니다.

아로니아 효능 - 세계의 식품업계가 공인한 슈퍼푸드

뭐니 뭐니 하여도 아로니아의 효능 중 안토시안이라는 것이 최고지요.

성질과 작용에 따라 다르나 눈의 피로 예방과 시력 개선 효과로 주목받고 있답니다.

혈액을 맑게 하여 심혈관질환 예방 및 개선 효과가 있으며, 살균작용을 하며, 간 기능 개선 등에도 탁월한 효능이 있는 것으로 알려져 있답니다.

이렇게 여러 가지 효능을 가지고 있는 아로니아는 세계의 건강식품 시장에서 핵심 소재로 회자되고 있는 슈퍼푸드(Superfoods) 중의 하나로 자리 잡고 있답니다.

양동 이레농원 사례

일찍이 김 사장님은 20년 전 이곳 양동 매월리에 3000여 평의 농지를 구입해 두었답니다.

도시에서 다른 사업을 하시다가 나이 듦에 건강도 챙길 겸 5년 전에 귀농을 하신 분입니다.

양평 친환경농업대학에서 나와 함께 1년 과정의 농산가공 공부를 하고 있는 동기생이지요.

수확시기가 되면 김 사장님은 물론이고, 사모님과 자녀분들까지 총출동하여 부족한 일손을 거들어준답니다. 가족들의 협동 속에 행복도 싹트는 것 같아 보기에도 좋았습니다.

3000여 평에 2000여 그루의 아로니아 나무를 심어 작년부터 본격적으로 수확하고 있는 상황입니다. 보통 1평에 1그루를 심는데, 1그루당 평균 7-8kg의 아로니아를 수확하고 있다네요. 소비자 가격으로 1kg은 13000원에 판매되고 있답니다.

김 사장님의 경우 연간 4000만 원의 매출을 올리고 있는데, 여기에서 1000만 원의 각종 비용을 공제하면 3000여만 원의 수익을 올리고 있는 셈이지요. 그러나 손익분기점을 맞추려면 농지면적이 적어도 5000평 이상에서 10000평은 되어야 한답니다.

아로니아 주스

1팩의 용량은 80ml입니다. 30팩 1박스에 판매 가격 44000원입니다. 남녀노소 누구에게나 부담감 없이 주스로 만든 것을 마실 수 있습니다.

착한 아로니아

1팩의 용량은 80ml입니다. 16팩 1박스에 25000원입니다. 금번 양평농업기술센터의 도움으로 상품을 출시한 것입니다.

양평 아로니아 분말

아로니아를 분말 건조한 것입니다. 용량은 100g으로 가격은 25000원입니다. 한 번에 3g 정도씩, 즉 1티스푼에 요구르트 등에 타서 마시면 되겠습니다.

냉동 보관 아로니아

아로니아를 냉동실에 보관해 두고 한 번에 10알 정도를 요구르트 등과 함께 믹서기에 갈아 마시면 됩니다. 1kg에 13000원입니다. 이렇듯 아로니아는 생과는 물론 냉동과실, 분말, 청, 식초, 과즙, 잼, 껌, 와인, 막걸리, 초콜릿 등의 가공식품으로 다양하게 용도가 변해 가고 있습니다.

또한 어린아이의 간식거리로 머핀, 케이크, 젤리, 아이스크림 등을 만들어 먹기도 하지요. 그 외에 다양한 과일을 섞어서 스무디를 만들거나 무설탕 청량음료에 아로니아 청이나 식초를 가미하여 다이어트 식품으로도 활용범위를 넓혀가고 있는 중입니다.

■ 졸업여행 - 강원도 정선으로

양평 친환경농업대학 농산가공과 학우들

지난 2월 개강 인사를 나누었을 때는 왠지 서먹서먹하고 낯선 모습이 역력하였었지요.

그러나 10개월 정도 지난 오늘의 모습을 보노라면 활기차고 다정다감하게 변해가고 있음을 엿볼 수 있었습니다.

40~50여 년 전 학창시절의 졸업여행과는 다소 차이가 있겠으나 모두가 오늘만큼은 과거로 되돌아가고픈 심정이었을 것입니다.

나 또한 학생들과 함께 인솔자로서 수없이 졸업여행을 다녀왔으나 기억에 남는 것이 많지 않은 상황에서 이번 여행에 참가를 하였지요.

인솔자와 피인솔자의 위치에서 느끼는 감정 차이는 어떠한지…, 어렸을 적의 감정과 나이 든 지금의 졸업여행에서 느끼는 차이는 무엇인지를 느끼고파서…, 짧은 시간이었지만 부담감 없이 자유스러운 가운데 동심의 세계로 돌아갔다가 온 기분이었습니다.

학우님들 모두가 비슷한 기분 속에 다녀왔을 것입니다. 가슴속에 추억을 오래도록 간직하고 살아가기 바랍니다.

졸업은 시작

졸업 동기생 여러분!

졸업은 끝이 아니라 새로운 시작이며 더 넓고 큰 삶을 위한 하나의 마무리에 불과한 것이니 두려워하지 마세요. 지금까지 그래왔듯이 씩씩하고 당당하게 앞을 향해 나아가세요.

그러면 학우님에게는 좋은 일, 행복한 일만 일어날 것입니다. 지금 와서 생각하니 어릴 적에 예민한 감수성으로 보냈던 몇 년이 일생 동안 의식 속에 크게 자리를 차지하고 있답니다. 그리하여 더욱 아쉬움이 남으며, 공부하면서 미운 정 고운 정이 들었던 친구들, 존경하는 선생님의 얼굴이 주마등처럼 지나가네요.

그러나 이것은 어린 새가 자라면 둥지를 떠나듯이 세상은 줄곧 한곳에서 같은 일만 하며 같은 사람들하고만 만나며 생활하게끔 내버려 두지를 않는답니다.

졸업 그것은 마감이 아니라 새로운 장이 열리는 더 넓고 다양한 사회를 향해 새 출발의 닻을 올릴 준비이자 시작이라는 각오 아래 인생의 날개를 크게 펼쳐봅시다.

왜 여행을 떠나는가?

여행은 인간을 인간답게 만들어준답니다. 여행을 떠나는 사람은 먼저 산천의 아름다움, 옛것의 아름다움 등을 찾게 되지요.

아름다움을 사랑하고 찬미하는 인간의 본질 속에서 우리는 자기 자신을 발견할 수 있고 인생의 폭을 넓힐 수 있으며, 애향과 애국의 정서를 배우게 된답니다.

여행을 떠나는 사람은 먼저 목적지를 정하지요. 인생에 있어서 목적감과

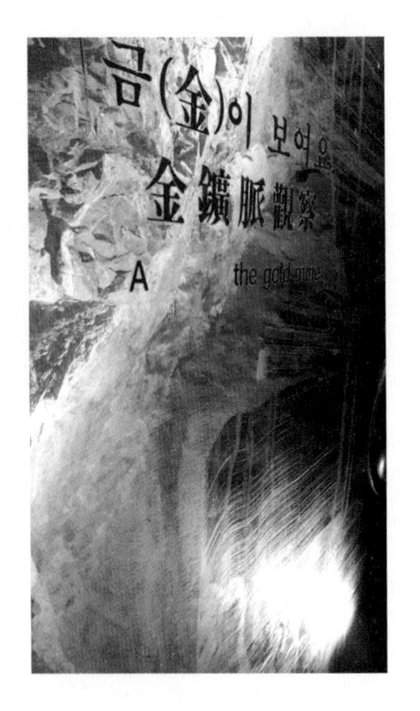

방향감각이 중요한 것처럼, 어디를 어떤 길로, 어디까지 갈 것인가를 먼저 결정하게 된다는 것입니다.

인생은 무거운 짐을 지고 먼 길을 떠나는 것과 같다는 말이 있습니다. 서둘러도 안 되고 준비가 허술해도 안 되겠습니다. 여행을 하면서 우리는 자신의 성격을 자성도 해보고, 타인에 대한 이해와 협동심도 배우게 됩니다.

자기 인생을 성실하게 걸어가듯 그런 진지한 자세로 여행을 한다면, 여행 중에 얻은 새로운 호감과 견문은 끝없는 탐구 의욕을 북돋워주고 그만큼 우리의 인생을 풍부하게 만들어줄 것입니다.

사람과의 대화도 중요하지만 산과 바다나 풀 한 포기 스쳐가는 바람과의 대화도 가끔은 해볼 만한 것입니다.

화암동굴 속으로 씽씽

화암동굴은 1980년 2월 26일 강원도 기념물 제33호로 지정되었습니다. 총 관람 길이는 약 1,803m입니다. 금을 채광하던 천포광산 상부갱도 515m와 하부갱도를 연결하는 365개의 계단, 하부갱도 676m로 이뤄져 있습니다.

금광맥의 발견에서부터 금광석 채취까지의 전 과정을 재연해 놓았으며, 금광석의 생산에서 금제품의 생산 및 쓰임까지 전 과정을 전시해 놓은 곳입니다.

2,800㎡의 천연동굴에서는 각종 석회석 생성물과 대석순, 곡석, 석화 등 종유석 생성물을 관찰할 수 있습니다.

남서쪽에는 둘레 5m, 높이 8m가량의 대석주가 서 있으며 주위 동굴의 벽 · 천장에는 화려한 종유화폭 · 석순 · 종유석 등이 발달해 있답니다. 그 밖에 작은 동방들이 있고, 동굴호도 있습니다.

대석순이 되기까지…

석순의 성장 속도를 아시는지요? 1000년에 1cm밖에 크지를 못한답니다.

대자연의 기다림, 위대함, 웅장함 등, 간간이 교만과 오기를 부려왔던 내 모습이 부끄럽기 한이 없습니다.

하나씩 노력을 하면서, 작은 것에도 고마움을 갖고 생활하려 합니다.

지금은 언덕을 내려가는 중

가는 세월 잡을 수는 없지만, 나이가 나이인지라 조금이라도 건강에 좋다고 내리막길을 뒤로하고 내려가는 중입니다.

반은 재미도 있고, 반은 장난기가 발동된 것이지요. 남학생보다 여학우들이 더 신바람이 났습니다.

맛나는 식사시간

이른 아침 양평 출발, 12시가 넘어서 정선 읍내 식당에서의 곤드레비빔밥, 오랜만의 소풍길이요, 여행길이기도 하고 동료 학우들과의 야외에서의 식사 맛은 말로 표현하기가 어려웠습니다. 허겁지겁, 뚝딱하고 순식간에 모두 비워드렸지요.

스카이워크 위에서

정선 읍내 인근의 스카이워크장입니다. 한눈에 한반도 지형을 내려다볼 수 있게 만들어놓은 곳입니다.

나는 겁이 많아서…, 밖에서 아래를 내려다보니 현기증이 나는 것 같았습니다. 이런 짜릿한 맛을 보라고 설치한 것일 수도 있겠지요.

잠깐 출입구를 통해 나갔다가 들어오는데 입장료가 있습니다.

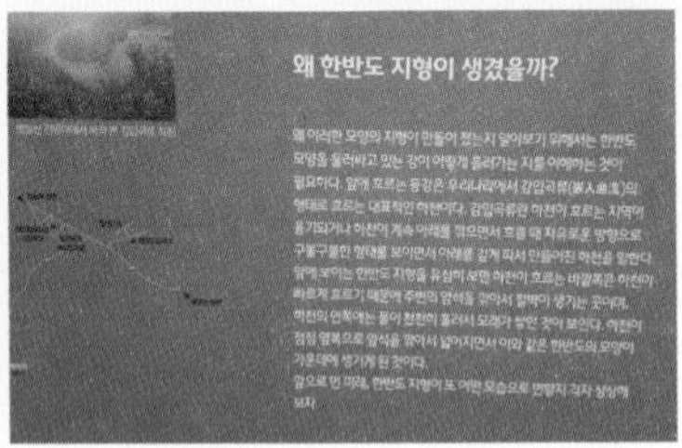

정선 장터마당

정선 읍내에 위치한 전통 시장입니다. 가는 날에는 5일장이 서지 않는 날로 인하여 한산하더군요. 그래도 정선 지역의 나물 종류들은 구경할 수 있었습니다.

일행들의 손에는 건강에 좋다는 나물류들을 사서 들고 다니는 모습에서 좀 더 음식 건강에 관심을 가져야겠다는 생각도 해보았습니다.

한 가지 아쉬운 것은 내면의 실속도 중요하겠지만, 전국 어디를 가든지 장터마당의 건물 모습이 천편일률적으로 동일하다는 것입니다. 외형에서부터 지역의 특징을 살린 형태가 바람직하지 않을까 합니다.

정선아리랑

정선아리랑의 노랫말은 자그마치 700~800여 수나 된다고 합니다. 이

중에는 다른 아리랑의 사설과 견주어볼 때 서로 공유하는 것이 많다고 합니다.

고정적으로 전승되는 노랫말 중 대표적인 것은 다음과 같다고 하네요.

- 눈이 올라나 비가 올라나 억수장마 질라나 만수산 검은 구름이 막 모여든다.

  (후렴) 아리랑 아리랑 아라리요. 아리랑 고개로 나를 넘겨주소.

- 아우라지 뱃사공아 배좀 건너주게 싸리골 올동백이 다 떨어진다.

  (후렴)

- 한치 뒷산에 곤드레 딱죽이 임의 맛만 같다면 올같은 흉년에도 봄 살아나네.

  (후렴)

- 명사십리가 아니라면은 해당화는 왜 피나. 모춘 삼월이 아니라면은 두견새는 왜 우나.

  (후렴)

  ○정선읍네 물레방아는 사시장철 물을 안고 뱅글뱅글 도는데 우리 집에 서방님은 날 안고 돌 줄을 왜 모르나.

  (후렴)

정선아리랑에는 노래 전체에 관련된 기원설화뿐만 아니라 부분적이기는 해도 개별적인 노랫말에 얽힌 설화까지 지니고 있답니다.

이것은 노래를 부르고 또는 전한 사람들에 대한 자기 해설이자 노래를 부르는 스스로에 대한 해석이라고 합니다. 정선아리랑은 진도아리랑이나 밀양아리랑과 비교하면, 느리고 단조롭게 불린다고 합니다.

그것은 정선아리랑이 이들 노래보다 장식음이 발달되어 있지 않고 최고음과 최저음의 차이가 적어 선율의 변화가 크지 않기 때문이지요. 진도아리랑이 흥청거리고 신명나며 기교성이 두드러진다면, 밀양아리랑은 뚝뚝하고 남성적이라 할 수 있겠지요.

이에 비하여 정선아리랑은 잔잔한 흐름 속에 소박함과 여인의 한숨 같은 서글픔을 지니고 있는 것이 특징이 되겠습니다.

■ 가을향기 - 약선건강

가을향기 역사

1997년 도시에서 양평군 옥천면으로 귀촌하신 가을향기의 역사가 시작된 곳입니다. 2007년 부부가 양평 친환경농업대학을 졸업한 분이기도 하지요. 우리들로서는 대선배님이십니다. 겨우 자리를 잡아갈 즈음에 남편은 하늘나라에 먼저 가 계시고 지금은 부인과 아들이 함께 이끌어가고 있답니다.

빈 들판에서 오직 유기농으로만 수확한 작물은 쌀 9가마에 콩이 2가마 반, 가격으로 환산하면 250만 원 정도였답니다. 이때 생각한 것이 메주를 쑤어 팔면 콩값의 두 배요. 장을 담가 팔면 네 배 이상의 소득을 올릴 수 있다고 판단하여 시작된 것이라고 합니다.

또 한 가지 스토리를 소개하면 하우스에서 애호박을 재배하였는데 큰 업체와 연중 계약으로 시장가격이 500원을 해도 10000원에 납품을 한 적도 있고, 반대로 68000원을 하여도 손해를 보고 10000원에 납품을 하기도 하였답니다. 즉 신뢰를 얻기 위한 노력을 부단히 해오셨던 것입니다.

현재 메주를 쑤기 위한 콩의 소모량은 5톤이라고 합니다. 대단하지요. 2007년부터는 양평 인근의 콩이 부족하여 경북 봉화 지역과 계약재배를 통하여 물량을 공급받고 있답니다.

어머니 된장 맛을 살리기 위해 메주는 황토방에서 자연발효를 시켜 만들어내고 있답니다. 그러나 소비자가 된장의 맛을 평가하는 것은 각자의 주관에 따라 다르기 때문에 모든 손님의 입맛을 맞추기에는 결코 쉬운 것이 아니랍니다. 규격화, 레시피화가 어렵다는 것이지요. 그럼에도 불구하고 가을향기는 "건강과 인류와 우리의 미래를 위해"라는 소비자와의 약속을 지켜나가고 있는 곳입니다.

그 결과 유기농 원료+유기농 식품으로 2004년 제1호로 허가를 받았답니다. 대한민국 최초로 장류 유가공 식품 인증을 받은 것이지요.

2009년에는 해외 인증까지 받았는데, 외국에서는 농장까지 인증을 받아야 한답니다. 그만큼 식품에 대하여 까다롭다고 할까, 엄격한 것이지요.

가을향기농장은?

연 8톤의 유기농 된장, 연 10톤의 유기농 간장, 연 600kg의 고추장을 생산하고 있는 곳입니다.

최근에는 유기농 청국장, 쌈장, 매실 발효액까지 품목을 확장해 나가고 있다네요. 또한 전통장 담그기 체험과 된장 학교를 운영하고도 있답니다. 현재의 시설 용량에서 아들과 함께한 연 매출액은 모두 합쳐 3억 원 정도랍니다.

콩을 솥단지에서 쑤어내는 부엌의 모습입니다. 사진 촬영 시 흔들림으로 인하여 모습들이 예쁘게 나오지 않았음을 이해하여 주세요.

한번 거래를 한 후 3~4년은 지나야 단골 고객이 된다는 이야기도 들었습니다.

우리 모두 귀담아 들어야겠습니다. 단골 고객이 되는데 오랜 시간이 필요한 이유 중의 하나는 오늘날 소비자는 시중 된장의 단맛에 익숙해져 있고, 전통 된장 하면 짠맛으로 인식하고 있기 때문이라네요.

향후 가을향기의 바람은 CLASS를 운영하고 싶답니다. 그리고 100년 명품의 장 - 아버지에서, 함께하는 발효의 마을 - 엄마의 꿈으로 변화를 시도하고 있는 중이랍니다.

또한 가을향기 사장님의 마지막 팁으로 과제 중의 하나는 고객층을 누구로 할 것인가? 판로 업체/판로 방법을 어떻게 할 것인가? 방법상에 있어서 HACCP/전통 방식으로 할 것인가? 선택과 집중을 잘하여야 한답니다. 꼭 꿈을 이루기 바랍니다.

작은 공간이지만 짬짬이 시간을 내서 천에 예쁜 모양의 멋을 내고 있는 것들을 걸어놓은 것입니다.

이렇듯 사람은 일만 해서도 안 되고, 놀기만 해서도 안 되겠지요. 일과 놀기의 비율을 정하라고요. 그것은 각자에게 맡기겠습니다.

■ 양평 친환경농업대학 졸업 - 양평 사랑 100번째 이야기

양평농업기술센터

양평의 농업기술을 이끌어가고 있는 용문산 자락에 위치한 농업기술센터입니다.

주위의 나뭇잎들은 떨어져가고 나뭇가지는 겨울잠을 재촉하고 있네요. 어느 시/군 단위보다 실질적으로 앞서가는 농업기술을 보급하려고 불철주야 365일 업무가 지속되는 곳 중의 하나입니다.

농업기술센터 소장님은 양평 친환경농업대학의 부학장직도 겸하고 있으면서 1년간 실용적인 교육이 되도록 고군분투를 하셨지요.

양평 친환경농업대학 졸업식

작지만 강한 농업, 강소농 육성이라는 슬로건을 내걸고 있는 양평군입

니다. 2016년 11월 23일은 제17기 친환경농업대학 졸업식이 있었습니다.

엊그제 입학식을 한 것 같았는데 졸업식이라니…, 섭섭함보다 뿌듯함을 갖게 한 1년간의 교육내용이었다고 표현하고 싶습니다. 하면 된다는 자신감도 얻었습니다.

유사한 관심을 갖고 있는 주위의 동기생들도 생겼습니다. 1년 유급을 하고 싶다는 학우도 있었지요. 유급을 하여 더 배우고 싶었던 것입니다.

군수님의 졸업식 축사

언제나 졸업식에는 축사가 있지요. 대부분은 형식적이라고 할까, 마지못하여 하시는 말씀도 있지만, 양평군의 군수님은 말직에서 출발하여 선출직이기는 하지만 양평군의 최고 위직까지 오른 분으로 그것도 연속 3회 군수직을 수행하고 계시니 입지전적인 분이시지요. 양평 관내 구석구석 행정의 손길이 닿지 않은 곳이 없을 것입니다.

그러하니 인적/물적 모든 부문에 걸쳐 축사 말씀 마디마디에 남다른, 애틋함이 담겨 있음을 알 수가 있었습니다. 나 또한 양평의 자칭 홍보대사로서 힘이 되는 한 노력하겠다고 다짐을 하는 기회였습니다.

수업교재들

1년여 기간 수업에 임하였던 교재입니다. 자체 내의 전문기술직 공무원과 대외 강사진들이 엮은 교재이지요.

교육기간에는 교재의 가치를 잘

몰랐으나 졸업을 앞두고 다시 한번 들여다보니 더없이 생생한, 살아 있는, 실용적인 내용들이 많네요. 두고두고 참고하겠습니다.

명찰

출석을 하는 날에는 필히 전자식 출석 카드를 찍고 목에 걸었던 명찰입니다. 처음에는 유치원생 같은 기분이었으나 나중에는 존재감을 알려주는 명찰이었답니다.

언제나 당당함을 갖고 수업에 임하게 해준 표찰이었지요. 언제 또다시 이러한 표찰을 받아보겠습니까?

각종 과제물

견학, 봉사, 졸업 소감문 등 나이 든 어르신들에게는 쉽지 않은 내용들이었습니다. 나에게는 교단에 있었기에 한편으로 재미도 있고 낯설지 않았습니다.

현장의 수업 내용에 대하여 정리하여 제출하는 것이었는데, 즉 현황에 따른 문제점 그리고 해결방안이라 할까 개선안 등에 관한 것을 기술하는 것이었지요. 좀 더 심사숙고 내지는 요점 정리를 해서 제출하지 못한 것이 아쉬웠습니다.

실습 과제물들

와인 만들기, 장 만들기, 꽃차 만들기 등 다양한 실습을 하였습니다.

여러 가지 분야에 걸쳐 실습을 한 이유로 한두 가지 분야로 한정해서 심도 있게 수업 진행이 되지 못한 아쉬움은 있었습니다.

여러 학생들을 상대로, 관심분야도 다를 수

가 있음을 고려하여 진행된 것이라고 이해를 하고 있습니다.

차후 이것을 바탕으로 각자 관심분야를 선택하여 집중적으로 연구/개발을 하면 좋은 결과가 있을 것입니다.

현장 견학 장면

전체 교육과정 중 73%가 현장 견학과 실습으로 진행이 되었습니다. 대학에 있었던 나로서는 과거를 되돌아보는 계기도 되었습니다.

실업계 특성화 고교와 대학 모두에 있어 졸업하여 현장에 투입을 하였을 때 곧바로 직무를 수행할 수 있는 요원을 배출하는 것이 일차 목표가 될 것입니다. 물론 자라나는 청소년들에게 인성교육은 기본으로 삼고 교육이 진행되어야 하겠지요.

여학우들의 졸업사진 풍경

18세 여고생들의 졸업 풍경 모양 다정하게 포즈도 취하면서, 오늘의 이 장면을 오래도록 간직하고 양평을 위해서 열근하여 주세요.

남학우들의 졸업식 풍경

여학우들의 모습과는 대조적으로 멋이 없어 보이지 않으세요? 그저 덤덤한 기분들인 것 같습니다.

그래도 할 일은 다들 하고 계시는 분들입니다. 그러니 멋이 조금 떨어진다고 해도 어여쁘게 봐주세요.

개근상

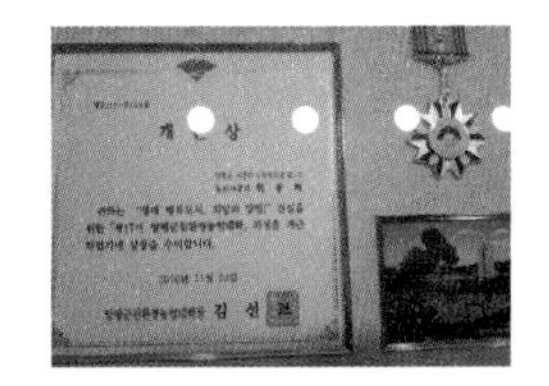

1년간(매주 목요일) 한 번도 결석을 하지 않은 학생들에게 주어지는 상입니다.

우등상은 타지 못하였지만 의미가 있는 상입니다. 개근상을 타면서 양평군 로고가 들어 있는 훈장도 받았습니다. 2년 전 국가에서 수여받은 옥조근정훈장 이래 두 번째네요.

서종면장과 함께한 저녁식사

서종면 졸업생 6명을 축하하는 자리입니다. 1년간 고생을 하였다고 면장님이 자리를 마련해 주었습니다. 졸업식 날의 마지막을 조촐하게 마련해 주셔서 감사합니다.

마침 금년 봄 블로그를 시작한 이래 오늘의 이 졸업식 주제가 100번째 되는 꼭지라 더욱 의미가 있었습니다.

■ 뚱딴지 수확 - 못 생겨서 죄송

돼지감자 - 뚱딴지

돼지감자는 17세기 이후 유럽에서 중국을 거쳐 우리나라에 전래된 것으로 추정하고 있습니다.

전국의 들판이나 야산에 주로 자생하는데, 가을에 피는 꽃은 못난이 명칭에 비하여 아주 매력적입니다.

최근에는 우리 몸의 여러 요소에 좋다고 알려지면서 자연산은 물론 판매를 목적으로 재배농가가 늘어나고 있는 추세랍니다.

정원 주변 뚱딴지 군락

3년 전 지인께서 다이어트와 당뇨에 효능이 있다고 하여 얻어온 것 중 일부 말리고 남은 것을 버리기가 아까워 담벼락 모퉁이에 묻었습니다.

담벼락 밑은 남향이며 습기도 적당히 유지되어 이른 봄 새싹이 돋아나오더군요.

이것들이 하나의 군락을 이루게 된 것입니다. 처음에는 꽃이 예뻐서 보기만 하였습니다.

몸통이 보기에는 못생겼어도 꽃은 해바라기꽃 같기도 하고, 그리 보기 싫지가 않더군요.

한여름 벌들이 엄청나게 날아드는 것을 보니 벌들에게 좋은 성분이 꽃술에 많이 있나 봅니다. 내년에는 꽃을 따서 구증구포 후 꽃차로도 응용해 봐야겠습니다.

뚱딴지 줄기 제거

모든 영양분은 땅속의 돼지감자로 보내고 줄기 스스로는 그 수명을 다하고 한 줌의 밑거름으로 돌아갔습니다.

보기에도 앙상한 줄기는 베어내고 밑둥의 표시만 남겼습니다. 내년 봄까지 필요할 때마다 조금씩 캐려고 흔적을 알아보게 한 것입니다.

돼지감자 - 뚱딴지 효능과 응용

봄부터 새싹이 돋아나고 줄기를 뻗더니 꽃까지 피운 뒤 땅속에서 이런 모습의 결실을 맺었습니다.

그 힘찬 모습의 푸르고, 예쁜 꽃을 언제 피웠나 하는 의아심을 뒤로하고, 우리 몸에 좋은 선물을 남겼네요. 나 또한 씨알이 작은 것들은 그 자리에 다시 묻어주었습니다.

내년에도 변함없이 또 다른 생명으로 이어져 존속을 시켜주면 미안한 마음도 줄이고 내년 이맘때쯤이면 또다시 수확이 가능하겠지요. 이것이 뚱딴지와 인간 간의 상생 아닐까요?

대표적 효능은?

우선 당뇨에 특효로 알려져 있답니다. 돼지감자의 이눌린 성분이 위액에 소화되지 않고 분해되어 과당으로만 변하기 때문에 혈당수치를 상승시키지 않고 천연 인슐린 역할을 하고 있습니다. 둘째, 돼지감자 속에 들어 있는 이눌린이 장내 유산균을 증가시킨 결과 대사 촉진으로 변비 제거와 다이어트 효과가 있는 것으로 증명되고 있지요.

응용은?

뚱딴지의 효능이 의과학적으로 입증되면서 요리와 응용법이 다양화되고 있습니다.

뚱딴지 청, 효소, 밥, 깍두기, 샐러드, 장아찌, 차

■ 가슴 뛰는 농업, 가슴 뛰는 삶 - 충동문회 열린 강좌

촌에 살고 촌에 웃고

농업에 대한 인식이 바뀌고 있습니다. 우리 농업은 산업화/개방화 과정에서 많은 어려움을 겪어 왔지만, 이제는 좋은 일자리를 제공할 수 있는 미래 성장산업으로 기대를 받고 있습니다.

농업이 쇠퇴기에 놓인 사양산업이 아니라 생산과 유통 그리고 가공과 관광이 결합된 고부가가치형 6차 산업, ICT기술이 융합된 첨단산업으로 변모하고 있습니다.

최근에는 2030세대를 중심으로 하는 젊은 층의 귀농귀촌 인구의 증가와 이를 통해 성공한 스타 농업인의 등장은 우리 농업의 새로운 변화와 성장 가능성을 잘 보여주고 있답니다.

그러나 농업/농촌에 대한 충분한 이해와 주도 면밀한 준비가 없다면 귀농귀촌은 성공할 수 없고, 실패할 경우 개인뿐만 아니라 우리 사회에도 큰 비용을 안겨주게 될 것입니다.

이상은 농림축산식품부에서 2016년 5월에 발간된 귀농귀촌 우수사례집 “촌에 살고 촌에 웃고” 이동필 장관님의 발간사에서 일부 인용한 것입니다.

가슴 뛰는 농업 / 가슴 뛰는 삶

오늘은 내가 1년 과정을 다녔던 농업대학 동문회에서 주최한 열린 강좌에 참석을 하였습니다.

사전에 주제를 되새기며, 강의를 들으면서 그리고 강의를 듣고 난 뒤 가슴이 얼마나 뛰는지 생각하여 보았습니다.

감정이 메말라서인지, 나이가 들어서인지 혹은 이성이 앞서서인지 모르겠습니다만, 심장은 뛰고 있었으나 가슴이 뛴다는 생각은 들지 않은 것 같았습니다.

그러나 육하원칙(6W1H)까지는 아니지만 차분하다고 할까, 냉정하게 뒤를 돌아보며, 앞으로 무엇을 어떻게 해야 할지를 고민하는 계기는 되었다고 여겨집니다. 꼭지에서와 같이 긍정의 가슴이 뛰는 삶이면 얼마나 행복하겠습니까?

양평농업의 현실

양평농업에 대한 캐치프레이즈를 한마디로 규정하면, “친환경, 물 맑은, 생태 행복도시"라는 이미지가 강하게 자리를 잡고 있지요.

그러나 전국 시군단위에서도 이와 유사한 슬로건을 내걸고 미래 농업에 대한 연구개발에 애쓰고 있지요.

양평 전체를 모르기는 하지만, 농업을 잘 이해 못 하고 있지만 지금까지의 이미지를 넘어서 강소농에 입각한 개개 농업인은 1농 1사(一農一社)라는 의식 고취, 첨단 과학적인 농법으로 선택과 집중이라는 개념 속에 작목 선택 그리고 생산과 가공 그리고 판매, 즉 6차산업 차원에서 선봉장 역할을 해나간다면 양평 주민의 삶의 질 향상은 물론 전체 양평의 이미지를 승격시킬 수 있지 않을까 합니다.

성공에 이르는 길(1)

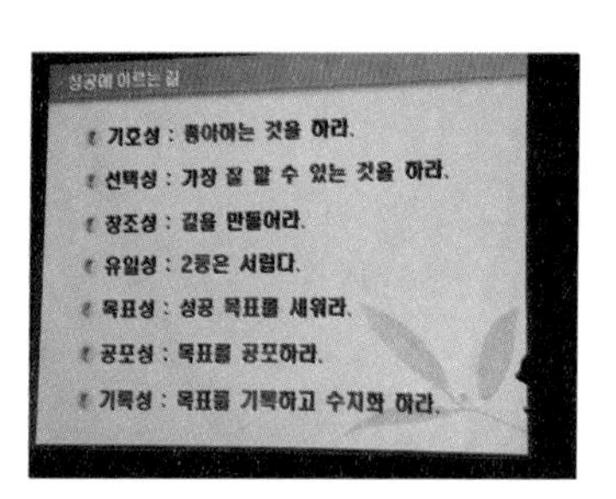

좋아하는 것을 하면 싫증이 나지 않으니 얼마나 좋습니까?

목표를 기록하고 수치화하라는 것은 습관을 가져보라는 뜻으로 이해할 수 있겠습니다.

성공에 이르는 길(2)

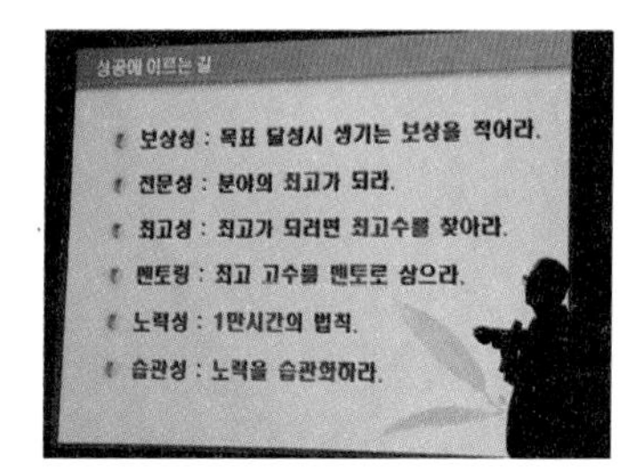

보상성에서 목표 달성 시에 생기는 보상을 적어보라는 것입니다. 결과에 대한 보상을 미리 생각하면 신바람이 나지 않을까 합니다.

노력성에서 1만 시간을 투자하면 안 되는 일은 없을 것이라는 뜻으로 이해가 되네요.

차별화/강점의 극대화

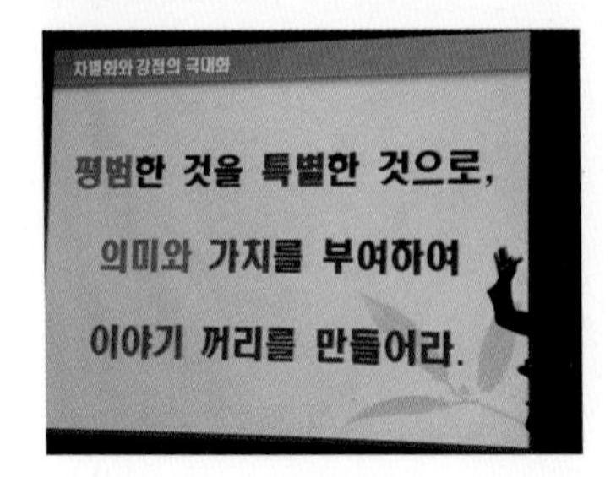

정확한, 올바른 개선안을 찾으려면 현재 상황을 냉철하게 파악해야 하겠습니다.

문제점을 찾았다는 것은 50%의 해답을 찾은 것 아닐까요? 이런 가운데 평범한 것을 아주 특별한 것으로, 의미와 가치를 부여하면서 스토리텔링을 만들라는 것입니다.

양평 농촌/농업 우리가 책임진다

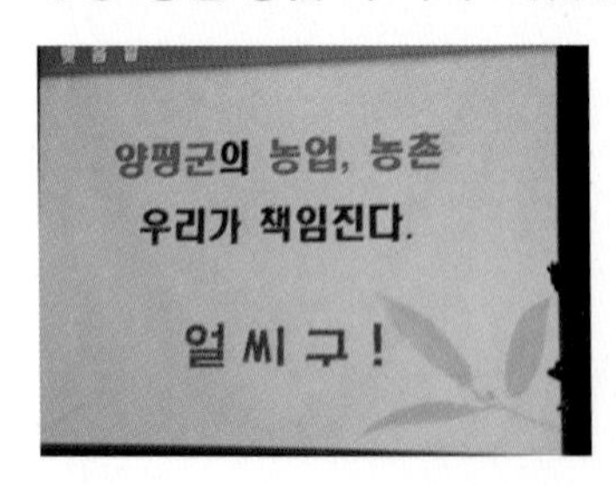

지금까지 내 집 텃밭은 애착을 갖고 소중하게 가꾸었듯이, 우리 마을은 우리가 돌보고, 양평군은 우리 양평 주민이 책임을 진다는 소명의식을 갖고 한판 신명 나게 일해 봅시다.

얼씨구!

■ 메주 쑤기 - 농촌이 살아나야 국민이 건강

관행농업은 사양산업

미래 우리 농업의 변화는 관행적인 농법에서 탈바꿈을 할 때가 되었습니다. 즉 친환경농업, 경관농업, 산업농업, 관광농업 등 다양한 부가가치를 창출해내는 방향으로 변화를 시도해야 할 것입니다.

새로운 세계에서는 수요자가 원하는 상품을 만들어야겠습니다. 그러려면 끊임없는 첨단의 기술개발 R&D을 통하여 소비자의 마음을 사로잡아야 하겠지요.

일례로 농산물 가공을 통한 농촌경제소득도 올려야겠습니다.

- 지역에서 생산되는 농산물을 기반으로 한 부가가치 증진

- 강소농을 위한 창업사업의 정착 및 경쟁력 있는 제품 생산 개발
- 농업 이외의 경제활동을 통한 농가소득 증진 및 농촌의 활력 증진을 목적으로 농업인의 경제/사회 활동 역량을 향상시키는 데 주력해야 할 것입니다. 즉 농촌경제가 살아야 농촌을 살리는 데 큰 지렛대 역할을 할 수 있으며, 국민 건강에도 직결된다는 점을 유의해야 할 것입니다.

된장 항아리 분양

요즈음 농촌에서는 정월 좋은 날에 장을 담그기 위해 메주 쑤기가 한창입니다. 1차 생산한 콩을 판매하는 것보다는 메주로 팔고, 메주보다는 된장으로 판매를 하게 되면 소득을 배가시킬 수 있기 때문입니다.

일례로 콩 한 말에 오만 원이면, 메주로 팔면 십만 원, 된장으로 팔면 이십만 원으로 판매할 수 있다는 셈법이 되겠습니다.

이러한 논리로 농촌에서는 장 담그기 체험과 된장 항아리 분양을 하게 된 것이지요. 이렇듯 농한기라고 하지만 농촌에서는 1년 365일 휴일이 없습니다. 낮과 밤도 없습니다.

근로기준법에서는 1일 8시간으로 정해 놓았지만 이 법이 농촌에서는 통하지를 않습니다. 아마도 두 배인 16시간 이상 노동을 하는 셈이 아닐까 합니다.

그에 비하면 소득이나 존경받는 직업군에서는 멀리 떨어져 있지요. 우리 모두 건강하게 살기를 간절하게 바라고 있으면서 농산물을 애용하고 있지만 정작 농부의 고마움은 간과되고 있는 현실이 안타깝습니다.

메주 쑤기

내가 거주하고 있는 수능리에서 800여 구좌의 주말농장을 운영하고 계신 이 사장님께서 금년에 처음으로 된장 항아리 분양을 시작하셨습니다.

전통 가마솥 단지 하나에서 콩 다섯 말을 쑤고 있는 장면입니다. 화력을 조절해 가며 7~8시간가량을 뒤집고, 뜸 들이고 하면서 콩이 쑤어지는 것입니다.

자동 성형기

예전에는 모든 공정이 수작업으로 이루어졌었지요.

그러나 지금은 인건비 문제, 대량 목적 등으로 이러한 기계의 도움으로 비용과 시간을 절약하고 있답니다. 원하는 대로, 자동으로 규격을 조절해 가면서 메주의 모형이 탄생한답니다. 자동 성형기 1대 가격은 이백오십만 원가량이나 된다네요.

농촌 인심

농촌의 인심을 맛보고 있습니다. 함께 한 이 사장님 누님은 당연하다 치더라도, 한 분은 요즈음 인근에서 들꽃가든이라는 브랜드로 식당업을 하시는 사장님이 당분간 AI 조류의 영향으로 휴업을 하셨다네요.

또 한 분은 문호리 수대울에서 그린

힐이라는 이름을 갖고 농장을 하시는 분이며, 마지막 수염을 기른 한 청년이 보이지요. 이 사장님 인근에서 전원생활을 하고 있는 "방수형"이라는 배우입니다.

과거 우리 농촌에서는 품앗이라는 이름으로 서로 간에 도움을 주고, 받았던 적이 있습니다. 이러한 맥락의 뿌리가 우리의 농촌에서는 남아 있는 것입니다. 이런 것이 이웃 간의 정이 아닐까 합니다.

건조기

1차 7시간 정도 건조기에서 겉만 말리는 작업입니다. 시간을 단축시키는 효과를 볼 수기 있겠지요.

이러한 양문 건조기 1대의 가격도 이백오십만 원가량이 된답니다.

건조대

된장 담그기 20일 전까지 메주 속까지 건조시키는 과정입니다. 예전의 방식으로는 따스한 온돌 방의 천장에 매달아 말렸었지요. 혹은 황토방 같은 곳에서도 말리는 방법이 있습니다.

좀 더 대량으로 생산하는 곳에서는 규모가 큰 건조용 창고시설물을 이용하고 있는 실정입니다.

장독대

메주의 속까지 완전히 마른 것을 정월이 되면 이곳 항아리에 담그는 것입니다.

장독 항아리 속에 담가놓은 메주들은 아낙네의 정성과 밖의 공기, 햇빛 등과 얼마나 사이좋게 지냈는가에 따라 11월경이면 장맛이 달라질 수 있겠지요.

기본적으로 된장만을 생각하면 물의 양을 적게 하고, 간장까지 생산을 하려면 물의 양을 추가하면 되겠습니다. 이때의 된장 맛은 조금 떨어진다고 보면 되겠습니다.

청국장용

메주를 쑤면서 부수적으로 생각해 볼 수 있는 것이 청국장이지요. 밑은 따스하게 해주면서 겉은 이불 등으로 덮어준 다음 72시간 정도 발효과정을 거치면 이러 모습으로 탄생하게 되는 것입니다.

콩으로 먹었을 때보다 우리 몸에 아주 좋은 성능을 지니고 있답니다.

■ 정월 대보름 행사 - 수능2리

정월 대보름

정월 대보름을 한자로는 상원(上元)이라고 합니다. 상원이란 중원(中元 / 음력 7월 15일, 백중날)과 하원(下元/ 음력 10월 15일)에 대칭이 되는 말로 도교적인 명칭입니다.

정월 대보름을 우리 세시풍속에서는 설날만큼 제일 비중이 크다고 할 수 있지요. 1월 1일은 1년이 시작되는 날로서 당연히 큰 의의를 지녀왔지만, 달의 움직임을 표준으로 삼는 음력을 사용하는 우리 사회에서의 세시풍속에서는 보름달이 가지는 의미가 아주 강하였던 것입니다.

우선 정월 대보름이 그렇고, 다음의 큰 명절이라고 할 수 있는 추석도 보름날인 것입니다. 대보름날의 뜻을 농경을 기본으로 하였던 우리 문화의 측면에서 살펴보면, 그것은 달-여신-대지의 음성원리(陰性原理) 또는 풍요원리를 기본으로 하였던 것입니다.

태양이 양(陽)이며 남성으로 인격화되는 데 대해서 달은 음(陰)이며 여성으로 인격화되었던 것입니다. 그래서 달의 상징구조는 여성 · 출산력 · 물 · 식물들과 연결되고, 여신은 대지와 결합되며, 만물을 낳는 지모신(地母神)으로서의 출산력을 가졌던 것입니다.

이렇듯 보름날이 갖는 의미가 남달랐던 것이며, 한 해의 시작점인 정월의 보름날은 대보름이라 하여 1년 동안의 안녕과 평화를 기원하며 각종 민속놀이를 행하였던 것이랍니다.

이장님 개회사

시골의 리(里) 단위에서 이장님은 마을의 수장이지요. 도시로 생각하면 통장의 역할이라고 생각할 것 같으나 그렇지가 않습니다. 우선 도시의 통 단위 면적과 단순비교를 하면 안 된다는 것입니다.

양평의 예를 들자면 군 면적이 서울보다 크며, 면 단위는 서울의 1개 구청보다 넓고, 리 단위는 도시의 동 단위보다 넓답니다.

인구는 300여 세대 500여 명에 불과하지만 이장님의 역할은 우리가 상상하는 것보다 다양하답니다. 아마도 수능2리의 1년 행사 중에 제일 큰 행사일 것입니다.

윷놀이 장면

우리나라에서 윷놀이가 언제부터 시작되었는지에 대해서는 이익의 “성호사설” 사희조에는 고려 때부터라고 알려져 있습니다.

그러나 “수서” 등의 기록으로 보아서는 이미 삼국시대에 있었을 것이라고 추측할 수 있지요. 이러한 윷놀이의 기원에 대해서는, 윷놀이가 중국의 “격양”이나 “저포”와 비슷하고 몽고의 “살한”이라는 놀이와도 유사하다는 연구가 있었지만 어느 것이 윷놀이의 원형이라고 단정하기는 어려운 상황입니다.

따라서 아직 윷이나 윷판의 유래는 명쾌하게 밝혀져 있지 않다고 할 수 있겠습니다. 여하간 우리의 전통 놀이문화의 하나임은 부인할 수 없는 것으로 정착되어 있지요.

농악놀이 장면

농악놀이의 명칭은 풍물놀이 혹은 풍물굿을 줄여서 풍물, 풍악이라 하였던 것입니다. 농악놀이는 꽹과리, 장고, 북, 징과 같은 네 가지 악기와 나팔, 태평소, 소고 등의 악기를 기본 구성으로 하고 있습니다.

악기 연주와 몸동작 그리고 진을 구성하여 하는 놀이를 모두 가리키고 있지요. 풍물놀이의 유래를 살펴보면 농사 안택 축원설, 군악설, 불교 관계설 등의 학설이 있습니다.

현존하는 풍물놀이의 당굿, 샘굿, 집돌이로서의 지신밟기 등이 신을 즐겁게 해주는 오신과 잡귀를 쫓아내는 축귀 등을 포함하여 나타내고 있답니다.

진(陣) 풀이와 군기인 영기(令旗), 군인이

쓰는 모자인 군립(戰笠)과 같은 것들을 군악(軍樂)의 요소로 생각하면 되겠습니다.

소원등 띄우기 장면

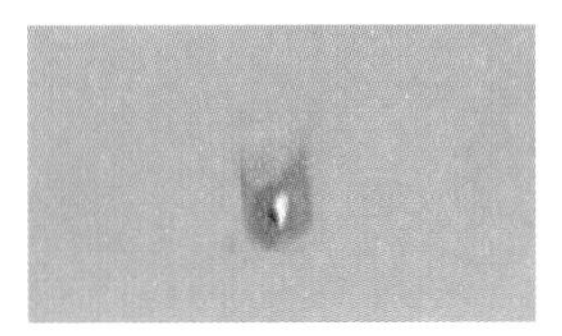

멀리멀리 하늘 높이로, 정월 대보름날 중요 행사 중의 하나로 한 해의 액운을 물리치고 행운을 기원하는 의미로 소원을 담아 하늘로 올려 보내는 행사랍니다.

기원제와 태우기 장면

정월 대보름날 농악대와 함께 망우리를 돌리며 달맞이할 때 주위를 밝게 하기 위해서 사람들이 대나무로 기둥을 세우고 짚과 솔가지 그리고 땔감 등으로 덮고 달이 뜨는 동쪽을 향해 문을 내서 만든 것을 달집이라고 합니다.

달집을 태울 때 골고루 잘 타오르면 그해는 풍년, 불이 도중에 꺼지면 흉년이라고도 한답니다. 또한 달집 속에 넣은 대나무가 불에 타면서 터지는 소리에 마을의 악귀들이 달아난다고도 한답니다.

■ 꽃길 가꾸기 - 수능리 도로변 일대

꽃길 따라

오늘 도로가를 꽃길로 변모시키기 위해 마을 주민과 함께 금계국꽃씨를 뿌렸습니다.

우리는 성급하지 않게 새싹이 돋아나기를 기다릴 것입니다. 이 기다림은 꽃씨를 뿌렸기에 가능한 것입니다.

새싹이 돋아난 후에는 꽃망울이 맺어지겠지요. 이 꽃망울이 맺어질 것을 상상하다 보니 어느 시인이 쓴 시가 생각이 나는군요.

> 꽃아, 아침마다 개벽하는 꽃아
> 네가 좋기는 제일 좋아도
> 물 낯바닥에 얼굴이나 비취는
> 헤엄도 모르는 아이와 같이
> 나는 네 닫힌 문에 기대섰을 뿐이다.
> 문 열어라, 꽃아, 문 열어라 꽃아
> 벼락과 해일만이 길일지라도
> 문 열어라 꽃아, 문 열어라 꽃아

오늘 피땀을 흘려가면서 노동을 하는 것은 내일의 꽃망울을 맺기 위한 것이지요. 비록 그것이 보잘것없는 것이라 할지라도 우리네 생명도 이런 것이 아닐는지…, 땀과 노동의 보람으로 생각하면 놀라운 일이 아닐 수 없습니다. 그것은 한 생명의 꽃이기 때문일 것입니다.

마을 꽃길 가꾸기

그동안 길가에는 무성한 잡초로 뒤덮여 있었습니다. 잡초도 나름대로 우리에게 도움을 주고는 있습니다만 이왕이면 다홍치마라고 자주 지나다니는 길가에 어여쁜 꽃길이면 더없이 좋지 않을까 합니다.

그리하여 마을 도로변을 꽃길로 탈바꿈시키고자 한 것입니다.

꽃씨 뿌리기

금년 봄 서종면 사무소에서 7개리에 금계국 꽃씨를 나누어준 것을 이른 아침 마을 주민들이 도로변에 씨앗을 뿌리고 있는 모습입니다.

아침에는 제법 날씨가 추워 겨울 복장들을 하고 나오셨네요. 도시 같으면 상상하기도 어려운 광경이지요. 밖에 나와보니 얼음이 얼었답니다.

매년 품종을 달리해 가면서 도로변에 꽃씨를 심고 있답니다.

이러한 사업이 마무리되면 양평군의 전체 도로변은 봄부터 가을까지 꽃을 구경할 수 있지 않을까 합니다.

사람은 밥만 먹고 살 수는 없지 않습니까? 그렇습니다. 먹은 것은 한 번 소화를 하면 남는 것이 없지요. 다년생인 금계국은 가을에 맺어 떨어진 씨앗에서 그리고 뿌리에서도 새싹이 트고 꽃봉오리 속에서 활짝 피어난 한 송이의 꽃을 오랫동안 보고 또 볼 수가 있으니 얼마나 좋습니까?

화단 정리

화단은 부녀회원들이 주축이 되어 정리하도록 하였습니다. 여성의 참여도도 중요하지만 섬세함과 아기자기한 멋을 내기 위한 배려가 아닐까 합니다.

오늘은 겨우내 쌓였던 낙엽과 잡초를 제거하는 것으로 마감을 하였습니다. 좀 더 날씨가 따듯하여지면 예쁜 꽃으로 단장할 예정입니다.

철쭉 이관작업

노동력을 필요로 하는 이관작업은 청년회에서 도맡았습니다.

내가 어렸을 적의 청년회 이미지는 20~30대로 알고 있었으나 이곳 수능리 청년회에서는 60대도 있습니다. 이것이 오늘날 우리나라 농촌의 현실이랍니다.

전체와 부분 간의 조화를 위해 일부의 철쭉을 재배분하는 작업이지요. 기동력과 노동력 모두를 필요로 하는 작업이었습니다.

환경 정비작업

도로변 환경 정리는 80대 안팎의 노인분들이 담당하였습니다.

도시에서의 70대 이상자들에게 주어지는 역할은 그리 많지가 않을 것입니다.

그러나 내 눈에 보이는 농촌지역에서의 70대는 청춘의 나이 같아 보였습니다. 육체적인 일을 힘으로 하는 것이 아니라 테크닉으로 하시는 것이지요. 순리에 따라, 물 흐르듯이 자연스럽게들 하고 계신답니다. 그러니 건강해 보이고 편안해 보였습니다.

작업 후 아침식사

매번 행사 후 이곳에서는 아침식사를 마을회관에서 한답니다. 이런 모습은 하나의 관례가 되었지요. 식사 관련 업무는 부녀회원들의 몫입니다.

싫은 내색 없이 하는 심정이 무엇일까 생각해 보니, 바로 마을 주민들이 내 가족이라는 마음이 내재되어 있기 때문이 아닐까 합니다.

행사 후 총체적인 소감

마을 이장님의 진두지휘 아래 실시한 소감을 피력하자면, 각자의 맡은바 소임들을 잘해주시지 않았나 합니다.

노인회분들은 가벼운 환경미화 정비작업, 청년회에서는 장비와 노동력으로 철쭉 이관작업과 꽃씨 뿌리기, 부녀회에서는 화단 가꾸기와 아침식사 준비작업을 담당하셨었지요.

나 역시 조금이나마 보탬이 되고자 분야별로 작업하시는 광경을 핸드폰에 담고 내용을 정리하는 역할을 하였답니다. 보람 있었던 하루였습니다.

이 모든 것들은 서로가 우리 마을의 일을 내 집 일이라고 생각하고 배려하는 데서 비롯되었다고 여겨집니다.

이런 작은 실천이 우리 마을을 "행복공동체 지역 만들기" 사업의 일환인 새싹마을을 뿌리 마을로 승화시켜 가는 원동력이 되리라 믿습니다. 모두들 수고하셨습니다.

그리고 감사합니다.

■ 수미마을 딸기 체험지도 - 생생딸기 체험농장

딸기는 왜 좋은가?

원래 자연산 딸기는 5월 말경부터 수확이 가능한 채소랍니다. 그러나 품종개량과 하우스 재배로 12월 중순경부터 맛나는 딸기를 맛볼 수 있지요.

딸기는 채소류과에 속하지만 알고 보면 영양적인 가치와 효능이 아주 뛰어난 품종입니다. 우선 딸기는 색이 붉고 윤기가 있으며 꼭지가 푸르고 신선한 것, 그리고 씨가 고르게 박혀 있는 것이 신선하고 맛 좋은 딸기입니다.

딸기는 비타민 C가 풍부하여 잇몸에서 피가 나거나 빈혈 증상에 효능이 있는 것으로 알려져 있답니다. 그리고 피로를 회복해 주고 면역력 강화에도 도움을 주는 것으로 잘 알려져 있지요. 그 외에 혈관작용이나 깨끗한 피부를 유지시켜 주는 데에도 도움을 주는 것으로 알려져 있답니다.

이렇듯 딸기는 효능이 만능인 채소류 혹은 과일류로 이해하여도 좋겠습니다.

생생딸기 체험농장

생생딸기 체험농장은 수미마을 안에 있습니다. 허리를 굽히지 않고 서서 편하게 수확체험을 할 수 있는 2단 고설재배방식으로 깨끗한 딸기를 따먹을 수 있는 친환경 딸기입니다.

농장 내부에는 작은 팜카페를 마련하여 손님을 맞고 있지요. 음악과 딸기를 배경으로 다양한 체험을 즐길 수 있는 팜카페랍니다.

그러나 1000여 평의 탁 트인 시설을 운영하는데 따른 제반 비용과 애로사항을 간과하지 않을 수 없어 여기에 올려야겠다고 생각하였습니다. 먼저 하우스 재배는 최초의 시설투자비가 큰 문제가 아닐 수 없습니다. 그리고 수경재배는 노지재배보다 비용이 많이 든답니다.

모종비만 하여도 대략 2천만 원, 1명의 연 인건비, 난방비, 기타 운영비 등을 합하면 연 5천만 원가량의 비용이 들어간다네요. 소득 측면에서는 연 1억 원가량의 매출을 올리고 있다고 합니다.

물론 적은 소득이 아닐 수 없겠지요. 이것도 체험객 위주로 운영하고 있어서 가능한 매출실적이랍니다. 체험객이 없으면 딸기는 적기를 놓쳐 상품성을 잃게 되어 따서 버린답니다.

시장에 도매가로 출하하면 되지 않느냐고 물으니 그러면 도저히 수지 타산을 맞출 수가 없답니다. 1년 중 5천만의 수익이 크다면 크겠으나 부부가 함께 연중 올인을 하고 있는 것으로 계산하면 월 2백만 정도씩의 수입에 불과한 안타까운 현실이 아닐 수 없네요.

체험지도사 설명회

딸기에 관하여 체험지도사의 설명 장면입니다. 체험객들은 아침 일찍 기상하여 이곳 수미마을까지 오느라 힘이 들었나 봅니다.

간단한 딸기 상식과 따는 요령 그리고 주의사항을 주지시키고 있습니다만 관심은 앞면에 펼쳐진 딸기밭에 가 있는 것 같았습니다.

딸기가 아파요

딸기 따는 방법은 아주 중요하답니다. 잘못 따면 딸기에 상처를 주어 상하거나 다른 옆 딸기에도 지장을 줄 수가 있기 때문입니다.

신바람이 났습니다

조금 전까지의 모습과는 완연히 달라졌습니다. 삼삼오오 재잘거리며 활기찬 행동들은 상상하기가 어려울 정도였습니다.

아이들의 이러한 모습을 언제 어디서나 볼 수 있다면 얼마나 좋겠습니까? 어른들에게 책임이 더 있어 왔지 않았나 싶습니다. 나 또한 체험지도 중에 아이들과 함께 많이많이 시식을 하였답니다.

지도하고, 사진을 찍고 하는 행위가 없었더라면 음악소리와 함께, 분위기 있게 음미해 가면서 좀 더 유익한 시간을 보낼 수 있었을 것입니다. 나는 이런 머릿속의 아쉬움을 글로 남기는 것으로 만족하겠습니다. 또한 아이들에게도 이러한 체험의 기회가 자주 주어지면 좋겠습니다.

끝으로 우리 모두 체험농장 주인의 정성과 노력에 대한 존경심을 가짐과 동시에 경제적인 보상이 충분히 이루어져야 하지 않을까 합니다.

■ 마을 공동제안 공모사업 - 서종면 서후리/수능리

마을 공동제안 공모 심사

행복공동체 지역 만들기 사업의 일환입니다. 지금까지는 보통 1개 리 단위로 추진을 하였으나 이번 사업은 몇 개의 마을이 공동으로 추진하는 사업이었답니다.

지난주 전문가 평가단의 현장실사 점수 40%, 제안서 발표 시 전문가 평가단 점수 40%, 그리고 12개 면에서 1명씩 추천된 주민참여위원님들의 평가 점수 20%, 위의 평가 점수를 합하여 순위를 결정하는 것이었습니다.

참고로 평가단의 평가평을 곁들이면 다음과 같았습니다.

첫째, 각 마을에서 제안한 사업의 추진 의지 여부

둘째, 공모사업의 특성을 올바로 파악하고 있는지

셋째, 향후 관리방안을 제대로 모색하고 있는지

넷째, 발표의 기술 즉, 핵심 포인트를 잘 설명하고 있는지

다섯째, 발표자/참여자 등 모두가 얼마나 마을을 아끼고 사랑하는지

참여마을 현황

양평군 12개 읍면에서 총 17개 팀이 제안을 하였습니다. 각 마을이나 주민자치단체 등에서는 나름대로 특성과 개성을 담은 내용들이었습니다.

시작은 미미한 것 같지만 이러한 바람은 강풍이 되고 태풍이 될 것을 믿어 의심치 않습니다. 더 나아가 전국적으로 전개가 되었으면 좋겠습니다.

아울러 농촌, 어촌 그리고 산촌에만 불 것이 아니라 도시에서도 함께 활활 불어 일어나기를 바랍니다. 단지, 아쉬운 점은 앞으로는 관 주도형

이 아니라 민간 주도형이 되면서 관은 뒤에서 밀어주는 보조 역할만 하는 것이 좋을 듯합니다. 그러면 보다 더 화합된 분위기 속에서 영속하여 발전해 나가지 않을까 합니다.

순번	읍·면	마을명	사업내용
1	양평읍	대흥2리	대흥마을 만들기
2	강상면	병산2리	병산, 송학 마을환경개선
3	강상면	교평리	들말 풍물체험마을 조성
4	강상면	주민자치	헬스투어센터 유치
5	강하면	주민자치	복합커뮤니티공간 나눔공작소 건립
6	양서면	양수5리	지역행복공동체학교
7	양서면	목왕3리	한음골마을 맞춤형 힐링관광테마
8	옥천면	용천3리	용천문화힐링 탐방
9	서종면	서후1리	솟뻬 문화예술 체험마을 조성
10	단월면	부안1리	청정힐링 발효마을 조성
11	청운면	신론-삼성	갈기산 가꾸기
12	양동면	단석1리	마을공동농장 체험관광 인프라 구축
13	지평면	무왕3리	무왕2,3리 마을 만들기
14	지평면	망미2리	주민이 바라는 희망마을 조성
15	용문면	금곡1리	벚꽃향기 가득한 딸기체험마을 조성
16	용문면	신점1리	용문산권역 토종벌꿀 생산판매
17	개군면	내리	마실로, 마실로

솟뻬 문화예술 체험마을 - 대상 선정

공동마을단위마다 나름대로 특성을 살려가면서 제안서를 만들었네요.

농촌의 마을단위 제안서라기보다는 거의가 전문가 수준의 PPT 발표자료로 착각할 정도였습니다. 또한 발표자들의 발표 내용도 수준급이라고 할 수 있었습니다.

우리 서후리/수능리의 발표 내용도 관계자분들이 수차례에 걸쳐 수

정에 수정을 거치고, 장동배 위원장의 발표도 몇 번의 리허설을 거친 것입니다.

우리 서후리/수능리에서 제안된 "솟뻬 문화예술 체험마을"이 대상으로 선정되었습니다. 대상 선정을 축하하는 자리에 함께 모였습니다.

마을의 주민, 이장, 위원장은 물론이고 서종면 사무소 면장님 이하 공무원 그리고 평가단의 전문가분들입니다.

금번 양평군에서 책정한 예산은 총 3억 원이랍니다. 1등 대상, 2등 최우수상, 3등 우수상 그리고 장려상인데 이 중에서 대상인 1등에게 배당된 금액은 1억입니다.

마을단위에서의 금액으로는 작은 예산이 아니지요. 앞으로 관계자분들이 보다 더 심사숙고하면서 사업의 실효성을 제고하기 위해 노력할 것입니다. 시작이 반이라고 좋은 결실이 있을 것이며, 이번 기회에 여러분에게도 격려와 지도편달을 부탁드리겠습니다.

끝으로 이번 제안사업에 선정되지 못한 마을분들에게도 위안을 드리면서 계속하여 마을의 특징을 살리고 참신한 주제를 가지고 마을 발전을 위해 노력하시면 보다 더 좋은 기회가 오지 않을까 합니다.

그러면 여러분의 마을은 살기 좋은 마을로 변해가면서 행복한 마을이 되지 않을까 합니다.

기념으로 남깁니다

좌측부터 수능2리 행복공동체 지역 만들기 위원회 위원장, 이장님, 농악놀이 여성 대표 그리고 본인입니다.

저는 심사 당일 현장에서의 박수부대 일원으로 참여하였다고 할까요,

기록으로 남기거나 사진도 찍고 하는 것이 나의 일이었습니다.

이러한 것이 전원생활/귀촌생활의 또 다른 힐링이 아닌가 합니다. "서종면 서후리/수능리 대상" 심사 결과 발표 시 관계자에게서 흘러나오는 소리를 듣는 순간의 짜릿함은 말로 표현할 수가 없었답니다. 기분 좋은 하루였습니다.

서종면 서후리/수능리 파이팅!

■ 블루베리/아로니아 식재 - 神이 내린 선물

블루베리 효능

블루베리는 미국의 "타임지(TIME)"가 발표한 10대 건강식품으로 알려져 있답니다. 블루베리에는 안토시아닌이라는 보라색의 색소가 면역체계를 고양시키고 항암작용이 있는 것으로도 입증된 열매입니다.

블루베리를 지속적으로 복용하면 안토시아닌 색소가 시력회복은 물론 눈의 피로 등을 예방할 수 있는 것으로 알려져 있습니다. 한마디로 오늘날 블루베리를 "신이 내린 선물"이라고도 합니다.

일명 - 피트 모스

블루베리를 식재하는 과정에서는 다른 과일나무와는 다른 점이 있습니다. 즉 일반 토양과 다른 성분의 토양을 필요로 하는데 일명, 피트 모스라고 합니다.

피트 모스(peat moss, 草炭)는 땅속에 매몰된 기간이 오래지 않아 탄화작용이 제대로 이루어지지 않은 석탄

을 뜻합니다.

주로 물이끼나 볏과의 식물이 습한 땅에 쌓여 분해되고 변질된 것으로, 비료나 연탄의 원료로 사용하는 것입니다. 대체로 일반 토양이나 인조 용토와 섞어서 원예용으로 많이 이용되는데, 식물을 심는 용도 외에 파종 용토 구근(球根, bulb)의 저장 및 토양개량 등에도 애용되고 있답니다.

나는 오랫동안 블루베리 농장을 운영하는 분의 조언에 따라 피트 모스와 주변 산속에서 나뭇잎 썩은 것과 마사토를 함께 썩었답니다.

비율은 1:1:1로 하였습니다.

블루베리 이동/봉분작업

3년 전 2년생인 5그루의 어린 블루베리를 구입하여 총총히 한곳에 식재를 하였습니다.

언제 크나 하였더니 훌쩍 성장하여 이식을 하지 않으면 안 될 상황에 처한 것이지요.

5년생인 두 그루는 3년간 둔덕을 만들어주었던 것이 씻겨나가 이번에 가지치기도 하고 분을 뜬 다음 다시금 봉분을 만들어주었습니다.

블루베리 식재

양지바른 곳으로 이동하여 식재를 하였습니다. 새로운 피트 모스와 낙엽 썩은 것(부엽토) 등으로 배합한 것을 토양 삼아 잘 자라기를 바라는 바입니다. 물도 자주 주어야 하겠습니다.

7년생 2그루, 5년생 5그루, 그리

고 작년에 가지치기하여 삽목한 2년생 10그루 합이 17그루입니다. 작년까지만 하여도 전지작업을 하지 않고 물도 자주 주지 않아 큼직하고 많은 양의 열매를 수확하지 못하였으나 금년에는 기대해 보려 합니다. 귀촌 후 모든 것이 왕초보로 실수의 연속이었지만, 배우고, 익혀가는 맛도 있답니다.

그러나 귀농자로서, 생계의 수단으로 영농을 하는 과정에서 이러한 실수를 연발한 것이었다면 상황은 다르겠지요? 보다 더, 철저한 사전 조사와 지식으로 무장을 하여야만 실패를 예방할 수 있을 있지 않을까 합니다.

아로니아 식재

2년 전 구입한 초코베리 1그루, 작년에 구입한 2년생 14그루, 금년 군청에서 지급한 2년생 5그루를 햇볕과 통풍이 잘 되는 지역으로 이동하여 식재를 하였습니다.

작년에 가지치기하여 삼목한 15그루는 내년에 이식시킬 것입니다. 합계가 35그루나 되네요.

식재 후 소감

내년부터 블루베리와 아로니아 숫자를 합한 50여 그루에서 열매가 맺어질 것을 생각하니 부자가 된 기분입니다.

물론 현재의 기분학상 부자이지만, 이런 것 또한 도시에서는 꿈도 꾸지 못할 상황 아니겠습니까? 몇 년 전까지만 하여도 우리 사회에는 블루베리 선풍이 일어났었지요.

그러나 지금은 그 선풍이 블루베리보다 안토시안의 효능이 몇 배가 많다는 아로니아로 옮겨가는 것을 보면서 변화의 속도가 너무 빨리 진행되는 것은 아닌지 회의심이 들기도 하네요.

실제로 영농자의 입장에서 오랜 기간에 걸쳐 수익을 극대화하려면 남다른 열정과 지식은 기본이며, 6차 산업이라는 새로운 영역에도 관심을 갖고 매진을 하여야 할 것 같습니다.

아로니아 - 신(神)이 내린 선물!

■ **리더쉽 함양 연찬 교육** - 지역 동문과의 유대강화

아는 것이 힘인가?

생각해 보면, 인생이란 끊임없는 학습의 연속인 것 같습니다. 이유인즉, 우리가 알고 행하는 모든 것은 학습을 통하여 형성된 습관이기 때문이죠. 이때 학습이란 인지, 태도, 감정, 동기, 행동, 경험 등에서 일어나는 비교적 영구적인 변화라고 할 수 있습니다.

그러면 우리는 왜 학습을 필요로 하는가? 그 이유는 사람으로서 인간다운 삶을 유지하기 위해서는 사회생활에 필요로 하는 지식을 갖추지 않으면 안 되기 때문입니다. 즉 지식이 풍부하면 풍부할수록 가치 있고 보람 있는 생활을 할 수 있기 때문일 것입니다.

농업대학 동문 연찬 교육

나는 졸업 동문 자격으로 참석을 하였습니다. 묵은 해는 지고 새해가 오니 18기 신입생들이 연찬 교육장에 주류를 이루고 있네요. 이제 우리 17기는 주류의 자리를 내주고 비주류의 대열에 섰습니다. 이 세상 모든 것에 영원한 것은 없음도 생각나게 하는 순간이었답니다.

체육활동은 제2의 행복 추구라는 개념으로 추진되었었으나 금년부터는 명

칭도 동문 체육대회에서 리더십 함양 연찬교육이라는 행사로 변경이 되었네요. 새롭게 명칭이 바뀐 뒤, 이에 부합되는 교육내용으로는 부족한 점도 있었으나 시작이 반이라고 차츰 양질에 있어 좋아질 것으로 믿습니다.

건강교육

건강은 건강할 때 지켜야 한다는 말을 모르는 사람은 없습니다. 그러나 대다수의 사람들은 건강에 적신호가 켜졌을 때 비로소 건강이 제일 중요하다는 것은 새삼 알게 된다지요. 건강 관련 강사를 초청하여 건강에 관한 기초 상식의 일환으로 평상시는 물론 스트레스를 받았을 때 신체 부위별 근육을 풀어주는 요령을 지도 받았습니다.

마침 강사의 이력을 듣고 보니, 나의 전직 대학에서 유도를 전공한 졸업생이었답니다. 언제나 가슴속에 기억되고 있는 캠퍼스를 떠올리게 하네요. 우리 모두 건강할 때, 건강을 최우선 과제로 설정하고 행동으로 보여줍시다.

난타 공연

난타(Nanta, 亂打)를 한마디로 요약하면, 우리나라 전통 가락인 사물놀이 리듬을 소재로 주방에서 일어나는 일들을 코믹하게 그린 뮤지컬 퍼포먼스라 할 수 있습니다.

어느 전문 기관에서 모셔온 프로들보다는 다소 실력이 부족한 면도 있지만, 옥천면 소재 주부님들이 그동안 관내 문화센터에서 갈고닦은 실력을 보여주었습니다.

특히, 놀이라는 생각 속에 연습을 하다 보면 정신건강에도 도움이 되고 더욱이 지역 주민과의 소통에 이보다 더 효과적인 것은 없을 것이기에, 그 의미와 가치는 두 배 이상이 아닐까 합니다.

천연 살균제 만들기

일명, 자닮 유황으로도 불리는 천연 살균제 만들기 시연입니다. 거의 모든 균에 강력한 살균효과가 있다고 하네요. 흑성병, 적성병 등에도 효과적이며 흰 가루병에는 강력한 효과를 보인다고 합니다.

유황 함량 25%의 자달 유황 1L 제조비용은 500원 정도에 불과하며, 500L용 농약 혼용 시 1L 정도가 사용된답니다. 그러나 사용 시 주의사항으로는 위험물질이라는 것과 특히 초보자인 경우에는 조심하여 사용해야겠습니다.

행사 후 뒤풀이

어느 모임이나 단체든 간에 행사에 따른 친교의 시간이 있지요. 아마도 이 시간이 제일 기다려지고, 흥이 나는 시간이 아닐까 합니다. 엊그제 이 자리에서 농산가공과 동기생들끼리 전원 참석을 하여 재잘재잘 시간을 보낸 것 같은 데 지금은 1/3밖에 얼굴을 볼 수 없어 다소 아쉬운 점도 있었답니다.

아마도 미참석 동기생들은 들이나 밭에서 농사일에 구슬땀을 흘리고 있겠지요. 다음 모임에는 모두 참석을 하여 그간의 소회와 신기술 농법이나 신가공 기술에 대하여 정보의 소통이 있기를 바랍니다.

■ 문화생태마을 환경정리 - 나 자신의 행복을 위해서

마을 환경정리 - 나 자신의 행복을 위해서

내가 원하고 바라는 것은 나의 행동 속에 있다고 생각합니다. 또한 행복의 비결은 해야 할 일을, 하고 싶게 되는 데에 있는 것이라고 생각합니다.

흔히 사람은 행복이 먼 곳에 있는 줄 알고 추구하지만, 사실 행복은 바로 자신의 신변 주위에 있는 것이지요. 특히나 내가 살고 있는 터전의 마을 환경정비도 바로 나의 마음을 정화시키는 원초적인 단계가 아닐까 하네요. 이 자체가 행복일 듯싶습니다.

메마른 땅에 단비를 주소서

지금 대지는 목이 타들어가고 있습니다. 밭작물은 목숨만 유지한 채 성장이 멈추어져 있습니다.

연일 뉴스를 접하다 보면 논에는 물이 없어 거북등처럼 갈라 터지고 수원지마저 바닥이 드러나고 있다고 합니다.

모내기를 하지 못한 농부의 이마에는 수심의 주름이 가득 차 있습니다. 물줄기를 찾는 아낙네들은 절망 끝에 하늘이 도와주기를 염원하고 있습니다. 하늘이 열려 비가 쏟아져야만 대지가 촉촉해져 생명을 건져낼 수 있습니다.

초봄 우리 마을에서도 도로변에 금계국 씨앗을 뿌려주었으나 군데군데 조금씩 새싹이 돋아나 생면만을 유지한 채 성장이 멈추어져 있습니다. 마을 주변 화단에 심어 놓은 야생화들도 물을 그리워하고 갈구하고 있습니다. 어찌하면 좋을지…, 이구동성/여기저기서 들려오는 이야기는 비(雨) 소리뿐이네요.

생각해 보면, 우리는 우리나라를 금수강산이라 하였지요. 물의 혜택을 많이 받은 결과 이러한 표현을 하였다고 볼 수 있습니다. 그런데 지금에 와서 우리는 하늘만 쳐다보면서 열리기만을 애타게 기다리고 있는 것입니다. 있을 때는 귀중한지를 모르고 있다가 없어졌을 때 원망도 하고 소중함을 알게 되었지요.

집뜰 뒤 체육시설 작업 중

나의 생활공간 터 뒤뜰에는 체육 관련 부대시설 공사가 한창입니다. 양평군의 예산 지원으로 마을 체육공원을 조성 중이랍니다. 마을 주민을 위해 농사일이 바쁘더라도 짬짬이 시간을 내어 건강 유지 차원에서 사업이 지원된 것입니다.

한 통계에 의하면, 한 사람의 건강상실은 노동력 상실로 이어져서 국가적인 차원에서도 큰 손실을 가져온다네요. 더욱 중요한 것은 육체적인 건강 유지는 한 인간을 인간다운 삶으로 안내하는 지름길이라고도 합니다. 나 또한 체육시설이 완공되면 자주 이용하도록 노력하여 보겠습니다.

행사 후 아침식사

매번 식사를 하면서도 그 느낌은 달랐습니다. 개인적으로 순댓국을 사 먹은 기억은 별로 없지만, 마을 환경정리 후 회관 마루턱에서 먹는 아침 순댓국은 왜 이리 맛이 있는지 모르겠습니다.

지금은 그 수고를 줄여 인근에서 받아다가 차려내고 있답니다. 전에는 부녀회가 주관이 되어 일일이 찬거리도 직접 만들었다고 하니 얼

마나 고생이 심하였는가를 짐작할 수가 있네요.

식사를 하면서 이야기가 멈추지를 않네요. 한마디로 농사 정보에서부터 마을의 돌아가는 실태, 세상 돌아가는 이야기로 한참 동안 대화가 이어져가는 곳입니다.

이러하니 이웃 간의 소통이 원활해져, 도시에서는 느낄 수 없는 시골 전원생활의 맛이 아닐까 합니다.

약선차/꽃차이야기

■ 5월의 여왕 - 장미꽃

오월의 여왕 꽃

오월의 여왕 꽃은 장미라고 하지요. 아마도 제일 강렬한 색깔로 우리를 유혹하기 때문 아닐까요? 우리 집 정원의 사계장미는 이곳 기후가 서울보다는 낮아 6월 초에 만개한답니다.

대부분 자연의 이치가 한번 피고 지고 하지만 사계장미는 초가을까지 반복하여 피고 지기 때문에 나는 이 꽃을 식재하여 여러 번을 감상하고 있답니다.

때로는 자연에 순응하기도 하지만 이렇듯 여러 번 피고 지고 하고픈 마음을 사계장미를 통하여 영감을 받고 싶은 생각이 마음속 깊이 내재되어 있었지 않았나 싶습니다.

또 다른 맥락에서는 이른 봄부터 늦가을까지 각양각색의 꽃들을 보고파 작은 정원이지만 식재를 하여 보고 있답니다.

꽃들에게는 미안하지만, 보고만 있기에는 아쉬움이 남아 간혹 뭉그러진 꽃잎을 따서 덖는 일도 집사람이 하곤 하지요. 때가 지나도 그때의 그 향기를 맛볼 수도 있답니다. 그네들이 우리 사람에게 주는 것은 향뿐이 아니라 맛, 분위기 등 여러 면에서 도움을 주고 있답니다.

누군가가 말하듯이 사람에게 빛과 소금이 되라고 하였듯이 하찮은 식물들은 여러 측면에서 우리 사람에게 건강과 기쁨을 던져주고 미련 없이 떠나는데, 나는 얼마나 주위의 사람들에게 빛과 소금의 역할을 해주어 왔는가를 묻지 않을 수가 없었답니다.

꽃 이름 찾기 앱

지금까지 꽃 사진을 올리면 전문가들이 알려주는 야사모, 인디카 등

야생화 사이트가 있습니다. “모야모”라는 앱은 2014년도에 탄생을 하였지요.

모야모를 사용하여 보면 몇 초 만에 답이 뜨기도 하고 조금 어려운 것은 몇 분 내에 답을 알려준답니다. 모야모라는 이름은 “뭐야 뭐?”를 변형한 것이라고 합니다.

이를테면 야산에서 만난 식물 이름을 모르면 사진을 찍어 올리면 됩니다. 문의한 식물에 대한 답을 알면 누구나 그 답을 달 수 있지요. 모야모에 올라오는 질문의 꽃을 보면 이때쯤이면 어떤 꽃들이 사람들의 관심을 갖고 있음도 알 수 있다는 것입니다. 2015년도에 가장 많은 질문을 받은 꽃은 메리골드로 2300여 회를 나타냈다고 한다.

배롱나무와 개망초도 2000여 회 이상으로 질문이 쏟아졌다고 하네요. 백일홍, 누리장나무가 그 뒤를 이었고, 홍접초, 소국, 미국쑥부쟁이, 벌개미취, 설악초 등도 뒤를 이어가고 있답니다.

일반 사람들이 관심을 갖고 있는 식물의 숫자는 대략 200개에서 300여 종류로, 주로 이들에 대한 질문이 반복되고 있다고 합니다. 너무 쉽게 배운 지식은 쉽게 잊어버린다고 하지만, 편리하고 좋은 세상인 것만큼은 분명한 것 같습니다.

■ 금계국/샤스타데이지 - 꽃 향기 속으로

금계국

사계절 중에서 봄은 생동감을 불어넣어 주어 겨우내 움츠렸던 우리네 삶을 역동적으로 바꾸어주지요. 새싹의 만감을 느끼기 바쁘게 어느덧 각종 꽃들이 그들 나름의 자태를 뽐내고 싶어 어찌할 바를 모른 듯

만개하고 있습니다. 무심코 지나치던 꽃들이 이제는 발길을 멈추게 만드는군요.

금계국이라는 꽃 이름을 가지고 있습니다. 과거에는 보기만 하던 것을 최근에는 구증구포 속에서 향매김을 하여 차로 마시면 좋다고도 알려져 있습니다. 비타민 C와 항산화작용, 열을 식혀주고 해독작용까지 여러 가지 효능과 역할을 하고 있답니다.

샤스타데이지

3년 전 문호리 지인에게서 2포기를 얻어다 심어 넣은 것이 이제는 처치가 곤란할 정도로 정원을 가득 메워가고 있네요. 번식력이 강하여 다른 꽃밭으로까지 번지는 녀석들을 솎아내기가 바쁠 정도랍니다. 그러나 미워하지는 않습니다.

이 모든 꽃들은 그 무엇 하나라도 버리는 것이 없답니다. 이른 봄에 땅속에서 솟구쳐 오르는 모습부터 푸르름과 꽃향기를 내주고 꽃 차와 효소로 그 역할이 다양합니다.

이 꽃들은 아무 불평 없이 우리 인간에게 주기만 하고 홀연히 떠나가네요.

■ 매실효소/매실청 - 용도의 다양화

3년 전 양평군청에서 한 그루씩 각 가정에 나누어준 매실나무입니다. 한구석에 심어놓은 것이 작년에 이어 올해에도 숫자는 작지만 주렁주렁 매달려 있습니다.

인근 구리 청과물 시장에서 30kg을 구입하여 일일이 꼭지를 따고 물기를 제거 중입니다. 20kg은 매실효소를 담갔습니다. 매실과 비정제 원당의 비율은 1 : 0.7로 하여 1개월 후에 건지를 제거할 예정이지요. 10kg은 매실청용으로 담갔습니다. 매실과 천연 비정제 원당의 비율은 1:1로 하여 3개월 후에 건지를 제거할 예정입니다. 각각에는 천일염을 설탕비율의 0.3% 투입하였습니다.

그러면 이놈들이 활발하게 발효운동을 하겠지요. 그 다음 각각의 효소와 청은 2차 발효와 숙성 과정을 거칠 것입니다. 최소한 6개월 이상 지켜볼 것입니다. 그 이상의 기간이 지나면 더욱 좋겠지요. 그러나 성질이 급한 우리네 성품으로 매실효소가 남아 있을지 모르겠습니다. 효능이 좋은 효소와 청을 마시려면 인내심을 테스트할 기회가 될 것입니다.

각각의 건지는 차후 매실주와 매실식초로 쓰일 것입니다.

한마디로 버릴 것이 없습니다. 이것은 작년에 담가두었던 것을 1년여 만에 어제 건지를 제거한 모습을 미리 보여드린 것입니다. 오늘 담근 내용물들이 이런 색상과 향을 주게 될 것입니다. 물론 효능은 다소 다르겠지요.

여기에서 일반적인 방법과 효능들은 첨가하지 않았으니 다른 유사한 정보를 참고 바랍니다. 앞으로 1년여 동안 오시는 손님들에게는 슈퍼에서 구입한 음료가 아닌 내 솜씨의 음료를 대접할 것입니다. 이번에 담근 것은 내년의 손님을 위하여 깊은 숙면 속에 긴 잠을 자면서 발효와 숙성 활동을 이어갈 것입니다.

■ 분말발효 - 동아리 활동

동아리 활동

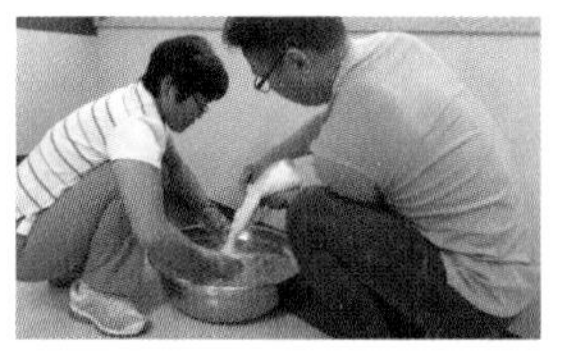

겨울철에 흔히 마시는 약차 중 하나가 쌍화탕이지요. 그리하여 겨울철 만병통치 수준의 예방약이라 해도 과언이 아닐 것입니다. 쌍화탕의 쌍(雙)은 기와혈 그리고 음(혈보충)과 양(기보충)을 일컬으며 화(和)의 조화를 의미합니다. 이렇듯 쌍화탕은 우리 몸의 균형을 잡아주는 역할을 한다고 할 수 있답니다.

간략하게 구성재료를 살펴보면 다음과 같습니다. 백작약, 숙지황, 황기, 당귀, 천궁, 감초, 계피, 대추, 생강이 들어간답니다.

일반 강의실에서 자연발효치유연구회 동아리 활동이 진행되다 보니 실습활동에 요구되는 필요충분조건이 원활하지 못해도 어느 누구 불평 없이 애써 준비해 온 재료를 마지막에 배합하는 중입니다.

김 회장님과 함 총무님의 모습입니다. 보시는 바와 같이 배합되고 있는 가루까지의 탄생 비밀은 김 회장님이 아니면 상상을 할 수가 없습니다.

각각 최상의 재료 선택에서부터 씻고 말리고 주초하고 분말하는 과정들은 아무나 할 수 있는 일이 아닙니다. 마지막 배급받은 분말은 각자 집으로 돌아가서 발효와 건조과정을 거쳐 꿀이나 매실청으로 버무려서 환으로 탄생하게 될 것입니다.

법제 이론 강의

막간을 이용해서 3대 회장직을 수행하셨던 권 회장님이 법제의 기본 수칙에 대하여 보충강의를 해주고 있습니다.

첫째, 뿌리 부분에서 심과 노두를 제거하고 사용할 것 둘째, 줄기 부분에서 나무는 가능한 사용하지 말고, 새로 나온 가지만 사용할 것 셋째, 과육과 씨앗이 있는데 보통 씨를 제거할 것, 씨를 사용할 때는 속피는 제거하여 주세요.

추가로 실증과 허증이 있는데 실증은 장기 투여를 하지 않고 법제를 하지 않음, 반대로 허증은 꼭 법제를 하고 장기 복용이 가능하다.

원광디지털대학교 한방건강학과 자연발효치유연구회 동아리 학생들의 진지한 수업 장면입니다. 제4대 자연발효치유연구회 임원진에게 고마움을 전합니다.

■ **양귀비꽃** - 절세의 미녀

일벌들도 정원의 다른 꽃 수술은 물리치고 떼거리로 날아와 윙윙 소리를 내면서 중국 당나라 시대 나라를 기울게 할 만큼 아름다웠다는 양귀비에 빗대어 이름 붙여진 야들야들한 양귀비꽃의 수술을 채취하고 있습니다. 저 또한 일벌들에게 기꺼이 아침이슬을 먹은 꽃수술을 내어주었습니다. 미미하지만 자연의 선순환에 보탬을 하였답니다.

양귀비는 당나라 시대 황제인 현종의 사랑을 영원히 붙잡아두려고 매번 새로운 화장법을 개발하였고 또 목욕을 즐겨 늘 희고 매끄러운 피부를 유지하였다고 합니다.

고대 역사 책에는 그녀의 용모를 '자

질풍염(資質豊艶)'이라 하고 있는데 이는 풍만하고 농염하다는 뜻이라고 하네요.

통통한 몸매인 양귀비는 매일 온천물에 몸을 닦는 등 미모를 가꾸어 밤이나 낮이나 당 현종을 자신의 침실로 이끌었다고 하더이다. 백거이라는 사람은 "장한가"에서 양귀비와 현종의 사랑을 이렇게 노래하고 있습니다.

> 연꽃 휘장 속에서 보낸 뜨거운 봄밤
> 봄밤에 너무 짧아 해가 높이 솟았구나.
> 황제는 이날 이후 조회에도 안 나오네
> 후궁에 미인들은 3천 명이나 되었지만
> 3천 명의 사랑을 한 몸에 받았네.
> 금으로 치장한 궁궐에서 화장을 끝내고 기다리는 밤
> 백옥 누각에 잔치 끝나면 피어나는 봄

■ 꽃과 대화 - 메리골드

꽃 속의 진수와 대화

사람은 배신하고, 잔꾀를 부리지만 꽃은 절대로 거짓이 없고 정성 들여 보살핀 만큼 자라고 우리에게 꽃과 향기를 내어줍니다. 이러한 연유로 꽃은 축하를 할 때나 위로할 때 어김없이 등장하였지 않았나 싶습니다.

옛날이나 지금이나 만고풍상을 겪은 뒤 꽃을 키우거나, 대원군같이 난(蘭)을 그리며 한(恨)을 달래온 사람들의 마음을 이해할 것 같습니다.

꽃을 가꾸고 즐기는 마음에는 착하고 아름다움이 있기 때문에 시를

읽는 동안에는 메말라 있던 감성도 물기가 도는 것과 같이 꽃을 가꾸며 바라보는 동안의 마음은 조금이나마 생기가 돌지 않을까 합니다.

지금부터라도 꽃을 바라볼 때는 겉눈으로만 보지 말고 속눈으로 보면서 꽃 속의 진수와 대화를 나누어보지 않으시렵니까?

메리골드

메리골드(Marigold)는 멕시코가 원산지로 아프리카를 거쳐 유럽으로 전파되었다고 합니다. 지금은 전 세계에 널리 퍼져 있으며, 우리나라 방방곡곡에서도 볼 수 있는 꽃입니다.

만수국은 작고 납작한 모양으로 피고, 천수국은 크고 둥글게 피는 것으로 알려져 있습니다. 천수국은 아프리카 메리골드, 만수국은 프렌치 메리골드 하지요. 메리골드의 꽃말은 만수국이냐 천수국이냐에 따라 다르답니다.

만수국의 꽃말은 반드시 오고야 말 행복이라는 뜻으로 해석되고 천수국의 꽃말은 헤어진 친구에게 보내는 마음과 가련한 사랑 그리고 이별의 슬픔의 뜻으로 알려져 있답니다.

우리 집 정원 모퉁이에 만개한 메리골드라는 꽃입니다. 집사람이 정성 들여 덖은 후 보관하고 있는 것입니다. 이 꽃은 향보다는 모양과 색상이 좋고 꽃차로도 유용하게 사용할 수 있어 가꾸고 있답니다.

효능으로는 식물성 루테인으로 안구질환 개선, 뇌기능 향상과 베타카로틴이나 라이코펜보다 10배 이상의 항산화 효능 그리고 위염이나 위궤양 등에 효능이 있는 것으로 잘 알려져 있지요.

■ 동의보감에 따른 공진단 - 이론교육과 실습을 마치며

공진단 실습

자연발효치유연구회에서는 2016년 7월과 8월 2개월에 걸쳐 강원도 강릉과 왕산 계곡을 중심으로 임원진을 비롯하여 시간이 되는 학우들과 함께 동의보감에 따른 재료 구입과 공진단 실습을 하였습니다.

그 어느 해보다도 폭염이 계속된 가운데 고생한 학우들께 다시 한번 고마움을 전합니다. 동의보감에 기초한 공진단에 대한 기본 이론과 효능 등에 대하여 알아보는 계기였습니다.

아울러 학우님들과 가족의 건강을 위해 실습한 재료들을 맛볼 수 있는 계기가 되었지요.

동의보감에 따른 효능과 재료

- 동의보감(허로문) 간허에 보면,
- "간이 손상되어 혈색이 없고 근력이 떨어지며"
- 눈이 침침하고 어두울 때는 공진단을 써야 한다.
- "선천적으로 허약하거나 몸이 나쁜 사람은 공진단을 써야 한다"
- "사람이 무병장수하려면 공진단, 경옥고, 연년익수불로단, 고본주 등을 써야 한다"
- "그중에서도 공진단은 천원일기(天元一氣), 즉 진기를 돋우어서 오장육부 중에서도 간, 콩팥, 비장의 기능을 회복시켜 주고 혈기를 돋우어서 생기 나게 하는 명약 중에서도 최고의 명약이다"라고 하였다.

"선천적으로 허약하더라도 공진단을 복용하면 선천적으로 타고난 원기를 돋우어 주어 신수를 오르게 하고 심화를 내리게 하므로 온갖 백병이 생기지 않는다"라고 하였다.
즉 하늘의 기운을 받아 신장의 기능을 좋게 하여 심장이 쓸데없이 날뛰는 것을 방지한다는 뜻이다.

방약합편 ⇨ 공진단에 침향을 가미하면 약효가 배가 된다.
동의보감 ⇨ 자주 아픈 사람, 병후의 회복에 효과, 만성피로, 양기 부족
⇨ 현대인의 만성피로는 피로 외에도 기억력 저하, 학습능력 저하, 수면질의 저하, 뇌기능 저하 등을 나타낸다.
또 모든 질병의 전조현상으로 잘 나타나므로 공진단의 만성 피로개선 및 치료효과는 의미가 크다.

1. 선천적으로 허약해서 기운이 없는 사람
2. 간이 허약해서 눈이 침침하고 어두운 사람
3. 근력이 떨어져서 팔다리가 잘 저리거나 장딴지에 쥐가 나는 사람
4. 정력이 약한 사람
5. 원기가 부족하여 귀에서 소리가 나는 사람
6. 큰 병을 앓고 난 후에 체력이 떨어진 사람
7. 나이에 비해서 노화가 빨리 온 사람
8. 비위가 허약하거나 나쁜 사람
9. 노화방지와 질병예방
10. 집중력 강화와 기억력 증진, 두뇌총명
11. 동맥경화증, 부정맥, 심근경색, 협심증 등 심혈관계
12. 만성기관지염, 폐렴, 천식 등 호흡기계 질환
13. 잦은 감기, 구내염과 구순염, 만성인후두염 등 면역력 저하증
14. 만성빈혈
15. 비만, 허약자
16. 치매, 정신이상, 우울증, 히스테리, 대뇌신경장애 신경과다로 인한 뇌신경 세포 쇠약, 간 기운이 약해 잘 뚫어지지 않을 때, 피곤할 때, 혈액순환이 안 될 때, 정-양기보충, 중풍으로 쓰러질 때

재료 구성

- 사향 18.75g – 집중력을 높여 기억력을 증진시키고 정신을 맑게 한다.
- 녹용(분골) 160g – 심장 – 하체의 양기를 보한다.
- 당귀신 160g – 보혈작용, 혈액순환을 도와준다.
- 산수유 160g – 정, 신의 기능 부족을 보충해 준다.
- 숙지황 80g(진액 생성) – 정을 자양하여 신장기능
- 홍삼 80g – 피로회복, 면역력을 증진한다.
- 침향 80g = 사향을 도와 효과를 배로 증진한다.

주의사항

- 생마늘 섭취 금지 – 사향 효능이 줄어들고 소통작용이 적어진다.
- 김치 속의 잘 익은 마늘은 가능하나 겉절이 등의 익지 않은 마늘은 절대 섭취 금지
- 법제
  - 사향 : 그늘에서 말린 것을 분쇄한다.
  - 녹용 : 주침 후 얇게 썰어 말린 것에 졸인 우유를 발라 구워준다.
  - 당귀신 : 껍질을 오려낸 후, 주세한 후 덖는다.
  - 산수유 : 씻어 말린 후 주세한 후 덖는다.
  - 흑삼 : 막걸리로 구증구포한다.
  - 숙지황 : 막걸리로 구증구포한다.
  - 침향 : 말려 분쇄한다.

1. 산수유

성미귀경(性味歸經) : 산(酸), 미온(微溫)하며, 간(肝), 신(腎)에 귀경한다.

효능(效能) : 보익간신(補益肝腎), 수령고삽(收斂固澀)한다.

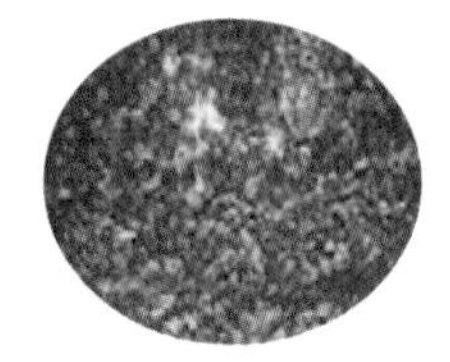

2. 당귀

성미귀경(性味歸經) : 감(甘), 신(辛), 온(溫)하고, 肝, 心, 脾에 귀경한다.

효능(效能) : 보혈(補血), 활혈(活血), 지통(止痛), 윤장(潤腸)한다.

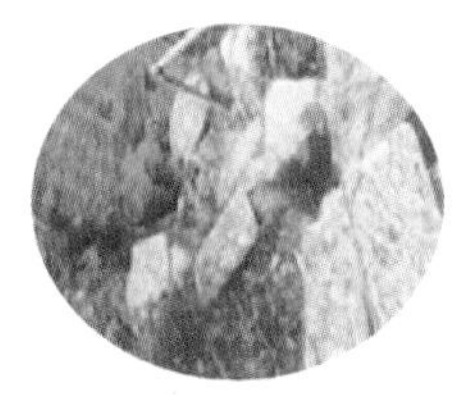
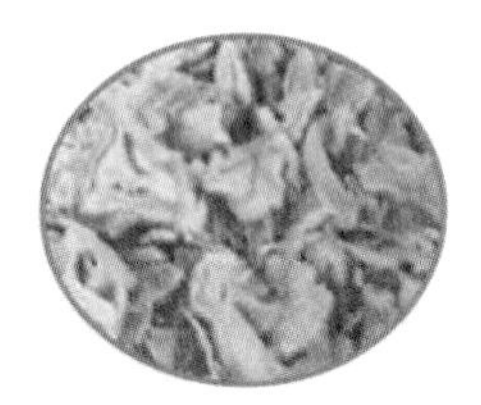

3. 침향

성미귀경(性味歸經) : 신(辛), 고(苦), 온(溫)하고, 비(脾), 위(胃), 신(腎)에 귀경한다.

효능(效能) : 행기지통(行氣止痛), 강역조중(降逆調中), 온신납기(溫身納氣)

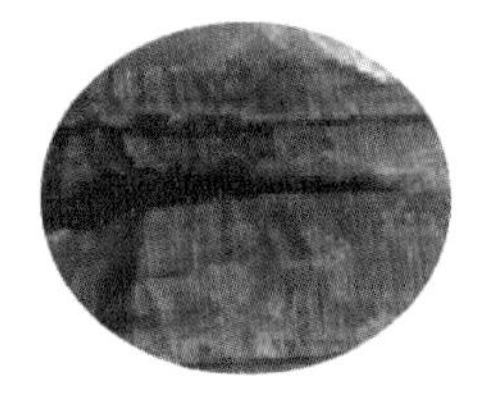

4. 홍삼

성미귀경(性味歸經) : 감(甘), 미고(微苦), 미온(微溫)하고, 폐(肺)에 귀경한다.

효능(效能) : 대보원기(大補元氣), 보비익폐(補脾益肺), 생진지갈(生律止渴), 안신증지(안신증지)

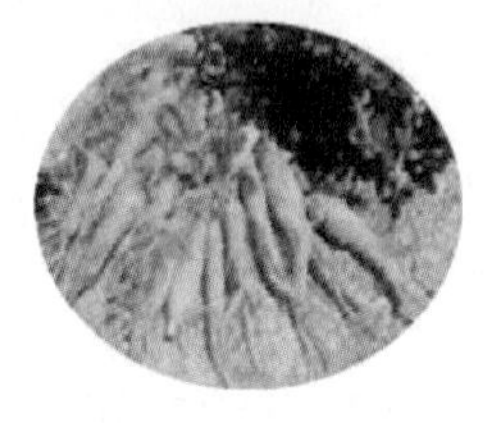  

5. 숙지황

성미귀경(性味歸經) : 감(甘), 미온(微溫)하고, 간(肝), 신(腎)에 귀경한다.

효능(效能) : 양혈자음(養血滋陰), 보정익수(補精益髓)한다.

상기 이론 교육재료의 구성은 동의보감의 내용을 토대로 한 것이며, g의 표시는 200알 정도를 기준으로 설정한 것입니다. 여러 가지 제약상 모든 학우들이 전 과정의 실습에 참여하지 못한 점이 아쉬움으로 남습니다.

마지막 이론교육과 실습인 포장과정에만 참여하고 있는 모습들입니다. 건강은 건강할 때 각자의 체질에 따라 제대로 써야 효험이 있겠지요.

■ **생활 개선** - 우리 고유의 식문화 정착

식문화

인간의 생명을 지탱해 주고 있는 중요한 것 중의 하나가 식사일 것입니다. 더 나아가 식사는 삶의 활력소가 되고 있으며, 생활 자체를 행복하게 하는 주기적 작용도 하고 있지요.

그러나 많은 사람들이 식사라는 것을 아름답고 성스럽지 못하게 장식하고 있어 자못 그 심각성을 지적하지 않을 수 없습니다. 특히, 뜸 들이고 발효시키는 우리 음식의 전통이 점점 사라지고, 정성 들여 음식을 만들어 먹는 것은 아련한 옛 부엌의 풍경이 되어버린 지 이미 오래되었답니다.

음식문화와 에티켓도 교육의 하나인데 성실과 침착을 가르치는 덕목의 한 모퉁이가 허물어지는 것 같아 아쉬움이 앞선답니다. 물질에 관한 것이 고안되고 창안되는 것이 바로 문화의 소산인 것이고, 이 모든 것이 음식의 발달과 더불어 이루어졌다는 것입니다.

음식에 대하여 가지고 있는 생각, 즉 철학 사상, 음식을 먹는 법, 대접하는 법, 대접받는 방법 등의 에티켓 모두가 정신문화에 속하는 것이지요. 이 모든 것을 고려해 보면 우리나라의 음식문화는 높은 수준에 있고, 자랑할 수 있는 거리가 한두 가지가 아니랍니다. 이제 우리 고유의 음식문화는 우리만의 것이 아니고 세계무대로까지 큰 역할을 할 시기가 온 것입니다.

숟가락 문화

우리나라 음식은 푸짐하고 정겨워서 사람의 마음을 열어주고 감싸준다고 합니다.

우리나라 식생활의 일면을 보면 "숟가락 문화"라고 특징 지어 설명하

고 있듯이 우리는 설렁탕, 장국밥, 뚝배기의 찌개 등 국물에 건더기가 푸짐하게 담긴 여러 음식인 반면 빵이나 햄 덩어리와 같은 마른 음식이 주인 서양음식과는 기호를 비롯하여 여러 가지 식생활 관행은 물론이고 그에 따른 정신자세까지 많은 차이점을 지니고 있답니다.

서양사람들이 쇠꼬챙이에 꽂은 양고기를 이글이글 타오르는 불꽃에 구우면서도 도수 높은 증류주 잔을 높이 쳐들고 환호하는 모습은 참으로 진취적이면서도 도전적이라 할 수 있겠습니다.

반면 우리나라 사람들이 노릇노릇 지져 올린 부침을 안주 삼아 뽀오얀 찹쌀막걸리를 백자 사발에 담아 대좌하는 정경은 참으로 평화적이고 동지적이라 할 수 있지요.

우리나라 기와지붕의 매끄러운 곡선이나 여인의 치마, 저고리의 풍요하면서도 단아한 곡선의 아름다움은 우리 생활문화의 한 특성이고, 이 같은 개성이 음식에도 굽이굽이 흐르는 것이지요.

이와 같은 내용이 우리나라 음식문화의 역사를 대변하는 것이요, 식문화라 할 수 있을 것입니다. 마침 양평군 종합자원봉사센터 생활개선회 일행이 수능2리 우리 마을을 찾아주셨습니다.

마을 주민을 대상으로 식사를 대접하는 자리에 참석하게 되어 맛나는 식사를 하였습니다. 감사의 마음과 더불어 앞으로는 보다 더 지역주민의 특성에 맞게, 계절에 맞게, 영양에 맞는 식생활 개선은 물론 전반적으로 낙후돼 있는 시골의 생활문화 개선이 지속적으로 이행되기를 바랍니다.

■ 국화 향기 속으로 - 가을의 대표 꽃

가을의 대표 꽃

가을의 대표적인 꽃을 꼽으라면 그중 하나가 국화가 아닐는지요. 동일한 식물과에 속하면서도 봄과 여름을 지나 늦가을에 꽃을 선물해 주니 그리 고마울 수가 없습니다.

모든 꽃이 봄에만 피고 진다면 자연은 재미가 없을 것입니다. 아니 삭막하기 짝이 없을 것입니다. 더 나아가서는 인간의 생존에도 영향을 미칠 것입니다.

자연과 우주의 선순환법칙, 분배와 평등에 다시 한번 오묘함과 경의를 표하지 않을 수 없네요. 우리 인간은 감각을 나타내는 과정에서 오감, 음식이나 염색 과정에서 오방색 등이라는 표현을 하지요. 그러나 식물들이 나타내는 꽃의 색깔을 생각하면 그 색의 종류는 숫자로 표현하기가 어려울 정도지요. 꽃이라는 하나에서도 배울 점이 한두 가지가 아니라는 것을 새삼 느낀답니다.

국화분(菊花盆)에 얽힌 이야기

옛날 한 선비가 부인에게 오늘 밤에 여덟 분의 손님을 모시기로 하였으니 술상을 준비해 놓으라고 하여 그 부인은 온갖 정성을 다하여 술상을 마련해 놓았다고 합니다.

그러나 밤이 이슥하도록 초대한 손님은 오지 않았다. 느지막이 달이 떠오르자 선비는 부인에게 초청한 손님이 오셨으니 술상을 가져오라고 하였답니다. 그리고는 술상 둘레에 여덟 개의 국화분을 늘어놓고 국화분 하나하나에 술잔을 놓고 자기가 마시고 또 반배를 하다 보니 혼자 열여섯 잔을 마시고는 혼자 술에 취해버렸다는 것입니다.

그러나 이 같은 풍류를 즐겼던 우리 선조들의 멋은 그 어디에서도 찾아볼 수 없고 세상은 각박하게 변해가고 개인주의, 이기주의가 만연한 이 시대를 살아가면서 달빛 아래에서 국화와 함께 술잔을 기울였던 옛 선비의 여유와 멋이 생각나네요.

국화에게 미안하다는 말을 먼저 전하고 싶습니다. 내 정성이 부족하여 같은 정원 안에서 어떤 꽃은 예쁘게 자라서 탐스러운 꽃을 보여주고 있지만, 어떤 꽃은 피기도 전에 시들시들 낙엽이 지고 있으니, 국화에게 나무랄 것이 아니라 봄부터 골고루 거름을 잘 주고, 한여름에 물이라도 자주 주었더라면 모두가 예쁜 국화꽃으로 탄생하였을 터인데…,

생활의 멋과 여유를 가집시다

멋이란? 비록 시간에 쫓기고 돈에 쪼들리며 일에 시달리는 일상생활 속에서도 멋을 찾아 누릴 수 있습니다.

쫓기고 시달리다 때때로 누릴 수 있는 유유자적(悠悠自適)일 때 여유로 인식되는 것이지, 하릴없이 빈둥대거나 쓸데없는 돈을 뿌리고 다니는 따위의 생활을 여유로 받아들일 수는 없는 것이지요.

오늘날 사람들은 실리적이고 합리적으로 살아가는 것이 정확하고 계획적인 삶이라고 생각하지만 어딘가 야박스러운 느낌이 들지요. 꽉 짜여 산다는 것이 알차고 보람된 삶이 되는 것은 아닐 것입니다.

때로는 경제적으로 부족하고 일과 시간에도 쪼들리며 살지언정 이런 가운데 멋과 여유를 찾아 즐길 때 진정한 삶이 아닐까 합니다.

■ 감식초 이야기 - 신이 내린 선물

신이 내린 선물 - 식초

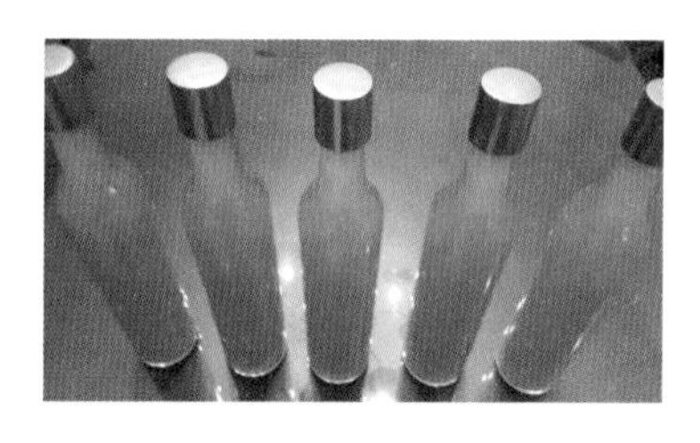

식초는 과일류나 곡류를 주원료로 하여 초산 발효한 식품입니다. 식초에는 고유의 향기가 있으며, 신맛을 내는 최고의 자연 조미료라고 할 수 있지요. 식초는 조미료 중에서 인류 최초로 만들어진 것으로 알려져 있답니다.

그 이유인즉, 식초를 뜻하는 "vinegar"가 프랑스 말인 "vin/와인"과 "aiger/시다"의 합성어인 것에서 알 수 있습니다. 그 기원은 포도주인 것이지요. 서양에서는 기원전 5000년 전까지 거슬러 올라가는데, 구약성서 모세 5경에 "강한 술 식초와 와인식초"가 등장하고 있다. 대략 3300년 전으로 볼 수 있겠습니다.

그러나 인간이 식초에 대하여 관심을 갖게 된 것은 약 2500년 전 히포크라테스 때부터로 알려져 있답니다. 실제로 19세기 말 프랑스, 영국, 독일 등에서 약으로 개발되어 사용한 것으로 알려져 있습니다. 중국에서는 북위시대(386~534)의 "제민요술"에 곡류를 가지고 식초를 만들었다는 기록이 있답니다.

우리나라에서는 식초가 언제부터 만들어지기 시작하였는지 정확한 기록은 없으나 삼국시대 이전부터 있었을 것으로 추측하고 있는 상황입니다. 즉 고려도경에 "앵두가 초맛 같다"라고 하고 있고, 해동역사에도 식품의 조리에 초가 쓰였다는 기록으로 봐서 짐작을 하고 있을 뿐입니다.

식초의 유용성

식초는 신맛을 내는 대표적인 조미료로 알려져 있지요. 음식의 풍미를 더해주고, 짠맛이나 기름진 맛을 부드럽게 하며 음식의 색을 선명하게 만들어주는 마술을 지니고 있답니다.

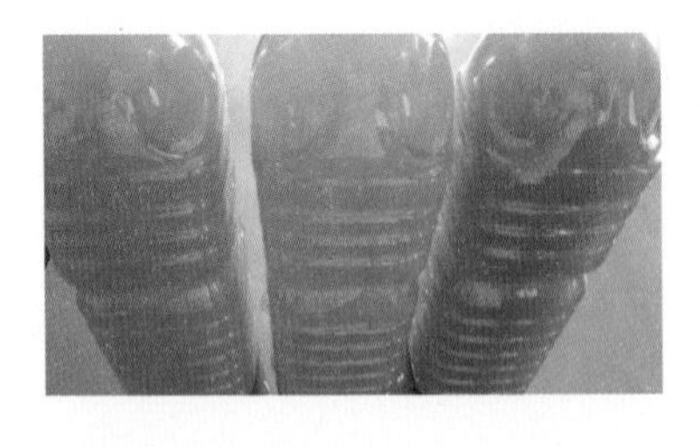

음식의 쓴맛과 생선의 비린내를 제거하여 주며, 채소류의 비타민 C를 보호하고, 우엉 같은 뿌리류의 아린 맛을 잡아주고, 그리고 살균력과 저장성이 높아 장아찌류에도 이용되고 있습니다.

식초에는 여러 가지 유기산과 함께 아미노산 등이 함유되어 있고, 새콤한 맛이 식욕을 돋우고, 소화를 촉진시킵니다. 또한 식초는 우리 몸에서 알칼리성 식품으로 활성화되어 노폐물을 배출시켜 산성화되는 것을 막아주는 역할을 하기도 한답니다. 그 이외 식초의 유용성은 다양하여 우리 몸의 건강을 지켜주는 1등 파수꾼의 역할을 수행하고 있다고 할 수 있지요.

감식초의 특성

우선 감의 성미를 살펴보면 "생감은 성질이 차고 맛은 달고 떫으며, 곶감은 성질이 평하고 맛은 달다. 시상은 성질은 차고 맛은 달다"라고 표현하고 있습니다.

귀경으로는 심장경, 폐경, 대장경으로 들어간다고 알려져 있답니다. 효능으로는 "생감은 열을 내리고, 폐를 윤택하게 하며, 진액을 만들고 갈증을 풀어주며 해독작용이 있다.

곶감은 폐를 윤택하게 하며 지혈작용이 있으며, 건비 작용과 삽장작용이 있다. 그리고 시상은 폐를 윤택하게 하며 기침을 멈추게 하며, 진액을 만들며 인후를 잘 통하게 하고, 지혈작용을 하는 것으로 잘 알려져 있다"라고 알려져 있지요.

감식초는 가을에 상처가 나거나 익은 것을 발효시켜 만든답니다. 다른 식초에 비해 산도가 낮아 물에 희석하여 음료용으로 마시면 되겠습니다. 감에는 다른 과일 종류보다 8배나 되는 비타민 C가 들어 있어 피부 노화를 방지하고, 감기 예방, 고혈압과 심장병 등의 순환기 질병에 탁월한 효과가 있다고 알려져 있답니다.

그리고 만성기관지염과 피로회복, 체내의 지방을 분해하는 효과도 있습니다. 단, 당뇨병 환자나 비위가 찬 사람, 설사나 변이 묽은 사람, 찬바람에 감기 걸린 사람, 기침을 하는 사람은 삼가는 것이 좋으며, 생리기간이나 몸이 차서 생리통이 있는 사람은 삼가는 것이 좋겠습니다.

2015년도 10월과 11월경에 함안과 진주 감 250kg을 구입한 것을 독항아리에 담가두었습니다. 전원생활을 하면서 찾아오는 손님들에게 귀가시에 뭐 드릴 것이 없을까? 고민하다가 몇 가지 과일류를 가지고 효소와 식초를 담가보기로 한 것입니다.

지난주 1차로 먼저 담가 놓은 것 하나를 개봉하여 병입을 한 것입니다. 향과 색상 그리고 맛은 어떤지, 그동안 궁금해서 견딜 수가 없었습니다. 상온에서 1년간의 발효과정을 거쳐 걸러낸 것이지요. 주위 분들에게 선보였더니 1년 동안 짧은 발효기간이었지만 대체로 향과 색상 그리고 맛에 있어 양호한 편이라네요. 시간이 지나면 더욱 맑은 색상으로 변해갈 것입니다. 색상의 변신은 죄가 아닙니다.

지금 음료로 마셔도 상관은 없습니다. 마실 때 꿀물이나 과일즙, 우유 등에 타서 마시면 새콤한 맛을 상쇄할 수 있을 것입니다.

■ 구절초 이야기 - 약선 탐방

구절초란?

일명 구일초(九日草) · 선모초(仙母草)라고도 하는 구절초는 아홉 번 꺾이는 풀, 음력 9월 9일에 꺾는 풀이라는 뜻에서 유래하였다고 합니다.

높이는 50cm 내외이고, 땅 속 줄기가 옆으로 길게 뻗으면서 번식을

하지요. 잎은 난형 또는 넓은 난형이며, 가장자리가 1회 우상(羽狀)으로 갈라져 있답니다. 꽃은 9~11월에 담홍색 또는 백색으로 피며, 가지 끝에 두상화서(頭狀花序)로 달린다.

두상화서의 가장자리 꽃은 설상화(舌狀花)이고, 복판의 꽃들은 관상화(冠狀花)라고 합니다. 열매는 수과(瘦果 : 여윈 열매)라고 합니다. 주로 높은 지대의 능선에서 군락을 형성하여 자라지만, 들에서도 자랍니다. 우리나라에는 전국적으로 분포되어 있으며, 일본 · 만주 · 중국에도 분포한답니다.

구절초 효능

성분을 보면 크리산테민(chrysanthemin), 크리산테멕사테인(chrysanthemaxanthin), 리나린(linarin), 루테올린(luteolin), 다당류, 정유가 들어 있습니다.

루테올린 같은 경우는 주로 항산화 작용으로 노화 방지 및 피부에 도움을 준다고 합니다. 리나린 같은 경우도 암예방에 도움을 준다고 하네요. 또한 구절초 같은 경우 피부질환이나 아토피, 피부염이 있으면 도움을 줄 수 있다고 알려져 있습니다. 크리산테민 계열은 황색 색소이며 해열작용에 도움이 됩니다.

본초학에서 구절초는 생리불순이 있는 여성분에게도 사용되었는데 항염효과가 있기 때문에 몸의 순환에 도움이 될 것으로 생각됩니다. 그 외 구절초 효능으로 신진대사에 도움을 준다고 하네요. 구절초는 맵고 쓰고 독이 없습니다. 따라서 딱히 주의해야 할 점은 보이지 않지만 약효를 보기 위해서 전문의와 상의하시고 드시는 게 좋겠습니다.

보통 약초를 찾는 분들은 몸이 좋지 못한 분들이 많으신데, 약초를 먹다 보면 몸의 상성(相性)이 맞지 않아 부작용을 일으킬 수도 있기 때문입니다. 조심 또 조심하는 게 몸에 좋겠지요.

효소 만들기 순서

- 구절초 줄기, 잎 그리고 꽃을 한 번에 모두 자른다.
- 흐르는 물에 깨끗이 씻은 다음 그늘진 곳에서 물기를 말린다.
- 5~10cm 정도로 잘게 썬다.
- 원당(50%)과 물(50%) 비율로 해서 끓인다.
- 끓인 원당 물은 완전히 식힌다.
- 구절초(g)와 원당 물(1)의 비율은 1:1
- 독항아리에 구절초와 원당 물을 골고루 넣고 1차 2개월 정도 발효시킨다.
- 가스가 올라오지 않을 때까지 2차 발효/숙성 단계로 들어간다.
- 병입을 하여 보관한다.
- 음용 시 물(3) : 구절초 효소(1)의 비율로 희석하여 마신다.

3년 전 내 집 정원 뒤뜰에 5포기를 지인에게 얻어와 심었던 것이 지금은 주변에 번져 군락을 이루었습니다. 일부를 남겨두고 효소용으로 사용코자 자른 것입니다.

10cm 간격으로 잘게 썬 것을 무게로 달아보니 7.5kg이나 되네요. 원당 3.8kg에 물 3.8리터를 넣고 끓인 것을 독항아리에 골고루 넣은 후 밀봉을 하였습니다. 1차와 2차 발효와 숙성 기간을 거친, 즉 6개월 정도의 숙면시간이 지나면 좋은 약성으로 변신을 기다리고 있겠습니다.

■ 와송 식초체험 - 건강약선

와송의 효능

와송은 열대성 작물로 일반 텃밭에서도 재배하기 쉬운 작물로 가을에 수확하여 생(生)으로 사용하거나 말려서 사용할 수도 있답니다.

식초는 산성 물질이 아닌 알칼리성 식품이랍니다. 식초 자체는 산성을 띠지만 우리 몸에 들어가면 분해되어 알칼리성 물질만 남게 되는 성질이지요. 최근 식초가 우리 몸에 좋은 것으로 알려지면서 요리용 식초뿐 아니라 마시는 식초가 등장해 인기를 끌고 있습니다.

우리가 마시기에 적절한 식초의 산도는 0.7~1% 정도이고, 식전보다 식후에 마시는 것이 좋으며, 분량은 물에 희석하지 않았을 때 15*ml* 정도가 적당합니다. 연구 결과를 토대로 와송의 효능을 살펴보면 다음과 같습니다.

- 암세포 중에 항암활성, 특히 간암세포에서 세포사멸
- 대장암세포의 증식과 성장을 억제하고, 암세포 사멸
- 그 이외 염증에 탁월한 효과

생명체 내에서 산화작용 억제효과가 있는 것으로 알려져 있습니다. 특별한 효능을 나타내는 주요 성분은 다음과 같습니다.

- 사포닌을 만드는 와송의 트리테르펜
- 면역계를 활성화시키는 와송의 사이토카인
- 모세혈관을 강화시켜 주는 와송의 플라보노이드

와송식초 체험

- 와송을 가마솥에 넣고 처음에는 센 불에 한번 끓고 나면 중불에 끓인다.
- 물의 분량은 와송의 무게만큼을 넣는다.
- 멥쌀이나 찹쌀로 고두밥을 찐다. 고두밥의 분량은 와송의 분량과 동일하게 한다.
- 찐밥은 40도로 내려갈 때까지 식힌다.

- 먼저 누룩은 가마솥 중불에서 살짝 볶는다.
- 분량은 와송 무게의 25% 내외가 적당하다.
- 고두밥과 볶은 누룩을 큰 용기에 넣고 골고루 섞어준다.
- 처음에는 고두밥과 누룩이 잘 섞이도록 약간의 와송 끓인 물만 식혀서 붓는다.
- 항아리 소독은 고두밥을 찌기 위한 증기로 한참 동안 열기를 뿜어주면 멸균처리가 된다.
- 혼합이 잘 된 것을 항아리에 붓는다.

- 3일 정도가 지나면 항아리 속에서 1차 보글보글 끓어오른다.
- 이때 와송 30kg을 끓인 물을 완전히 식힌 후 항아리에 마저 붓는 것이다.
- 담근 시기/온도 등에 차이가 있는 관계로 발효되는 기간은 일정하게 표현하기가 어렵습니다.
- 발효가 다 되면 밀 볶은 것을 띄워준다.
- 1주일 정도가 다시 지나면 복은 보리를 띄워 놓는다. 그러면 식초의 맛을 좋게 할 수 있고, 보존기간을 늘릴 수 있다.

재료비와 생산량 그리고 판매가격

- 재료: 와송 30kg : 30만 원
- 누룩 7.5kg/고두밥 30kg/기타 경비/1년간 관리비 : 30만 원
- 생산량 : 약 1년 뒤 : 500ml/120병
- 판매가격 : 500ml/15000원대 예상

■ 다래랑 머루랑 - 식초체험

다래란?

다래는 우리나라 각처의 산지나 숲 그리고 등산로와 같은 반그늘 진 곳에서 잘 자라는 낙엽 덩굴나무이다. 열매는 7~8월경에 붉게 달리고,

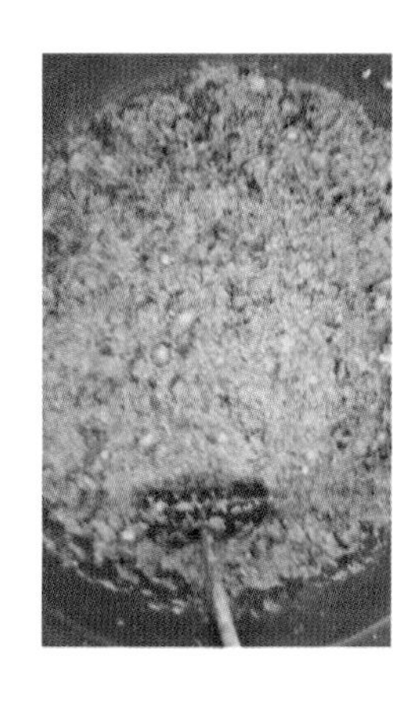

다 익은 과실은 생활에 많이 이용되고 있습니다. 특히, 우리나라에서 재배되는 참다래는 유명하지요.

이 과실은 시판되는 키위, 즉 양다래와 맛이 매우 흡사하답니다. 어린잎은 나물로, 열매는 식용으로 쓰이고 있습니다. 다래는 산과 들에서 자주 볼 수 있는 야생과일로 비타민 C와 소화효소가 풍부하여 건강과 미용에 좋다고 알려져 있답니다.

위의 그림은 1차 찜통에서 찐 다음 발효를 촉진시키기 위하여 으깨는 장면입니다.

머루란?

머루는 포도과에 속하는 넝쿨성 낙엽식물입니다. 머루란 산포도의 총칭으로 머루속과 개머루속으로 크게 구분된다. 꽃은 6월에 황록색으로 피며, 과실은 9~10월에 검게 익는다.

우리나라 각지의 산기슭이나 숲 속에 분포하고 있습니다. 어린순과 과실은 식용을 하는데 특히, 옛날 구황식의 하나인 물곳(무릇)의 재료로도 쓰였다고 합니다. 과실에는 주석산과 구연산 등이 함유되어 있어 와인이나 주석산 제조의 원료로도 쓰이고 있답니다.

다래와 머루 식초 체험

위의 머루 그림은 1차 찜통에 쪄서 건져낸 것입니다. 발효를 촉진시키기 위하여 항아리에 넣기 전에 으깬 다음 넣을 것입니다.

- 머루를 찜통에서 찌는 동안에 머루액을 받아놓은 것입니다.

- 우러난 머루액은 버리지 않고 항아리에 부을 것입니다.
- 먼저 누룩을 가마솥에서 살짝 복아준다. 고두밥은 40도로 내려갈 때까지 식힌 다음에 누룩과 함께 잘 섞어준다.

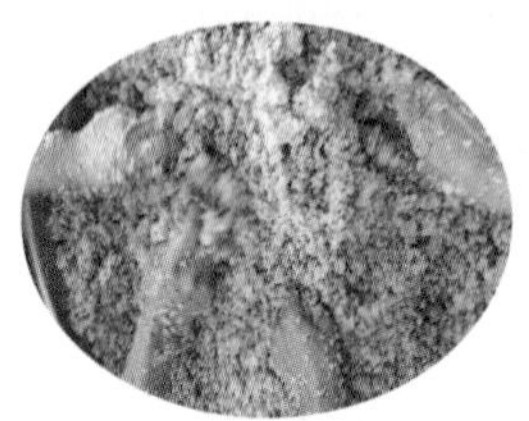

- 찧은 후 으깬 다래와 누룩 및 고두밥으로 섞인 것을 함지박에 넣고 잘 섞어준다.
- 항아리의 멸균처리를 위하여 찜용 호수로 소독하는 장면입니다. 우습게 보면 안 됩니다. 증기 온도가 무려 100도랍니다.
- 다래와 누룩 및 고두밥으로 혼합한 것 한 켜, 머루와 누룩 및 고두밥으로 섞인 것 한 켜씩을 차례로 항아리에 붓는다.

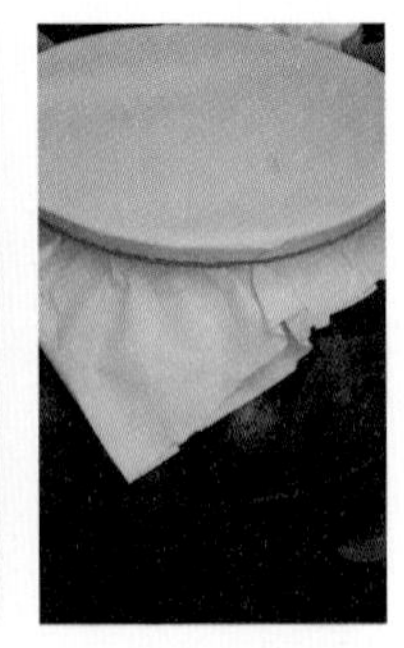

- 모든 작업을 마친 후에는 창호지로 봉한다.
- 발효가 끝난 다음에는 숙성으로 들어가게 된다. 이때는 비닐로 완전 밀봉을 하여준다.

주변의 기후와 햇빛 등의 조건에 따라 발효기간에 차이가 있으나 통상 1년 정도가 지나면 음용할 수 있답니다. 좀 더 효능을 보고자 하면 건지를 제거한 후 긴 숙성의 시간을 더 주는 것도 좋겠습니다.

머루와 다래 식초의 이미지입니다. 1년 전에 담갔던 것입니다.

재료 비율과 판매 가격

- 재료: 다래 : 5kg/머루 : 5kg/고두밥 : 8kg/
- 누룩 : 3kg/고두밥 기준 물 1말(20리터)
- 판매가격 : 500 ml /50병 생산
  1병당/15000원

■ 전통방식 감식초 담그기 - 약선건강

감 말리기

옛적에는 한반도 전체가 청정지역이었지요. 그리하여 굳이 씻을 필요성이 없었을 것입니다. 오늘날에는 두메산골 외진 곳이 아니면 오염되어 있을 것이며, 더욱이 각종 소독으로 인하여 세척하지 않으면 안되는 상황이 되었답니다.

대형 고무통에 물을 받은 다음 단감과 감식초를 넣고 5시간 정도 지나면 흐르는 물에 세척한 후 수분을 말리는 광경입니다.

단감의 구입처는 여러 곳이 있겠으나 창원지역에서 생산된 것으로 구리 청과물 시장에서 구입한 것입니다. 10kg단위 1박스에 5000원, 20박스(200kg)에 10만 원에 구매를 하였

으니 이보다 더 저렴할 수는 없을 것입니다.

우리 밀로 만든 누룩

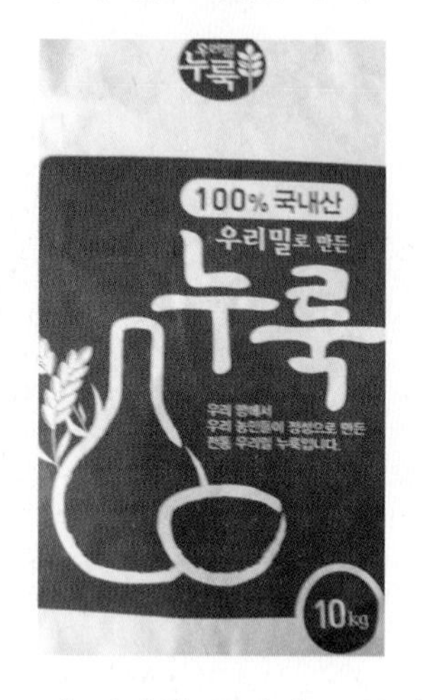

품질 좋은 누룩을 만드는 것은 생각보다 쉬운 작업이 아닙니다. 발효 동아리를 통하여 누룩 빚기도 하였지만 집으로 가져와서 번번이 말리는 과정에 실패를 하였네요. 이번에는 지인을 통하여 우리 밀로 만든 누룩 구입처를 소개받았습니다.

100% 우리 밀임이 확실하였고, 경험자들의 소감에 따르면 품질도 좋았을 뿐만 아니라 가격 면에 있어서도 10kg에 20,000원입니다.

정부에서 보조금을 지급받는 곳으로 가격이 저렴한 곳이라고 합니다. 우리 밀로 만든 누룩을 많이 홍보도 하고, 애용해 주세요.

고두밥 식히기

멥쌀 24kg, 즉 3말을 양수리 단골 방앗간에서 고두밥으로 쪄온 것입니다. 집으로 가져와서 40도 수준으로 식히는 광경이랍니다. 멥쌀 3말의 가격은 마켓에서 약 5만 원 정도, 고두밥 찌는 데 75,000원의 비용을 지불하였습니다.

쌀값이 저렴하여 소비자에게는 좋은 일이겠지만, 전원생활을 하면서 매번 느낀 점은 농사를 짓는 농부의 애타는 마음을 생각하니 미안하기도 하였습니다. 쌀값의 적정화가 이루어져야 하겠습니다.

드라이 이스트

감식초를 만드는 과정에서 1년 뒤 드라이

이스트를 넣은 것과 넣지 않은 것에 대한 결과물에서 어떠한 차이가 있는지를 알아보기 위해 일부는 실험용으로 드라이 이스트를 첨가하였습니다. 시중에서 판매되고 있는 것 중 품질이 좋은 것이라고 합니다.

누룩과 고두밥 혼합하기

큼지막한 통에 누룩과 고두밥을 넣고 골고루 혼합되도록 하는 과정입니다. 누룩의 양은 고두밥 기준으로 25%를 배합한 것입니다. 쌀이 3말이었으니, 누룩은 6kg을 사용한 셈이네요. 고두밥이 뭉쳐 있으면 술이 되는 과정에서 삭혀 있지 않고 뭉쳐서 둥둥 떠다닌다고 하네요.

독항아리에 넣기

골고루 혼합되면 항아리에 붓습니다. 침전시킨 지하수 물은 3말, 즉 60리터를 부었습니다.

1일차 모습입니다

하루밖에 지나지 않아서 색상만 막걸리 같았습니다. 맛은 덤덤한 상태이더군요. 이놈이 20일 정도 지나면 맛있는 약주로 변할 것입니다.

나중에 약주는 감을 넣은 항아리에 부어줄 것이고, 나머지는 다시 물을 부어 막걸리로 탄생시킬 것입니다.

마을 주변분들과 함께 나누어 마실 것입니다. 인근 전원생활을 하시는 분이 안주는 당신께서 준비하신다고 하였습니다. 그날이 기다려지네요.

재료의 배분

- 재료 : 감 100kg/누룩가루를 감에 발랐음
  항아리 2개에 나누어 넣었음
- 재료 : 감 40kg/누룩가루를 감에 발랐음
  항아리 1개에 넣었음
- 재료 : 감 20kg/누룩가루를 감에 발랐음
  항아리 1개에 넣었음
  드라이 이스트 : 10g 첨가
- 재료 : 감 30kg/누룩가루를 발랐음
  항아리 1개에 넣었음
  20여 일 지난 후 완성된 약주는 30kg의 항아리에 첨가할 것임
  (약주의 양은 차후 표기할 것입니다)

약주 첨가

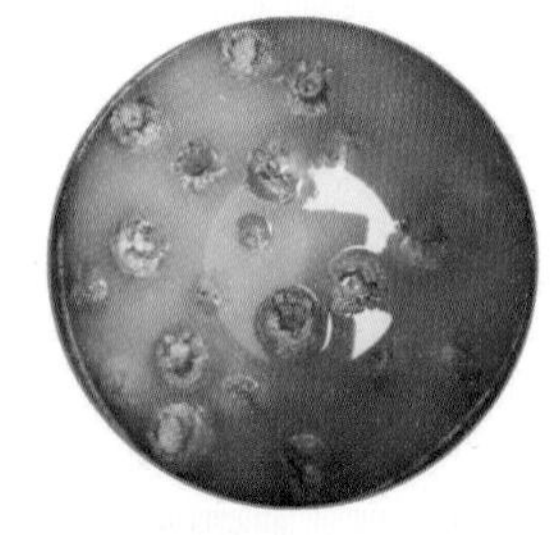

누룩과 고두밥으로 담가놓았던 약주를 2016년 12월 7일에 떠서 미리 담아두었던 감 항아리에 부어주었습니다. 이들 간의 내용물이 내년 이맘때까지 서로 상생을 잘 하기 바랍니다.

처음 담가본 전통 감식초 방법이다 보니 설렘과 걱정도 된답니다. 왜냐고요? 지혜로운 우리 선조들이 행하였던 제법에 혹여 누가 되지는 말아야 되지 않겠습니까?

감식초 이미지

1년 전 연습차 처음으로 감식초를 담가두었던 것입니다.

2016년 11월에 걸러 직거래 행사장에 출품하였던 샘플입니다.

내년에도 산도와 향은 물론 색상 그리고 영양 차원에서도 좋은 결과가 나오기를 기대하여 봅니다.

■ 학술 발표회 - 자연발효치유연구회

학술발표회

매년 연말, 각종 모임과 단체에서는 지난 1년간의 활동내역을 보고/토론하며 마무리 행사로 대미를 장식하지요. 우리 자연발효치유연구회에서도 금년 한 해 동안 이루어 왔던 각종 스토리를 묶어서 이벤트를 벌였습니다. 아니 이벤트라기보다 가족 같은 동아리 회원 간의 자리라고 보면 되겠습니다. 우선 2년차 참여를 하다 보니 낯설지 않아서 좋았습니다.

거창한 결과물들은 아니지만 1년간 의미 있는 족적들을 뒤돌아볼 수 있는 기회였으며, 건강한 먹거리라는 상호 관심분야가 맞아떨어져서 흥미를 고취시켜 주었다고 봅니다.

전/현직 동아리 회장님과 함께…

전직 권 회장님, 현직 김 회장님과 기념으로 한 컷 담았습니다.

이미 졸업을 하신 분들입니다. 보통 졸업을 하게 되면 고문으로 물러나 계실 터인데, 우리 모임에서는 예외랍니다.

후배님들의 간청과 선배님들의 희생정신이 결합된 결과이지요. 권 회장님은 전통주를 빚는 데 일가견이 있으시고, 김 회장님은 약재를 이용하여 각종 환(丸)/단(腶)을 만들어내는 비법을 갖고 계시는 분입니다.

두 분 모두 강릉에 거주하면서도 서울 분교까지 내방하시어 후배들의 교육지도에 성의를 다해주시는 모습에 다시 한번 이 자리를 빌려 존경을 표합니다.

서울캠퍼스에서 강의 장면

매월 1회 서울캠퍼스에서 발효에 관련한 강의를 하여 주시는 권 회장님 모습입니다. 물론 1년간의 기본 계획하에 실시하고 있습니다.

이론 교육뿐만 아니라 실습이 이루어질 때는 1박 2일 내지는 2박 3일간 주제에 맞는 지역을 선정하여 집중적으로 실습도 병행하고 있답니다.

이 같은 행사의 마무리, 12월에는 총평을 하는 자리라고 보면 되겠습니다. 그러니 더욱 의미가 있는 행사가 아닐까 합니다.

1박 2일 실습 장면

양양의 황 선배님 산방에서 1박 2일 실습 장면입니다. 현지에서 구하기 어려운 재료들은 이미 임원진들이 강릉 야산에서 채취를 하였습니다.

일부 재료들은 당일 실습현장 부근의 야산에서 채취를 하였지요. 남자 학우들이 야산에서 채취한 생강나무를 다듬는 모습입니다. 제 모습도 자연스러워 보이지 않으세요?

남녀 구분 없이 모두가 솔선수범하는 동아리입니다. 흥을 지니고 실습에 임하니 힘든지를 모른답니다. 지나고 나면 모두가 그때를 그리워하고 다음 해를 재촉하는 분위기입니다.

학술발표회

최근 나의 블로그에 올렸던 "전통방식 감식초 담그기"라는 주제를 가지고 발표를 하였는데 당일 발표자들에 대한 심사평가에 있어서 발효상을 받았습니다. 부상으로 당도계도 받았답니다.

발표에 임한 배경을 이야기하면 - 전통과 현대 의과학적인 방법으로 접근하는 과정에서 각각 장점과 단점을 알아야 할 것입니다.

- 무분별한 가공과 판매 그리고 고객의 이용 과정에서 문제점은 없는지?
- 경제성, 즉 수익성을 얼마나 인식하고 있는지?
- 선택과 집중을 통한 차별화 정책을 얼마나 구사하고 있는지?
- 백문이 불여일견이라는 속담과 같이 이론에 치우치지 않은 실습 여부는?
- 자연발효라는 대주제의 종착역은?

국민 건강의 파수꾼이라는 사명감 속에서 선봉장 역할을 하여 달라는 고언을 하고 싶어서 발표를 하게 된 것입니다.

시음용 출품들

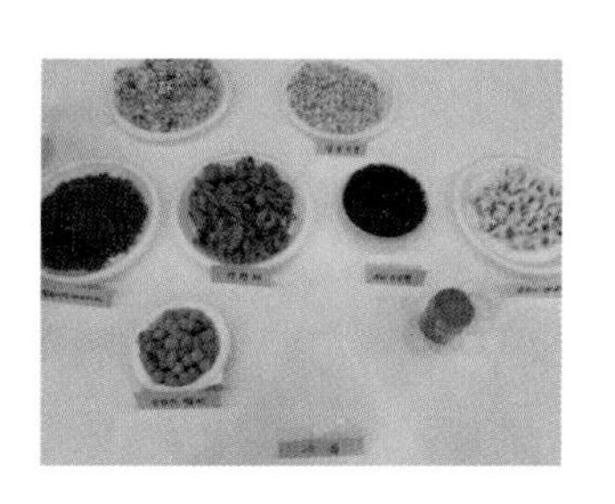

도라지 젤리, 단향매, 건비 소식환, 달빛 강정 등 다양한 재료를 가지고 응용 품목들을 시음하는 자리였습니다. 그중에서도 단향매가 인상적이었답니다.

하동에서 엄청나게 넓은 매실농장을 가진 양 여학우가 출품한 것입니다. 군것질용으로 먹기에도 아주 좋았습니다. 상품성이 있을 것 같습니다. 대박 나시기를 기원합니다.

달빛강정

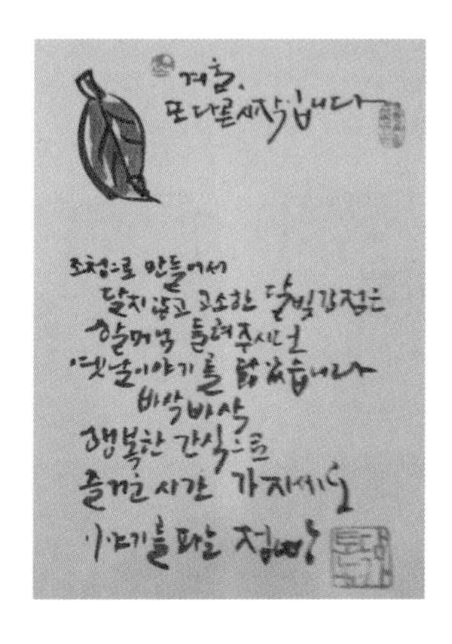

이름도 고상하지 않으세요? 긴긴 잠 못 이루는 겨울밤에 간식거리로 제격이 아닐 수 없습니다. 부모님께 효도할 수 있는 좋은 상품으로 추천합니다.

더욱이 학우인 사장님의 이 한 장의 문장, 내용도 구수하고 손수 쓴 문구로 인하여 친밀감을 더해주고 있습니다. 장사꾼이 아닌 순수하고, 토종의 멋과 맛을 느끼게 되네요.

자연발효식초

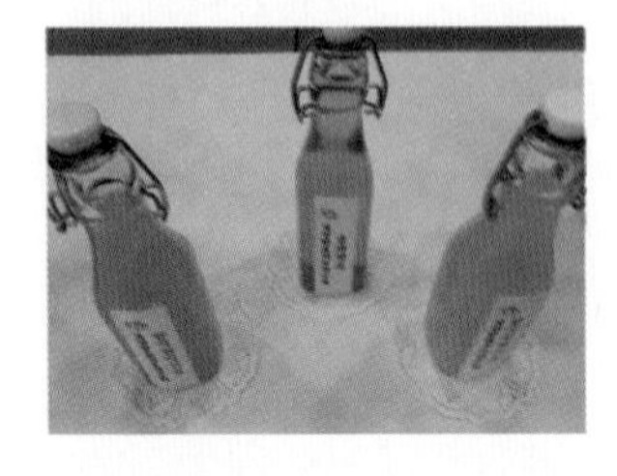

권 회장님이 출품한 자연발효식초, 효소, 증류주 등입니다. 보기만 해도 건강에 도움이 되는 기분이었습니다. 지난 1년간 정성 들여 탄생시킨 작품이 아닐 수 없습니다.

자연발효효소

표지 라벨에서 보여주듯이 시골의 야산에서 흔히 볼 수 있는 재료들입니다. 누구나, 어떤 시각에서 보느냐에 따라 이러한 효소를 추출해낼 수 있겠지요. 그러나 이와 같은 예술의 경지까지 오른 효소를 만들어내려면 수많은 시행착오가 있었다는 점을 강조하고 싶습니다. 열정과 희생정신 속에 연구를 거듭한 결과물입니다.

우리 증류주

이강주, 홍주, 국화주, 마향주, 만형자주 등 다양한 증류주를 맛보았습니다. 색, 향, 맛을 평가하는 과정에서 말이 필요없었습니다. 분위기라 할까, 기분도 최고였습니다.

이런 증류주를 맛볼 기회가 없었던 것이지요. 우리 술도 세계 무대에서 당당하게 경쟁할 수 있다는 신념을 가지게 되었습니다.

만찬준비

서울캠퍼스 인근에서 식당을 운영하시는 여학우께서 직접 준비해 온

음식입니다. 가족이 먹는다는 마음으로 정갈하고, 청결하고, 푸짐하고, 다양하게 마련한 성찬이었습니다.

행사를 마치고 만찬회

모두들 행사를 마치고 시식하는 모습입니다. 가족 같은 모습으로 보이지 않으세요? 1년간 함께 공통의 분모를 향해 달려왔습니다. 아쉬운 부분도 있었으나 흘가분한 마음으로 식사 후 여흥에 취하였습니다.

모두들 수고와 고생하였습니다. 참으로 즐거웠고, 유익한 동아리였다고 생각합니다. 내년에도 더욱 알찬 동아리가 될 것임을 확신하며, 응원의 박수를 보내겠습니다.

■ 밥 도둑 간장게장 - 소리마을/북한강변 수입리

소리마을

우리의 선배님들은 60~70년대 이후 삶의 풍요를 찾겠다고 도시로 도시로 대이동을 하였지요. 그러나 그곳은 치열한 생존경쟁만이 기다리고 있었던 곳입니다. 군중 속에 있었건만 삭막하고 적막감을 떨칠 수가 없었던 것이지요. 소리마을 사장님도 이러한 부류의 한 분이 아니었나 싶습니다.

지금은 물소리, 바람소리, 새소리와 더불어 자유스러운 분위기 속에서 사람 소리를 듣고 말하고 싶었던, 북한강변에 자리 잡은 소리마을 사장님의 정취를 느낄 수 있었습니다.

멋이란?

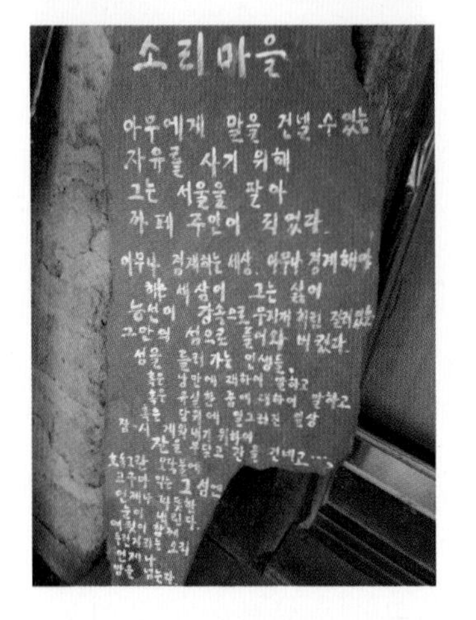

멋이란 여유 있는 생활에서 찾아볼 수 있는 현상이라고 합니다. 시간에 쫓기지 않고, 돈에 쪼들리지 않으며, 일에 시달리지 않을 때나 누려볼 수 있다고 합니다.

그러나 오늘만큼은 나는 이 말을 부정하려고 합니다. 짧지 않은 삶 속에서 이러한 생활환경을 벗어난 가운데 삶을 살아가는 사람은 아마도 1%밖에 되지 않을까 합니다. 궁극적으로 여유와 멋을 누리는 사람이란? 일상의 생활환경 속에서 짬짬이 자신만의 진정한 여유와 멋을 찾으려고 노력하는 자가 아닐까 합니다.

간장게장

오래전부터 꽃게로 담근 간장게장은 임금님의 상에도 올려졌답니다. 한마디로 귀한 음식이었지요. 지금처럼 사시사철 먹고 싶으면 먹고, 마시고 싶으면 마실 수 있는 시대도 아니었기 때문에 더욱 귀하고 고귀한 음식으로 대접을 받았던 것입니다. 끓인 간장에 담가 숙성을 시키면 오래도록 두고 먹을 수 있었던 음식이랍니다.

오늘날에는 영양도 중요하지만 "미각"에 대한 관심이 높아지고 있다는 사실입니다. 아무리 영양이 뛰어난들 "맛있다"라고 느끼지 않으면 받아들이지 않는다는 것입니다.

"맛의 나라" 프랑스와 이탈리아에서는 어린이를 대상으로 미각 교육을 시킨 지가 이미 오래전 일이랍니다. 사람은 7세 이전에 미각기능이 완성되기 때문이라는 것이지요. 한번 간장게장에 입문하게 되면 영양은 물론이려니와 감칠 맛나는 그 맛은 무엇에도 비교가 될 수 없는 것 중의 하나가 아닐까 합니다.

밥도둑

밥도둑이란 말은 이미지에서도 느껴지듯이 침이 넘어가지 않습니까?

얼마나 "맛"이 있었기에…, 게눈 감추듯이 순식간에 밥을 먹어 치운다는 뜻으로 이해를 하면 되겠습니다.

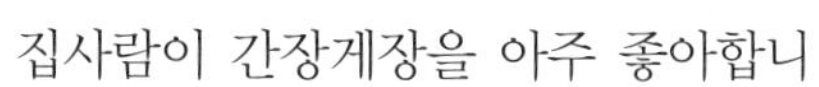

집사람이 간장게장을 아주 좋아합니다. 마주 앉아 먹는 모습을 보고 있자 하니 폭풍 흡입을 하고 있는 듯하네요. 나 또한 그런 모습과 함께 맛있게 먹었습니다. 오래도록 기억 속에 함께 남겨두려 합니다.

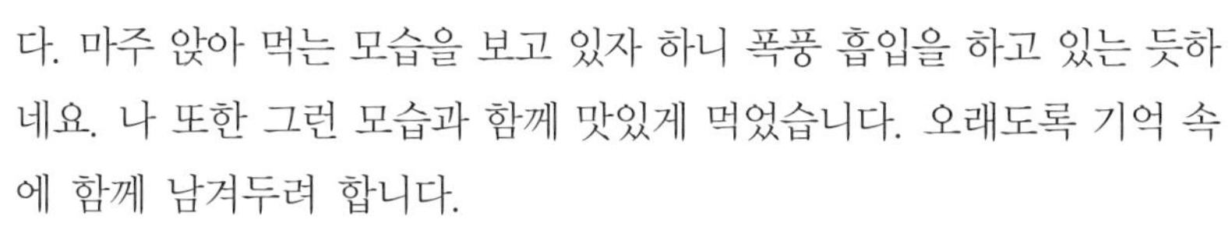

우리 음식의 맛과 멋

예부터 우리나라 사람은 자글자글 기름이 녹아나는 고기구이 화로를 놓고 둘러앉아 대작하는 모습이었답니다. 이러한 모습은 고기구이의 이름을 웃으며 즐긴다는 뜻에서 소적이라고도 불리었지요.

우리 음식은 붉은 팥, 검은콩을 소담하게 고물을 삼고 밤, 대추를 드문드문 섞어 찐 시루떡처럼 정겨움이 뚝뚝 흐르고 있답니다. 우리 음식이 갖는 이 같은 정취는 이 땅에서 살아온 사람들의 오랜 역정을 거쳐 이룩한 특성으로서 우리 음식문화에 내재하는 깊은 뿌리의 한 줄기가 아닐까 합니다.

잘 먹었습니다

"잘 먹었습니다", "부자 되세요", "대박 나세요" 식당 한편에 이런 문구는 주위에서 종종 보았을 것입니다. 상행위가 아닌 진정으로 우러나오

는 가운데 한마디씩 남기며 떠나들 가지요. 이 말 한마디씩이 다음에 오가는 손님에게도 맛나고 따스하게 해주는 동기가 아닐까 합니다.

당신도 다음부터는 한마디를 남겨봐주세요. 다음에 오는 손님에게 글을 선물하는 행위가 아닐까 하네요. 또한 주인장 역시 보람과 긍지를 갖고 보다 더 음식을 맛나게 하려고 온갖 정성을 다하지 않겠습니까?

문호리 팥죽 - 미각을 살리자

세계는 "맛 공부"에 한창이다

맛은 오감이나 그때의 생리상태, 분위기 등이 종합되어 형성되는 것이랍니다. 특히, 오늘날에는 감성소비 시대라고 하지요. 이 감성을 일차적으로 자극하는 것이 오감이라는 것입니다. 그만큼 오감에 대한 인식을 매우 중요시해야 한다는 것입니다.

원래 맛(味)이란 음식을 먹을 때 혀에서 느끼는 감각으로 미각을 제공하는 물질로만 인식하고 있으나 음식의 맛, 사물의 맛(흥미), 뜻, 의의(의미), 즉 맛있는 음식과 맛을 봄, 의미를 음미하면서 맛을 보는 것으로 이해해야 한다는 것이지요. 최근 세계는 "맛 공부"에 한창이라고 합니다.

그 이유는 무엇일까?

- 패스트푸드의 자극적인 맛에 오염된 아이들의 혀를 "원시상태"로 되돌려놓겠다.
- 글로벌 메뉴로 인해 입맛조차 단일화되어 가는 추세에 맞서 제 나라(민족) 음식을 통한 정체성을 찾자.

- 가장 직접적인 이유는 역시 "창의성"이라는 것입니다.

맛 공부, 요리 교육으로 오감을 자극해 아이들의 두뇌 발달을 도울 수 있다는 것입니다.

문호리 팥죽

양평의 맛집을 탐방하는 가운데 빼놓을 수 없는 곳 중의 하나 "문호리 팥죽"이 아닐까 합니다. 최근에는 서종면 체육공원 맞은 편으로 이전을 하였습니다.

성격이 급한 사람은 숨이 넘어갈 정도지요. 주문 후 20분 이상을 기다려야 합니다. 미리미리 음식을 만들어놓는 것이 아니기 때문에 기다리는 시간이 길답니다. 기다림의 뒤에 나오는 팥죽의 맛은 일품이 아닐 수 없습니다. 바로바로 쑤어 내놓기 때문이지요.

문호리 팥죽 이야기

예부터 서민의 사랑을 받아왔던 팥죽에 관한 스토리와 문호리 팥죽에 관련한 내용을 담은 책입니다. 보다 더 팥죽에 대한 상식을 알고 싶으면 탐독해 보는 것도 좋을 듯합니다.

방송매체 보도

우리 사회에서 일부 점포에서는 고객을 유인하기 위해 과장된 곳도 없지 않지만…, 유명 맛집이라는 곳들은 고객의 선택이 용이하도록 당연히 방송매체에 보도가 되어야겠지요.

문호리 팥죽은 진정 맛으로 승부를 한 곳으로 이해하셔도 좋겠습니다. 그동안 신문과 방송 매체를 통하여 검증이 된 곳입니다. 더 설명이 필요 없습니다. 일단 한번 이용하여 보세요.

봉이 김선달의 문호리 팥죽 장사

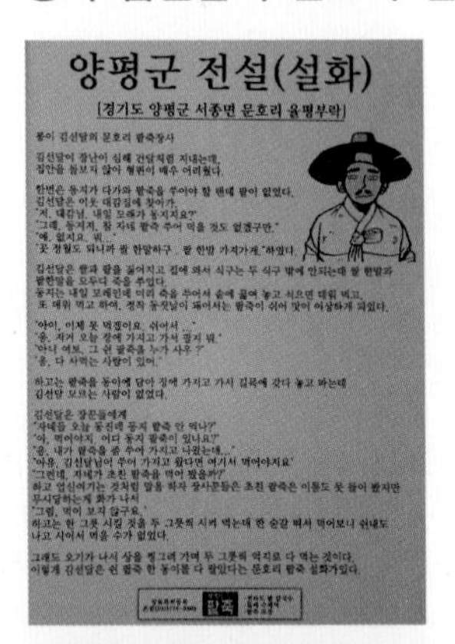

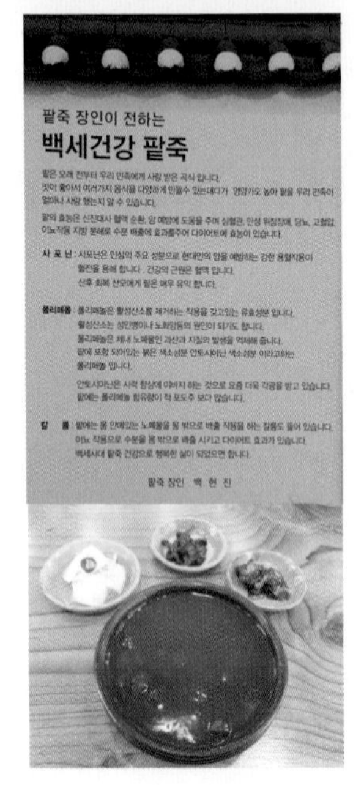

봉이 김선달 문호리 팥죽의 설화 이야기입니다. 웃지 못할, 믿기지 않는 내용 같지만 애잔한 스토리로 들어주세요. 한겨울 먹을 것이 턱없이 부족하였던 시절이 있었습니다.

백세건강 팥죽

맛과 영양 그리고 의학적으로도 건강에 유익한 음식이 아닐 수 없습니다.

오늘날에는 너무 많이 먹어서 특히, 식물성보다는 동물성을 과다하게 섭취함으로 인한 현대병이 만연하고 있는 것은 아닌지 모르겠습니다.

다시금 조상님들의 지혜로우셨던 옛 음식에 대한 재조명/재평가를 해야겠습니다.

팥죽 대령이요!

전통방식으로 만들었다는 팥죽입니다. 그 옛적 어머니 맛을 느낄 수 있었습니다.

사이사이에 먹었던 새알, 즉 옹심이 맛 또한 잊을 수 없네요. 그 이외 얼큰칼국수와 들깨수제비도 있습니다. 취향껏 시식을 한 번씩 하여보세요.

■ 용문산 산 더덕구이 - 약선음식여행

약선음식

왜 약선이라 하는가? 넓은 뜻으로 건강 증진 내지 질병의 예방과 치료 그리고 연년익수(延年益壽)를 위해서 먹는 일체의 음식을 말한답니다.

좁은 뜻으로는 이 중에서 한의학 이론에 근거한 음용 또는 식용되는 음식을 가리킨답니다. 이렇듯 사람의 건강에 약선음식이 차지하는 비중은 말로 표현하기 어려울 정도로 대단히 크다고 할 수 있습니다. 보약 중의 상약이 약선음식이 아닐까 합니다.

더덕구이

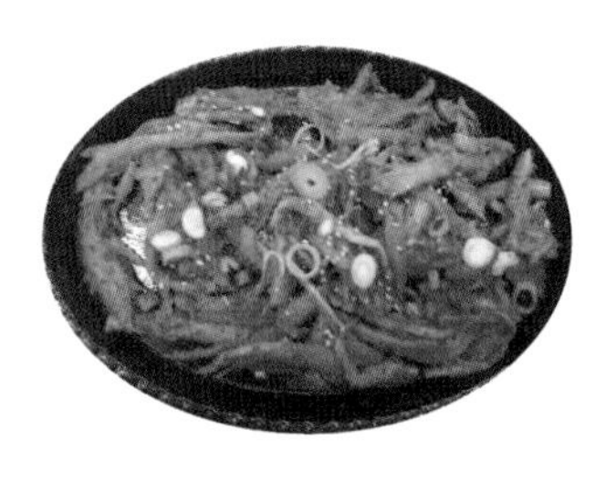

더덕의 좋은 점으로는 폐와 위장을 윤택하게 하며 기운을 나게 해준답니다. 가래와 기침을 멈추거나 없애주고, 호흡기계통의 염증 치료와 강장효과 그리고 피로회복에도 도움을 주는 것으로 잘 알려져 있지요. 이렇듯 우리네의 식단에 자주 올리기 어려운 식재료 중의 하나입니다.

양념을 한 후에 구워낸 것을 잡곡밥과 함께하니 환상의 조합이 아닐 수 없었습니다.

용문산 산 더덕구이

2여 년 전 양수리 세미원 정문 옆에 개점을 하였습니다. 인근 수십만 평의 야산에서 직접 재배를 하시는 분입니다.

더덕 체험농장도 함께 운영하고 있답니다. 기회가 된다면 체험학습에도 참여하고 더덕과 함께하는 식사도 추천드립니다.

봄이 오는 길목에서 두물머리 풍경도 즐기실 겸 나들이를 해보세요. 몸과 마음을 동시에 힐링시킬 수 있는 절호의 기회가 될 것입니다.

힐링 반찬들

보기만 해도 아까울 정도의 좋은 것들인 산나물과 채소류인 반찬들이지요. 종류가 많아 다 외우지는 못하였지만, 조금씩 맛을 다 보았습니다.

오랜만에 이용하니 위장이 놀랐을 것 같습니다. 그래도 뒤탈은 없었습니다. 위장에게 고마움과 미안함을 동시에 갖게 한 계기이기도 하였답니다.

영양잡곡밥

1970년대 이전 늦은 봄부터 여름으로 넘어가는 시기에 쌀은 떨어져 먹을 양식이 부족하였던 시절을 보릿고개라 불렸었지요. 오늘날 쌀밥은 탄수화물이 많다고 하여 잡곡밥을 권장하고 있으나 예전에는 쌀이 부족하여 다른 곡식을 첨가하여 먹었던 잡곡밥이랍니다.

그래서인지 60대 이상인 사람에게는 잡곡밥보다 쌀밥이 더 맛나고 좋아한답니다. 잡곡밥은 적은 양으로도 포만감을 가져와 체중조절은 물론 건강에도 긍정적인 영향을 준다고 하여 권장하고 있는 영양밥이랍니다.

봄의 대명사 냉이

냉이 하면 우리나라 방방곡곡 어디서나 많이 나는 봄철의 나물이지요. 냉이에 된장을 적당히 풀어 쑨 국을 먹다 보니 내가 어릴 적 먹어본 기억으로는 씁쓸한 맛으로 봄을 알리는 첫 신호가 아니었나 싶습니다.

초봄의 싱그러운 향기가 온통 입안으로 창자 속으로 흘러들어가는 느낌이었답니다. 냉잇국을 먹다가 그 뿌리가 이빨 사이에 닿아 씹히면 달짝지근한 맛이 돌았던 기억도 생생하네요. 아무튼 오늘날까지 냉잇국은 밥국이나 술국으로 두루 입맛을 내는 국물이랍니다.

칡차

후식으로 칡차도 제공받았습니다. 칡의 좋은 점에 대하여 부연하면, 갈증을 없애주며 열도 내리고 피부의 두드러기 증상을 가라앉히고 이질이나 설사에 좋으며, 근육이 뭉치는 것을 풀어준다고 합니다.

특히 양기를 올려주고 혈관을 확장시켜 고혈압을 낮추는 데 효능이 있다고 알려져 있답니다. 이러한 좋은 점을 쓰다 보니 만병통치약같이 설명이 길었습니다. 그만큼 좋다는 것으로 이해하여 주세요.

■ 텃밭의 대변신 - 약초류 파종

텃밭

텃밭이란? 일반적으로 집터에 딸리거나 집 가까이 있는 밭을 일컫는 말이지요. 문자적으로는 '울타리를 두른 동산', '정원', '뜰'이란 의미로서, 토지나 밭(옥토), 전토(田土) 등을 뜻하고 있답니다. 개역한글판에서는 '전원'으로 묘사되고 있습니다.

우리의 부모님 세대까지만 하여도 텃밭은 일상의 일부분이었으나 오늘날에는 국민의 대다수가 도시생활을 하고 있어서인지 텃밭이란 뉘앙스가 특별한 전원의 의미로 생각되고 있어 격세지감이 들 정도네요.

특히, 60대 이상인 사람에게 텃밭 가꾸기는 로망으로 떠오르고 있답니다. 옛 정취를 느끼고 싶기도 하고, 무공해 채소류를 내 손으로 직접 일구어 먹겠다는 발상에서 비롯된 것이지요. 당신은 텃밭에 무엇을 식재하고 계시는지요. 이 집을 봐도 저 집을 봐도, 김씨네 텃밭이나 박가네 텃밭을 봐도 비슷한 종류들을 식재하여 봄부터 가을까지 식단을 맛나게 도와주었을 것입니다.

나 또한 이웃집과 별 차이 없이, 별다른 생각 없이 식재하여 먹다 보니, 종류도 제한돼 있고, 어떤 것은 90% 이상을 버리게 되더군요. 그리하여 금년에는 기존 텃밭의 개념을 완전히 탈바꿈하기로 하였습니다. 바로 다년생이며, 약성이 있는 종류를 식재하기로 한 것입니다.

약초파종(藥草播種)

뜻을 들여다보면 약성이 있는 풀이라는 의미를 지니고 있지요. 우리는 약식동원 또는 의식동원이라는 표현은 자주 쓰면서 실천을 하지 않는 데서 갖가지 건강을 해쳐왔다고 생각합니다.

더는 누를 범하지 않기 위해, 곧바로 실천을 하는 데 따른 어려움이 없도록 하기 위해 채소류에서 약초류로 텃밭의 수종을 바꾸려고 한 것입니다. 더 나아가서는 계절과 체질에 따른 궁합을 맞추어가면서 식용을 하면 금상첨화가 되지 않을까 합니다. 이왕이면 이 글을 접하는 모든 사람들에게도 이번 기회에 텃밭의 품종을 개선하는 계기가 되기를 바랍니다.

그 결과 개인의 건강 유지는 물론 국가적인 차원에서도 국민 건강에 도움이 되어 노동생산성 향상이나 창의성 개발에도 도움을 줄 수 있는 단초가 될 것으로 믿습니다.

산부추/방풍(防風)

산부추

산부추는 산구라고도 하는데, 문헌에는 두메부추라고 합니다. 일반 부추보다 통통하고 미끄러운 액체가 더 많답니다.

초봄에는 부침을 해 먹어도 되고 잎을 요구르트와 함께 갈아서 장복하면 위암에 도움을 주는 것으로 알려져 있답니다.

방풍

방풍은 풍을 제거하고 해표작용이 있으며, 습을 없애고 통증을 완화시키고 경련을 멈추게 하는 작용이 있습니다. 또한 습을 말려 맑은 기운을 위로 올려주는 작용도 있답니다.

산파

산파는 꽃도 예쁘답니다. 잎과 줄기는 식용으로 사용하고 있답니다. 일반 파보다 약간 가늘고 조금 맵다고 느껴질 것입니다.

삼채/산마늘/곰취/곤드레

삼채

삼채는 매운맛, 단맛, 쓴맛 세 가지 맛이 난다고 하여 삼채라 명명된 것입니다.

효능으로는 마늘의 6배, 양파의 2배나 들어 있는 식이유황성분이 피부 노화 방지와 강력한 항암작용을 하는 것으로 알려져 있답니다.

풍부한 섬유소가 피를 맑게 하는 정혈

작용을 하고 배변을 촉진시키며, 당뇨, 고혈압 예방, 혈관질환, 염증성 피부질환 개선을 도와주는 것으로도 알려져 있지요.

또한 골다공증 예방 연골재생에 효과적이며, 지루성 피부염 완화를 도와주는 것으로 알고 있습니다. 먹는 요령으로 다양한 요리방법에 잘 어울리기 때문에 무침, 김치, 효소주스 등 다양한 방법이 있고 삼채가루나 환을 만들어 먹기도 한다네요.

산마늘

강원도 양양 지역에서는 산마늘이라 하고 문헌에서는 산부추라고 합니다. 전초를 하여 식용하는 것입니다.

곰취

곰취는 "취" 중에서 향이 좋아 산나물의 팔방미인으로 알려져 있습니다. 그 결과 "나물의 왕"이라는 애칭도 있답니다.

한방에서는 폐를 다스리는데 다른 약재와 혼용해서 사용하기도 하지요. 고혈압, 해수, 천식, 거담, 진해, 진통작용, 지혈작용에 효능이 있는 것으로 잘 알려져 있답니다.

곤드레

곤드레는 보통 나물로 먹거나 밥과 함께 지어서 먹고 있는 약성이 있는 채소류입니다. 소화가 잘되고 성인병을 예방하는 데도 큰 도움을 주는 것으로 잘 알려져 있습니다.

효능으로 단백질과 칼슘, 비타민 A 등 각종 영양소가 풍부하게 들어 있어 밥과 나물만으로 부족한 영양소를 보충할 수 있답니다. 열량이 낮은 식이섬유소가 풍부하게 들어 있어 다이어트에도 아주 좋습니다.

혈중 콜레스테롤 수치를 조절하는 데 효과적이어서 고혈압이나 동맥경화 등 각종 심혈관계 질환 예방에도 탁월하다고 알려져 있지요. 또 정화작용을 잘 해주어 체내 혈액을 맑게 해주거나 혈액순환이 원활하게 되도록 도와준다고 하네요. 그 이외 이뇨작용을 원활하게 해주어 신장을 튼튼하게 해준다고 합니다.

단삼(丹蔘)

단삼은 빛깔이 붉어서 단삼이라고 불리고 있습니다. 뿌리는 한약재로 쓰이는데 탄신논과 비타민 E가 함유되어 있는 것으로 알려져 있답니다.

일반적으로 가정에서는 단삼을 끓는 물에 우려 마시는 방법과 단삼주로 활용할 수 있답니다.

전문적으로 약성(藥性)은 약간 차고 맛이 쓴데, 포도상구균, 대장균, 결핵균 등에 항균작용을 하며, 심근경색증에는 단향 · 축사 등을 배합해서 사용하고, 신경쇠약으로 인한 불면, 불안 증상에는 용골 · 모려 등을 같이 써서 치료하는 것으로 알려져 있습니다.

부인들의 월경통 · 생리불순 및 산후의 하복부 통증이 심할 때나 만성간염, 간 기능 장애, 간경변증의 초기 증상에도 효능이 있답니다. 이 밖에 혈전성 정맥염과 고혈압에도 사용되는 것으로 알려져 있지만 만병통치약은 아니라는 것을 참고하여 주세요.

당귀(當歸)

당귀는 인체에 흩어진 기혈을 제자리로 돌아오게 한다고 하여 '당귀'라고 부르고 있답니다. 여름에 어린순을 뜯어 끓는 물에 살짝 데쳐서 나물무침으로 먹으면 좋습니다.

한방에서는 생리통을 다스리는데 다른 약재와 혼용해서 처방이 되는 약재랍니다. 신체가 허약하거나 빈혈, 월경불순에 효능이 있는 것으로 잘 알려져 있지요. 생각을 바꾸면 어떤 종류를 심어야 할지

…, 어디에서 품종을 구입해야 할지 등 고민해야 할 것이 있습니다.

그러나 여러분도 일단은 생각을 바꾼 다음 고민하여 보세요. 이런 고민 자체는 고민이 아니라 오히려 힐링이라고 말씀드리고 싶습니다. 해결방법은 분명히 있을 것입니다.

나 역시 고민하는 순간에 떠오르는 선배님이 있었습니다. 약선 교육과 한방건강학, 그리고 자연발효 치유 동아리 활동을 하는 과정에서 강원도 양양에 거주하시는 선배님이 계셨습니다. 그분의 도움으로 이런 방향으로 개념을 바꾸려고 한 것이며, 어려움이 없었습니다.

■ 리얼리스트 커피 숍 - 커피 예찬

커피 예찬

당신의 위 속에 향기 높은 커피가 들어가면 엄청난 커피의 활약이 시작될 것이다. 그것은 마치 전쟁터에서 대군단의 보병부대가 신속하게 기동하여 전진하는 것과 다를 바 없다.

기억은 다시 살아나고 두뇌의 논리적인 활동은 사색을 더욱 촉진시킨다. 전투부대와 같이 정신작용이 전개된다. 위트wit는 명사수가 쏘는 탄환같이 튀어나오고, 백발백중 사람들을 사로잡으며, 글을 쓰면 명문이 계속 나온다.

이 문장은 파루삭의 "근대 재판론"에 나오는 커피에 대한 이야기로 커피가 사람들에게 미치는 정신작용을 설명한 것입니다. 이처럼 커피는 그것이 발견될 당시부터 침체된 영혼을 명랑하게 해주고, 사색을 도와주거나 또는 종교인들에게는 그들의 명상을 더욱 값지게 이끌어주는 영혼의 길잡이 역할을 해왔던 것이었습니다.

리얼리스트(REALIST)

리얼리스트는 양평읍내에 위치하고 있습니다. 군청 소재지이기도 하여 규모가 제일 큰 곳 중 하나랍니다. 양평 주민에게 한 잔의 차를 제공하여 주는 장소뿐만 아니라 휴식과 소통의 공간이기도 하답니다.

그리하여 읍내 역시 많은 커피전문점이 있지만 한 손으로 꼽을 정도로 맛과 분위기는 물론이려니와 다목적 공간 이미지로 자리를 잡은 곳이랍니다.

메인 데스크

어느 커피 전문점과 별 차이 없이 보통으로 꾸며진 모습입니다.

바리스타인 사장님의 모습을 함께 담으려 하였으나 한사코 사양을 하셔서 데스크 이미지만 올리게 되었네요.

로스팅

가열하고 볶는 배전과정이 있지요. 이 과정을 흔히 로스팅(ROASTING)이라고 한답니다.

커피 고유의 향은 바로 이 고온의 볶는 과정을 거친 후에 비로소 나타는 것입니다. 즉 커피 원두에 220도의 열을 가함으로써 원두의 조직에 물리적/화학적 변화를 일으켜 커피의 맛과 향을 만들어내는 것이지요.

커피추출기

커피를 추출하는 기구에는 여러 가지가 있습니다. 여과천을 이용한 드립식, 여과기를 이용한 드립식, 사이폰식 추출기, 에스프레소식 추출기 그 외에 여러 가지 방법으로 추출하고 있답니다.

커피맛을 돋우는 부재료

커피맛을 더하기 위해서는 부재료에 각별히 신경을 써야 한답니다.

커피음료의 주체는 물론 커피 원두가 되겠지요. 그러나 그 외에 필요한 것을 살펴보면, 물 - 커피음료는 99%가 물로 이뤄진다.

나머지 1%에 커피 추출물과 여러 가지 향기 물질 그리고 맛을 좌우하는 성분들이 함유된 것입니다. 즉 설탕과 감미료, 유제품, 양주, 향신료, 계란, 아이스크림, 젤라틴, 초콜릿 등의 성분이 첨가되는 것이지요.

커피의 성장과정

참고로 커피의 성장과정을 한눈에 볼 수 있도록 올렸습니다. 씨앗을 땅에 심어서 열매까지의 성장과정입니다. 자연의 혜택과 많은 사람의 노력을 거쳐 우리의 영혼을 달래주고 길잡이 역할을 하는 것임을 잊지 않았으면 합니다.

① 비옥한 흙과 비료를 섞어 묘판을 만들고 내피상태의 커피종자를 뿌린다. 종자를 2개 뿌리는 경우도 있다.
② 종자를 뿌린 뒤 40~60일 정도 지난 후에 싹이 나온다.
③ 내피가 덮인 상태에서 줄기가 나온다.
④ 내피를 뚫고 잎이 나온다.
⑤ 기후 · 풍토에 따라 다르나, 발아하고 나서 20~30일 만에 떡잎이 나온다.
⑥ 종자를 파종하고 나서 약 5개월 후에 묘목 · 종자를 뿌린 후 약 10개월째에 농원으로 이식한다.
⑦ 커피농원으로 이식해서 3개월, 종자를 파종한 뒤 약 10개월째의 커피나무
⑧ 식수 후 2년 경과한 커피나무
⑨ 종자를 파종하고 나서 약 1년 후에는 최초의 꽃이 피고 열매도 조금 열린다.
⑩ 3년 경과한 커피나무, 3년째부터 다량의 수확이 가능하다.
⑪ 커피 꽃은 잎이 붙어 있는 뿌리에 군생해서 핀다.
⑫ 빨갛게 여문 커피 체리, 과육은 은은한 단맛이 난다.

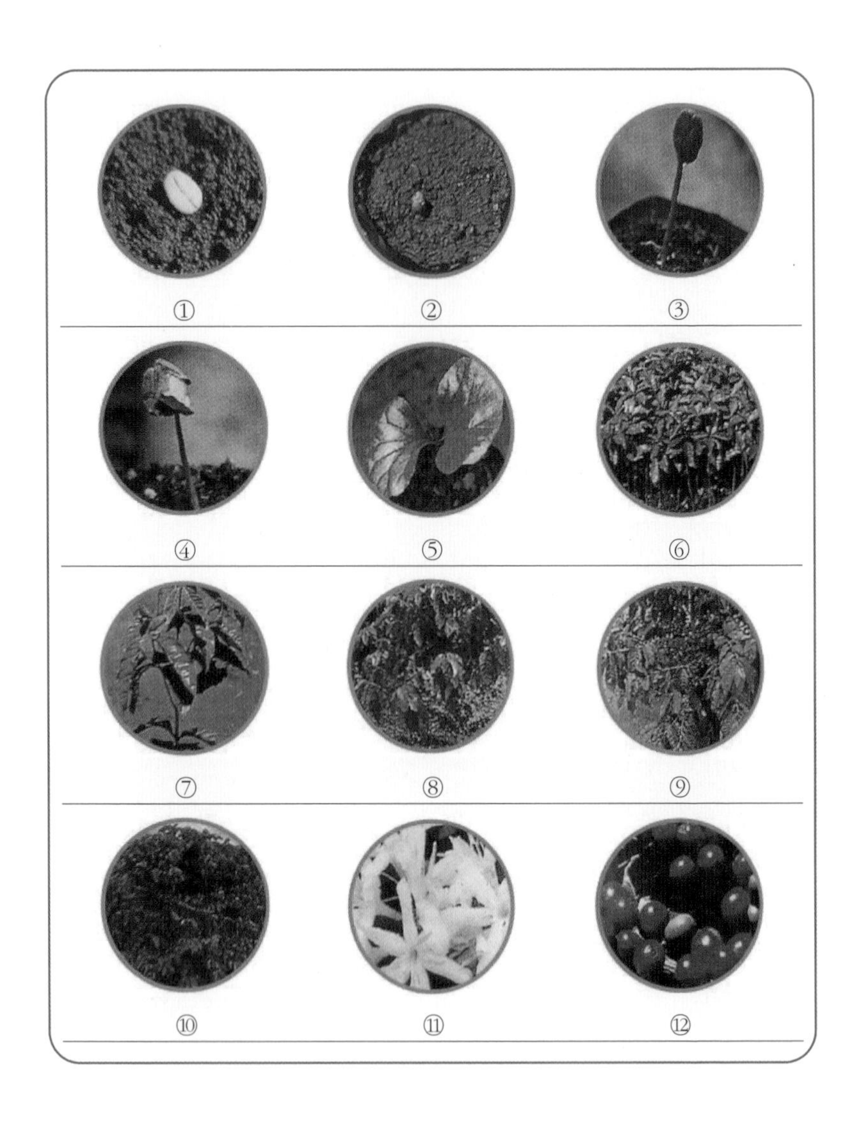

■ 꽃차 속으로 - 육감 만족

육감 만족(六感滿足)

눈으로는 원초적인 색상을, 코로는 아름다운 향기를, 입으로는 육체의 건강을, 마음으로는 정신의 힐링을, 한마디로 꽃차는 유토피아의 경지로 안내하여 준답니다.

차(茶) 정신운동

인간에게는 정신 순화운동이 절대적으로 필요하다. 일상생활에서 얻은 거친 마음이 축적되어 가끔은 난폭하거나 이상행동으로 나타나게 된다는 것입니다.

차 자체에서 정신적 명료성이 있지만 안정되게 마시는 자세 등에서 마음을 순화시키고 동작을 순하게 하는 힘을 지니고 있다는 것이지요.

예부터 다선일치(茶禪一致)라는 말이 나온 배경과 함께 차의 십덕(十德) 중에 번뇌자멸(煩惱自滅)과 제인애경(諸人愛敬) 같은 것이 있는 것을 보아도 차의 위력을 알 수 있을 것입니다.

정신이 안정되고 행동이 순화되는 가운데서 사회질서를 이끌어 가려면 이러한 차 운동이 절대적으로 필요하지 않을까 합니다. 여기에 올린 것은 집사람이 야생화를 채취하여 구증구포한 것입니다.

오디차

오디 잎에는 식이섬유가 녹차보다 약 5배가량이 많아 다이어트와 변비에 탁월하며, 중금속을 체외로 배출시키는 효과가 탁월한 것으로 알려져 있답니다. 뿐만 아니라 카페인 성분이 전혀 없다는 것입니다.

특히 허약체질을 튼튼히 해주고, 콩 다음으로 단백질 함량이 많으며 아미노산, 칼슘과 철분 함량도 많은 것으로 정평이 나 있답니다.

오디차의 효능을 요약하면 다음과 같습니다.

- 뇌졸중 예방, 중금속 배출
- 변비치료, 노화억제
- 고혈압, 당뇨병 치료에

효능이 있는 것으로 알려져 있답니다.

꽃 백일홍

백일홍에는 두 가지가 있는데 둘 다 꽃이 피는 기간이 아주 길어서 백 일 동안 붉게 핀다고 하여 백일홍이라 명명된 것입니다.

백일홍은 약용으로도 쓰임새가 많고 목재로도 쓰임새가 많습니다. 특히, 여성의 생리불순, 불임증, 오줌소태 등에 아주 효험이 있는 것으로 알려져 있답니다. 주로 흰 꽃이 피는 것만을 약으로 쓴답니다.

메리골드

흔히 메리골드를 금잔화라 지칭하고 있으나 학명은 다릅니다. 두 꽃이 약리적으로는 큰 차이가 없어 구분하지 않는 것이랍니다.

메리골드의 효능을 요약하면 다음과 같습니다.

- 루테인이 풍부하다는 것입니다. 시금치보다 4배가 많은 양이랍니다.
  루테인은 황반변성, 백내장 등의 안구질환 예방에 효과가 있는 것으로 알려져 있다.
- 항진균 효과 있다. 꽃을 달인 물은 외상, 화상 동상, 습포제 등에 사용한다.
- 소화기관에 좋다.
- 피부를 젊게 하여주는 것으로도 잘 알려져 있다.

산목련

동의보감에 따르면 풍으로 머리가 아픈 것을 낫게 하며, 얼굴의 주근깨를 없애고, 코가 막히는 것 등을 치료한다고 기술하고 있답니다.

산목련의 효능을 요약하면 다음과 같습니다.

- 혈압 강하 작용, 항바이러스 작용, 항염증 작용
- 비염과 축농증, 치통에도 효과가 있다.

아카시아꽃

예전부터 우리나라에서는 아카시아꽃으로 차를 많이 만들어 마셨다고 합니다. 아카시아 나무 꽃은 5~6월에 피는데 이때 꽃을 따서 깨끗이 손질한 후 설탕을 넣어 재웠다가 마시기도 하였답니다.

아카시아꽃의 효능을 요약하면 다음과 같습니다.

- 채취한 꽃에는 타닌 및 카나린 등의 특이한 성분이 함유되어 있어서 풍미를 더해주며 맛을 좋게 하는 아미노산인 글루타민산을 위시해서 다수의 필수 아미노산이 꽃 속에 함유되어 있다.
- 아미노산인 라이신이 함유되어 있으므로 영양 면이나 풍미에서 빠질 것이 없는 식품 중

의 하나이다.

- 아카시아 차는 민간요법으로 대장하혈과 각혈 등을 막는 데 쓰이기도 하였으며 신선한 꽃잎에는 비타민 C가 풍부하게 들어 있다.

장미꽃

장미꽃은 향이 있는 차로서 다른 차와 혼합하여 마시거나 그대로 마셔도 좋습니다. 독특한 향기가 기분을 즐겁고 푸근하게 해주며 장미꽃의 붉은색과 차의 황색이 조화되어 주로 젊은 여성층에게 인기가 높은 편이랍니다.

장미꽃 차의 효능을 요약하면 다음과 같습니다.

- 장미꽃에는 에스트로겐이 석류보다 8배나 많이 들어 있다.
- 비타민 A도 토마토보다 20배나 많이 함유되어 있는 것으로 알려져 있다.
- 비타민 C 역시 레몬의 20배나 많은 것으로 알려져 있다.
- 장미는 단맛과 쓴맛을 동시에 지니고 있으나 특히, 장미꽃 차는 은은한 향이 정서를 안정시켜 우울증이 있는 여성들에게 효과가 있다.

생강나무꽃

생강나무꽃은 3월이면 잎보다 먼저 잎 나올 자리에 노란색으로 꽃이 핍니다. 암꽃과 수꽃이 다른 나무에 피는데 암꽃은 가지에 듬성듬성 뭉쳐서 달리며 암술 1개와 퇴화된 헛수술이 있으며, 수꽃은 가지에 푸짐하게 많이 달리며 수술이 9개, 퇴화된 암술이 있답니다. 꽃잎은 없으며 꽃받침잎이 6장으로 갈라져 나온답니다.

생강나무꽃의 효능을 요약하면 다음과 같습니다.

- 해열, 소종의 효능이 있으며 멍든 피를 풀어주는 작용도 한다.

- 적용 질환은 오한, 복통, 신경통
- 멍든 피로 인한 통증, 타박상이나 발을 헛디뎌 삐었을 때 등이다.

천일홍

열대 아메리카가 원산지이며 주로 관상용으로 심는데, 높이 40~50cm이고 전체에 털이 있으며 가지가 갈라지며, 꽃은 7~10월에 피고 보라색, 붉은색, 연한 홍색, 흰색 등이며 건질(乾質)의 소포가 있답니다. 꽃은 작은 꽃으로 많이 피며, 꽃의 색이 오랫동안 변하지 않아서 천일홍이라고 부르는 것이랍니다.

천일홍의 효능을 요약하면 다음과 같습니다.

- 천일홍은 뭉친 것을 풀어준다.
- 기침을 멈추며 천식을 안정시켜주는 효능이 있다.
- 외용제로 부스럼 같은 피부질환에도 사용한다.
- 안과질환에도 사용한다.

구절초

구절초는 우리나라의 가을꽃을 대표한다고 하여도 손색이 없는 꽃이랍니다. 즉 소박하고, 토속적이고, 정감이 넘치는 백의(白衣) 꽃이지요. 구절초는 국화과의 고유종입니다.

구절초의 효능을 요약하면 다음과 같습니다.

- 감기 예방이 될 수 있는 폴리페놀, 플라보노이드 성분이 풍부해서 면역력을 강화시켜 주며, 위장 장애도 개선되고, 따뜻한 성질이 있다.
- 여성의 생리통이나 생리불순에도 효과가 있으며, 갱년기 증상으로 나타나는 우울증에도 좋다. 또한 고혈압이나 각종 동맥경화도 예방하고 개선이 된다.
- 남성에게 좋은 소식으로는 정력 향상이 있으며, 소염 효과로 인해

서 외상이 있는 경우나 장염이나 위염 같은 경우에도 염증이 나타났을 때 완화할 수 있다.

산국화

초롱꽃목 국화과의 여러해살이풀입니다. 높이는 60~90cm로 전체에 짧은 털이 있고 줄기는 곧게 서며 윗부분에서 분지한다. 꽃은 노랑으로 9~10월에 피며 지름 1.5cm로 가지와 원줄기 끝에 두화(頭花)가 달린답니다.

꽃은 약용 및 식용하며, 우리 산에서 자라는 국화 종류 중에서 노란색 꽃을 피우는 것은 산국화과 감국밖에 없으며, 꽃 피는 시기는 10월 말에서 11월경이다. 산국화는 말 그대로 "산에서 나는 국화"를 말합니다.

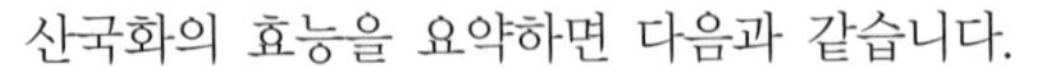

산국화의 효능을 요약하면 다음과 같습니다.

- 해열작용 진정, 해독, 소종의 효능이 있으며, 감기몸살, 폐렴, 두통, 현기증, 위염, 구내염, 고혈압에 아주 좋다.
- 비염에도 아주 좋고 동맥경화, 심장질환에도 효과가 있다.
- 산국화 차는 감기뿐만 아니라 머리가 맑아지는 효과가 있다.

건전한 차 생활은 삶을 맑게 하여준다

- 차는 오직 차가 있을 뿐이다.
- 차는 인간의 건강에 아주 유익하다.
- 차는 가정의 평화에 기여한다.
- 건전한 차 생활은 사교로 이어진다.
- 건전한 차 생활은 자녀의 성품교육에 으뜸이다.
- 건전한 차 생활은 아름다움의 극치이다.

■ 수제 딸기잼 만들기 - 장기 보관

심은 대로 거두리라

우리 속담에 "콩 심은 데 콩 나고, 팥 심은 데 팥 난다"라는 말이 있지요. 이 말은 심은 대로 거둔다는 뜻이 아닐까 합니다. 또한 노력한 만큼 대가가 돌아온다는 의미도 있겠다 싶습니다.

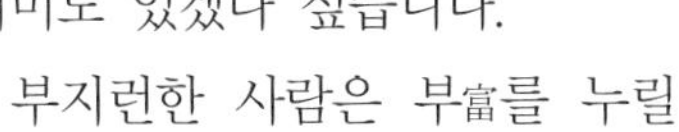

부지런한 사람은 부富를 누릴 수 있고, 게으른 사람은 낙후될 수밖에 없다는 사회의 통념 현상이겠지요. 이 같은 논리는 비정非情하다고 하겠지만, 성실성에 대해서는 반드시 보상이 따른다는 당연한 논리가 아닐까 합니다.

그러나 우리 사회, 특히 농촌에서는 이러한 합리성이 통하지 않는데 많은 문제점이 있는 것 같아 안타까운 마음 금할 길이 없습니다. 즉 노력에 대한 보상이 정비례하지 못하다는 데 있습니다.

딸기 재배 농장

매년 5월 31일자로 딸기 체험 농장에서는 마무리를 한답니다. 이유인즉, 6월에서 8월까지는 내년 2월 판매를 위해서 1단계 준비를 해야 하고, 2단계인 9월에 파종을 하여 1월까지는 온갖 정성을 들여 가꾸는 시기랍니다.

그러고 보면 판매하는 기간은 4개월뿐이지만, 365일 1년 내내 쉬는 기간이 없다고 보면 되겠습니다. 체험 농장을 찾는 손님과 가정에서 딸기를 드시는 소비자 모두 농장에서 고군분투하는 농장주의 노고에 대한 고마움을 잊지 않아 주었으면 합니다.

금년에는 잼용으로 딸기를 구입할 계획이었으나, 가끔 체험 농장으로 지도차 나갔던 곳과의 인연으로 인해 무상으로 딸기를 얻어 왔습니다.

천연당

딸기잼용으로 필수품목 중의 하나가 설탕이 아닌가 합니다. 건강을 생각하여 백설탕보다는 마침 보관하고 있던 천연당을 사용하기로 하였습니다. 딸기와 천연당의 비율은 제조자마다 차이가 있겠으나 나는 딸기와 천연당의 비율을 1 : 0.7로 하였습니다. 비율의 차이로 인한 결과는 두 가지를 생각해 볼 수가 있을 것 같습니다. 하나는 잼의 당도 차이와 보관기간에 영향을 미칠 것 같네요.

레몬 첨가

레몬의 첨가 역시 두 가지 측면에서 고려를 하였습니다. 첫째, 새콤한 맛을 내기 위해서, 둘째, 부패 방지 효과가 있기에 첨가하였답니다.

잼으로의 변신

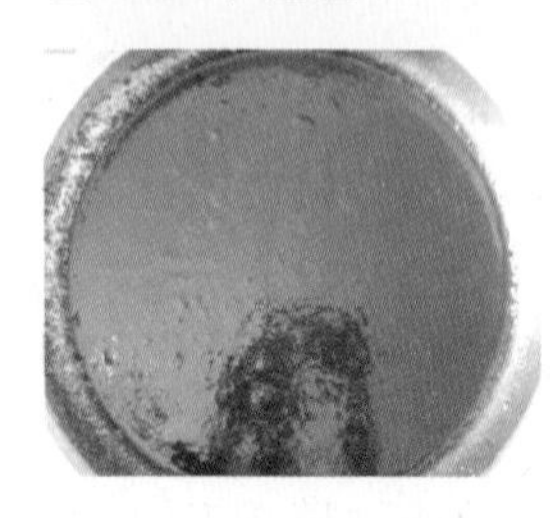

잼으로 변신을 하는 데는 거의 10시간을 불(火)과 씨름한 결과입니다. 나 또한 난생처음 집사람이 작업하는 데 일조를 한 결과이기에 남다른 의미라 할까, 소중하게 여기지 않을 수 없을 것 같네요. 맛을 보니 지금껏 슈퍼에서 구입하여 먹어본 것과는 느낌부터 달랐습니다. 색상과 당도 등에서도 확실히 차이가 있네요. 기회가 되면 소중한 사람과도 나누어 먹어볼 생각입니다.

앤틱/빈티지여행

■ 삶의 흔적문화 - 앤틱과 빈티지를 접하면서

앤틱(Antique)이란?

앤틱의 사전적 의미는 영어 Antiquity의 변형어로 오래된 물건을 뜻하고 있습니다.

다른 의미로는 진귀한 유물이나 골동품을 말하기도 하지요. 여기서 "오래된"이라는 개념은 적어도 "100년 이상"을 말합니다. 특별한 경우로서 1900년대 물건들도 존재할 수 있겠지만 일반적인 정의를 내릴 때 앤틱의 기준은 100년이 되겠습니다.

우리는 흔히 '오래된 물건'이라고 하면 '낡은 물건' 혹은 '쓸모가 없는 물건'이라 생각하지만 어떤 물건이든지 귀하게 다루고, 아낀다면 오랜 시간이 지난 후에는 앤틱이 되는 것입니다.

새것만이 좋은 제품이라고 생각하는 풍습에서는 이러한 모습을 찾아보기 어렵지만 앤틱이나 중고 시장이 활성화되어 있는 영국이나 유럽의 일반 가정집에서는 앤틱을 쉽게 찾아볼 수 있답니다.

이것은 그 집안 대대로 이어져 내려오는 물건일 경우가 많은데 몇 대를 걸쳐 전해진 물건들은 그들 삶의 일부임과 동시에 자존감을 갖고 있을 정도랍니다. 또한 앤틱의 장점은 특유의 고풍스럽고 클래식한 제품이라고 할 수 있는데, 이때 앤틱 스타일의 장점은 오래 사용할수록 더욱 고급스러우면서 운치를 더해 간다고 할 수 있습니다.

빈티지(Vintage)란?

원래 빈티지의 뜻은 사전적으로는 수확기의 포도 또는 포도주 숙성 등을 의미합니다. 숙성된 포도주처럼 편안한 느낌을 준다는 뜻에서 이런 이름이 붙은 것이랍니다.

보통 패션에서는 빈티지 룩(look), 빈티지 룩 패션 등과 함께 쓰이고도 있지요. 빈티지 패션 뜻을 접한 누리꾼들은 신기하네, 특이하군 등의 뜻으로 해석하는 경우도 있다고 합니다. 누구나 전원생활을 하면서 한두 번쯤 앤틱과 빈티지에 관심을 가져보았을 것입니다.

먼저 영역이나 내용을 구분지어 볼 수 있을 것입니다.

- 역사적으로 어느 시대의 소재로 나만의 공간에 꾸며볼 것인가?
- 문화적으로 어떤 유형의 작품을 대상으로 할 것인가?
- 우리나라 고유의 유물을 소재로 할 것인지?
- 외국의 고풍스러운 소재를 대상으로 할 것인지?
- 가구류를 중점적으로 수집할 것인지?
- 도자기류들을 소재로 할 것인지?
- 그림/서예류를 대상으로 할 것인지?
- 가죽이나 천으로 만들어진 유형 제품을 소재로 할 것인지?
- 악기류를 대상으로 할 것인지?
- 기계/전자제품을 대상으로 할 것인지?
- 유리제품을 중심으로 수집할 것인지?
- 생활 편익제품을 중심으로 수집할 것인지?
- 액세서리 제품을 중심으로 할 것인지?

이러한 구분이 되었다면 선택과 집중이라는 맥락하에 행동에 옮겨보세요. 앤틱과 빈티지에 관심을 갖고 내용물을 수집하는 것은 전원생활, 취미생활, 문화생활 등에서 이용하여 보라고 강력하게 추천을 합니다. 위에서 제기한 영역이나 내용을 분류해 가며 수집을 하다 보면 정신적인 풍요로움과 알아간다는 지식 충족감 그리고 수익을 올릴 수도 있는 한 분야가 되고 있답니다.

지금부터라도 관심을 갖고 주위를 둘러보면 수집할 거리가 무궁무진합니다.

특히, 세계화 시대에 외국 여행을 자주 하는 분은 외국의 이색적인 유물이나 물품을 구입하는 습관을 가져보세요. 긴 안목을 갖고 실행에 옮기면 생각지도 못한 것에서 좋은 결과를 얻을 수 있을 것입니다.

■ 소품 경매장 - 문호리 보부상

21세기는 문화시대

21세기는 문화가 개인에서 국가 단위에 이르기까지, 특히, 기업과 지방화(지역화)에 대한 관심도 전례 없이 높아지고 있습니다.

이러한 현상이 대두되는 이유는? 자본주의가 공통적으로 직면하고 있는 대도시 집중, 인간소외 현상 등의 제 문제는 기업이나 지역 차원에서도 접근하는 것이 효율적이겠습니다. 정보화시대의 출현으로 작은 규모의 적응성이 증대하는 한편, 세계 공통의 획일화된 생활양식이나 풍습에 대한 반동으로 탈획일화 경향이 나타나고 있기 때문인 것으로 여겨집니다. 이러한 현상 속에서 그 대안을 모색하고자 제기되고 있는 것이 "문화"가 아닐까 합니다.

보부상(褓負商)

우선 사전적인 의미의 보부상은 전통사회에서 시장을 중심으로 봇짐이나 등짐을 지고 행상을 하면서 생산자와 소비자 사이에 교환경제가 이루어지도록 중간자 역할을 했던 전문적인 상인이라고 설명하고 있지요.

그러나 당시 보부상은 경제적인 측면만이 아닌 사회와 문화의 영역 등을 총체적으로 아우르는 중요한 지렛대 역할을 수행하였던 사람들이라고 할 수 있겠습니다.

이러한 뜻깊은 의미를 내포하고 있는 보부상, 서종면 문호리에 국내외의 물품을 가지고 문을 열었습니다.

해를 품은 새(鳥)

정유년은 붉은 닭의 해라고 합니다. 공식적으로 해를 품은 새라고 명명(命名)하였답니다. 보부상 사장님의 허락하에 한 컷 담아온 것입니다. 우리 모두 힘차고 용맹스럽게 보이는 해를 품은 새의 이미지를 보면서 육십 년 만에 찾아온 정유년에 몸과 마음이 건강하고, 강하게 힐링이 되었으면 합니다.

패널 뒷면의 라벨/사인

보부상 사장님의 이야기로는 김기창 화백의 작품으로 프랑스 전시관에 있었던 것이 고향 찾아 돌아왔답니다.

보부상에서 새로운 주인을 기다리고 있는 중입니다. 조만간 좋은 인연으로 새로운 주인을 만나기 바랍니다.

민족의 유물(遺物)

우수한 민족일수록 강대국일수록 문화를 가치 있게 다루고 있습니다. 그러면 무엇을 문화라 총칭하는가? "지식, 신앙, 예술, 도덕, 법률, 관습 등 인간이 사회의 구성원으로서 획득한 능력 또는 습관의 총체"라고 정의를 내리고 있답니다.

이러한 문화는 사회생활을 통하여 배운바 행위의 유형이고, 전통의 묶음이며, 의식과 믿음의 총체로 바꾸어 말하면 이 사회는 그릇이요, 문화는 그 안에 담긴 내용물이라 할 수 있습니다. 또한 이러한 관습과 생활양식 속에서 유형의 물품, 오늘날 우리는 이것을 유물이라고도 하는 것입니다.

그 무엇 하나 소홀히 다룰 것이 없는 것이지요. 다시금 우리 민족의 지혜를 모을 때가 아닌가 합니다. 경매사가 경매를 진행하고 있는 모습입니다. 셀러와 바이어들 간에 보이지 않는 눈치작전이 치열하게 펼쳐지는 곳이랍니다. 시간이 되면 이런 곳도 가끔 방문해 보세요. 구경의 차원을 넘어서 배울 거리도 있음과 동시에 각자의 취향에 맞는 소품을 만날 수도 있을 것입니다. 또한, 한 차원의 경지를 넘으면 용돈벌이로도 손색이 없는 업종이 될 수 있다는 것입니다.

도자기꽃(花)

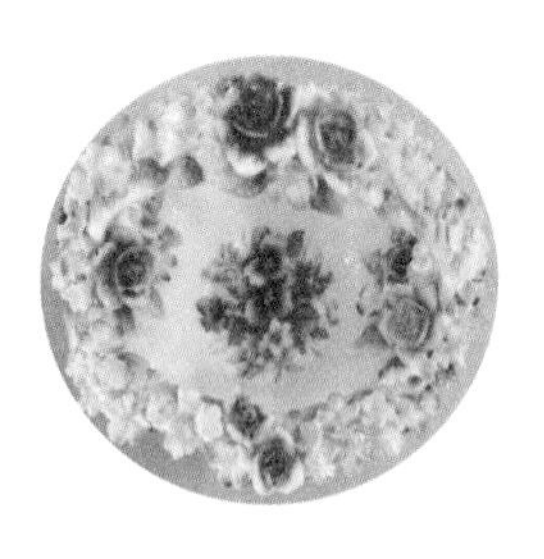

꽃을 싫어하는 사람은 없을 것입니다. 오래도록 옆에 두고 싶은 것 중의 하나가 꽃이 아닐까 합니다.

이런 이유로 동서고금을 막론하고 꽃을 대상으로 문자나 그림으로 때로는 이 같은 생활양식의 도구에 접목시켜 왔다고 볼 수 있겠습니다. 특히, 오늘날에 들어오면서부터는 실용성은 물론 고고(考古)한 가치에 더 큰 의미를 두고 발전해 왔다고 할 수 있습니다.

자기(瓷器) 꽃바구니

인간 우수성의 극치를 보고 있는 것 같지 않으세요? 다른 동물세계에서는 상상을 할 수 없는 형체 아닙니까? 세계 무대에서 우리 민족의 우수성도 알아주고 있지만, 유럽의 제품들도 우리의 유물 못지않게 다양한 분야에서 우수한 작품과 유물들을 접할 수 있답니다. 이제라도 상호 존중 속에 이해의 폭을 넓혀갈 때가 아닌가 합니다.

부귀영화(富貴榮華)

부귀영화를 원치 않는 사람은 없을 것입니다. 포도의 이미지가 바로

부귀를 뜻한다고 하여 수반 위에 포도송이를 옥으로 만들어놓은 것입니다.

시간이 지나도, 세대가 바뀌어도 지금도 이러한 염원은 바뀌지 않아 우리 곁에서 사랑받고 있답니다. 긍정의 믿음이 현실로 나타나기를 바라는 것이지요. 실제로 나타나기도 한답니다. 한번 믿어보지 않으시렵니까?

■ 유럽 유화 - 그림이야기

미술의 오해와 진실은 어디까지인가?

미술이 숱한 이야기의 수렁으로 빠져 들어가는 위험에 처해 있는 것 같이 느껴집니다. 그것은 진정한 미술의 면모를 소개하는 믿을 만하고 참신한 내용을 접하기가 어렵기 때문이 아닐까 싶습니다. 그런데도 우리의 주변에는 책, 논고, 논문, 강의, 연설, 안내서 등의 대홍수에 휘말려 있는 것이 현실이지요.

이것들은 모두가 무엇이 미술이고, 무엇이 미술이 아니며, 누가, 언제, 무엇을, 누구 때문에, 무엇 때문에 작품을 만들었는지를 우리에게 이야기해 주려 하고 있습니다. 비유하자면 우리는 수많은 비전문적인 외과의사와 분석학자들이 쪼개 놓은 것과 같은 작고 섬세한 미술의 면모들을 많이 접하고 있지요.

그리고 우리가 미술에 대해 너무 많이 생각하고 이야기했기 때문에, 오히려 우리 시대에는 미술이라는 것이 불확실한 것이 되어버렸다는 생각까지 들게 된답니다. 이런 가운데 소개하고 있는 것들은 아내가 취미 삼아 수집하여 소장하고 있는 그림 중 유화 몇 점들입니다.

정원풍경

어느 교외의 주택 테라스 주변과 정원에 꽃들이 만개하여 창밖에 펼

쳐진 모습을 보고 있으면, 사실 자체에 매료되지 않을 수 없을 것입니다.

먼 발치에서 보면 마치 실물을 보는 것 같았습니다. 이렇듯 기다리지 않고 보고 싶으면 언제든지 볼 수 있는 것이 그림이 아닐까 합니다. "기다림의 미학"이라는 용어도 있지만 여기에서는 통용되지 않는 것 같습니다. 그저 마음이 한결 편안하다는 심정 외에는 달리 표현 문구가 생각나지 않는군요.

몽마르뜨 언덕 주변

프랑스 파리의 옛 건축물들이지요. 세월이 지나도 옛 모습을 그대로 유지한 채 오늘날까지 사람들이 주거하여 생활하는 곳이랍니다.

다소 불편할 듯도 한데 자긍심을 지니고 살아가는 그네들의 정신을 엿보고 싶어지네요. 차제에 우리도 이러한 전통문화에 대한 인식을 새롭게 하는 차원에서 계승정신을 가져야 하지 않을까 합니다. 우리도 우리만의 건축물에 대한 특징은 분명히 있습니다. 즉, 실용성과 더 나아가서는 섬세한 예술성 등에 대해서 고민하면서 찾아봅시다.

꽃병(花甁)

이 세상 모든 것이 무한한 것은 없습니다. 아무리 제철에 보는 꽃이 최고라 하지만…, 인간의 욕심은 무한정하여 이렇듯 꽃병을 유화로 남겼습니다.

분명 색상만 보여주고 있는 것 같지만 이 속에서 향이 배어 흘러나오는 기분이 들지 않으세요? 이런 인간의 욕심과 과욕을 부린 것에 대해서는 용서를 해주고 싶습니다. 화가의 고뇌를 존경합니다.

그리스풍의 해변가 건축물

해변가나 섬 지역의 기후 특성에 맞춰 지어진 건축구조물들이지요. 시간이 지나도 세월이 지나도 변색이나 퇴색되지 않고 잘 유지되고 있는 듯합니다.

주변의 풍광과 조화를 유지하면서도 집집마다 개성과 특성을 살린 면도 특이하네요. 그리고 집집마다 빼놓을 수 없는 것이 있네요. 바로 꽃이랍니다.

인물화

실내의 여인을 배경으로 한 유화네요. 그림 속의 여인과 대화를 하는 것 같은 분위기가 아닐는지요. 당시의 의상이며, 실내의 소품들도 한눈에 엿볼 수가 있네요. 동서양 어디를 가도 그림 속에 등장하는 작품 속에는 꽃이 등장하고 있다는 사실입니다. 인간과 꽃은 인연 중에 최고의 인연이 아닐까 합니다.

■ 타피스트리 - 예술적 가치의 극치

타피스트리란?

지식백과사전에 따른 타피스트리(tapestry)의 의미는 철직(綴織)이라는 뜻을 지닌 말로 알려져 있지요. 즉 여러 가지 색깔의 위사(緯絲)를 사용하여 손으로 짠 회화적인 무늬를 나타낸 미술적 가치가 높은 직물이랍니다. 위사는 각각 작은 북에 넣고, 그 색의 위사가 필요한 부분만 경사(經絲)와 조직시킨 것이지요.

그 기원에 대하여 정확히 알려진 바는 없지만 서양에서는 벨기에와 프랑스를 중심으로 발달하였던 것으로 알려져 있답니다.

물론 우리나라를 위시한 동양에서도 이러한 행태의 철직이 없을 리 없지요. 그 옛날 우리의 선조들 역시 섬세한 솜씨를 발휘한 작품들이 주위에 남아 있어 예술품과 민속품으로 보존의 가치를 강조하고 있는 실정이지요.

아래의 타피스트리는 집사람이 취미 삼아 모아 놓은 몇 점 중에서 올린 것입니다.

귀족들의 연회장면

과거 어느 나라를 막론하고 신분상의 계급이 존재하였었지요. 상위계층의 신분을 갖고 있던 사람들에게 이러한 파티는 일상의 행사였을 것입니다.

오늘날에도 신분상의 계층이 전혀 없는 것은 아니지만 과거에 비하면 양질에 있어서 누구나 연회를 이용하고 즐길 수 있는 시대가 아닌가 합니다. 평등의 개념이 주어진 것이 아닐까 합니다.

그러나 이러한 장면의 타피스트리를 보면서 보다 더 평등의 시대로 향해 가야 할 부분도 있겠구나 하는 생각이 드네요. 또한 여기에서 이야기하고 싶은 내용은 이러한 타피스트리를 만들었던 장인이 있었기에 그 당시의 실상을, 그 시대의 향기를 적나라하게 감상할 수 있지 않나 싶습니다.

약혼식 장면(가칭)

인간으로 태어나 삶을 살아가는 과정 중에는 의식이 있지요. 그중의

하나가 약혼에 이은 결혼이라는 행위가 아닐까 합니다. 동서양을 막론하고 어느 누구에게나 일생 일대에 중요한 의식이 아닐 수 없을 것입니다.

본 장면에서도 단출하지만 최대한의 의식을 전제로 한 행사가 진행되는 모습을 엿볼 수 있지 않나 합니다. 또한 살아가는 중에 10주년이니 20주년이니, 은혼식이니 금혼식이니, 하고 다시금 그날의 분위기를 되뇌며 기념행사를 이어가고 있지요.

우리 모두 미래도 중요하고 세상살이가 아무리 복잡하고 힘들더라도 누구에게나 한 번뿐인 이 삶을, 이 생명을 소중히 여기면서 지나온 날을 기억하며 잠시 잠깐이라도 추억 속으로 들어가 보는 것도 좋을 듯합니다.

비밀의 호수

우리의 옛 모습은 대부분 자연 속에서 농사를 지으며 생활하였었지요. 그러던 것이 산업혁명이니, 경제개발이라는 미명하에 전 국민은 도시로, 전 국토는 도시화가 되었습니다. 그 결과 생활의 편익은 가져왔을지 모르나 마음은 황폐화된 지 오래입니다.

이러한 마음의 병을 더 이상 방치하면 안 될 상황에까지 이른 것입니다. 불행 중 다행인 것은 도시 인근에 자연다움과 시골다움을 재현시켜 도시민을 유인하려는 각종 프로그램이 활성화되고 있다는 사실입니다.

또한 도시 인근에서 전원생활을 하려는 사람이 증가하고 있다는 사실과 비록 주생활 공간은 도시에 위치하고 있더라도 취미생활과 진정한 내면 문화생활의 일환으로 이와 유사한 예술품이나 민속품을 수집하여 집안에서도 마음의 힐링을 추구하는 사람이 많아지고 있다는 것입니다.

티타임 장면

우리는 전통적으로 식사할 때에는 말없이 식사하는 것을 예의로 여겼지요. 일찍이 서양에서는 식사 시에 장시간 담소를 나누면서 식사하는 것을 기본으로 삼아왔답니다.

물론 외국의 생활습관이 모두 옳다는 것은 아닙니다. 특히 오늘날 핵가족화의 속도가 빠르게 진행되고, 우리의 가족 구성원 간 생활형태도 각자 다른 상황에서 서로가 얼굴을 맞대고 대화할 시간이 많지 않다는 점을 감안하면 식사할 때 나누는 대화가 소통과 화합의 기회가 되지 않을까 합니다.

티타임이나 다과회의 성격 속에서도 맥을 함께하지 않을까 합니다. 우리는 우리 나름대로의 장점도 있지만, 서양의 티타임에서 보듯이 비록 차 한 잔 속에서도 속내 있는 대화가 있기를 바라는 마음에서 올려봅니다.

■ **앤틱** - 세월의 향기

생활 속의 유산

오늘날 물질문명이 발달하고 자본이 차지하는 비중은 높아졌으나 소위, 강대국일수록, 잘 사는 나라일수록 그리고 문화민족이라고 자긍심을 갖고 있는 민족과 국가일수록 물려받은, 유산이라는 단어를 중요시하지 않는 나라와 민족은 없는 것 같습니다.

옛것을 등한시하거나 새로운 것이 좋다고 하는 세태 속에서 한 번쯤은 유산이라는 내면의 함축성을 되새기는 기회가 되었으면 합니다.

전원생활 속에서 집사람이 모아둔 앤틱 관련 소품 몇 점을 올리면서 우리 모두 나 자신, 가정, 지역단위 그리고 국가 단위 등의 문화유산을 총체적으로 점검하여 유지, 계승 그리고 발전시켜 나가야 할 때라는 생각이 드네요.

앤틱 가구류

원래 가구라고 하면 집안 살림에 쓰는 기구, 주로 장롱 · 책장 · 탁자 따위와 같이 비교적 큰 제품을 뜻하지요. 여기에서는 그릇을 넣어두는 그릇장이라 칭하겠습니다.

100여 년이 지난 오랜 세월 속에서도 골방으로 내몰리지 않고 현재 주부님들의 생활 곁에 함께하고 있는 비결은 무엇일까? 우선 함께 생활하는 데 불편함이 없으며, 섬세함과 우아함 그리고 예술적인 차원의 디자인성 등에서 주부님들의 마음을 사로잡고 있기 때문이 아닐까 합니다.

다양한 찻잔들

우리 민족을 위시하여 중국이나 일본은 한의학과 민간요법에 따라 수명 장생의 목적으로 차의 종류가 다양한 가운데 지혜로운 삶과 풍류를 즐겨왔던 민족이지요.

과거를 돌아보면 차(茶)가 음용을 주목적으로 번성하였을 때에는 자연스럽게 차와 관련한 부속품들도 함께 발전하였던 흔적을 엿볼 수 있답니다.

그러나 오늘날 그와 같은 발자취는 우리의 주변에서 쉽게 찾아볼 수 없으니 아쉬운 감이 있습니다.

찻잔의 모양새부터 색상 등에서 풍기는 총체적인 이미지를 보고 있노라면 찻잔 속에 담긴 차를 마시기가 아까답고 할까, 차 본래의 맛보다 멋이라는 생각이 머릿속에 오래 남게 되는 것이지요. 그러니 차 한 잔 속에 마음의 풍요와 평화가 찾아오는 것이 아닐까요.

부수적인 소품류

보통 사람의 상식으로는 도저히 이해가 되지 않는, 상상하기 어려울 정도의 소품류들이 있답니다.

여기에 올린 몇 점 속에서도 보여주듯이 차별화된 성격, 문양, 인물들을 보면서 느끼는 점은 생활의 편리함을 넘어 그 당시의 예술과 문화의 영역까지 다루고 있음을 볼 수 있었을 것입니다.

과연 그러면 이 시대를 살아가고 있는 우리는 무슨 생각 속에, 무엇을 해야 할까를 떠올리지 않을 수가 없을 것입니다. 오늘의 생활상을 다음 세대에게 잘 묘사된 유/무형의 형태로, 즉 혼과 문화가 담긴 생활의 흔적을 물려주어야 하지 않겠습니까?

문화/예술의 본질

아무리 "등 따습고 배부르면 무슨 여한이 있겠는가" 하는 속담이 있으나 하루 세 끼의 밥만 먹고 만족할 수 있는 사람은 아무도 없을 것입니다.

나는 이 순간 행위의 하나로 문화/예술의 본질을 생각해 보았습니다. 인생의 자기 가치를 드높이고자 원하는 사람에게는 예술과 관련한 취미의 함양이라 할까? 부단한 노력이 뒤따라야 하겠습니다. 왜냐하면?

이때 예술은 인간을 인간화하기 때문일 것입니다.

산업사회가 발달하면서 세상에는 비인간화된 사람이 그만큼 늘어났기 때문에 더욱 중요하지 않을까 합니다. 그들은 물질을 존중하기까지 합니다. 물질만을 삶의 가치로 여기는 것은 인간일 수 없습니다.

이제부터라도 감상의 차원을 넘어 누구나 직접 문화와 예술의 현장 속으로 들어가 보지 않으시렵니까. 이들의 세계에 몰두하여 자기 자신을 초월하고, 타아(他我) 속에 삶의 흥미를 발견한다면 자신의 인격도 높일 수 있을 것입니다.

양평이야기

쉼터
양평물맑은시장
제1회
양평부추축제
장소 : 양동역 일원
일시 : 2016. 9. 30(전야제)
2016.10.1(토)~2(일)
양평군

■ **동문회체육대회** - 양평친환경농업대학

행사의 피날레는 역시 경품이 아닐까 합니다. 지금까지 살아오면서 모두에게 주는 경품은 받아봤지만 선택되어 받아본 경품은 기억 속에 없는 것 같으며, 바라지도 않았었지요. 역시 사람은 오래 살면서 여러 일과 더불어 행사에 참여하여 볼 일인 것 같습니다.

양평친환경농업대학 동문회 박 회장님과 찰칵, 회장님이 증정한 전자레인지입니다. 군정 업무에 바쁘신 군수님도 본 행사에 참석하셔서 자리를 빛내주셨습니다. 동문회 체육대회에 참석하여 주신 김선교 양평군수님과도 기념으로 담아놓았습니다.

양평친환경농업대학 동문회 체육대회가 양평농업기술센터에서 개최되었습니다. 양평농업대학 1년 과정에 입학하여 선배님들과의 친목을 다지는 자리입니다. 며칠간 서울에 볼일이 있어 새벽에 양평으로 내려오느라 조금은 바쁘게 움직여서 오전 개회식에 늦지는 않았습니다.

20대에서 70대까지 다양한 연령대로 구성되어 있지만 나이는 숫자에 불과하다는 말과 같이 잠시나마 모두들 나이는 나이일 뿐이라면서 10대에서 20대 때의 감상 속에서 대화를 나누고 사회사의 진행순서에 따라 어찌나 말도 잘 듣는지 매끄럽게 이어져 갔답니다. 장기자랑, 줄넘기, 줄다리기, 달리기, 숫자로 짝짓기 등 다양한 프로그램 속에 시간 가는 줄 몰랐습니다. 마무리에는 상품시상식에서 300여 명의 동문 선후배 속에서 제일 마지막 행운의 1등 당첨으로 S전자의 전

자레인지도 받게 되는 영광을 얻었답니다. 도시에서는 느낄 수 없는 시골풍경을 다시 한번 또 느께게 된 하루였습니다.

■ 두물머리 - 세미원

물과 꽃의 정원

양평의 생각나는 곳을 꼽으라면…, 양평 = 두물머리 = 세미원이라는 등식이 성립할 정도로 유명한 곳 중의 하나입니다. 나의 둥지에서 9킬로 가까운 거리에 있으나 소식을 전하는 것이 늦었습니다.

물과 꽃의 정원, 세미원의 어원은 물을 보며 마음을 씻고 꽃을 보며 마음을 아름답게 하라는 뜻이 내포되어 있답니다. 세미원을 세우고 가꾸는 최종의 목표는 자연 속에 담겨 있는 진리를 배우는 정원입니다.

다음 주부터 본격적인 연꽃문화제가 열릴 예정입니다. 시간이 없으시면 퇴근 후 야간에 방문하여도 풍경거리가 많습니다.

교통편도 문산발 용문행 중앙선을 타고 양수역에서 하차하면 가깝습니다. 옛 추억의 낭만 속으로 한번 놀러 오세요. 오늘 찍은 연꽃 사진은 아직 만개하기 전입니다. 다음 주부터는 좀 더 많이 개화되어 당신을 기다리고 있겠지요.

연꽃의 여왕 빅토리아의 전설

세계에서 가장 큰 잎과 꽃을 가진 연꽃입니다. 남아메리카 아마존강 지역이 원산지인 빅토리아 연꽃은 1836년 영국의 식물학자 존 린들 리

가 발견하여 영국에 전시하면서 빅토리아 여왕 즉위를 기념하여 이름 붙여진 뒤로 전 세계에 알려지게 되었다고 합니다.

이때부터 빅토리아연꽃이라 불리기 시작하였습니다. 빅토리아연꽃은 하얀 꽃이 올라왔다가 밤이 되면 다시 가라앉은 후 다음날 다시 올라와 붉은 꽃을 피우고 자정을 넘길 즈음에 다시 활짝 피면서 왕관 같은 모양을 보여줍니다. 이 같은 장면을 빅토리아연꽃의 대관식이라고도 한답니다.

■ TERA ROSA COFFEE - 고요한 아침에 차 한 잔 올립니다

비가 온 뒤 상쾌한 아침, 모닝 카푸치노 한 잔 올립니다. 모양도 참 예쁘지요. 마시기가 참 아까울 정도랍니다. 어제 오후 오랜만에 한번 들러보았습니다.

위치는 춘천행 고속도로에서 서종 IC로 나오면 인근 문호리 부근에 자리 잡고 있습니다.

실내 분위기가 공연장 같네요. 젊은 커플들에서부터 어린 아기를 데리고 나온 도시의 새댁들 그리고 옛 추억을 되새기고파서 드라이브 겸 양평 서종으로 나들이 나온 황혼의 신사 숙녀분

들의 대집합장 같은 모습을 한눈에 볼 수 있습니다.

커피숍이라는 고정관념을 탈피한 독특한 디자인이네요. 당신도 시간을 만들어 꼭 한번 다녀가시면 후회하지 않으실 것입니다. 분위기에 취해서인지 카푸치노의 향과 맛이 일품이네요. 아마도 이러한 묘한 기분은 오래갈 것 같습니다.

■ 초록영농조합농산 - 가공현장 견학

가공현장 견학

HAACP 시설을 갖추고 각종 제과들을 생산하는 모습입니다. 견학 중 찰칵…, 어디냐 하면 청운면에 위치하여 전병을 종합적으로 생산하고 있는 주미제과입니다.

어제 양평친환경농업대학 농산가공과에서는 지역에서 생산하여 가공·판매되고 있는 청운면에 위치한 초록영농조합을 방문하였습니다.

2대째 운영되고 있는 곳으로 많은 어려움 속에서 지금은 자리를 잡아가고 있다고 합니다.

우리 반 학생들이 이러한 곳을 견학하는 것은 시행착오를 줄이고 좀 더 좋은 농산물을 가지고 가공하여 판매를 극대화하는 데 목적이 있겠지요.

미래 성장발전의 근원지

이러한 교육과 농촌의 현장을 들러보다 보니, 단순한 먹거리 문제의 개선뿐만 아니라 농촌을 살리는 것은 흙을 살리고 자연을 살리면서 나라를 살리는 것에까지 도달하게 된다는 것을 깨우치고 있습니다. 미래

한국의 성장 발전을 위해서는 농촌에서 찾아야 하지 않을까 합니다.

초록영농조합 사장님으로부터 그동안 겪어왔던 일반적인 농촌의 어려움과 제품의 생산 가공 그리고 판매는 물론 향후 중국시장에 진출해야하는 필요성 등등 짧은 시간이었지만 소중한 이야기를 경청하였고 인연의 끈을 계속하여 이어가기로 하였습니다.

농산가공과 학생들의 진지한 모습을 보면서 우리 농촌의 미래 또한 밝을 수 있겠다는 믿음을 가져봅니다.

처음에는 둥굴레로부터 시작하여 뽕잎 그리고 뚱딴지를 주재료로 하였지만 이제 농촌에서 생산되는 모든 농산물 자원은 우리의 먹거리 재료가 될 수 있다는 것입니다. 더욱이 전 세계인의 먹거리 재료로도 충분하고 필요한 조건을 갖추고 있다는 것입니다. 돌아오는 길에 주미제과도 견학하고 양평농업기술센터 내에 위치한 농산물 가공시설물도 둘러보았습니다.

대한민국 농촌 파이팅!
대한민국 농민 파이팅!

■ 광이원 - 전통방식의 장류

광이원

물 맑은 양평에서 전통장을 담가온 지 25년여. 생산량을 늘리기보다는 정성을 다하여 전통장의 가치를 이어가고 있는 집으로 정평이 나 있는 곳입니다. 농산가공과 학생들의 현장 견학차 다물한과에 이어 광이원을 방문하여 김 사장님으로부터 그간의 걸어온 길에 대한 좋았던 일들과 말로써 표현하기 어려웠던 애환을 경청하였습니다.

양평의 깨끗한 물, 우리 콩 100%, 우리 천연소금 100% 장을 담그는데 이 세 가지 말고 무엇이 더 필요할까요? 전통장 체험도 할 수 있답니다.

전통방식으로 장을 담그고 광이원에서 2년간 숙성시켜 드리는 체험입니다. 단, 음력 절기에 맞춰 1년에 한 번만 가능합니다.

한편, 찹쌀고추장도 3, 4, 9, 10월에 전통방식으로 담그는 체험을 시행하고 있답니다. 그 이외에 지역의 농산물을 가지고 청과 효소 내지는 다양한 식초도 개발하여 시판에 임하고 있지요. 예를 들면 현미, 오디, 대추 등을 엿볼 수 있었습니다.

2011년부터는 광이원 농가맛집으로 선정되어 양평에서 생산되는 재료와 전통장으로 만든 장류를 가지고 맛을 내어 고객을 맞고 있지요. 광이원에 오시면 모녀의 정성과 사랑이 담긴 우리 전통장의 맑고 깊은

맛과 산 깊고 물 맑은 양평의 향토음식을 체험하실 수 있습니다.

양평 농가맛집은 농업의 소중함으로 농업인과 도시의 소비자를 이어주는 곳입니다. 양평 향토음식으로 신뢰와 감성을 이어가는 곳입니다. 전통의 맛을 이어가는 곳입니다. 음식을 통하여 문화를 창조해 내는 곳입니다.

농가맛집이란?

농가에서 직접 생산한 농산물과 지역의 식자재를 이용하여 만든 음식으로 소비자에게 안전한 먹거리를 제공하는 어머니의 정성 어린 손맛이 곁들여진 추억이 있는 공간이라고 할 수 있지요.

■ 양평로컬푸드직매장 - 세계는 지금 유기농 열풍시대

로컬푸드직매장

오늘날 급속도로 오염되고 있는 환경을 보호하고 생산자의 안정적인 소득구조를 창출시키면서 소비자의 안전한 먹거리 확보가 국민의 큰 관심사로 등장된 지 오래되었지요. 이러한 배경 속에서 생산자와 소비자의 신뢰 형성은 물론 양평 지역 경제 발전에 기여하고자 장거리 운송을 거치지 않은 양평 지역 농산물을 가지고 생산자와 소비자를 물리적, 사회적으로 묶은 공동생산자의 개념으로 양평 친환경 로컬푸드 직매장이 탄생하게 되었습니다.

양평역 앞 양평 장내에 위치한 로

컬푸드직매장은 여러분을 내 가족처럼 생각하고 언제나 성심성의껏 모시고 있습니다. 먹거리 선택 요령: 저염, 저당, NON-GMO, 무첨가 친환경 농산물, 무항생제, 친환경 가공식품, 로컬푸드, 슬로푸드. 이와 같은 단어의 개념들이 내포된 재료 선택을 실천에 옮겨보세요. 지금 세계는 유기농 열풍시대라 해도 과언이 아니며, 국가적으로도 식량주권과 연관을 지어야 할 때가 아닌가 합니다.

컬러푸드, 건강한 먹거리 - 약식동원

- RED : 암 성장 억제, 면역기능 향상 - 체리, 토마토, 홍고추
- ORANGE : 눈 건강, 항암효과 - 오렌지, 당근, 귤
- YELLOW : 골다공증 예방, 혈관벽 강화 - 바나나, 옥수수, 호박
- GREEN : 장 건강, 디톡스 효과 - 양상추, 오이, 브로콜리
- PURPLE : 우울증 개선, 항산화 효과 - 가지, 블루베리, 적양배추
- BLACK : 노화 예방, 탈모예방 - 검은콩, 다시마, 올리브
- WHITE : 콜레스테롤 저하, 폐기능 강화 - 더덕, 무, 양파

유기농법을 통한 6차 산업

유기농법은 화학비료, 합성 농약, 가축사료첨가제 등 합성화학 물질을 사용하지 않고, 윤작(輪作)을 하거나 유기물과 자연광석, 미생물 목초액 등 자연적인 자재만을 사용하는 농법을 말합니다.

유기농법으로 농작물을 재배하게 되면 토양 미생물, 작물, 가축, 인간 사이에 존재하는 생태계 물질 순환체계의 균형을 유지시켜 모든 생물체가 공존할 수 있으며, 농업생산력을 지속시켜 생산의 장기적인 안정성을 확립하고 농가 경제의 안정과 수익성이 보장되어 경제적 이득을 얻을 수 있습니다.

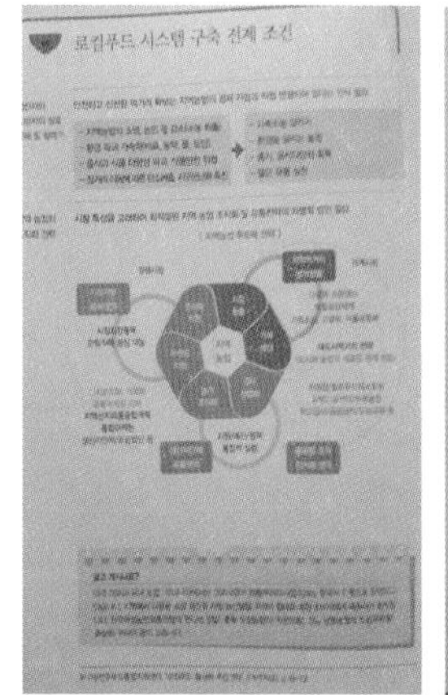

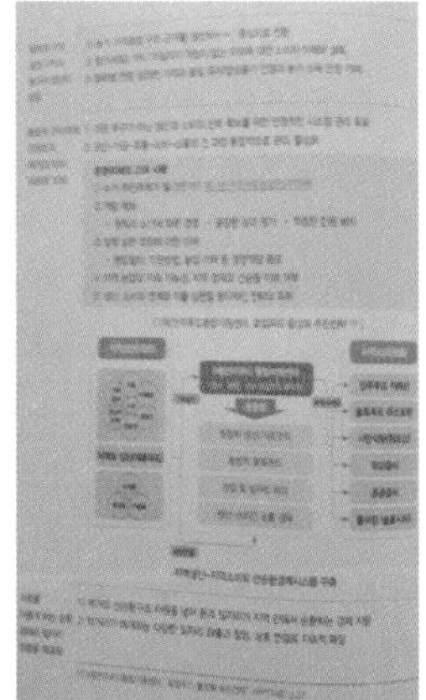

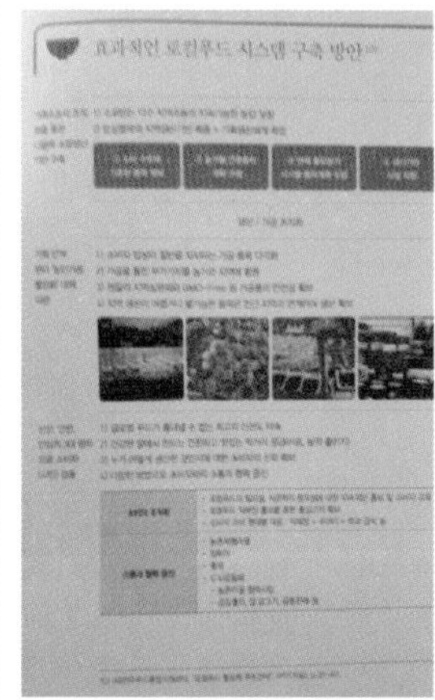

한편, 유기농법으로 생산된 농산물은 맛과 향이 좋고, 영양분 함량이 높으며, 인체에 해를 주지 않아 건강 증진에 도움이 된다는 것입니다. 지방 전통산업이 새롭게 나가야 할 모델 "6차 산업" 1차 산업인 농축수산업을 2차 제조 가공업으로 확장하여 3차 판매 서비스 분야에 접목시키는 것을 말한답니다.

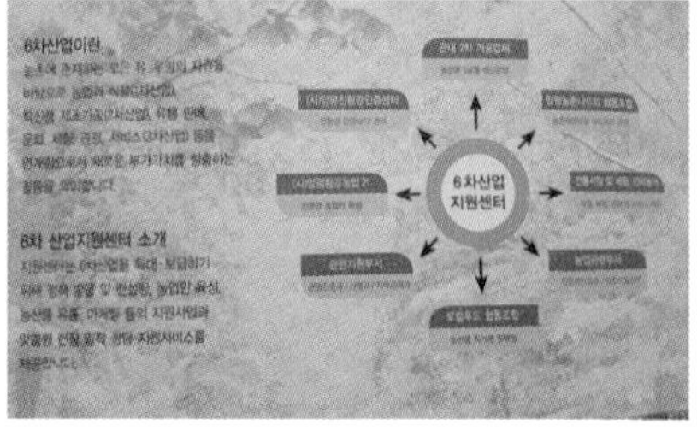

1×2×3=6차 산업으로 진화. 도시의 소비자를 찾아오게 만드는 것이다. 6차 산업은 활력을 잃은 농촌지역에 생기를 불어넣을 수 있는 산업으로서 1차, 2차, 3차 산업의 융합을 저해하는 각종 규제를 없애고, 아이디어 공유와 세제 지원을 통해 6차 산업의 확산을 유도해야

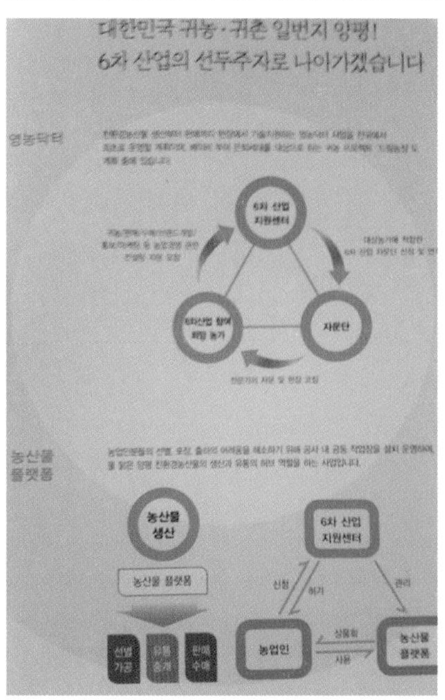

겠습니다.

양평군은 국민들에게는 안전한 먹거리 제공, 생산농가에는 안정적인 판로 확보를 제1의 목표로 하고 있습니다. 양평군에서는 최상의 품질, 철저한 품질관리, 최고의 서비스를 모토로 농산물 유통사업을 관리 운영하고 있답니다.

한편, 2011년에 우리나라 농업의 새로운 희망으로 지속 가능한 농업의 길로 강소농(强小農) 육성이 답이라는 가정하에 갖가지 정책이 시행되고 있다.

그 배경에는 농업 인구와 경지 면적이 줄고 FTA와 구제역 같은 위험 요소들이 증가하면서 영농현장에는 우리나라 농업의 위기라는 인식이 확산되고 있는 상황에서 이를 해결하기 위해서는 차별화된 한국형 농업 전략을 세워 농가소득을 올리고 지속적으로 성장시킬 수 있는 농업 경영체계를 만들 필요가 있기 때문이 아닌가 싶습니다.

■ 옛 정취 속의 장터마당 - 양수리/양평/용문장

양수리 5일장

1자와 6자가 들어가는 날에 열리는 양수리 5일장입니다. 규모는 작지만 있을 것은 다 있답니다.

내 집에서 가깝기도 하지만 장이 열리는 날이면 왠지 저절로 발길이 옮겨지곤 하지요. 중앙선 문산에서 용문행 기차를 타면 양수역에서 하차하여 인근 두물머리, 세미원 등을 함께 들러보면 즐거움을 만끽하면서 좋은 추억거리도 될 것입니다.

들릴 때마다 눈길이 가는 곳은 젊은 부부가 직접 쪄내는 술빵 종류로 치즈, 모카, 베리 종류를 첨가한 것들이 인기가 있답니다. 또한 여름철

할머니 솜씨가 만들어내는 팥빙수와 전통식혜 그리고 겨울철의 호떡 맛도 빼놓을 수 없답니다.

센스 있는 북한강 양수리 시장과 남한강 양수리 시장의 간판이 어울리는 전통시장이 함께하고 있어 볼거리와 먹을거리를 더해주고 있습니다.

양평 5일장

1900년대 초부터 시작한 이후 매달 3과 8자에 해당하는 날에 열리는 5일장입니다. 장이 서는 곳은 양평역 앞 기찻길 아래 공터와 양평시장 주변이 되겠습니다.

양평 지역 농산물이 주류를 이루는 가운데 도붓장수는 300여 명에 달한다고 합니다. 이용객들은 지역 주민은 물론이거니와 중앙선 개통으로 서울과 수도권의 나들이객들도 들러가는 필수 코스로 자리를 잡았습니다.

뭐니 뭐니 하여도 5일 장의 멋은 아련한 옛스러움의 정취를 느낌과 동시에 시골의 인심을 나누는 곳으로, 생산자와 소비자 간 직거래 방식으로 이루어져 상품의 신선도 유지와 저렴한 가격이 아닐까 합니다. 가끔 찾는 양평장에서 나에게 관심을 끄는 것은 식초나 효소용으로 사용하기 위해 철 따라 나오는 과일이랍니다.

그리고 빼놓을 수 없는 것이 먹거리겠지요. 그것은 옛 맛을 재현해 주고 있는

도넛과 꽈배기, 시장 입구의 순댓국이 일품이랍니다.

용문 5일장

중앙선 용문역 광장 주변에 5자와 10일자마다 열리는 5일장입니다. 이제는 흔히 볼 수 없는 5일장이지만 이곳은 제법 큰 규모의 시장에 속한답니다. 주거래 품목은 지역 농산물이 주종을 이루고 있지요. 그중에서도 대세를 이루는 것은 철 따라 나오는 산나물이 아닐까 합니다. 인근 용문산행길에 맞추어서 장터를 들러보면 더욱 힐링의 시간이 되지 않을까 합니다.

이렇듯 양평에는 양평장, 양수리장, 용문장이 각각 5일마다 열리는 큰 장이랍니다. 3곳 모두가 중앙선 용문행 기차로 연결됨과 동시에 서울 지역에서 접근하기 편리한 곳이지요. 건강에 도움이 되는 품목들과 구경거리는 물론 청소년에게는 교육의 장이요, 어르신에게는 아련한 추억의 장이 아닐까 합니다. 더 늦기 전에 자주 놀러와 주세요.

■ 고향의 맛과 향기 - 양평 체험마을

어린 시절의 꿈과 낭만처

양평에는 다양한 문화유산이 있고 천혜의 자연경관, 즉 물 맑고 공기 좋고 경치가 아름다운 농촌마을이 있습니다.

도시생활에 지쳐 스트레스에 시달리고 있는 사람과 고향의 정취를 느끼고 싶은 사람들에게 사계절 편안한 휴식공간을 제공하고 여유로움의 진수를 위한 다양한 체험 프로그램으로 도시민들에게 체험과 추억의 기회를 제공하려 애쓰고 있습니다.

양평에 놀러 오시면 여러분이 잃어가는 소중한 것을 재발견할 수 있을 것입니다. 경기도 내에 총 98개의 체험마을 중 양평군 내에만 28개의 체험마을을 운영 중인 것만 보아도 실감할 수 있을 것입니다.

전국 단위로 봐도 최고 수준의 체험마을을 운영하는 곳이 아닐까 합니다. 양평군 주관으로 실시한 농촌체험지도사 교육을 받은 지도 벌써 1년이 되어 옵니다. 작년 여름에서 가을까지 약 3개월간(2015.8.5~2015.10.28)의 교육은 양평의 농업을 이해하고, 농민의 고충을 알게 된 계기였습니다.

나 자신 귀촌생활의 애로사항 해결에 지름길이 되지 않을까 하여 교육을 받게 되었던 것이었지만, 의외로 다양한 분야에서 생활하던 사람과의 만남은 또 다른 수확이었습니다. 기회가 되는 대로 양평의 체험마을 발전에 보탬이 되고자 다짐해 봅니다.

질울고래실마을

질울고래실마을은 물 안개의 풍경이 아름다운 두물머리와 수도권 등산객에게 잘 알려진 청계산 자락에 위치하고 있는 시골 외갓집 같은 곳입니다. 이곳에서는 새콤달콤 딸기로 시작하는 농사체험으로 시작하여 겨울 김장체험의 배추 수확으로 마감을 한답니다.

딸기, 감자, 쌈채, 오이, 옥수수, 고구마, 땅콩, 배추 등 농사꾼이 되어 보는 귀한 시간이 될 것입니다. 다른 곳과 차별화한 것은 누에의 일생을 살펴보고 누에고치에서 나오는 명주실 뽑기라든가, 움집 원시인 체

험, 나무수레 싱싱 등을 경험할 수 있는 곳입니다.

덜컹덜컹 트랙터 마차는 마을회관을 출발하여 감자밭으로, 옥수수밭으로 이동하는데 트랙터는 나무수레 2대를 이어 붙인 것입니다.

승용차 대신 타는 것뿐인데 마냥 즐거워한답니다. 돌아오는 길에 마을 한 바퀴를 돌아보면서 시골의 정취를 만끽할 수 있는 곳입니다.

여물리 마을에서 전통 떡메치기 체험

농산물 수확 체험이 주류를 이루는 가운데 나뭇잎으로 수건을 염색, 송어 잡기, 냇가 물놀이, 인절미 떡메치기 등이 주류를 이루고 있는 곳이지요.

수미마을에서 물놀이 체험

거둘 수(收)와 보리, 쌀 미(米)는 쌀이 풍부하다는 것에서 비롯된 수미마을이다. 널찍한 개울을 따라 수리봉과 감투봉, 노고봉의 세 가지 아름다운 봉우리 아래 자리하고 있답니다.

체험의 내용은 뗏목 타기와 민물고기 잡기, 다슬기 잡기, 황토 마사지, 물놀이 등이 주류를 이루고 있습니다. 가을이 되면 150년 이상 된 큰 밤나무가 있는 곳에서 후두둑 떨어지는 밤 줍기 또한 명품 체험이 되겠지요.

보릿고개 마을에서 병아리손으로 감자 캐기

옹기종기 모여 있는 마을 골목골목에 숨겨진 훈훈한 정과 자연의 소리가 절로 느껴지는 곳입니다. 마을 주민 전원의 참여 아래 공동으로 일을 나누어 하는 하는 것이 특징으로 마을 입구부터 주민들의 미소가 여러분을 맞이할 것입니다.

"보릿고개"란 50~60년대 먹을거리가 귀하던 시절, 보리를 패기 전에 먹을거리가 모두 떨어져 대신 소나무 껍질이나 버려진 나물로 연명하던 두서너 달의 춘궁기를 말합니다.

가난했던 옛 시절의 추억을 도시민에게 신개념의 체험현장으로 제공하여 마을 소득을 창출하고 도시민의 향수를 불러일으킬 수 있는 "보릿고개"라는 용어의 이미지가 강해 마을명으로 정했다고 하네요. 주요 프로그램으로는 음식 만들기와 과수농장 체험, 짚공예 농산물 캐기, 생태체험으로 짜여 있답니다.

농촌체험이란?

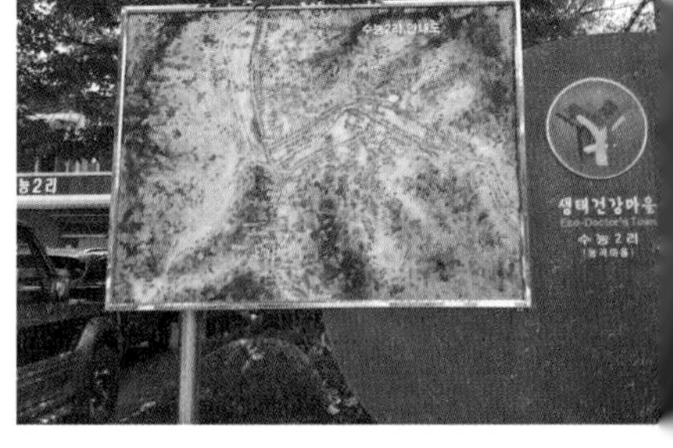

농촌 공간에 존재하는 모든 특성, 즉 생태시스템 여가, 오락공간, 작물이 경작되는 풍경, 역사유적지, 사회문화적인 전통 등의 도시민들에게 공간 체험을 제공하는 것을 말합니다.

발전지향적인 체험마을이 되려면, 이용자의 입장과 농촌 체험지도사 교육을 받은 입장 그리고 양평농업대학에서 교육받은 입장에서 느낀 점을 피력하면 다음과 같은 내용 검토가 있으면 좋겠습니다.

- 거리 종류의 다양화

  볼거리, 먹거리, 즐길거리, 놀거리, 쉴거리, 살거리 등등

- 소비자 계층의 다양화

- 마을단위 자생적 공동체
- 육체와 정신적 체험과의 균형 배분
- 체험마을별 차별화 전략
- 일회성이 아닌 지속성 유지
- 체험마을 주민의 문화생활과 연계성
- 가격의 적정성 문제
- 체험지도사의 자질 향상

오늘날 도시화율이 절대수치인 상황에서 농촌과 어촌 그리고 산촌 생활 경험은 꼭 필요하지 않을까요. 농촌체험을 통해 농업을 이해하게 되면서 먹거리인 국가의 식량문제까지도 연결지어 생각해 볼 수 있는 기회가 되지 않을까 합니다.

개인의 입장에서는 자연을 알게 되면서 정서적으로도 도움이 될 수 있겠지요. 지금까지 내가 찾아가 본 체험마을들은 동오리체험마을, 수미마을, 질울고래실마을, 여물리체험마을, 소리산마을, 보릿고개마을밖에 안 되지만 한 곳 한 곳 시간이 되면 모두 찾아가 볼 계획입니다.

한가지 아쉬운 것은 간판에서 보시는 바와 같이 10여 년 전만 하여도 내가 살고 있는 수능2리에도 생태건강마을이라는 브랜드로 체험마을을 운영하였었다는 것입니다. 다시금 수능2리에 새로운 모습으로 생태건강마을이 재탄생할 날을 기대해 보면서, 전체 양평 체험마을이 행복마을로 자리 잡았으면 좋겠습니다.

■ 문호리 병아리마켓 - 우리 동네 서종면

마켓 개설 취지

서종면 우리 동네 인근에 이러한 볼거리, 살거리, 먹거리, 즐길거리 등이 한곳에 자리하고 있다는 것이 얼마나 행복한지 모르겠습니다.

처음에는 별것 아닌 것 같기도 하였는데 종종 들르다 보니 보고 즐기는 요령이 생겨 재미가 쏠쏠합니다. 산과 북한강가를 끼고 있어 운치와 한여름의 시원함은 말로 표현하기가 어렵답니다.

처음에는 매월 셋째 주에 열리던 것이 지금은 매월 첫째 주 토요일은 병아리마켓이라는 이름으로 열리고, 셋째 주 토요일에 열리던 것이 일요일까지 연장되어 열린답니다. 병아리라는 뜻은 처음 출품하는 셀러들이고, 셋째 주의 셀러들은 경험과 노하우를 가지고 있는 분들로 이루어지고 있다네요. 단, 참여하려면 매월 인터넷으로 신청받아 그중에서 선발을 한답니다.

문호 리버마켓의 캐논 아빠 겸 감독을 맡고 계신 분과 현장에서 함께한 사진입니다.

처음의 개설 취지는 서울 등지에서 주거지를 이곳 서종으로 이전한 분들의 소일거리, 재능의 교류, 만남과 소통 차원에서 개설하고자 하였답니다. 지금은 더 넓은 차원에서 지역 주민과 타 지역 사람과의 소통과 문화생활에 도움이 됨과 동시에 수익보다는 각자의 재능을 마음껏 표출하여 교감할 수 있는 장터 마당이 되고자 하는 데 비중을 두고 있다네요. 누구나 이러한 취지에 부합된다면 물품, 아니 작품을 출품시킬 수 있도록 문호를 개방하고 있는데, 가급적 출품의 종류는 핸드메이드여야 하며, 중복되지 않는 범위 내에서 선정된다고 합니다.

농산물은 서종면에서 생산되는 것이 주류를 이루며, 전체 출품 셀러의 70~80%가 양평에 근거를 두고 있는 분이랍니다. 일단 선정되면 모든 참여자들이 자율적으로 마켓을 운영 관리하고 있답니다.

사전 정리, 주차 관리, 청결문제 처리, 사후에는 끝장 토론이라는 것이 현황과 개선 사항 등에 대해 해결점을 찾을 때까지 허심탄회하게 이야기를 나눈다는 것입니다.

강소예 기회의 장

비용 지불 사항에 있어서는 모이통이라는 곳에 각자가 알아서 내놓는다고 하네요. 작지만 특색 있고 강한 나만의 예술작품이라는 의미로 "강소예強小藝"라는 명칭을 부여해 주고 싶네요. 비즈니스 차원의 마켓 경험은 없으나 무엇인가를 만들어 누구인가에 보여주고 싶은 마음을 지니고 있었을 것입니다.

어떤 셀러들은 수줍어서 앞에 나서지도 못하는 분도 있답니다. 이러한 기회의 장을 마련해 주는 곳이 문호 리버마켓이랍니다.

고가의 물건은 아니지만 각자의 재능과 취미를 살려가면서 만들어진 출품작들입니다. 얼마나 많은 시간과 정성을 들여 만들었을까를 생각하면 한 부스 한 부스를 그냥 지나치기가 미안하였습니다.

나의 발길이 더 멈추어졌던 곳은 지역에서 생산하여 내놓은 농산물이었습니다. 농촌에 내려와 여러 해 동안 이곳 농부들과 보고 느끼면서 이야기를 해보면 농사라는 것이 자연의 영향을 많이 받으며, 과학적으로 접근하지 않으면 상품가치가 떨어짐과 동시에 판로가 막막하다는 것입니다.

앞으로 우리 소비자들도 물건을 산다는 개념에서 탈피하면 얼마나 좋을까요. 그래야 진정한 소통이요, 즐거움을 공유할 수 있지 않을까 합니다.

처음에는 지역 주민이 주류를 이루었으나 홍보에 있어 구전효과口傳效果라고 하는 말이 있듯이 이제는 입소문을 타고 서울 지역에서 수도권 전체의 사람들이 몰려오고 있는 정도랍니다.

2년 정도밖에 지나지 않은 가운데 양과 질에서 급성장하여 자리를 잡아가고 있다 보니 전국의 지방자치단체 등에서도 벤치마킹을 하러 온다고 하네요. 최근에는 동남아 국가에서도 문호리버마켓에 대하여 지대한 관심을 갖고 있답니다.

국가적인 이벤트 차원과 관광객의 입장에서 "거리"로서의 가치를 인정받아 가고 있는 것이 아닐까요. 이름을 갖는다는 것이 쉽지 않겠지요. 여기에 나오려면 자기만의 이름표가 있어야 한다네요. 그래서인지 상호들을 보면 이색적이라 할까, 토속적이라 할까요? 아무튼 처음 나온 셀러들이라 특이했습니다.

물품만 판매하는 곳이 아니라 저녁에는 공연도 함께하고 있답니다. 요즈음의 날씨, 폭염과 열대야로 인하여 저녁 무렵이면 연인과 가족 단위로 더위도 식힐 겸 삼삼오오 몰려드는 곳이지요. 시원한 가을바람이 불 때면 엄청나게 사람들이 운집한답니다.

문호 리버마켓은 미래의 진정한 문화마당이며, 많은 사람들에게 사람 사는 세상을 만들어가는 곳으로 자리매김되면 좋겠습니다.

■ 서종면민의 날 - 한마음체육대회

서종면의 가치 발견

오늘은 서종면 면민의 날입니다. 또한 한마음체육대회 날입니다. 도시에서 느낄 수 없는 정감 나는 행사 중의 행사이지요. 부락 단위로 경쟁을 하지만 그것은 요식행위랍니다. 왜나하면 친목과 화합이 주된 목적이기 때문입니다.

일 년 농사기간 중에 요즈음이 조금은 한가하여 이맘때면 행사가 열린답니다. 서종면은 타지에서 이주해 온 분들도 많지만 여러 해 동안 어울려 지내다 보면 곧 정이 들어 소통이 잘 되는 곳이 아닌가 합니다. 서종의 이미지는 로고에도 표현되어 있듯이 자연과 문화 그리고 예술이 공존하는 곳으로 자리매김을 해가고 있습니다.

우선 자연적인 측면을 살펴보면 유명산과 중미산 그리고 청계산을 함께하고 있으며, 북한강변을 옆으로 하고 있습니다. 이러한 주위의 풍경을 품고 있는 곳은 전국 어디를 가도 흔치 않을 것입니다.

문화적인 측면에서는 그 유명한 황순원 선생님이 소나기 마을을 집필한 곳이 수능리에 자리하고 있답니다. 집필 당시 산세와 개천의 아름다운 모습에 반해 이곳을 대상으로 작품을 구상하면서 글을 완성하였다고 합니다.

역사적으로는 순종 효황후께서 탄생한 곳이기도 하지요. 우리의 역사 중 암울하였던 시기에 "옥새를 내어주다니 역사가 두렵지 않사옵니까"라고 하셨다는 말씀은 우리 모두가 기억해야 할 일이 되겠습니다.

노문리에 생가가 있는 화서 이항로 선생님도 빼놓을 수가 없겠지요. "오직 하나의 리(理)일 뿐이니라" 하셨던 조선 후기 유학자로 위정척사론의 사상적 기초를 형성시킨 분으로 대한민국의 후손이라면 잊지 말아야 할 분이지요. 만약, 우리에게 조국과 국가가 없다면 나와 여러분의 존재 가치와 자존감이 있을까요?

다양한 프로그램들

본부석은 본부석 대로 마을 단위의 리는 리대로 행사 준비와 손님맞이에 정신들이 없는 모습입니다.

앗! 낯익은 얼굴 최근 군청에서 서종면으로 부임하셨다는 주민복지팀장님도 보이네요. 지난 상반기까지 내가 부이사장으로 소속되어 있는 양평 헬스투어협동조합의 지원 업무를 담당하셨던 주무관이셨죠. 팀장으로 승진하여서 내려오셨다네요. 반갑습니다. 축하합니다!

모든 이벤트가 그러하듯이 보이지 않게 뒤에서 고생을 해주시는 분들이 있기에 안전하고 즐거운 행사로 마무리되는 것이 아닐까요. 우리 모두 이런 분들의 노고를 잊어서는 안 되겠지요. 금번 리우올림픽 폐막식에서도 보여주었던 것들이 기억나시죠. "환경미화원을 위시하여 주변에서 도우미 역할을 하였던 분들을 단상으로 올려 기념패를 수여하거나 맨 앞줄에서 삼바춤과 함께하였던 모습들을…" 체육공원의 하늘 높이 펄럭이는 만국기를 보고 있노라니 폭염 속에 힘들었던 몸과 마음의 응어리를 한방에 날려버리고 싶어지네요.

또한 평화를 상징한다는 만국기와 같이 살아가는 동안 오늘 같은 날만 쭉 이어지면 얼마나 좋을까 싶습니다. 조금 지나면 이 체육공원 내에서 마을 단위의 기량들을 마음껏 뽐내면서 우의를 다져 나갈 것입니다.

축구 시합 후 퇴장하는 모습들입니다. 이긴 팀도 진 팀도 홀가분한 모습으로 경기장을 빠져나가고 있네요.

함께 보고 있기만 하여도 기분이 좋았습니다.

이곳에서의 승리는 의미가 없습니다. 져도 상관하지 않습니다. 그저 함께하였다는 자체가 중요하지 않을까요? 이런 분위기가 진정한 화합과 단결을 의미하는 것이겠지요. 산업화로, 도시화로 인한 경쟁 속에서 몸과 마음이 병들어 가고 있는 시대에 이러한 행사가 힐링이 되지 않을까 합니다.

이 고장에서 탄생하신 순종 효황후의 행차 모습을 재연하고 있습니다. 조금은 낯설지만 우리 모두 기억해야 할 것 중의 하나가 아닐까 합니다. 수능2리 홍병관 이장님과 함께한 모습입니다.

전원생활 4년차를 보내면서 마을 이장님 역할이란? 무보수에 가까운 상황에서 일 년 내내 마을의 각종 대소사 업무 수행, 주민들의 경조사업무 연락 참여, 자연재해와 관련한 정보 전달 등 투철한 봉사정신과 강인한 체력이 아니면 도저히 업무수행이 불가능한 직책이라는 것을 알게 되었습니다.

이장님 파이팅!

■ 황순원 문학촌 소나기마을 - 서종면 수능리

소나기마을

남한강과 북한강이 만난다고 해서 이름지어진 것이 양평의 "양수리"입니다. 양수리에서 북한강변을 따라 길을 거슬러 오르다가 오른편 방향의 중미산 자락으로 접어들면, 시야에 들어오는 전경이 전형적인 시골마을을 연상시키는 곳이 있답니다.

우연의 일치라고 할까 행정구역상으로 내가 전원주택으로 자리 잡은 서종면 수능리에 함께하고 있습니다. 지금은 곳곳에 전원주택이 들어서고 있지만 아직도 그리 많지 않은 농가들이 있으며, 저만치 낮은 산비탈 사이에 원뿔형의 건물 지붕이 솟아올라 있습니다. 이곳이 황순원 문학촌 소나기마을입니다.

가을의 문턱에서 작가와 함께하는 여행은 매우 의미 있는 행사가 될 것입니다. 소나기마을로의 여행은 단순한 문학관 투어가 아니랍니다.

양평의 자연과 다양한 문화시설을 풍요롭게 즐길 수 있음은 물론이고 황순원 선생님의 문학세계를 체험으로 이해할 수 있는 소중한 기회가 될 것입니다. 여러분의 지친 심신을 달래주고 위로해 줄 수 있을 것입니다.

이곳은 20세기 격동기의 한국문학에 순수와 절제의 극(極)을 이룬 작가이신, 황순원 선생님의 단편소설 “소나기”의 소설 무대를 실감나게 재현시킬 수 있었던 공간이었지요. 중년의 사람이라면 누구나 알고 있는 “소나기”는 첫사랑을 경험하게 되는 한 소년과 소녀의 순수하고 아름다운 이야기를 담고 있습니다.

초등학교 학생의 어린 나이 수준이기는 하지만, 그 애틋하고도 미묘한 감정의 교류가 생생하게 살아 있는 내용이지요. 이 소설의 중심인물은 시골 소년과 윤초시네 증손녀로 서울에서 내려온 소녀랍니다.

이들은 개울가에서 가까워지고 벌판 건너 산에까지 올라갔다가 소나기를 만나 피하는 과정에서의 내용을 다룬 것입니다. 그러나 나중에 몰락해 가는 집안의 병약한 후손인 소녀는 그로 인해 병이 덧나 죽게 되는 장면을 묘사한 것이지요.

카인의 후예

신분을 초월한 사랑과 역사인식
황순원의 두 번째 장편소설로 해방 이후 북한의 토지개혁을 다루고 있는 작품이다. 1953년 9월부터 〈문예〉에 연재되었으나 잡지가 도중에 폐간되어 나머지는 전작으로 완성했다. 주인공 훈은 지주 출신 인텔리로 토지개혁의 허위성을 목도한다. 힘없는 소작인에게 지주의 땅을 나눠주자는 이념적 현실의 이면에는 개인의 야욕과 복수가 숨어 있다. 대표적인 인물 도섭 영감은 훈의 재산을 가로채려는 음모를 꾸민다. 시대의 혼란과 계급적 갈등 속에서도 도섭 영감의 딸 오작녀는 훈을 열렬히 사모한다. 훈은 오작녀를 폭군 남편으로부터 보호하고, 오작녀는 숙청의 위기에 몰린 훈을 구해준다. 신분을 뛰어넘어 하나가 된 두 사람은 고향을 떠나 월남할 것을 결심한다.

별

The Star
소년은 죽은 어머니와 누이가 닮았다는 얘기를 듣고 실망한다.
소년은 죽은 엄니를 세상의 무엇보다 무척 사랑했어요.
그런데 어느 날 동네 과수 노파가 소년의 누이를 보고
"쟈 동북 누이가 꼭 죽은 쟈 오마니 닮았다. 왜"
하는 것이었습니다. 집에 돌아가 본 누이의 얼굴은 엷은 입술이 지나치게 큰 데 비겨 눈은 짭짭하니 작고, 그 눈이 또 늘 몽롱히 흐려 있는 못생긴 얼굴이었습니다. 소년은 누이가 엄마를 닮았다는 얘기를 믿을 수 없었지요.

늙는다는 것

내 나이 또래 환갑은 됐음직한 석류나무 한 그루를 이른 봄에 사다 뜨락 볕바른 자리를 가려 심었다. 그해엔 잎만 돋치고 이듬해엔 꽃을 몇 송이 피웠다 지워 다음해엔 열매까지 맺어 벙긋이 벙으는 모습도 볼 수 있으리라.
기대가 컸다. 헌데 열매는커녕 꽃조차 피우지 않아 혹시 기가 허한 탓인가 싶어 좋다는 거름을 구해다 넣어줬건만 그 다음해에도 한뽄새였다. 어쩌다 다 된 나무를 들여온 채 한동안 안쓰럽더니 차츰 나무 대하는 마음이 허심하게 되어갔다. 이렇게 이 해도 열매 없는 가을을 보내고 겨울로 들어서면서였다. 짚과 새끼로 늙은 나무가 추위에 얼지 않게끔 싸매주고 물러나는데 저기 줄기도 가지도 되지 않은 자리에 석류가 알알이 달려 톡톡 여물고 있었다.

공(空)에의 의미

徐廷柱에게
이 사람은 서라벌 창 철간 우물 속에다 용을 기르고 강고기나 다를 바 없어 기르고
이 사람은 송로병 깊은 산속 한 폭포에다 잉어를 기르고 폭포 위나 밑이 아닌 바로 폭포줄기 한복판에서 살게 하고
이 사람은 한성 한 선비집 사랑방 병풍 속에다 ○○붕어를 기르되 먹이 없어도 살찌게 하고
이 사람은 서울 변두리 마을 자기집을 ○○연못에다 비단고기를 기르고 있거늘…

동화

돌산이 물구나무서서 걸으려다가
공장굴뚝이 미사일을 발사하려다가
지하철이 은하수를 횡단하려다가
고층건물이 평행봉운동을 하려다가
한여름에 눈발이 흩날리다가
소쩍새가 피 삼킨 울음을 울다가
소리없는 울음을 울다가

주요 작품들

선생님의 주요 작품으로 단편인 "소나기", "목넘이 마을의 개", "그늘", "기러기", "독 짓는 늙은이", "별" 등과 장편으로 "카인의 후예", "나무들 비탈에 서다", "일월" 등이 있답니다.

선생님은 함축성이 있는 간결한 문체와 치밀한 구성으로 서정적이며, 섬세한 작품의 세계를 보여주셨고, 인간 본연의 품성과 순수성을 지키려는 정신을 추구하셨답니다. 즉 선생님은 평생을 통하여 아름다운 문체에서 빚어지는 아늑하고 서정적인 세계를 묘사하려고 하였던 것입니다. 이렇듯 선생님은 다양한 장르에 걸쳐 주옥 같은 글들을 토해내 주셨습니다.

시간과 공간을 초월하고, 이념을 초월하고, 나이를 초월하고, 성별을 초월하고, 그 결과 선생님은 가셨지만 작품세계를 통하여 우리와 소통을 이어가고 있으며 후학과 우리에게 마음의 양식을 주시고 계십니다. 다시 한번 선생님의 발자취를 돌아보면서 이해하려고 노력하겠습니다. 그리고 경의를 표합니다.

황순원 문학관 내에 때묻은 선생님의 글 모음집물들이 가지런히 놓여 있네요. 비록 작품활동을 하고 있는 순간 육신은 고달프셨겠지만 마음만이라도 한없이 평화스러우셨기를…, 황순원 선생님이 작품활동을 하셨던 공간을 재현해 놓은 곳입니다.

단출하다고 할까, 청빈함의 이미지라 할까…, 황순원 선생님의 공덕을 높이 기리고자 국가에서 내려준 훈장입니다. 역시 훈장은 아무에게나 내려주는 것이 아니지요. 그러나 이참에 대한민국 국민 모두에게 훈장이 수여되는 꿈도 꿔봅니다. 그러면 우리 사회가 아주 많이 지금보다는 풍요롭고 행복한 나라로 변신해 있겠지요.

한국문학, 황순원 그리고 번역

만일 번역이 없다면, 한 나라의 문학은 국경을 넘어 해외에 알려질 수가 없겠지요. 이탈리아의 작가 칼비노는 "번역이 없었다면 나는 결코 우리나라의 국경을 넘지 못했을 것이다. 번역은 나를 세계에 소개해 주는 중요한 우방이다"라고 하였고, 호세 사라마오도 "작가는 민족문학을 만들지만, 번역가는 세계문학을 만드는 사람들이다"라고 하였습니다.

그리고 조지 스타이너도 "번역이 없다면 우리는 침묵한 채, 한 지방에서만 살았을 것이다"라고 한 것을 보면 번역의 필요성과 중요성을 조금은 알 것 같습니다. 특히, 세계화, 국제화 시대에 있어서는 원활한 이해와 소통이 필요하기 때문이 아닐까요?

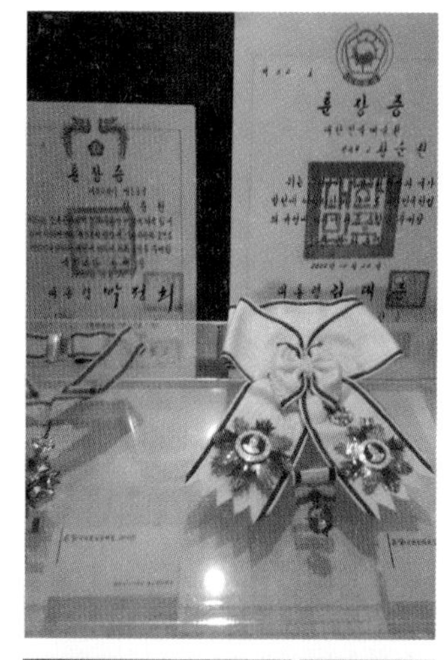

황순원문학제

2004년 처음 시작한 황순원문학제가 2016년, 13회째를 맞이하고 있답니다.

이곳에 소나기마을이 탄생하면서 본격적으로 갖추기 시작한 황순원문학제는 우리나라를 대표하는 문학행사로까지 자리를 잡았다고 할 수 있지요. 특히, 황순원 문학세미나는 황순원문학제에서 빼놓을 수 없는 중요한 행사라고 할 수 있습니다.

황순원 선생의 작품세계를 매년 다른 주제로 새롭게 조망하는 황순원문학세미나는 본 문학제가 지금까지 맥을 이어올 수 있었던 원동력이 아닐까 합니다.

한 작가의 작품세계를 수년간에 걸쳐 재조명하는 것 자체가 쉬운 일이 아닐 것입니다. 그럼에도 불구하고 본 문학세미나가 새로운 주제와 현재적 관점을 유지시켜 줄 수 있었던 이유는 선생님의 문학세계가 가지고 있는 깊이와 선생님의 삶과 작품들을 사랑하는 후학들의 열정이 내재하고 있기 때문일 것입니다.

■ 李blane - 피자와 커피

고르곤졸라 Pizza Gorgonzola

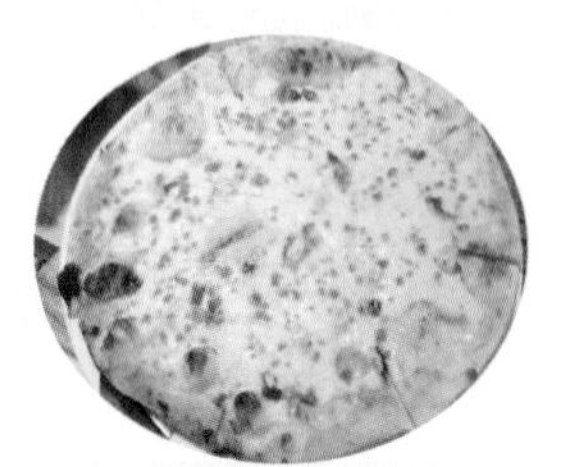

담백한 모짜렐라치즈 위에 고르곤졸라 치즈의 풍부한 풍미가 매력적인 피자라고 설명하고 있듯이 정통 이탈리안 스타일과 미국식이 아닌 우리의 입맛을 고려하여 탄생한 피자랍니다.

방금 나온 피자의 맛은 말로 표현하기가 어렵네요. 어린아이만 좋아하는 것이 아니랍니다. 이 집의 주 고객층은 남녀노소 구분 없이 다양한 계층의 고객이 이용을 한답니다.

크림치즈 고구마 깔조네와 샐러드

크림치즈와 고구마가 들어간 담백한 깔조네와 샐러드의 조화가 일품입니다. 식감도 좋아 보이지 않으세요. 2인 기준 한판이면 충분합니다. 성이 이(李)씨라 李자를 붙였고, 블랑(blanc)은 프랑스어로 흰색을 나타낸다고 하여 "李blanc"이라고 작명을 하였답니다.

내가 살고 있는 부근 시골의 한적한 이곳에 서울까지 가지 않아도 되니까 맛나는 피자가게가 있다는 것이 좋았습니다. 앞 산의 자연풍경을 바라보면서 피자와 음료수 한 잔을 마시다 보면 시름도 잠시 내려놔지는 기분이었습니다.

실내의 메인 데스크입니다. 젊은 부부 사장이지만 센스 있게, 실속 있게 경제적으로 꾸며 놓았네요. 주위의 면면을 들러보면 소품 하나하나에 주인의 손길이 묻어나는 듯,

정성을 들인 흔적이 있어 좋았습니다.

메인 메뉴인 상품도 좋지만 시설의 편리성, 쾌적함, 멋스러움 등에서도 신경을 쓴 자국들이 보이고 있답니다. 모든 것이 손님을 상품으로만 생각하지 않은 것 같아 가볍게, 편안한 마음으로 이용할 수 있는 곳이라고 여겨지네요. 시골이 싫다고 도시로 도시로 떠나가는 현실 속에서 20대 젊은 부부가 고향으로 내려와 이러한 피자점을 차린 것에 박수를 보냅니다.

08 생활정보

감각적 공간, 엄선된 재료… 맛·분위기 다잡은 '리블랑'

요즈음 취업이 어렵고, 돈벌이가 어렵다는데 자연 속에서 건강도 유지하고 고향도 지키면서 돈도 벌 수 있으니 이거야말로 "일석삼조" 아닙니까? 젊은 부부 사장님 복 많이 받으실 것이고 대박 나실 겁니다.

■ 양평헬스투어 - 자연을 통한 건강 회복

양평에 오신 것을 환영합니다

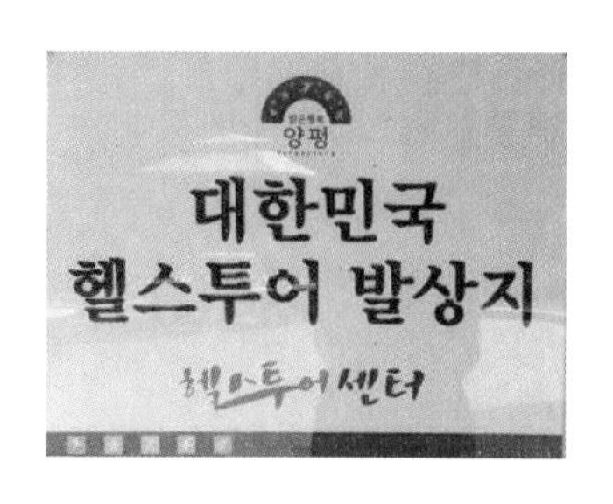

대한민국 헬스투어 발상지 양평입니다. 물 맑고, 공기 좋은 양평의 이미지에 방점 하나를 추가합니다. 바로 몸과 마음이 지친 당신의 건강을 위해 양평군이 앞장서서 헬스투어라는 슬로건으로 힘차게 닻을 올렸습니다.

양평군 용문산 자락 쉬자 파크 안에 새로운 둥지를 틀었습니다. 이곳에서 양평 헬스투어센터가 금년초에 정식으로 업무를 시작한 것이지요. 센터 내에는 사무국장 이하 직원이 항시 여러분을 기다리고 있습니다.

자연 속에서 건강을 회복하고자 하는 분은 서슴지 마시고 언제든지 문의를 하거나 찾아주시면 고민을 해결해 드릴 것입니다.

전화번호 : 031-770-1004/1005

헬스투어 협동조합 임원회의

아직 시작단계로 인하여 규모는 작지만 알차게 운영되고 있습니다.

본인이 협동조합의 부이사장 직함으로 임시 임원회의를 주재하고 있는 모습입니다. 보수가 없는 명예직이기는 하지만 영광스러운 자리라고 생각합니다. 해야 할 일이 참 많습니다.

현재는 양평군청의 지원하에 운영되고 있으나 건강에 관한 프로그램도 다양화함과 동시에 독자적인 자립과 조합원에게 이윤 배당도 챙겨드려야 하고, 신규 가이드 교육 등 …,

현재 진행 중인 프로그램 내용

쉼표가 보낸 자연으로의 초대

도시의 빌딩 숲에 지친 당신을 아름다운 자연으로 초대합니다.

신선한 공기를 마시며 휴식을 취하고 싶을 때, 전문 가이드와 여행하며 직접 내 몸의 변화를 확인하고 싶을 때, 양평 헬스투어로 오세요.

쉼표 하나에 푸른 건강을 담았습니다

쉼표 하나에 넘치도록 담은 푸르름을 즐기고 자연요법으로 건강까지 채우는 여행, 전문 가이드와 함께 여행하며, 달라진 내 몸의 변화를 확인하고 일상을 벗어나 자연 속에서 여유롭게 휴식을 취하며 자연과 하나 되는 특별한 기분을 마음껏 느껴보세요.

자연이 띄운 쉼표

하늘을 올려다본 게 언제인가요? 나무를 벗 삼아 건강해진 내 몸을 확인할 수 있는 특별한 쉼표 하나, 양평 헬스투어입니다.

자연이 선물하는 삼색 건강!

양평 헬스투어는 자연, 건강, 여행을 한 번에 즐기는 특별한 여행입니다. 지루하고 답답한 일상에서 벗어나 아름다운 자연을 온몸을 느끼고 전문 가이드와 여행하며 건강해진 내 몸의 변화를 확인할 수 있습니다. 양평 헬스투어만의 새로운 방법으로 싱그러운 자연을 마음껏 누려보세요.

■ 양평 부추축제 - 지역 특화 상품화

축제란?

왜 축제를 하는지?

그리고 축제의 진정한 의미가 무엇인지? 우선 예부터 사회, 민족, 국가에서 큰 잔치나 행사를 벌이는 것을 축제라고 하지요. 그러나 많은 사람들이 축제에 임하고 있으면서도 이에 대한 큰 의미와 가치를 느끼지 못하고 있는 것은 아닌지 되묻고 싶어지네요. 일반적인 축제는 사회, 문화적 전통에 따라 영향을 받으며 자신이 바라고 추구하는 현실의 모든 요소가 들어 있어야 하겠습니다.

축제의 요소들은 공통적이며, 독특한 의무를 모두 지니고 있어야 하는 것입니다. 여럿이 하는 공통적 활동은 몇몇 사람들에게 삶의 다양한 요구를 탄력있게 대응할 수 있도록 상징적 만족을 제공해 주고 있는 것이며, 그리고 일부 사람들에게는 축제에 대하여 중요하고 독특한 의미

를 가지게 하는 것이지요. 우리의 미래는 새로운 양상과 열정적인 잠재력이 있으므로 새로운 사회와 문화를 창조하는 능력에 따라 좌우될 것이라고 판단합니다.

우리 문화에 있어서 축제는 사회적 실체에 관한 귀중한 정보를 생산해 낼 것입니다. 이런 점에서 축제는 우리 문화활동의 모델이 되어야 할 것입니다.

특히, 축제가 위대한 것은 축제 현장에서의 즐거움이 윤리로 변형될 때가 아닌가 합니다.

폭력, 저열함, 증오가 축제 안으로 들어오면 안 되겠지요. 축제는 우정, 화합, 신뢰 그리고 평화적이어야 하겠습니다.

왜냐하면 그것은 무엇보다도 먼저 하나의 형제애兄弟愛이기 때문 아닐까요? 또 하나 잊지 말아야 할 것은 우리의 전통놀이문화와 같은 옛것을 존중해 주어야 한다는 것입니다. 과거 없는 오늘은 있을 수가 없는 것이며, 오늘 없는 내일은 상상해 볼 수가 없기 때문이 아닐까요?

뿌리의식을 찾아서

오늘의 젊은이는 이러한 모습을 모를 것입니다. 내가 어렸을 때 어머님은 머리 위에 광주리를 이고 들로 밭으로 새참도 내가고 채소류를 담아 거두어들이는가 하면, 농산물을 이시고 이십 리里 밖 영등포구 양남동과 문래동인 도회지로 팔러 다니셨던 모습이 생생하게 떠오르네요. 그래도 돌아오실 때면 지친 기색氣色이 없었던 같습니다.

내가 자식을 키워보니 이해가 되네요. 부모는 자식 앞에서 힘들고 아파도 내색을 하기가 쉽지 않더라고요. 하루 종일 그 무거운 것을 이고 다니셨을 때의 모습을 기억하면 얼마나 힘이 드셨을까⋯, 이 글을 쓰고 있는 이 순간 눈시울이 적셔진답니다.

아버님들이 재현한 갓을 보고 있자니 할아버님이 하셨던 모습도 어렴풋이 기억이 난답니다. 이러한 행태들은 불과 50여 년 전만 하여도 우리 사회의 실상이었습니다. 더 나아가서 신체발부 수지부모身體髮付 受支父母라고 하는 내면의 효孝 교육제도 속에서 성장한 우리와 선배님들의 입장에서 젊은이들을 볼 때 이해가 되지 않는 점이 많을 것입니다.

오늘날 산업사회로 변천하면서 물질만능의 사조가 번져 인간성 상실 문제가 대두되더니 부모는 물론 조상의 뿌리마저 상실해 가는 현상이 주변에서 일어나고 있음을 볼 때 개탄스럽기 그지없습니다.

특히, 인간 사회가 아무리 변천할지라도 혈육의 정만은 변질되어서는 안 되겠지요. 혈육관계까지 단절된 세상이라면 인간사회는 멸망의 종말에 다다른 것과 무엇이 다르겠습니까? 이제부터라도 우리의 조상들이 물려준 삶의 방법, 예술의 기법, 학술적 방법들을 잘 정리하고 발전시켜, 새로운 종합문화를 창조할 때라고 생각합니다.

우리 민족의 지혜에 바탕을 두고 이를 갈고 닦으면서 외국의 문화와 조화를 이루어가는 방향에서 선택적으로 받아들이고, 우리 사회의 발전뿐만이 아니라 인류사회의 발전을 이룩하여 인류 협동사회 건설에 선도자가 될 수 있다고 봅니다.

을미의병 발상지

진정한 참회에 관한 역사적인 사례를 들면, 일제시대 때 정치사찰 형사로 악명 높았던 신철이란 형사가 있었답니다. 거사일 이 다가오면서부터 모든 독립 인사들이 각별히 조심스럽게 움직였다고 합니다.

이유는 신철이 3·1운동 계획을 모를 턱이 없다는 것이었기 때문이었지요. 그가 총독부에 한마디만 보고를 하면 만사는 와해瓦解되기 때문입니다.

2월 24일경 최린은 신철을 찾아가 "너는 조선 사람이냐, 일본 사람이냐, 대답을 해보라"라고 하였다네요.

신철은 조선 사람이라고 대답을 하였다. 때를 놓칠세라 최린은 "그럼 조선이 독립을 해야 하겠느냐, 일본에 예속되어야 하겠느냐"라고 물었더니 그는 독립을 해야 한다고 대답했다고 합니다.

이에 용기를 얻은 최린은 3 · 1거사에 대하여 숨김없이 털어놓았다. 한참 듣고 있던 신철은 다 알고 있다고 하면서 아직 일본 당국에는 알리지 않았다고 했다. 최린의 설득을 듣고만 있던 신철은 가부를 말하지 않고 다만 최린에게 큰 절을 정중히 한 번 하고 잘 알았다면서 나가 버렸다.

나중에 신철은 일본 당국에 체포되었는데, 소지하고 있던 청산가리를 마시고 죽음을 맞이한다. 즉 신철의 죽음으로써 3 · 1거사를 가능하게 하였던 것이지요. 마지막에 그는 조국을 택하였던 것입니다. 이런 것이 의로운 것이겠지요.

농산가공과 동기생들의 판매대

우리 학우들도 축제에 참가를 하였습니다. 마침 농산가공과 이석종 학우가 양동면 매월리에서 부추농사를 짓고 있답니다.

지원차/응원차 목적도 있었으며, 양평지역에서 재배와 가공활동을 하고 있는 학우들의 농산물을 출품하여 평가를 받아볼 기회가 아닐까 하여 참여를 한 것입니다. 출품한 내용들은 부추 푸딩, 또바기 꿀, 아로니아 종류들이었습니다. 나는 작년에 담가 놓은 감식초와 홍매실을 선보였습니다.

양동면 지역에서 생산되는 부추의 연매출은? 약 100억 정도랍니다. 그리고 전국에서 생산되는 부추의 약 25%가 이곳에서 재배되어 전국으로 출하하고 있답니다.

그러니 경기도와 양평군의 공동지원 아래 제1회 양평부추 축제가 개최될 만하지요. 우리의 인생도 온통 축제 같은 분위기로 승화시켜 살아갈 수 있다면 얼마나 신명나는 삶이 될 것인가를 새삼 느꼈습니다.

■ 동심의 세계로 아름다운 자연으로 - 수미마을 농촌체험 지도

농촌체험이란?

자연에 대한 관찰을 하기 위해 농촌으로 나가는 행위이다. 내가 어렸을 적에는 봄철에 한번 정도 엄마가 만들어 준 김밥과 계란 몇 개 정도를 갖고 주변의 가까운 곳으로 다녀오곤 하였지요.

이것을 소풍이라고 하였답니다. 당시 우리나라 전체 인구 중 농업에 종사하는 비율이 85% 이상을 점유하였으니 가는 곳이 대부분 농촌 풍경이라 해도 과언이 아니었지요. 그러나 가는 곳 소풍의 목적지가 일상생활하는 곳과 별반 차이는 없었음에도 설레는 마음으로 밤잠을 설쳤던 기억들이 생생하게 떠오르네요.

오늘날에는 교과활동의 연장으로 생각하고 교과학습, 생활지도의 종합적인 현장학습으로 교육적 가치를 크게 평가하고 있답니다. 즉, 교실에서 학습한 내용을 실제로 견학, 조사, 탐사, 채집, 관찰함으로써 경험학습의 기회로 삼으며, 교통도덕, 공중도덕, 협동 생활 등을 실천하는 기회, 또는 실천의 장으로서 그 교육적 의의를 부여하고 있는 것입니다.

더욱이 교통기관의 발달로 농촌 생활을 거의 접해보지 못한 도시의 어린이들을 위한 학습농장 같은 것이 생김으로써 그 교육적 가치는 교과학습 못지않게 중요하게 인식을 하고 있지요. 이와 같은 맥락에서 탄생하게 된 것이 "농촌체험"인 것입니다.

민물고기 생태학습관

민물고기란?

짠물에 사는 바닷물고기와는 반대로 소금기가 없는 강이나 하천 그리고 호수에 사는 물고기를 말합니다. 민물고기는 민물에서만 사는 "1차 민물고기"와 일시적으로 바닷물에서도 견딜 수 있는 "2차 민물고기" 그리고 어느 정도 삼투조절능력이 있어 민물과 바다를 왕래할 수 있는 "회유성回游性 민물고기"로 구분할 수 있습니다.

체험코스

- 생태연못 - 사진촬영 코너 - 생태학습관 - 민물고기 잡어보기 체험장

주요시설

- 철갑상어 연구시설/부화 시설
- 송어, 산천어 연구시설/부화 시설
- 황복 연구시설
- 쏘가리 연구시설
- 자라 연구시설 등

수족관/체험관 실내 민물고기 관찰하기

수미마을 체험차 방문하는 학생들은 학습의 일환으로 특히, 대부분의 초등학교에서 진행 중인 프로그램에는 이곳 경기도 민물고기 생태학습관을 이용하고 있답니다.

이곳에서는 체험지도사가 설명을 할 수 없을 정도입니다. 자유분방自

由奔放하다고 할까, 어리둥절하다고 할까…, 민물고기에 대하여 처음으로 맞이하여서 그런지 호기심 반, 장난기 반의 행동이 보이지요. 그러나 볼 것은 다 본답니다.

수미마을은 365일 축제 중

수미마을은 1년 365일 축제가 열리는 체험마을입니다.

계절별 주요 체험프로그램은 이미지 사진과 같습니다.

수미마을 소개

○ 지역의 역사

봉황정 위에 위치하고 있어서 '봉상리'라고 이름이 지어졌으며, 원래부터 물과 쌀이 많아 예로부터 '수미마을'로 불리게 되었다.

○ 지역의 자연경관과 환경

수미마을은 서울에서 속초로 가는 66번 국도 길목에 산과 마을, 뜰, 하천이 어우러져 있으며, 여름에는 넓은 하천 주변과 밤나무 숲 중심으로 메기수염 축제와 가을에는 용문산관광지와 겨울에는 물 맑은 양평 빙어축제, 봄에는 딸기축제로 사람들이 많이 찾는 곳으로 사계절 모

두 도시민들이 즐겨 찾아오는 관광명소이자 휴식처이며, 농촌체험 공간으로 활용되고 있는 지역이다.

○ 주요 관광자원 및 관광객 내방 현황(예)

- 산과 계곡
  용문산관광지(100만 명)
- 강과 하천
  밤나무 숲 자연 휴식지의 방문객(5만 명)
- 습지, 저수지
  수미마을 도토리골저수지(3만 명)
- 기타 관광자원
  수미마을365일축제(2015년도 6.5만 명, 13억 원 수입)
- 도·농교류 활동

○ 365일 계절별 축제 사업
  봄(딸기축제), 여름(메기수염축제), 가을(밤과 고구마축제), 겨울(김장축제, 물 맑은 양평 빙어축제)

기구 구성 및 선정 내역

- 추진위원회 구성 : 2007년 2월
- 농어촌체험휴양마을사업자 지정 : 2010년 2월
- 농심 수미칩과 업무협약 : 2010년 4월
- 녹색농촌체험마을 지정 : 2011년 7월
- 영농조합법인수미마을 설립 : 2011년 8월
- 경기도지정 예비사회적 기업 : 2011년 11월
- 농촌관광사업 으뜸촌 선정(전 등급 1등급) : 2013년 10월
- 대한민국농촌마을대상 농촌마을부문 대상(대통령상) 수상 : 2013년 12월
- 양평군 행복공동체 지역만들기공모사업 최우수상 수상 : 2013년 12년
- 농촌관광사업 으뜸촌 선정(전 등급 1등급) : 2015년 10월

지역의 공동체 활동

○ 부녀회, 청년회, 노인회 등 지역공동체 조직 여부와 주요 활동 내역
  - 새마을회(주민회)
  - 노인회(65세 이상 노인으로 마을에 중대한 결정에서 마을 어르신이 자문을 해주는 역할)
  - 부녀회(수미마을 여자 주민으로 마을의 안살림을 책임지는 역할)
  - 수미농어촌체험휴양마을(농촌관광분야를 담당)
  - 영농조합법인 수미마을(농어촌체험휴양마을협의회 대표 가구로 구성된 경기도 지정 예비사회적기업)

○ 기타 지역의 전통적 사회조직 여부와 활동 내역
  - 대동계(주민들의 단합과 친목을 도모하며 경조사와 마을의 살림을 책임지고 있음)
  - 애경향우회(수미마을이 고향인 사람들의 경조사를 위한 공동체)

지역 주요 농산물 및 특산물

○ 주요 농산물

  쌀, 잡곡, 감자, 고구마, 밤 등

○ 주요 특산물

  딸기, 메기, 빙어, 찐빵, 오디 등

땅속의 보물을 찾아라 - 고구마 캐기

도시에 살고 있는 우리 어린아이들은 엄마가 쪄준 고구마를 먹어본 경험은 있을 것입니다. 그러나 고구마가 심어져 있는 밭을 구경하는 것은 그 자체가 낯설 것입니다.

아이들은 간단한 주의사항과 캐는 요령을 알려주기가 바쁘게 열심히 캐는 모습이 보이시죠. 누가 무엇이라고 하기

전에 본능적으로 고구마를 캐고 있는 중입니다. 신기하고 재미가 쏠쏠하거든요.

도시 아이들이 생활하는 학교에서는 흙 자체를 볼 수 없는 곳도 있으니 얼마나 생소하겠어요. 남학생들보다 여학생들이 더 열심히, 신나게 캐고 있네요. 체험용으로 수확한 고구마는 나누어준 망 속에 넣어 각자 집으로 가져가게 하고 있지요. 한 가지 아쉬운 점은 시간 제약으로 인하여 고구마와 관련한 충분한 설명을 해줄 수 없어서 유감이었습니다.

솜씨를 발휘하라 - 앙꼬 있는 찐빵 만들기

예전에는 간식거리였던 것이 지금은 주식화되어 가고 있지요. 과거 쌀 생산량이 부족한 시기에는 혼분식을 장려하는 차원에서 밀가루를 이용한 메뉴들이 많이 개발되었답니다.

어린아이들에게 이러한 음식 만드는 체험은 성장 후에 큰 영향을 줄 수가 있습니다. 특히, 음식을 통하여 건강을 유지할 수 있다는 점을 강조하지 않을 수 없었습니다.

본인들이 직접 만든 것은 귀가 시에 나누어주는데 집으로 돌아가는 버스 안에서 맛나게 먹었을 것입니다.

왜냐고요?

하루 종일 자유스러운 가운데 야외활동을 활기차게 하였으니 그만큼 운동량이 증가하여 소화도 잘 되었을 것이고, 직접 본인들이 만들었으니 더 맛있는 것은 당연한 것 아닙니까?

하늘의 잠자리를 체포하라 - 곤충채집

가을은 곤충의 천국으로 변하는 계절입니다. 물론 어린아이의 입장에서 말하는 것이고, 곤충에게는 그야말로 마魔의 시즌이지요.

인간은 어린 시절 어느 한 시기에만 곤충채집에 열중하다가 대부분이 시기가 지나면 다른 것으로 흥미를 옮긴다네요. 그래서 부모님들은 벌레에도 생명이 있다는 기본적인 정신을 가지고 어린아이를 지도해 주어야 하겠습니다.

동물 애호의 정신은 직접 생물체와 접촉하지 않으면 우러나오지 않는다고 합니다. 도시 한복판에서 살다 보면 우리들은 인간 이외 다른 동물의 존재를 망각하고 무시하게 되기 때문에 지도의 필요성이 더욱 크겠지요. 짧은 시간이었지만 메뚜기, 방아깨비, 여치, 잠자리 등…, 수미마을에서의 곤충채집을 통하여 우리 어린아이들에게 이런 깊은 뜻이 머릿속에 오래도록 남아 있었으면 좋겠습니다.

어느 시골길에 행렬을 짓고 있는 개미 떼를 밟을세라 멀리 건너뛰는 마음가짐을 모든 사람이 지니고 있다면 세계는 평화롭지 않을까 생각해 보았습니다.

마부 마음이다 - 마차를 타고 덜커덩

수미마을 주변을 한 바퀴 돌다 보면, 울뚱불뚱한 길과 숲 그리고 개울을 지나게 되는데 어느덧 환호와 비명 소리가 반복된답니다.

지금껏 아이들은 이러한 경험을 해보지 못하였기 때문이지요. 아이들이 한번 더, 한번 더 외쳐댔지만…, 시간 관계상 더 태워주지 못한 것이 미안하였습니다.

오늘날 도시의 아이들은 집에서 학교까지의 등하굣길은 아스팔트 길이고 잔디밭 같은 운동장 그리고 좋은 시설의 교육 여건 속에서 불편하고, 힘든 것을 모르고 유년기를 보내고 있습니다.

그러나 어른이 되어 어려운 상황에 직면하게 되었을 때, 스스로 인내하고, 개척하려는 의지가 부족할까 한편으로는 걱정이 된답니다.

적당하게 구워라 - 알밤 체험

참나무 밑불에 알밤 굽기 체험 자체도 신기하지만, 바로 구웠을 때의 그 맛은 무엇이라고 평하기가 어려웠을 것입니다.

지금까지 아이들에게 이러한 따끈따끈하고 고소한 맛은 처음이었을 것입니다. 신기하고 고소하였던 만큼 그 기억은 오래도록 머릿속에 남아 있을 것입니다. 바로 이러한 이유로 체험 학습이 중요한 것 아닐까 합니다.

어린이는 나라의 보배다 - 놀공

인간은 일정 기간 모태母胎에서 성장한 다음 기본적인 인간 형태를 지니고 탄생한다. 그리고 유년기를 거쳐 성장기에 이르게 된다.

인간의 교육은 언제부터 실시하는 것이 좋은가에 대하여 의견이 분분하지만, 유년기에 바르게 자라고 바른 성격을 가질 때 이 다음에 성장해서 훌륭한 사람이 될 수 있다고 봅니다. 즉 유년기에 뼈와 살이 커짐과 동시에 지능이 발달하며 인간으로서 성장할 요소를 모두 갖추게 되는 시기 때문이지요. 사물의 형태와 이치, 인간의 모습을 익히고 오늘을 배우며 세계를 살아가는 지혜를 하나씩 터득해 가는 시기입니다.

티 없이 맑은 빈 마음속에 자연과 인간의 모습과 태도는 하나하나 깊이 자리가 잡힐 것이며, 가치관의 기틀이 만들어지는 것입니다. 타고난 성품을 자연스럽게 키우면서 자질을 발전시킬 수 있도록 여건을 조성해 줍시다.

어른들이여 자유스럽고, 활기차게 놀공하는 저 어린아이들의 모습을 보라!

■ 길모퉁이 - 음식여행

길모퉁이

이름에 걸맞게 강산면 병산리 도로변 길가에 자리 잡은 식당입니다. 무엇인가 작지만 소담스러운 곳이라고 느껴지네요. 사장님 내외분이 서울시내 특급호텔 주방장 출신으로 맛은 물론 시설, 분위기 그리고 서비스에서 차별화를 볼 수가 있었습니다.

낙지 쌈밥입니다. 음식의 분위기가 정갈하면서도 단맛에 길들여진 우리의 입맛과는 다소 차이가 있었습니다.

그 이유를 물어본즉 최대한 설탕의 함량은 줄이고 천연재료를 가지고 음식의 맛을 창출하려고 노력을 한다네요. 먹으면 먹을수록, 씹으면 씹을수록 입안에서 맛의 진수를 알 수가 있었습니다.

실내의 분위기는 단촐하였으나 전체와 부분이 어우러져 아늑하고 편안하였습니다.

처음 카페를 창업하고자 하는 사람

들에게는 참고가 될 것입니다. 많은 자본과 시설 투자가 있어야 한다는 등식(等式)은 잘못된 것이지요.

자본 ≠ 시설투자

주메뉴인 낙지 볶음입니다. 보기에도 군침이 들지 않으십니까? 실제로 먹어보니 입안에서 살살 녹는 느낌이었습니다.

여러분도 기회가 되시면 꼭 한번 들러보세요. 설명이 필요 없습니다.

상추와 깻잎이 생생하게 살아 있지 않습니까? 아삭아삭한 맛이 식감을 돋우어 주었습니다.

계절에 맞게 보글보글 된장 맛도 일품이었습니다. 시골 된장 맛이라고 할까, 어머니 장 맛이었습니다.

마지막 후식으로는 호박식혜가 대미大尾를 장식하였습니다. 색상도 좋았지만 영양도 만점이었습니다.

■ 힐링 페스티벌 - 양평 헬스투어

양평 헬스투어/힐링 페스티벌

양평 헬스투어는 전국 시군 단위 중 처음으로 양평군에서 양평의 천혜 자연자원을 적극 활용하며, 의과학적인 방법으로 진행되는 헬스투어 프로그램입니다.

그 결과 양평 주민은 물론 일반 고객의 건강 유지와 증진 동시에 양평 홍보에 따른 유/무형의 가치를 창출해 내고자 함에 목적을 가지고 탄생한 것입니다.

본 힐링 페스티벌은 지난 1년간의 추진 현황을 점검하고 개선안/발전 방안을 모색하고자 함에 그 의미가 있겠습니다. 또한 각 분야에서 업무를 수행하였던 관계자분들에 대한 노고를 위로함에 취지를 갖고 있습니다.

건강 도시락

헬스 투어에 참가하는 고객에게 제공되는 건강 도시락입니다. 명성리 별빛마을 관계자분들이 지역에서 생산되는 유기농 재료를 가지고 정성스럽게 만든 것입니다.

지금까지 저녁 메뉴는 숙박지 인근의 마을회관에서 마을 부녀자들이 가족과 같은 마음으로 보양식을 제공하고 있습니다.

힐링건강지원센터

행복지수 = 건강지수

보다 오래 건강하고, 행복하게 살아가기

- 혈압/혈당체크
  내 혈관 숫자 알기로 심뇌혈관 질환을 예방할 수 있다.

- 스트레스 체크

  손끝을 이용한 간편한 측정으로 내 몸과 마음의 스트레스, 혈관 나이를 알 수 있다.

- 체성분 체크

  체중, 체지방률, 골격근량 등 자신의 몸 균형상태를 확인시켜 준다.

행사 당일 임시로 설치된 투어센터에서 자율신경과 스트레스 그리고 혈관 건강검사 등을 받았습니다.

검사 결과를 보면 심박수 정상, 스트레스 점수 정상, 혈관나이 46세, 혈관 단계는 3단계로 나왔습니다. 나이가 나이인지라 혈관 노화파형에서는 노화 시작으로 나오네요?

용문산 자락 쉬자 파크

양평읍내를 한눈에 바라다볼 수 있는 용문산 자락 쉬자 파크입니다.

양평주민의 힐링 공간은 물론이려니와 타 지역 분들의 산행코스로도 각광 받고 있는 곳입니다. 쉬면서, 잘 수 있는 곳이라는 뜻에서 붙여준 "쉬자"입니다.

헬스 투어 시연

전문 투어 코디네이터와 가이드를 동반한 시연 장면입니다. 헬스 투어 협동조합 관계자와 일반인이 동참한 가운데 산행을 하고 있는 모습입니다. 중간중간 여러 가지 의과학적인 치유요법을 배울 수가 있습니다.

휴식시간

휴식도 헬스투어 프로그램에서는 필수랍니다. 예를 들면 40초 걷고, 30초 쉬고, 물론 처음에는 몸풀기 준비 운동, 마무리에도 마감 운동이 있어야 하겠지요.

쉬자 파크 삿갓봉에서

오늘은 시간 관계상 중간까지만 다녀왔습니다. 오늘의 이 한 장의 사진을 오래도록 추억으로 남겨 놓겠습니다.

나는 나를 위로와 존중을 해주고 싶습니다. 나 자신을 내가 먼저 아껴주어야 나를 아는 모든 분들도 좋은 이미지로 기억해주리라 믿습니다.

밸리댄스 공연

본 행사에 앞서 밸리댄스로 흥을 돋우어 주고 있습니다. 예부터 우리 민족은 문화에 조예 조예가 깊고 전통을 아껴왔지요. 이 같은 문화와 예술을 더욱 계승 발전시킬 수 있어야 세계화 시대에 국가위상을 드높일 수 있을 것으로 생각합니다.

■ 문화/생태 건강마을 - 행복공동체 지역 만들기

행복공동체 지역 만들기

양평군에서는 3년 전부터 행복공동체 지역 만들기 사업을 시행하고 있습니다. 총 280여 개 양평군의 리里 단위를 대상으로 70여 개 마을이 이 사업을 추진하여 왔고, 내년에는 30여 개 마을이 새롭게 신청을 하였습니다.

처음 시작하는 단계는 새싹이라고 합니다. 2단계는 뿌리, 3단계는 기둥 그리고 마지막 4단계는 열매라고 합니다. 새싹을 띄워서 열매까지 가는 과정입니다. 지역 만들기는 특별한 의미가 있다고 군수님은 여러 차례 강조를 하고 계신답니다.

첫째, 주민 간의 훈훈하고 따스한, 정감이 가는 마을이 되기 위해서는 "지역 만들기는 지역주민들이 스스로 나서야 지역이 발전한다"라는 것을 전제로 하고 있는 것입니다. 세부적으로 들어가면 마을 사업의 내용, 참여주체의 노력, 사업시행 효과 등을 종합적으로 평가를 하여 다음 단계로 승격하는 프로그램입니다. 궁극적으로 마을 주민의 화합과 단결을 통한 살고 싶은 마을 만들기가 아닐까요?

정월 대보름 잔치

일반적으로 대보름, 혹은 상원이라고도 합니다. 일 년 중 가장 먼저 만월이 되는 날로 마을의 풍년과 건강을 기원하는 날입니다.

음력을 기준으로 첫 보름달이 뜨는 대보름은 설날과 더불어 우리 민족의 최대 명절 중 하나이지요. 정월은 한 해를 처음 시작하는 달이기에 한 해를 설계하거나 운세를 점쳐 보는 달이기도 합니다.

대보름의 달빛은 어둠, 질병, 재액을 밀어내는 밝음의 상징으로 알려져 있답니다. 이날은 수호신에게 온 마을 사람들이 질병, 재앙으로부터 해방되고, 일 년 농사가 잘 되고, 고기가 잘 잡히게 하는 동제를 지내기도 한답니다.

정월대보름에는 부럼 깨물기, 귀밝이술 마시기, 묵은 나물 먹기, 오곡밥 등을 먹곤 하였지요. 특이사항은 설날에는 집안의 명절인 데 반해 정월 대보름은 온 동네 사람들이 함께 줄다리기 · 다리밟기 · 고싸움 · 돌싸움 · 쥐불놀이, 탈놀이, 별신굿 등 마을의 화합과 이익을 위한 마을 잔치라고 할 수 있겠습니다.

지금까지 수능2리는 대보름 축제가 대표적인 행사였었습니다. 이번 기회를 통하여 좀 더 체계적으로, 몇 가지 사업을 추가하여 알차게 행복한 마을을 만들어보고자 새싹마을에 지원을 하게 된 것입니다.

새싹마을 발표회

2016년 12월 12일 면사무소에서 수능2리 새싹마을 발표회를 가졌습니다. 큰 이변이 없는 한 1단계인 새싹마을로 선정은 될 것 같습니다.

비록 시작은 작고, 어설프지만 이러한 운동이 쌓이고 쌓이면 거대한 변화의 원동력이 된다는 점을 모두가 알아주었으면 합니다.

규정상 위원장과 간사의 이름이 들어가야 된다고 하기에 저는 뒤에서 실무적으로 도움을 주겠다고 하여 간사직을 맡았습니다. 내가 전원생활차 둥지를 틀고 있는 마을이 살고 싶은 마을로 거듭나는데 한 알의 씨앗 역할이라 할까, 불씨가 되는데 일조를 하겠습니다.

마을주민 참석

마을의 대표자인 이장님, 마을 어르신인 노인회장님, 개발위원, 총무님 그 이외 주민들이 참석을 하였습니다.

초조하고 진지하게 위원장께서 발표를 하는 동안 경청을 하고 계시는 모습들입니다.

좀 더 많은 주민이 참석을 하였으면 좋았겠으나 낮에는 생업에 종사하는 분들이 있어서 부득이 참여 인원이 많지를 않았습니다. 모든 것이 처음부터 만족을 하거나 배가 부를 수는 없겠지요.

추진현황

우선 새싹 만들기 발표 자료와 사업 계획서를 만들기 위해 방향 설정이 필요하였습니다.

그 결과 추진현황은 다음과 같습니다.

- 수개월 전부터 마을 만들기에 따른 교육도 받고
- 주민 간의 토의와 의견을 청취하였으며
- 주민 간의 화합을 전제로 하였으며
- 기존 우리 마을의 현황을 검토하고
- 이에 따른 발전안을 논의하면서
- 새롭게 추진하여야 할 사항들을 도출하였습니다.

달집 태우기

달집 태우기 이미지는 2016년 정월에 있었던 모습입니다. 마을 청년회를 중심으로 대보름 행사를 준비하고 있습니다. 당일 짧은 시간에 달집은 한 줌의 재로 변합니다.

이 광경을 보고 구경을 나온 외지인은 대수롭지 않게 생각이 들 것입니다. 그러나 주민의 한 사람으로서 준비하는 과정을 보면 얼마나 많은 시간 속에서 고생을 한 결과물이라는 것을 알게 될 것입니다. 행사 보름 전부터 거의가 수작업으로 일궈낸 것들이랍니다.

마을 환경정비

마을의 노인분들이 앞장을 서서 환경 정비에 임하였던 광경입니다. 그러니 젊은 청장년층은 자연스럽게 참여를 하게 되지요. 한 가지 농촌의 어느 마을이나 학생과 젊은이가 적어 어린아이들에 대한 산교육장의 모습을 보여주지 못하는 것이 아쉽습니다.

마을 청소는 새벽 6시부터 시작을 합니다. 나도 종종 참여를 하면서 쉽지만은 않았지요. 왜냐고요, 너무 일찍 시작을 하니까…, 그러나 지금은 익숙해져 가고 있습니다.

끝나고 나서는 순댓국이나 해장국이 제공되는데 그 맛은 일품이 아닐 수 없답니다.

시작이 반이다

발표 자료의 끝말에는 다음과 같은 문구를 넣었습니다.

어르신을 공경하고 이웃과는 “소통과 배려” 실천하고 나눔의 풍요로운 마을을 만들며 “화합과 신뢰”의 든든한 바닥 위에 더불어 함께 살고 행복하며 아름다운 마을이 되고자 합니다

서종면 수능2리 파이팅!

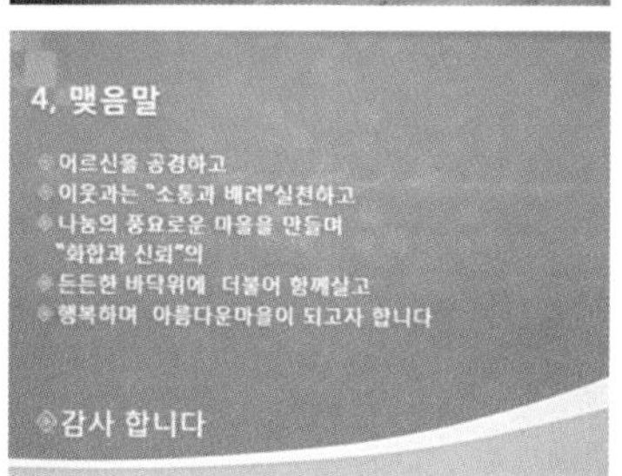

■ 김치 담그기 체험 - 외국인 교환학생

우리 식문화

우리의 생명을 지탱해 주는 요소 중에서 제일 중요한 것 중 하나는 무엇일까요? 사람마다 차이는 있겠으나 음식이 아닐까 합니다. 우선 튼튼한 육체가 받쳐주어야 건전한 정신을 유지할 수 있기 때문입니다.

우리의 고유한 음식문화는 이 땅에서 수천 년 동안 다듬어지고 전수된 것이라고 할 수가 있지요. 음식문화는 광범위하고 다각적이라고 할 수 있습니다. 음식을 만드는 솜씨, 기술, 기능 등 모두가 중요하지 않을 수 없습니다.

이 모든 것이 사람에 의해서 전수해 가는 것인 만큼 무형문화재인 것이지요. 또 음식을 만드는 데 써야 하는 크고 작은 기구나 도구도 전통 속에서 만들어지는 만큼 중요한 유형문화재에 속한다고 보아야 하겠습

니다.

이상이 물질을 기반으로 한 문화라고 한다면 음식에 대한 생각, 즉 철학 사상, 음식을 먹는 법, 대접하는 법과 받는 법 등의 에티켓은 정신 문화에 속할 수 있겠습니다.

이와 같이 식문화는 그 나라, 그 민족의 뿌리를 알 수 있는 기본이 아닐까 합니다. 다시 한번 문화의 중요성을 거론하지 않을 수 없습니다. 문화를 모르는 사람, 문화를 모르는 민족이나 국가는 정신적으로 행복하거나 영속할 수 없으며, 강대국이 될 수 없다는 것입니다.

오늘날 강대국이라고 하는 나라들을 엿보면 모두 잘 사는 나라들 아닙니까, 강대국이 아닙니까? 그들은 행복하기 위해, 튼튼한 나라를 일구기 위해 문화를 만들어 내어 가꾸고, 발전시켜 왔던 것입니다.

절임배추

절임배추 모습입니다. 적당히 소금물에서 숨을 죽인 후, 건져내어 물기를 빼주는 과정입니다. 1년 농사일 가운데 거의 마지막 단계에서 행하여지는 일이 김장이 아닐까 합니다.

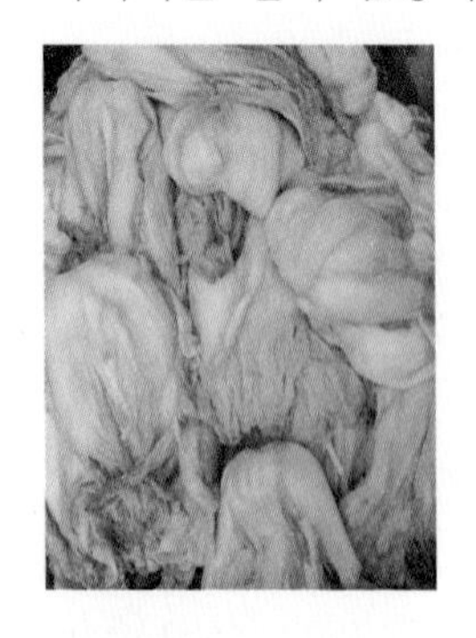

아마도 외국 학생의 시각에서 김치가 지니고 있는 이미지는 우리보다 더 강하게 각인되었을 것입니다. 우리는 일상의 식단에서 매일 접하다 보니 고마움과 중요성이 떨어지는 것은 아닌지…, 특히 다음 세대를 이끌어갈 어린이들이 김치에 대한 소중함이 퇴색되어 간다는 기사를 접할 때는 더욱 마음이 편하지를 않았습니다.

무채 썰기

무채 썰기 모습입니다. 숙달되지 않은 우리도 쉽지 않은 작업입니다. 더구나 낯선 외국인 학생들은 얼마나 이상하겠어요? 어설프기 짝이 없지요. 그래도 수미마을 아주머님들의 시범을 따라 하느라 여념이 없었습니다.

나는 체험 지도하랴, 아니 농촌체험지도사인 나 자신부터 김치 담그는 요령을 숙지 못하여 갈팡질팡하였음을 고백하지 않을 수 없습니다. 사진도 찍으랴 정신이 없었습니다.

포즈 취하기

사진을 찍는다고 하니 아주 적극적이었습니다. 우리 문화를 익히려고, 공부하려고 유학을 온 학생들에게 고마워해 주어야 하지 않을까요. 단기 여행을 온 관광객보다 장기간, 수년에 걸쳐 한국생활하게 되면 겉보다는 속내의 깊은 생활상을 이해하게 될 수가 있기 때문이지요. 더 나아가서는 훗날 이 학생들은 우리와 친선외교, 민간사절단이라는 차원에서 가교 역할을 하여 주는 중요한 인적 자원이 될 것입니다.

단국대학교에서의 전공분야를 물어보니 다양한 학과 학생들이 참여를 하였더군요. 추운 날씨였음에도 밝은 모습들을 보여주어 고마웠습니다. 또한 더 좋은 여건 속에서 그들을 맞이하여 주지 못하여 미안한 마음도 들었습니다.

고춧가루

김치 하면 빨간색으로 맵다는 인상을 갖게 되지요. 원래 100여 년 전만하여도 김치에 고춧가루는 첨가가 되지를 않았답니다. 백김치였지요.

남미에서 유럽을 거쳐, 동양으로의 이동 경로를 거치면서 우리의 식문화로 굳게 자리를 잡게 된 것입니다.

고추가 지니고 있는 영양소는 일일이 거론하지 않더라도 잘 알려져 있지요.

영양 만점 양념류

각 지역이나 가정마다 김치에 들어가는 양념류에 차이는 있습니다. 보편적으로는 고춧가루, 무채, 마늘, 생강, 파, 갓, 새우젓 같은 젓갈류 등을 혼합하여 버무린 다음, 배춧잎 사이사이에 속을 넣는 것이랍니다.

서양에도 발효한 음식이 있습니다만, 예부터 우리의 선조들도 발효를 시킨 가운데 장기 보관을 하여 즐겨 먹었었던 것입니다. 한마디로 자연에서 얻어낸 영양 만점 양념들이라고 할 수 있지요.

속살 메우기

혼합된 양념류를 절임 배추 속에 넣는 광경입니다. 아마도 이런 경험은 태어나서, 그것도 외국 땅에서 처음 접해본 것이기 때문에 오래도록 간직하게 될 것입니다.

아무쪼록 좋은 이미지로 우리의 식문화를 이해하는 데 도움이 되었으면 합니다.

김치 담그기 마감

드디어 김치 담그기 작업을 마무리하였습니다. 짧은 시간이었지만 200여 명이 작업한 결과 많은 양을 해냈습니다. 일정한 숙성 과정을 거치면 맛있는 김치로 탄생하게 될 것입니다.

귀가 시에는 작지만 1인당 반 포기씩 나누어주었습니다. 그들에게도 맛있게 이용되었으면 좋겠습니다.

식사 대기 중

김치 체험을 마치고 식사를 기다리는 중입니다. 서울에서 아침 일찍들 출발하여 이곳 양평의 수미마을까지 와서 체험을 마치는 동안 배가 고팠을 것입니다.

한식 위주의 식단으로 짜인 메뉴였으나 대부분 한국 생활에 익숙한 탓인지 맛있고 즐겁게 먹는 모습을 보니 고마움을 다시 한번 느꼈습니다.

분명히 이들은 우리의 식문화 전도사가 될 것이라는 생각이 들었기 때문입니다.

김치 기부식 장면

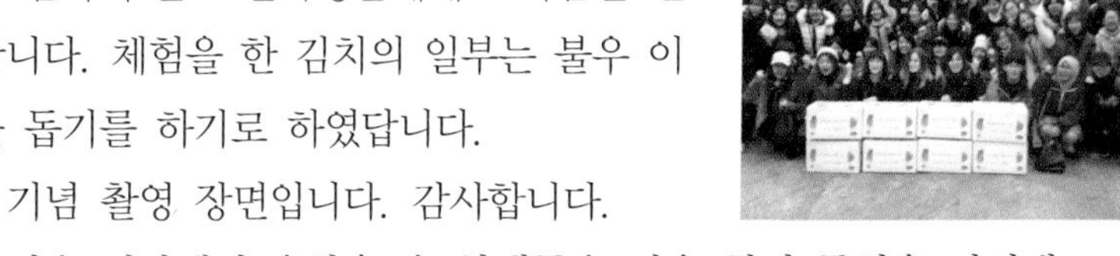

다시 한번 추운 날씨임에도 밝은 모습으로 임하여 준 교환학생들에게 고마움을 전합니다. 체험을 한 김치의 일부는 불우 이웃 돕기를 하기로 하였답니다.

기념 촬영 장면입니다. 감사합니다.

더운 지방에서 유학을 온 학생들은 더욱 힘이 들었을 터인데…,

한국을 찾은 유학생 화이팅!

■ 별빛 축제 - 양평 두메 향기

산나물 두메 향기는?

산나물 두메 향기는 청정지역, 물 맑은 양평군 양서면 두물머리, 세미원 인근에 있습니다. 친환경 무농약으로 직접 재배한 참취, 곤드레 등 20여 종의 산나물을 활용한 체험학습을 즐기고 몸과 마음을 치유할 수 있는 국내 최초/최대(약 47,000평)의 산나물 테마공원이자 힐링랜드입니다.

나의 둥지에서도 불과 2.5km거리에 위치하고 있어 종종 찾아볼 수 있는 곳이랍니다.

산나물 테마공원

2015년 4월 개원 이래로 산나물 생산과 장아찌, 발효액 등의 식품 제조·가공 및 판매 그리고 체험학습, 레스토랑, 카페, 테마정원 등의 관광서비스를 통한 농촌 융복합산업(6차 산업)을 실현시키며 특화된 테마공원으로 양평군의 지역 발전에 기여하고 있습니다.

더불어 자연과 사람이 조화를 이루며 문화와 힐링을 즐길 수 있는 대한민국을 대표하는 산나물 테마공원으로 발전시키고 있는 곳입니다.

산山

우선 산의 이미지를 떠올리면 다양한 동기와 목적이 있겠으나 등산이나 산행을 생각할 수 있을 것입니다. 즉 자연을 즐기려는 정서적 등산, 육체적 고행을 통한 심신의 단련을 목적으로 한 등산으로서의 역할이 주류를 이루어왔다고 볼 수 있을 것입니다. 그러나 미래의 산 역할은 변화하고 있습니다.

예를 들면 다음과 같습니다.

- 임산물을 생산해 내는 터전
- 예술의 소재를 구하기 위한 공간과 수단
- 인간의 정신적 삶을 풍요롭게 할 수 있는 수단
- 두메 향기와 같이 낙엽이 떨어져 벌거숭이처럼 보이는 공간을

오색찬란하게 탈바꿈시킨 후 수익을 창출해 내는 공간으로서의 역할 즉 고객으로서 우리를 맞이하려고 한다는 것입니다.

본 별빛축제는 내년 3월 31일까지 계속 이어집니다. 산은 언제나 말이 없습니다. 그러나 산에는 우정이 있고, 사랑이 있으며, 침묵을 배우고 참을성을 기르며 용기를 갖도록 해주는 힘이 있습니다. 산은 깊을수록 인간의 번민이나 욕망은 침묵 속으로 감춰지고 무한한 생명만이 움틀거리고 있습니다.

사랑愛

신神은 우리 인간에게 사랑을 심어주었다고 합니다. 조물주의 선물 중에서 가장 위대한 것은 사랑의 선물이라고 하지요. 인간은 태어나면서 사랑이라는 것을 학습한다고 합니다.

인간의 삶이 존재하는 그날까지 사랑이라는 굴레에서 벗어날 수가 없을 것입니다. 이곳 두메 향기에서도 사랑의 이미지를 닮은 것을 많이 찾아볼 수 있답니다.

별빛 속으로

어린 동심의 세계로 인도하여 줄 것입니다. 짧은 터널이지만 잠시나마 삶의 멍에를 내려놓을 수 있는 곳입니다.

어렸을 적 별을 헤아려본 세대에게는 과거를 회상을 할 수 있는 장이기도 하답니다.

연인과 함께, 가족과 동행하여 보세요. 후회하지 않으실 것입니다.

인근 서울에서 40km 안팎의 거리, 40분 정도면 충분히 도착할 수 있는 곳입니다. 인근에 구경거리, 먹을거리도 많습니다.

동화 속으로

해가 지고 밤이 다가오면 주위의 분위기라 할까, 이미지가 180도로 바뀌는 곳입니다. 적지 않은 공간이지만, 자연과 인간이 만들어낸 합작품의 결실을 보면 탄성을 지르지 않을 수가 없었습니다.

동화 속의 별천지라는 단어를 떠올리면서 나 자신이 흥분의 도가니로 빨려 들어가는 기분이었습니다. 잠시였으나 이성을 잃게 만들어주더군요. 이런 것이 힐링이 아니고 무엇이겠습니까?

산나물 식사

우리나라 속담에 금강산도 식후경이라는 말이 있듯이 빼놓을 수 없는 것이 식사이지요. 이곳에서는 직접 재배한 재료를 가지고 정식 산나물밥을 판매하는 식당도 갖추어져 있습니다.

몇 십년 전만 하여도 식단에 대한 소원이 있다면 고기반찬이었으나 지금은 반대로 채소를 위주로 식단이 건강식단이지요. 고급 식단의 이미지로 바뀌어가고 있답니다.

이러한 변화의 추세에 맞추어 산나물 공원이라는 콘셉트에 맞게 산나물을 위주로 한 식단이 탄생을 하였다고 볼 수 있겠습니다. 식후에는 여유로움을 가지고 한 잔의 차와 함께 담소를 나눌 수 있는 공간도 마련되어 있습니다.

봄春

겨울이 한 해를 마감하는 장막이라면 봄은 시작을 알리는 종소리와도 같다고 할 수 있겠습니다.

살포시 다가서는 봄과의 만남을 무덤덤한 회색빛 도시가 아닌 약동하는 분홍빛의 산에서 만나보는 것도 좋지 않을까 합니다.

이 장면은 금년 봄 벚꽃이 만개滿開할 때쯤의 이미지입니다. 작년에 개장을 하여 다소 주위가 썰렁하여도 힘차게 용트림을 하면서 올라오는 새싹을 바라보고 있노라면 새로운 각오 속에서 용기를 얻을 수 있을 것입니다. 잊지 마시고 돌아오는 봄에는 꼭 다시 한 번 찾아와 보세요. 또다시 신세계가 열리고 있음을 발견하실 것입니다.

여름夏

만개하고 있는 갖가지 꽃 구경 오세요. 산나물뿐만 아니라 약초 꽃들도 많답니다. 식물원도 갖추어져 있어서 열대성 식물들도 볼 수가 있지요. 산책로도 만들어져 있어서 육체와 정신 건강에 도움이 될 수 있는 종합적인 공원인 셈입니다. 토속적인 이미지의 소품도 곳곳에 비치하고 있습니다.

고객의 건강, 더 나아가서 삶의 격을 높여주고자 끊임없이 변화를 추구하고 있는 곳입니다.

가을秋

생각의 차이로 인해서 사람마다 가을의 느낌은 다를 것입니다. 어떤 사람은 낙엽, 쓸쓸함, 추워지는 생각으로 인하여 부정의 이미지 속에 가을을 싫어하

지요. 나는 만추와 사색 그리고 결실의 계절이라는 단어를 떠올리면서 긍정으로 이끌어가려 합니다. 좀 더 성숙한 입장에서, 사려깊게 생각하면서 행동으로 옮기려 합니다.

부족한 부분이 있었다면 원인을 규명하여 야단을 치기도 하고, 이루어 놓은 것이 있었다면 위로와 칭찬을 해주면서 겨울을 맞이하려 합니다.

1년 365일 볼거리/먹을거리가 있는 두메 향기

■ 해돋이 행사 - 정유년 새아침 두물머리

해돋이

언제부터인가?

우리 민족은 새해를 맞이하면서 날마다 떠오르는 해이지만 1월 1일 첫날, 이 일출(日出)을 보려고 해맞이, 해돋이라는 이름하에 동해로 동해로 찾아가곤 하였었지요. 새로운 각오로 무병장수, 행복, 성공 등 각자의 염원을 기원하는 행사로 자리를 잡은 것이지요. 이제는 우리나라 무형의 문화재로까지 승화시켜야겠습니다.

세미원 입구

서울을 벗어나 미사리를 거쳐 팔당대교를 건너면 양평으로 들어오는 길목에서 물과 꽃의 정원 세미원은 당신을 기다리고 있습니다.

남한강과 북한강의 물줄기가 하나 되어 만난다고 해서 두물머리라는 곳에 위치하고 있습니다. 봄부터 가을까지는 연인과 가족 간의 산책로로, 그 외 다양한 꽃과 구경거리를 제공하고 있답니다.

겨울이면 추억거리로도 손색이 없어 1년 365일 방문객의 발길이 끊이지 않는 곳이랍니다. 오면서 가면서는 물론이려니와 멀지 않은 곳에 있으니 시간을 내서 꼭 놀러 오세요. 후회하지 않을 것입니다.

새벽녘

새벽은 하루의 시작, 1월 1일은 1년의 시작이지요. 만물이 살아 움직이는 새벽녘에 새로운 출발의 동트는 모습을 보려고 자동차 행렬이 꼬리에 꼬리를 물고 멈춰 있습니다.

저녁 시간이 아닙니다. 1월 1일 새해 아침 6시 30분경 양수리 풍경입니다. 이 열정을 보면서 가슴 속에서는 무엇인가 가능성이 끓어오르는 듯한, 용솟음치는 듯한 묘한 기분이 들었습니다.

희망의 씨앗 같은 것을 목격한 기분이었습니다. 각자의 소원도 중요하지만, 조금씩 나 아닌 이웃을 위해, 사회를 위해, 나라를 위해 힘을 모아주고, 베풀어주면 크나큰 원동력이 되어 행복한 사회, 위대한 국가 건설의 초석이 되지 않을까 합니다.

민족의 지혜

두물머리 인근에 구름떼같이 모여든 인파를 보면서 "민족의 지혜"라는 문구를 떠올려보았습니다.

지금까지 우리 민족은 많은 어려움 속에서도 창조와 개혁의 의지가 강했음을 역사를 통해 볼 수 있었습니다. 단일민족으로서 정통성을 이어왔으며, 독창적인 민족문화를 계승/발전시켜 왔던 것입니다.

일반계층에서도 뿌리 깊은 협동의 뿌리가 이어져 왔지요. 이러한 의식은 민족정신으로 승화되었다고 할 수 있겠습니다. 우리 민족은 평화를 사랑하면서도 불의에는 굴하지 않았으며, 겸양을 미덕으로 삼으면서도 지기를 싫어하는 근성을 갖고 있었기에 단일 민족국가로서의 긍지를 살릴 수 있었던 것입니다.

두물머리 새해 첫 풍경

어두운 새벽 동이 트기 전부터 만여 명에 가까운 인파가 운집해 있습니다. 하늘에는 짙은 구름과 강가에는 물안개로 인하여 힘차게 떠오르는 힘찬 새해의 해님은 떠오르지 않았습니다. 아니 떠올랐으나 보이지를 않은 것이지요. 올해에는 마음속으로만 해님을 향해 소원을 빌어봐야겠습니다.

소원을 말해봐

가족끼리, 연인끼리, 부부끼리 그리고 친구끼리 저마다 바라는 소망을 적어 띄워 보냅니다. 하늘 높이, 더 높이 날아가면 액운厄運을 씻어버리고 행운을 가져다 준다고 믿고 있는 것이지요. 또한 누구인가가 말하였듯이 간절히 바라면 소원이 이루어진다고 믿고 있는 것이지요.

- 많은 것을 바라지 말고 작은 것부터
- 어려운 일이 아닌 쉬운 일부터
- 멀리 있는 일이 아닌 가까운 곳에 있는 것부터
- 돈이 많이 필요한 것이 아닌 돈이 없어도 가능한 일부터
- 힘이 드는 일이 아닌 힘이 덜 드는 일부터
- 오늘 할 수 있는 일은 내일로 미루지 말고…, 등등

바라고 바라던 내용과 일들에 대하여 지금 이 순간부터 실천하는 습관, 행동하는 버릇을 길러봅시다.

해님을 보았습니다

해님과 인사도 나누지 못하고 집으로 돌아오는 길에 구름 사이로 내민 해님을 뵈었습니다.

양수리 인근 부용리 인근에서 해님은 보일 듯 말 듯 조금씩, 가끔씩 보여주고 있었습니다. 사람들은 달리던 차에서 내려와 이런 모습도 보고, 진풍경 사진도 찍으려고 도로가 주차장을 방불케 하였었습니다. 잠시 조금이나마 보여준 것에 대한 고마움을 기념으로 담았습니다.

이 시각이 9시경은 되었던 같았습니다. 새벽녘은 아니었지만 오전이라도 해님을 보아서인지 조금이나마 기분은 좋았습니다.

■ 솟뻬 문화예술 체험마을 - 서종면 서후리/수능리

솟뻬 문화예술 체험마을 만들기

양평군 관내를 살펴보면 곳곳에 의미가 있는 곳이 많습니다. 서종면 일대 역시 문화와 예술 분야를 계승/발전시켜야 할 곳이 여러 곳 있지요. 지금까지는 주로 한 시설물이나 리里 단위로 개발되어 관리가 되고 있는 실정이었습니다.

이러한 결과 제기된 문제점을 보완하게 되면 보다 더 폭넓은 시너지 효과를 이룰 수 있다는 내용입니다. 그리하여 내가 살고 있는 마을과 서후 1리와 2리, 아래 수능 1리 지역을 한데 묶어서 보존 관리한다는 것입니다.

평가단 현장답사

본 체험마을 만들기 사업 선정에 따른 평가단의 현장 실사 장면입니

다. 이분들은 양평군청에서 위촉한 체험마을 전문 평가위원들이랍니다. 4개 리의 이장님들과 관계자, 그리고 서종면장님을 비롯한 담당 공무원이 평가단에게 각 리의 특장特長을 설명하고 있는 장면입니다.

서종초교 서후 분교 운동장

지리적으로 오지였을 터인데도 이곳 서후 1리에 분교가 있었다는 것이 믿어지지 않습니다. 지금은 교통이 발달되고 살기 좋은 서종면이라고 하지만 아이들이 없어서 오래전에 폐교되어 교실도 없어졌습니다.

젊은이들은 도시로 도시로 가고자 하고 출산율도 떨어지다 보니 총체적으로 시골에서 아이들을 볼 수 없는 것이지요. 장기적인 측면에서 보면 국가적으로도 위기가 아닐 수 없습니다. 폐교가 된 이곳을 4개리의 중심터로 활용할 계획을 갖고 있습니다.

종합적 무대장으로 용도를 갖추려고 하는 것이지요. 비록 현재는 썰렁한 빈터이지만 문화와 예술 공연이 펼쳐지는 꿈을 그려봅니다.

산촌 생태마을

서후리는 청계산을 배경으로 산림으로 뒤덮여 있어서 오래전부터 자연치유를 목적으로 많은 사람들이 찾던 곳입니다.

주변에 펜션이나 민박 업소들이 많고 지역 특산물을 계획적으로 재배하면 이용자들에게 더없이 활용도를 높일 수 있는 지역입니다. 즉 볼거리, 놀거리 먹거리, 잘거리를 충족시킬 수 있다는 것입니다.

수능 2리 특징

수능 2리 역시 문화 생태건강 만들기 사업을 추진하고 있지요. 이 중에서 대보름 행사의 하이라이트인 달집태우기와 농악놀이 등은 굳건하게 자리를 잡아가고 있는 중이랍니다. 그 외에 우리 마을의 특징들을 본 사업에 연계시켜 나가면 보다 더 효율성을 높일 수 있을 것입니다.

수능 1리 자랑거리

황순원 문학촌 소나기 마을이 자리 잡고 있습니다. 수능 1리에 이런 세계적인 문학관이 존재하고 있다는 것 자체가 서종면의 자랑 아니 양평군의 자랑거리 중 하나가 아닐까 합니다.

다른 설명이 필요 없을 것입니다. 현장 평가단을 맞으면서 조만간 군청에서 사업 신청서 내용을 토대로 브리핑과 질의응답 시간이 있을 것입니다. 현장의 실사단 평가 점수, PPT 자료 그리고 질의응답 내용과 기타 객관적인 자료가 종합적으로 검토되면 최종적으로 선정 여부가 발표될 것입니다. 기필코 좋은 결과가 나와야 한다고 생각합니다. 그 이유는 4개리里 단위 차원이 아니기 때문입니다.

서종면이나 양평군 차원도 아니기 때문입니다. 첫째, 편협되고, 이기적인 차원을 넘어서 몇 개의 리를 공동 단위로 하였다는 것입니다. 즉 몇 배의 시너지 효과와 화합된 모습을 보여줄 수 있다는 것입니다. 둘째, 수도권 시민들에게 자연친화적이어서 생태건강을 토대로 하면서 문화/예술의 진수를 보여주어 삶의 힐링을 북돋우어 줄 수 있다는 것입니다.

저자소개

仁山 원융희

원융희는 용인대학교 문화관광학과 정교수로서
30여 년간의 교직생활을 마감한 후 종신 명예교수가 되었습니다.
퇴직 후 제2의 보람찬 생활을 찾고자
한국약선차협회에서 시행하는 약선교육을 이수하고,
지금은 휴학 중에 있으나 원광디지털대학교 한방건강학과에 편입하여
건강에 한방을 접목시키기 위해 학과 공부는 물론
"자연발효치유연구회"라는 동아리에도 가입하여 활동하고 있습니다.

양평에 새로운 둥지를 꾸민 뒤로는 농촌의 진수를 터득하고자
농촌체험지도사 교육을 이수하여 체험지도사로 활동하고 있으며,
양평군청의 전략사업인 양평헬스투어협동조합에서
부이사장이라는 직함을 갖고 지역발전에 도움을 주고 있습니다.
2016년도에는 양평 친환경농업대학 농산가공과의 학생으로서
약 1년간의 교육과정도 이수하였습니다.

최근에는 본인이 거주하고 있는 서종면 수능2리 행복공동체지역 만들기 간사로서
마을 봉사에 임하고 있는데 이것은 양평군청에서 추진하는
핵심사업의 일환이기도 합니다.
또한 전국 최고의 체험마을이라 할 수 있는 단월면 수미마을에서
관광 전문위원으로 위촉되어 봉사하고 있습니다.
끝으로 2016년 5월부터 시작한 "레스토피아 양평 전원생활 투어"라는
제하의 블로그와 페이스북 활동은 전원생활과 귀농/귀촌 생활에 뜻을 가진 분들에게
도움이 되어 큰 보람으로 생각하고 있습니다.

전원생활체험/귀촌생활체험

2017년 8월 10일 초판 1쇄 인쇄
2017년 8월 15일 초판 1쇄 발행

지은이 원융희
펴낸이 진욱상
펴낸곳 백산출판사
교 정 편집부
본문디자인 오행복
표지디자인 오정은

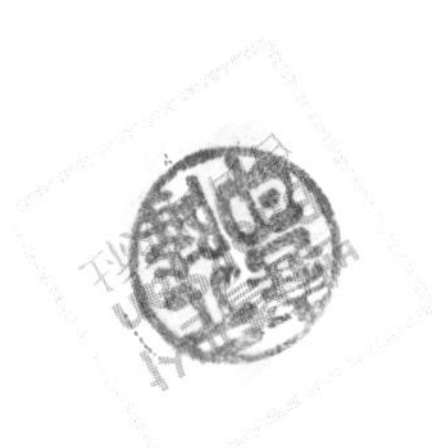

등 록 1974년 1월 9일 제406-1974-000001호
주 소 경기도 파주시 회동길 370(백산빌딩 3층)
전 화 02-914-1621(代)
팩 스 031-955-9911
이메일 edit@ibaeksan.kr
홈페이지 www.ibaeksan.kr

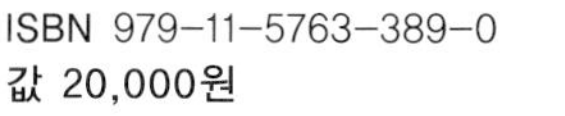

ISBN 979-11-5763-389-0
값 20,000원

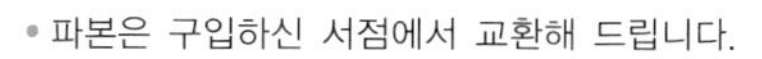